Samantha Watkins

ou

Les chroniques d'un quotidien extraordinaire

Tome 1 : Pas le choix

Aurélie Venem

ISBN: 978-2-9543721-0-5
ISBN-13: 978-2954372105 (Aurélie Venem)

Pour ma mère.

Prologue

Beaucoup de gens disent que faire face à la mort, dans un accident par exemple, change votre vie. Pour moi, c'est exactement ce qui s'est produit.

Sauf que ce soir-là, je me suis retrouvée non face à la Mort, mais devant Des morts... et qui étaient pourtant bien vivants ...

Chapitre I : Le règne de la banalité

*

Mais je m'avance un peu. Pour comprendre le grand chambardement que provoqua cette rencontre subite dans ma vie, il faut commencer par décrire la monotonie qui la caractérisait auparavant.

Au fait, je m'appelle Samantha Watkins. Mes amis m'appelaient Sam. Sauf que je n'avais aucun ami.

Désespérant.

Je me suis toujours vue comme quelqu'un d'affreusement banal. Physiquement, on ne pouvait pas dire qu'on se retournait sur mon passage, et de toute façon, je préférais passer inaperçue.

Je transpirais donc la banalité avec ma taille moyenne (un mètre soixante-cinq), ma silhouette ni trop épaisse ni trop mince, et mes cheveux châtains toujours coiffés en queue de cheval pour ne pas les avoir dans la figure. Je tirais quand même satisfaction de la couleur de mes yeux d'un noir si profond que ma mère et mon père, qui avaient respectivement les yeux verts et bleus, avaient l'impression d'être hypnotisés puis comme aspirés par mon regard. Ils n'ont jamais su me dire de quel aïeul je le tenais dans la famille. J'aimais bien, ça me donnait un côté exotique malgré ma peau blanche.

Mes parents travaillaient tous deux dans la finance : ma mère, au guichet d'une banque, mon père sur le fauteuil de directeur du même établissement. Nous n'avions pas à nous plaindre ; une jolie maison avec une piscine et un bout de jardin, une vieille voiture que mon père adorait retaper dans son garage, et un chien, Wally, qui devait me servir de lot de consolation pour ne pas avoir eu de petit frère ou de petite sœur sur lequel veiller. Bref, une famille typique de notre chère Kentwood.

Avec ses dix mille habitants, notre cité était un havre de paix pour les gens qui ne supportaient plus les turbulences et les gaz d'échappement de la métropole voisine d'environ cent quatre-vint-dix mille âmes qu'était Kerington. Véritable centre d'affaires en expansion, celle-ci attirait toujours plus de jeunes loups de Virginie et d'ailleurs, avides de gagner de l'argent, légalement ou pas. En conséquence, malgré sa grande richesse, Kerington s'était taillée une solide réputation de coupe-gorge à travers le pays et voyait certains quartiers évacués par leurs habitants au profit de la périphérie résidentielle, plus propice pour élever des enfants. À Kentwood, toutes les conditions étaient réunies pour concentrer des familles heureuses : des écoles flambant neuves, des gymnases, un cinéma,... Bref, la ville du bonheur pour les uns, de l'ennui pour les autres. Pour ma part, je m'y sentais bien malgré certains mauvais souvenirs…

Ma scolarité... eh bien, ce fut une réussite côté résultats (et mes parents en étaient très fiers), mais côté vie sociale, un vrai désastre. Comme dans toutes les écoles il y avait les « populaires » et « les autres ». Je crois que je ne figurais même pas dans cette dernière catégorie. Les seules fois où l'on me remarquait c'était lorsqu'un professeur se rappelait mon existence, m'interrogeait et que je donnais invariablement la bonne réponse. Là, je passais pour l'intello de service. Eh oui, l'impitoyable destin scolaire de ceux qui se cultivent plus que la moyenne de leur âge : passer pour un demeuré indigne d'avoir des relations amicales... et encore moins amoureuses.

À seize ans, je m'étais bêtement amourachée de Scott Reinfeld, LE beau gosse de ma classe. Mes regards admiratifs avaient été repérés par Ursula Caulm (oui, comme la sorcière des mers), LA garce de l'établissement, et accessoirement petite-amie en titre de Scott.

Un jour, elle était venue me voir pour me demander si elle pouvait me parler en privé. Je l'avais suivie, naïvement, trop étonnée d'être enfin remarquée par quelqu'un. On alla dans une salle de classe inoccupée où elle me révéla le fond de sa pensée.

- J'ai bien vu comment tu regardais Scott. Alors je vais t'expliquer un truc et t'as intérêt à t'en souvenir car je ne me répéterai pas. Il ne veut pas de toi pour la simple raison que pour lui tu n'existes pas. Tu comprends ? Franchement, tu crois vraiment qu'il pourrait s'intéresser à une no-life comme toi ? T'es personne, alors oublie-le. Je te dis ça gentiment car je voudrais pas que tu aies de la peine et que tu te ridiculises.

Je n'étais pas idiote, son sourire compatissant n'était autre que de la cruauté et une menace à peine voilée ; elle me pourrirait la vie si j'osais de nouveau regarder son homme, sa chose. Satisfaite de voir que j'avais compris la leçon, elle s'était éloignée avec un air dédaigneux, en ayant bien pris soin de vérifier qu'il n'y avait personne dans le couloir pour voir qu'elle m'avait parlé.

Juste après cette conversation, j'avais recroisé les deux tourtereaux et leurs amis devant leurs casiers et lorsque je les eus dépassés, accompagnée de rires étouffés (dont celui de Scott), j'étais vaccinée de l'amour. À partir de cet instant, je me jurai intérieurement d'empêcher mon cœur de battre pour quelqu'un de trop différent de moi... et me retrouvai de nouveau ignorée de tous.

Ça ne m'avait pas plus pesé que ça dans le sens où j'aimais la solitude et où je préférais encore la compagnie d'un bon livre plutôt que celle d'une bande de crétins musclés entourés de leurs admiratrices en pleine overdose d'hormones adolescentes.

Avec le recul, j'avoue que je les ai enviés plus d'une fois.

Bref, le temps s'était écoulé, chacun avait fait son chemin. J'avais fait des études de littérature car je rêvais de devenir écrivain, mais au lieu de ça, j'étais revenue sur le lieu même de ma mise au ban de la société ; à vingt-huit ans, je travaillais comme bibliothécaire dans mon ancien lycée.

Mes parents étaient morts quelques années auparavant dans un accident de voiture et j'avais gardé la maison. Je m'étais habituée à ma routine et j'imaginais avec plaisir le temps où je trouverais un homme avec lequel je fonderais une famille et avec qui je reproduirais cette banalité que j'avais toujours connue.

Évidemment, tout ne s'est pas passé comme prévu...

*

Le vendredi est un jour béni pour tout salarié qui se respecte car il annonce le week-end, d'autant plus à l'issue de la première semaine de reprise du travail, après les vacances de Noël. Les gens se sentent fatigués en général après avoir bien fêté le passage à une nouvelle année, mais dans mon cas, ma soirée avait été tout sauf extraordinaire : un plateau-repas et un marathon DVD.

Je m'explique. Un de mes passe-temps favoris le soir, était de regarder les épisodes de mes séries préférées, tranquillement installée sur mon canapé, sous un grand plaid bien chaud. C'était précisément ce que j'avais fait le trente-et-un décembre ; tout ça pour dire que je n'étais pas du tout fatiguée lors de mon retour à mon poste au lycée Griffith et que cette veille de week-end ne consistait pas vraiment en un jour spécial.

Alors comme d'habitude, j'allais au travail en faisant des paris sur l'affluence des élèves dans ma bibliothèque. Comme d'habitude, je n'étais pas déçue par leur absence.

En fin de journée, deux élèves sérieux vinrent tout de même afin d'effectuer des recherches pour leur exposé sur Martin Luther King, puis, deux idiots qui cherchaient dans le rayon botanique comment faire pousser de la marijuana. Avec une patience infinie, je leur fis comprendre que la confusion cérébrale liée à l'absorption de certaines substances illicites s'accompagnait immanquablement d'une incapacité à satisfaire les besoins sexuels sur le long terme, et qu'il valait mieux, en sortant de ma bibliothèque, prendre la décision d'arrêter avant de devenir aussi mou, baveux et intelligent qu'un mollusque.

À leur tête, je sus aussitôt que j'avais trouvé les bons mots pour parler à la jeunesse. Lorsqu'ils sortirent, complètement affolés, je ris... et me figeai à l'arrivée de celle que tout le monde au lycée, élèves comme adultes, appelait « Cruella d'Enfer », soit Christine Angermann, professeur d'allemand, dont la voix, l'allure et sûrement le physique, auraient fait frémir le plus aguerri des généraux de la Wehrmacht des années 30. Je crois que le personnage de Disney, *Cruella*, n'était même pas assez fort, pour désigner cette dragonne toujours en mal de chair fraîche à dévorer. Et j'allais en prendre pour mon grade, je le sentais.

Les narines frémissantes, comme s'il allait en sortir des gerbes de flammes, elle me lança en pleine figure toute son admiration :

- Watkins, où sont les nouveaux dictionnaires que je vous ai demandé de commander ?!

- Bonjour, Mme Angermann, une bonne année. Je suis ravie de vous voir par cette belle journée d'hiver, déclarai-je avec un grand sourire innocent avant de reprendre :

- La dernière fois que nous avons eu cette conversation, je vous avais dit que toute grosse commande devait avoir l'aval du directeur. Rien n'a changé voyez-vous. Mr Plummer considère qu'il y a déjà suffisamment de dictionnaires actuellement pour ...

- Ne jouez pas avec mes nerfs, Watkins ! J'ai demandé de nouveaux dictionnaires pour remplacer les infâmes bottins que vous gardez ici et...

- Que vous avez choisis personnellement il y a deux ans.

Sur le moment, en prononçant ces paroles, j'étais fière de trouver le courage d'affronter cette mégère, quoique, en la voyant virer au violet, je compris que j'avais commis une erreur fatale et que la foudre allait me carboniser comme un vulgaire rôti.

- Ce n'étaient pas ceux que j'avais demandés ! Comment voulez-vous que mes élèves réussissent leurs examens s'ils n'ont pas les bons outils pour travailler ?! Mais je ne vois pas pourquoi je m'escrime à parler avec une pauvre ignorante de votre espèce ! Je vais aller voir le directeur et lui parler de votre incompétence !! A-t-on déjà vu une bibliothécaire aussi ridicule ?! Ce n'est pas étonnant que votre vie soit aussi dénuée d'intérêt, parce qu'elle est aussi vide que votre cerveau !

Je m'attendais à une tempête, mais pas à cet ouragan de méchancetés, bâti sur un tas de mensonges, mais un brin de vérité (sur ma vie dénuée d'intérêt). Abasourdie, je m'entendis à peine prononcer les paroles qui signifieraient la fin de la discussion.

- Sortez d'ici.

Pitoyable. Je sais.

- Oh, croyez que c'est ce que je vais faire, j'aurais dû comprendre depuis longtemps qu'il ne sert à rien de traiter avec le petit personnel, dit-elle d'un ton venimeux, avant de se tourner et de partir le nez en l'air et un sourire en coin, pour savourer sa royale répartie.

J'avais le souffle court, le visage en feu, et ma dignité plus basse que terre à cause des propos que j'avais entendus, et puis surtout à cause de mon inaptitude à répondre.

Il se faisait tard. La nuit tombait, tous les élèves quittaient l'établissement. Que faire ? Rentrer et me passer en boucle cette scène pour trouver comment j'aurais dû réagir ? Non. Il fallait que je me vide l'esprit. Je pris le téléphone et appelai Hank, le vieux gardien bienveillant que je connaissais depuis l'enfance.

- Hank, c'est Samantha.

- Qui ça ?

Humpf ! Je devais rester calme.

- Vous savez, Samantha Watkins, la bibliothécaire. Je vais faire du nettoyage. Je partirai sans doute tard, j'ai ma clef, je fermerai.

- Très bien. Bonne soirée.

Et il raccrocha avant que j'aie pu lui souhaiter de même.

Pendant plusieurs heures, je fis du tri dans les fonds et du ménage dans les allées pour me changer les idées, mais en vérité je revivais sans cesse la dispute dans ma tête. Évidemment, les réparties à froid, pleuvaient :

- Pas étonnant que vos élèves ne réussissent pas aux examens avec une grosse vache castratrice en guise de professeur, pas fichue de commander une fois pour toutes les bons bouquins, et incapable d'assumer ses propres fautes ! Sortez d'ici, espèce de vieille peau acariâtre et avariée !

Même si ce n'était pas du meilleur acabit et même si ce n'était pas réel, ça soulageait.

Aux environs de vingt-deux heures, je décidai qu'il était temps de rentrer.

*

Comme je n'habitais pas très loin du lycée, une voiture aurait été un investissement inutile alors je m'y rendais tous les jours à pied. De plus, je pensais qu'ainsi, je contribuais à la préservation de la planète.

Je ne pouvais pas prévoir que mes bonnes intentions allaient me mener à la catastrophe…

Ce soir-là, je pris le chemin habituel. Il faisait très froid et je ne regrettais pas du tout d'avoir pris un bonnet et des gants. Afin de me réchauffer davantage, je frottais mes mains vigoureusement l'une contre l'autre, tout en soufflant dessus. J'avais l'habitude de rentrer chez moi en marchant, quel que soit le temps ; c'était devenu une telle routine que mon corps me guidait tandis que je pouvais laisser mon esprit vagabonder. J'arrivais toujours à bon port.

Sauf que je n'avais pas pensé aux effets du discours de Cruella : j'avais tourné au mauvais coin de rue et au lieu de suivre mon circuit sécurisé habituel, je m'étais dirigée vers les entrepôts de stockage de matériel logistique jouxtant l'avenue que j'empruntais en temps normal. Ce n'était qu'une succession de culs de sac, j'allais être obligée de faire demi-tour.

Kentwood n'était pas connue pour sa criminalité, mais ce n'était pas non plus une utopie où tout le monde aimait son prochain et je n'avais pas envie de figurer sur les statistiques d'agressions de la police. Il n'y avait pas un chat à la ronde et je commençais vraiment à avoir peur.

Toutefois, même mes cauchemars n'auraient pu me préparer à ce qui m'arriva par la suite.

Chapitre II : Quand l'ordinaire devient un rêve

*

Les journalistes faisaient écho de disparitions mystérieuses depuis quelques temps aux informations. Plusieurs personnes avaient été enlevées à Kerington, et on murmurait que les deux jeunes femmes de Kentwood qui n'avaient plus donné signe de vie depuis dix jours et qui habitaient à quelques pâtés de maisons de mon lycée, avaient également été kidnappées. La police déconseillait de sortir seul(e) tard le soir. Certains journaux de bas étages avaient émis l'hypothèse d'un tueur en série ou de trafiquants d'organes juste pour effrayer davantage une population qui n'en avait pas besoin. Évidemment, il fallait que je me rappelle de tout ça une fois, moi aussi, en mauvaise posture !

Je fis demi-tour pour retrouver la grand-rue et mon circuit sécurisé habituel, mais je n'avais pas fait dix pas que j'entendis un vacarme épouvantable dans la ruelle devant moi, sur la gauche.

Mon cerveau cessa de fonctionner alors que j'en aurais désespérément eu besoin. Tout ce que je parvins à faire, ce fut de serrer plus fort mon sac à main contre ma poitrine.

Au moment où mes pieds comprirent que courir serait une idée salutaire, le vacarme s'intensifia, comme si on lançait d'énormes objets contre les parois en tôle des entrepôts. Je ne voulais pas m'approcher, mais je devais passer devant pour regagner la route que je connaissais. Que faire ?

Je décidai de me jeter à l'eau, commençai à courir et me retrouvai devant la ruelle…

… Lorsque j'ouvris les yeux, j'étais allongée sur le bitume à quelques mètres de l'entrée de celle-ci. J'avais mal partout et ma respiration était difficile. Quelque chose de chaud et de gluant coulait sur mon front.

Je compris que je saignais. J'avais dû subir une sorte de choc, j'avais peut-être été percutée par un camion… sauf que je n'avais pas entendu de moteur.

J'essayais de rassembler mes idées quand une masse sombre atterrit juste à côté de moi, m'arrachant un cri de surprise. Cette masse sombre n'était autre qu'un homme, grand et blond. Pour qui, pour quoi, je me dis aussitôt que c'était lui qui m'avait foncé dessus et non un camion. Lorsque je réalisai l'énormité de ma réflexion, un deuxième boulet de canon humain s'écrasa sur l'autre type qui se relevait.

Je fis alors ce que toute personne sensée aurait fait.

- Aaaaaaaaaaaaahhhhhhhhh !!!!!!!!!!!

Je regrettai immédiatement mon cri perçant quand deux paires d'yeux me fixèrent puis s'allumèrent et devinrent plus brillantes encore que les pupilles des Goa'ulds de *Stargate Sg-1*[1] (je suis fan de la série). On aurait dit que leurs propriétaires voulaient me

---

[1] Série de science-fiction où des explorateurs passent la Porte des étoiles pour rencontrer des peuples extraterrestres. Les Goa'ulds sont des parasites qui vivent dans un hôte humain dont ils prennent le contrôle. L'une de leurs caractéristiques est de pouvoir faire briller leurs yeux à volonté.

dévorer... Je ravalai un second cri, bloqué par une boule de terreur pure, coincée dans ma gorge.

Une autre voix me parvint.

- Messieurs, il est tout à fait regrettable en plein combat d'être si facilement déconcentré par la perspective d'un bon repas. Et c'est très impoli envers moi. Vous méritez une leçon de savoir-vivre.

Je ne distinguais pas nettement cette personne dans l'obscurité, mais la menace mortelle et implacable contenue dans le velours de sa voix suffit à me glacer les sangs au point que je ne percutai même pas que le bon repas dont il avait fait mention, c'était moi.

- T'inquiète pas ! On s'occupera d'elle après en avoir fini avec toi ! lança le deuxième complice, un homme brun, pas très grand, mais incroyablement musclé.

Comprenant que ces fous furieux allaient de nouveau se sauter à la gorge, je voulus m'enfuir pour ne pas être une deuxième fois un dommage collatéral. Mais j'avais surestimé mes forces.

À peine deux pas effectués, je commençais à avoir le tournis. Je ne pouvais pas me permettre de rester là, d'autant que dans mon dos, la bagarre avait repris de plus belle donc je m'évertuais à avancer pour quitter cet endroit maudit et appeler à l'aide. Dire que je n'avais jamais pris le temps d'aller m'acheter un téléphone portable ! J'aurais pu appeler la police ! Je me retournai pour vérifier que j'avais mis de la distance avec mes agresseurs...

J'écarquillai les yeux d'horreur.

La tête du grand brun costaud venait d'être arrachée de son corps par le type à la voix de velours dans une espèce de bruit horrible de craquements d'os. La seconde suivante, le cadavre se transforma en une fine poussière qui s'envola au gré du vent. Estomaquée, je voulus courir de nouveau...

Or, je sentis le temps d'une respiration, qu'on m'attrapait par le bras, celui qui par miracle, tenait encore mon sac à main.

Soudain, je fus soulevée de terre puis projetée droit sur Voix de Velours. J'étais devenue un boulet de canon humain moi aussi, et l'impact nous fit rouler tous deux à terre.

Alors que je m'enfonçais dans le néant, j'entendis quelque chose qui m'assura que ma vie insipide était bel et bien terminée et que j'allais retrouver mes parents.

- Surveille tes arrières, Phoenix. En attendant, n'oublie pas, pas de témoin !

*

Je suis morte.

C'est ça le Paradis ? Ou alors je suis en Enfer... il n'y a que du noir autour de moi. C'est ça, je suis morte. Alors pourquoi j'ai l'impression d'être dans un lit ? Sont-ce les tortures infligées aux pêcheurs dans le Monde Souterrain ?

Franchement, avant de se réveiller parfois, on a vraiment de drôles d'idées ! J'étais inconsciente, mais il me fallut un certain temps avant de le comprendre.

Une lumière daigna enfin s'allumer dans mon esprit : ce que je sentais sous mes doigts, comme j'avais toujours les yeux fermés, c'étaient des draps, un oreiller et un matelas moelleux. Les miens.

Ouuuf !

Je me sentis sourire béatement car tout ça n'était qu'un simple cauchemar, un horrible cauchemar qui venait de se terminer. Il fallait vraiment que j'arrête de m'endormir en regardant des séries de science-fiction. N'importe quoi ! Comme si un surhomme capable d'envoyer dans les airs deux grands costauds aux yeux luminescents, ça existait ! Rassurée, je me blottis davantage contre mon oreiller.

Je fus surprise par les courbatures que je ressentis partout dans mon corps à ce simple mouvement. Bon sang ! J'avais dû vraiment me crisper pendant la nuit ! Sûrement quand Voix de Velours avait lancé ses menaces. J'espérais ne plus jamais l'entendre...

- Eh bien, notre Belle-au-Bois-Dormant décide enfin de se réveiller, je commençais à m'impatienter !

Cette voix tout droit sortie de mon cauchemar me fit frôler la crise cardiaque. J'avais vu dans un reportage qu'il arrive que dans la panique, les gens fassent n'importe quoi car leurs neurones sont tout simplement grillés par le déferlement d'adrénaline. Cela se produisit aussi pour moi.

Je voulus sortir du lit en courant, mais je m'emmêlai dans les draps et m'écrasai lamentablement sur le sol, en renversant tout ce qui avait eu le malheur de se trouver sur la table de nuit.

Dans un ensemble de mouvements de jambes et de bras ridicules, je réussis à m'extirper de la prison de tissu qui me recouvrait pour me retrouver face à Voix de Velours en personne, assis face à moi, dans un fauteuil. Mon cœur battait à tout rompre et je sentis mon sang refluer de mon visage. Je ne pouvais rien faire si ce n'était fixer l'homme qui me dévisageait si intensément. Son regard, bleu clair comme je n'en avais jamais vu, suffit à me faire trembler de peur, éclipsant tout le reste.

Du moins… jusqu'à ce que je remarque son petit sourire en coin dont l'explication se trouvait dans le fait que je ne portais que ma culotte et mon soutien-gorge. Aussitôt, mon sang revint à mon visage car je devins plus rouge qu'une tomate. Ma pudeur passant devant ma sécurité dans l'ordre de mes priorités, j'attrapai le drap et me cachai piteusement avec. Bon sang ! N'ayant aucune expérience dans le domaine sexuel, je n'avais jamais eu besoin d'acheter des dessous sexy. C'était la première fois que je me retrouvais quasi-nue devant un homme et je portais un soutien-gorge blanc uni pitoyable et une culotte en coton blanche à fleurs ! À l'intensification de la chaleur sur mes joues, je compris que, de rouge, je devins écarlate.

Pendant ce temps, Voix de Velours n'avait pas fait l'esquisse d'un mouvement, se contentant de m'observer depuis son point de mire. Pour me défendre, je décidai de passer à l'attaque.

- Où m'avez-vous amenée ? Qui êtes-vous, que me voulez-vous ? Je vous préviens, si vous essayez de me toucher, je vous démolis. J'ai pris des cours de karaté et je suis ceinture noire (faux et archi faux, mais ça il n'était pas obligé de le savoir) ! Et rendez-moi mes vêtements, espèce de sale pervers !

J'avais tout dit, ou plutôt hurlé, les yeux fermés, sans reprendre mon souffle.

Lorsque j'osai enfin affronter Voix de Velours, j'eus du mal à avaler ma salive. Plus de sourire en coin, juste un regard glacial qui me fit reculer contre le mur et me donna envie de me fondre dedans pour devenir invisible. L'épisode Cruella aurait dû me servir de leçon, je n'impressionnais décidément personne.

Il n'avait pas bougé cependant. Je le regardai alors, en évitant les yeux.

C'était un homme grand, avec des cheveux bruns légèrement dégradés jusqu'à la nuque, et dont quelques mèches rebelles tombaient mollement sur un front lisse avec des sourcils bien dessinés. Son costume très élégant mettait en valeur sa carrure athlétique, sa veste délicatement posée sur le bras du fauteuil, et son nez droit et son menton volontaire lui donnaient l'air d'avoir trente ans bien que ses yeux si perçants signalaient le contraire. Il m'aurait peut-être paru séduisant si toutes mes alarmes internes, qui ne s'étaient jamais encore manifestées, ne criaient pas au danger mortel. Ce n'était pas seulement sa voix, mais aussi sa personne qui irradiaient une puissance menaçante. Impressionnant.

Fait troublant, c'était l'absence de la moindre blessure sur son corps. Aucune trace de coups… Pourtant cette bagarre à laquelle il avait participé dans la ruelle n'avait pas été simulée !

Il n'avait pas bronché pendant mon examen, ce qui me laissait supposer qu'il avait fait la même chose sur moi, mais au bout d'un moment, considérant que le silence avait sûrement assez duré, il le rompit.

- Un « Merci de m'avoir sauvé la vie » aurait été plus approprié que cette tirade ridicule. Kentwood a peut-être du charme, mais pas celui de la politesse, dit-il d'une voix tranchante.

Il se leva et se dirigea vers la porte.

- Il y a des vêtements pour vous changer. Les vôtres étaient... inutilisables. Je vous attends pour dîner. Dans vingt minutes.

Sur ces mots, sans même un regard, il sortit.

*

Quelques minutes après, j'étais toujours devant la porte par laquelle Voix de Velours était passé. Il fallait que je me reprenne, que je me secoue pour trouver une solution à ma situation.

Je commençai par observer la chambre dans laquelle il m'avait installée, à la recherche d'une issue. Plus qu'une chambre, j'étais dans une véritable suite au décor sobre mais raffiné. Les murs étaient peints d'un bleu très pâle donnant un aspect reposant à la pièce, il y avait le lit bien sûr, ainsi qu'une armoire en ébène vide, un grand canapé et un fauteuil en cuir noir. Les volets étaient fermés et verrouillés, seules quelques lampes, moins celle de la table de nuit que j'avais envoyée s'écraser par terre, accordaient à la pièce un éclairage tamisé. Aucun moyen de s'échapper, j'étais bel et bien prisonnière.

Autant faire le point sur mon état physique : j'avais mal partout, des bleus aux bras, notamment sur celui par lequel m'avait saisie le grand blond, et des écorchures aux jambes et aux genoux. J'avais mal aux côtes et me souvenais que par deux fois j'avais été percutée par des projectiles. Enfin la deuxième fois, j'avais plutôt servi de projectile ; d'ailleurs je me rappelais le sang sur mon visage et touchai mon crâne : plus de trace de la blessure. C'était impossible !

Afin d'éviter la migraine qui menaçait au souvenir des derniers événements et au tourbillon de questions qu'ils supposaient, je le chassai de mon esprit, et repris mon observation de la chambre.

Il y avait une console sur laquelle étaient posés des vêtements. Je me dirigeai vers elle et ouvris grand la bouche en saisissant la robe de soirée magnifique que Voix de Velours m'avait procurée.

Là encore, je me demandai quelles étaient ses intentions. S'il avait voulu me violer, il aurait pu le faire pendant que j'étais inconsciente, quoique certains tordus aiment voir la peur chez leur victime. Pourquoi avait-il fallu que je regarde deux épisodes d'*Esprits Criminels* la veille ? À chaque fois, ça me perturbait et je faisais des cauchemars. Est-ce que cela allait devenir ma réalité ? Je frissonnai… puis me souvins qu'il avait parlé de dîner.

Peut-être voulait-il me tuer après m'avoir donné à manger, et habillée comme une star de cinéma. Et puis, quelle heure était-il ? Quand j'étais sortie du travail, il était vingt-deux heures, il n'était plus temps de dîner… Combien de temps étais-je restée inconsciente ?

C'était une question sans réponse. La seule chose certaine, c'était qu'il me fallait sortir de cette chambre.

Il y avait bien une autre porte, mais c'était celle de la salle de bain, grande et belle, avec du marbre un peu partout. Génial ! J'étais tombée sur un psychopathe aux goûts de luxe et au portefeuille bien garni. Dans mon malheur, j'étais plutôt chanceuse, car j'avais bien besoin d'une douche. Voix de Velours avait prévu du matériel de toilette et ce fut un grand soulagement de pouvoir me savonner et profiter de l'eau chaude après ce que je venais de vivre. Les cheveux lavés et laissés libres pour qu'ils sèchent, je revins à la console aux vêtements, à côté desquels était posé négligemment un flacon de *Chanel n°5*. Rien que ça ! Eh bien autant en profiter.

J'enfilai la robe en velours noir avec de fines bretelles et un léger décolleté, qui descendait jusqu'aux chevilles et qui m'allait comme un gant. En voyant dans le miroir mon reflet si inhabituellement élégant, je me sentis gênée et mon malaise augmenta quand je ramassai les escarpins qui accompagnaient ma tenue. Je n'avais jamais réussi à marcher en talons hauts ! Je commençais à sentir la moutarde me monter au nez. Mais que me voulait Voix de Velours à la fin ? Me ridiculiser davantage avant de me trucider ?

La colère me redonnant courage, je sortis.

*

Je ne savais pas vraiment où aller parce qu'une succession de couloirs donnait accès à de nombreuses portes aux boiseries finement sculptées, toutes verrouillées. Je devais me trouver dans un manoir, voire un château. Enfin, j'accédai à un escalier qui me mena au rez-de-chaussée, et je restai bouche bée devant le hall d'entrée majestueux dont la taille dépassait par deux fois celle de mon salon de Kentwood.

J'avisai de la lumière dans l'une des pièces, respirai un grand coup, et repoussant dans mon dos mes cheveux détachés, j'y entrai.

C'était la salle à manger, et quelle salle à manger ! Immense, avec des lustres de cristal, des tentures représentant des batailles de la Renaissance, des tableaux de valeur,... Au centre de la pièce, trônait une très grande table en bois verni entourée de douze chaises à haut dossier se terminant sur un arrondi finement ciselé.

Mon attention fut rapidement attirée par une vitrine où était exposée une collection d'armes. Il y avait une épée française du XVIe siècle, un mousquet du XVIIe, ou encore une baïonnette prussienne de la fin du XIXe siècle. Je soufflai d'admiration, j'adorais les armes anciennes mais je n'avais pas les moyens d'en collectionner.

- Je vois que vous vous intéressez aux antiquités.

Je n'avais pas entendu mon kidnappeur approcher. Je sursautai au son de sa voix, puis lui fis face sans oser parler.

- J'espère que cette robe est à votre goût. Je vis seul et je n'ai pas l'habitude de conserver des vêtements féminins ici. L'une de mes connaissances a oublié de reprendre son bien.

Hein ? Qui oublierait un « bien » aussi cher ? Il l'avait peut-être tuée, enterrée quelque part et avait gardé ses affaires comme trophée !

Je dus blêmir. Au sourire narquois sur son visage, je compris qu'il avait saisi ma pensée.

- C'est une femme qui n'attache aucune importance aux choses matérielles étant donné son compte en banque plus que garni. Lorsqu'elle est partie, elle avait oublié de reprendre ses affaires de la veille et ne les a, depuis, jamais réclamées. Et aux dernières nouvelles, elle allait aussi bien qu'on peut.

Rassurée sur la santé de la propriétaire de la robe, je n'en restais pas moins furieuse d'être prisonnière d'un pervers.

- Alors vous m'avez fait enfiler la robe que votre ex-maîtresse portait pendant votre partie de débauche ? sifflai-je.

Beurk. J'espérais qu'il l'avait lavée au moins.

- Peut-être auriez-vous préféré me tenir compagnie en petite tenue… Très à la mode d'ailleurs…

L'ordure. Il avait dit ça avec une telle ironie que j'eus envie de le gifler. Je m'enflammai de honte et de colère, mais surtout de honte.

- Je ne vous ai pas autorisé à me déshabiller ! Pour qui vous prenez-vous ? Vous m'enlevez, vous me séquestrez, vous me terrorisez et vous vous amusez à me ridiculiser avant de me tuer ? Et je devrais me montrer complaisante, en plus ? Non mais, c'est quoi votre problème ?

Sa voix, lorsqu'il me répondit, devint un murmure menaçant.

- Ne vous a-t-on jamais dit qu'il vaut mieux éviter de mettre en colère la personne qui va vous tuer si vous ne voulez pas qu'avant elle vous torture un peu pour vous apprendre la politesse ?

Apeurée, je répliquai avec une voix haut perchée pitoyable :

- C'est un comble, vous me sermonnez comme si j'étais en faute alors que tout ce que j'ai fait, c'est me trouver au mauvais endroit, au mauvais moment ! On a bien le droit d'être effrayée et de crier quand on a devant soi un pervers capable d'arracher la tête de quelqu'un sans effort et qui nous force à porter les restes d'une soirée lubrique avant de nous assassiner !

Gagné. Je l'avais mis en colère.

Il s'approcha, me prit par le bras d'une poigne d'acier, et m'emmena vers un des fauteuils du salon contigu à la salle à manger, tout ça avant que j'ai eu le temps de dire « ouf ». Il me poussa sans ménagement et je me retrouvai assise, choquée et terrorisée par ces yeux qui me regardaient de haut et me lançaient des éclairs.

- Si j'avais voulu vous tuer, vous seriez morte hier dans cette ruelle et jamais on n'aurait retrouvé votre corps. Or, vous êtes encore là et vous êtes vivante. Sauf si vous décidez vraiment de me faire perdre mon sang-froid en continuant à me traiter de pervers. Alors bouclez-la, sauf pour répondre à mes questions. Suis-je clair sur ce point ?

Je secouai la tête pour acquiescer. On ne peut plus clair. Avoir le sens de la répartie c'est bien, mais dans certaines circonstances, mieux vaut se taire si on tient à la vie.

- On va reprendre du début. Qui êtes-vous ?

- Mes papiers d'identité sont dans mon sac à main. Vous n'avez pas regardé ? (Gloups) OK, OK, pardon ! Je m'appelle Samantha… Watkins… Je suis bibliothécaire au lycée Griffith.

- Que faisiez-vous près de la ruelle ?

- J'ai eu une dure journée. J'ai laissé mon esprit vagabonder au lieu de penser à mes pieds et je me suis retrouvée là-bas. J'ai voulu faire demi-tour et regagner la grand-rue mais je suis tombée sur vous et sur les deux autres types.

- De quoi vous rappelez-vous exactement ?

- Je suis passée devant la ruelle et quand je me suis réveillée, j'étais blessée parce qu'un homme m'a atterri dessus, on ne sait comment. Son complice est arrivé juste après et, bon Dieu, je n'ai pas rêvé, leurs yeux brillaient et ils voulaient me dévorer ! Vous l'avez dit vous-même ! Ensuite, vous avez tué le costaud et l'autre m'a confondue avec un boulet de canon! J'ai l'impression de devenir folle. Tout ça n'est qu'un cauchemar et je vais me réveiller !

Revivre cet affreux épisode me fit monter les larmes aux yeux.

- C'est la réalité.

Il avait dit ça sur un ton presque compatissant, mais je n'avais pas baissé ma garde.

- Maintenant, même si vous vous en défendez, je sais que vous allez m'exécuter.

- Vous êtes plus têtue qu'une mule ou alors vous ne comprenez rien à rien... trancha-t-il.

Alors-là non ! Il n'allait pas s'y mettre lui aussi !

- *Surveille tes arrières Phoenix et n'oublie pas, pas de témoin* ! Ne me prenez pas pour une imbécile ! Puisque c'est la réalité, je sais ce que j'ai entendu ! Vous avez ordre de tuer les témoins gênants, sûrement pour cacher ce que vous êtes. Vous croyez que je suis idiote ? Un humain est incapable d'arracher à mains nues la tête de quelqu'un ! Qui êtes-vous, nom d'un chien ?!

Là encore j'avais haussé le ton, mais l'hystérie qui me gagnait m'empêchait de me contrôler. Voix de Velours se redressa de toute sa hauteur et me toisa. Le silence sembla durer une éternité, mais j'attendais une explication.

Lorsqu'il me répondit, longuement, je compris que mon ordinaire était terminé et que ma vie venait de changer.

À jamais.

Chapitre III : Une deuxième vie

*

- Je suis un vampire.

J'aurais dû rire, je ne le fis pas. Dans mon esprit, une voix, celle de la terreur, me hurlait que les vampires n'existaient pas et qu'ils n'étaient que des figures légendaires issues des peurs les plus profondes de nos sociétés. Une autre, celle de la raison, me soufflait que les derniers événements attestaient cette déclaration.

Atterrée, j'observai alors Voix de Velours et l'espace d'un instant, je crus déceler un éclair douloureux sur son visage avant qu'il reprenne son impassibilité.

- Je vous crois, dis-je calmement. Et maintenant ?

Il ne me toisait plus, il avait juste l'air las.

- Commençons par les présentations. Je m'appelle Phoenix, je suis un vampire depuis l'âge de trente ans.

Phoenix, beau nom pour désigner un mort qui revient à la vie.

- C'était il y a combien de temps ?

- Cinq cents ans. Je suis né vers l'année 1480. À l'époque, on ne tenait pas très bien les registres de naissance. Je suis mort à l'âge de trente ans et un demi-millénaire plus tard, je suis là devant vous.

Je dus avoir l'air ridicule avec ma bouche grande ouverte et mes yeux exorbités, mais j'étais en face d'une personne qui avait traversé les âges ! Maintenant, je comprenais la touche Renaissance de la décoration ! La bibliothécaire férue d'histoire n'arrivait plus à mettre de l'ordre dans son esprit où se bousculaient des tonnes de questions ; la femme prisonnière tentait de les museler pour ne pas vexer le monstre buveur de sang à qui elle parlait.

- Hum. C'est une très longue vie.

Il s'assit sur le fauteuil en face de moi.

- Oui. Et c'est le secret qui permet à ma race de survivre.

Il prononça ces paroles en étudiant ma réaction.

- Les hommes ont toujours eu peur des vampires. On vous aurait exterminés si on avait su que vous n'étiez pas seulement des personnages de Bram Stoker. Donc ça signifie que vous empêchez les humains qui découvrent votre vraie nature de la divulguer. Je suppose que vous les assassinez. Ce qui m'amène à me demander : pourquoi suis-je devant vous à en discuter ? raisonnai-je.

Il m'avait écoutée très attentivement, ses yeux inquisiteurs braqués sur moi.

- Au bout de cinq cents ans, on en a assez des carnages. Tuer des innocents me dégoûte.

Une chance pour moi ça !

- Êtes-vous vraiment obligés de les tuer ? Je veux dire... les vampires n'ont-ils pas des pouvoirs de suggestion pour effacer les souvenirs compromettants des humains ?

- Ça, c'est seulement dans les films. En devenant vampire, nous acquérons une puissance qui grandit avec le temps, mais aucun pouvoir de suggestion.

- Mais alors... pourquoi m'épargnez-vous ?

- Contrairement à ce que vous pensez, le meurtre n'est pas la seule option. Nous autres, vampires, apprécions beaucoup la manipulation comme le chantage. Lorsque nous sommes découverts, on peut permettre au témoin humain de rester en vie, ainsi que sa famille, en échange de quelques services et de la plus grande discrétion. Vous pourriez m'être utile.

- Moi ? Je ne vois pas en quoi.

- Je suis un homme de terrain et j'abomine la paperasse, mais mes employeurs, pour mon malheur, aiment les comptes-rendus détaillés. J'ai besoin d'une assistante.

Si je n'étais pas déjà assise, je crois que j'aurais eu besoin d'un siège.

*

- Vous plaisantez.

Il ne me répondit pas et il n'en avait pas besoin. Ce n'était pas une blague.

- Pas question. J'ai une vie et je veux la retrouver.

- Votre ancienne vie vient de s'achever. Un retour en arrière est impossible, sauf si vous souhaitez la mort.

Au ton monocorde et détaché qu'il prit pour m'annoncer cela, je me levai et explosai.

- Alors c'est ça ! Vous m'épargnez juste pour que je devienne votre esclave ! Vous m'avez fait venir ici, vous m'avez déguisée en starlette pour que je sois émerveillée et que je renonce à ma liberté ! Eh bien détrompez-vous ! Je ne veux pas de cette vie, ou plutôt de cette mort. Parce que c'est ce que vous êtes non, un mort ambulant ! Tuez-moi ! Parce que je ne serai pas le jouet d'un monstre !

Je n'arrivais pas à arrêter mes larmes de couler le long de mes joues en même temps que je prononçais ces paroles. Ma vie n'était peut-être pas trépidante, mais tout ce que je désirais à ce moment-là, c'était la retrouver et oublier que les vampires existaient.

Il s'était levé aussi. Le silence qui nous entourait m'oppressait plus que s'il avait mis ses mains autour de mon cou pour m'étrangler. Je ne pouvais le voir, mais je sentais son regard sur moi.

- Je vous en prie, laissez-moi rentrer chez moi, finis-je par articuler pitoyablement.

Je m'attendais à être brutalisée pour mon éclat ; au contraire, il me répondit calmement.

- Je vous l'ai dit, vous ne pouvez pas. Vous n'avez plus de chez-vous. Vous devez rester avec moi si vous voulez vivre.

Son ton ne me laissait d'autre choix que de l'observer. Je crus à nouveau déceler de la douleur sur son visage.

- Je ne comprends pas.

- Pourquoi, à votre avis, vous ai-je interrogée pour connaître votre identité plutôt que d'aller fouiller dans votre sac à main ?

Je fronçai les sourcils et réfléchis. La dernière fois que je tenais mon sac… Bon sang, c'était quand le grand vampire blond m'avait lancée sur Voix de Velours.

J'écarquillai les yeux, horrifiée.

- Je vois que vous avez saisi, me dit-il. Vous êtes restée inconsciente toute la nuit et toute la journée. Ça lui laissait le temps d'aller chez vous avec des complices pour en savoir plus long. En effet, par acquis de conscience, ils voudront certainement découvrir la raison pour laquelle vous vous êtes retrouvée dans cette ruelle. Si vous retournez dans votre maison et qu'ils s'y trouvent encore, ils pourraient vous torturer pour obtenir des informations et vous faire regretter d'être née.

Mes jambes flageolaient au point de ne bientôt plus pouvoir supporter mon poids. De même, je n'arrivais plus à respirer.

- Mais… j'étais là par hasard !

- Peu importe. À défaut d'obtenir quoi que ce soit dans votre maison, si vous y revenez, c'est vous qu'ils auront pour s'offrir un festin.

Il soupira.

- Vous pouvez refusez de travailler pour un monstre, mais vous n'avez pas vraiment le choix.

Je me sentis d'un coup très mal. Dans un grand effort, je dis :

- Toi…lettes.

- En sortant sur votre gauche, troisième porte.

Je courus hors du salon en direction des WC. Juste à temps. Je vomis tout ce que je pouvais dans la cuvette tout en ne pouvant pas me retenir de pleurer à la perspective de ce qui m'attendait si je rentrais chez moi, ou si j'acceptais l'offre de Voix de Velours. Lorsque j'eus terminé, je trouvai tant bien que mal la salle de bain pour me rafraîchir.

C'en était trop. Mon esprit n'ayant pas la capacité pour l'heure d'assimiler tout ça, il décida de faire une pause.

Et je m'évanouis.

*

Le carrelage de la salle de bain n'était pas aussi dur et froid que je m'y attendais. En fait, il était plutôt confortable.

En ouvrant les yeux, je constatai que j'étais de nouveau dans le salon, allongée sur un grand canapé en tissu beige très doux, dont la couleur contrastait avec le grand tapis couleur taupe sur lequel il était posé.

- Où êtes-vous ? croassai-je.

- Je suis là.

Il traversa la pièce, depuis la cheminée jusqu'au fauteuil en face de moi, et s'assit. Il y avait un verre d'eau sur la petite table entre nous. Je me redressai péniblement et avalai une gorgée. En reposant le verre, j'eus un petit ricanement nerveux.

- Pouvez-vous m'éclairer sur le motif de votre hilarité ? dit-il.

- Je me disais simplement que je suis tellement pitoyable et inutile que vous devez déjà regretter de ne pas m'avoir fait taire de manière définitive. Désolée, mais je crois que vous avez choisi la mauvaise personne.

- Je ne crois pas, non.

Son ton mystérieux me fit me demander ce qu'il sous-entendait, cependant, je n'avais pas besoin d'une migraine à trop y penser. En parlant de cela…

- Au fait, que m'avez-vous fait ? J'étais blessée à la tête, je me rappelle le sang sur mon visage, dans la ruelle. Or, quand je me suis réveillée tout à l'heure, il n'y avait plus rien.

- Je vous ai guérie avec mon sang.

- Votre sang ?

- Le sang de vampire a des propriétés curatives. Ingéré, il est très puissant mais on peut aussi en appliquer sur une petite plaie pour la faire disparaître.

J'eus un haut-le-cœur.

- Vous m'avez fait boire votre sang ?

- Ce n'était pas nécessaire. Votre plaie à la tête était superficielle, même si elle saignait beaucoup.

Je soupirai de soulagement, néanmoins, je ne pus m'empêcher de demander :

- Serais-je devenue un vampire si vous l'aviez fait ?

Son visage se crispa et son regard devint lointain, comme s'il se remémorait de mauvais souvenirs.

- Non. Il faudrait d'abord que je vous vide de votre sang. Et c'est une étape… très particulière.

Jugeant préférable pour ma sécurité de ne pas l'indisposer, j'orientai la conversation vers autre chose.

- Vous êtes sûr que je ne peux pas rentrer chez moi ? Si ces hommes ont fouillé ma maison, et qu'ils se sont aperçus que je n'avais rien à voir avec vos histoires, quelles qu'elles soient, ils sont peut-être partis.

- Ce n'est pas sûr. Et n'essayez pas non plus de voir vos proches, ils auront peut-être l'idée de les surveiller aussi.

Détournant le regard, je murmurai :

- Je n'ai ni famille ni amis.

Je pensais qu'il allait changer de sujet pour que je ne sois pas dans l'embarras, mais il se contenta de me dévisager.

Son regard bleu acier me mettait mal à l'aise et je commençais à rougir de nouveau.

- Cessez de faire ça ! m'écriai-je.

- Faire quoi ?

- Me regarder aux rayons X, comme si j'étais un monstre de foire.

- Je croyais que c'était moi le monstre ? me dit-il en levant un sourcil.

Je lui jetai un coup d'œil peu amène, goûtant peu la plaisanterie, même si j'étais persuadée que ce n'en était pas une.

- Écoutez, comme vous avez dû vous en apercevoir, je ne suis pas douée pour parler avec les autres. Alors je suis seule en général. Tout le temps en fait.

- Ça n'a aucune importance pour moi. D'ailleurs, je vis seul depuis une éternité et je ne m'en porte pas plus mal, alors, il n'y a pas de honte à avoir. Je ne vous épargne pas pour me faire la conversation mais pour être mon employée. En êtes-vous capable ?

- Je crois que de toute façon je n'ai pas vraiment le choix, soupirai-je.

Puis une idée me vint.

- Je serai payée au moins !

*

Il leva les yeux au ciel avant de se lever en me tendant la main.

- Quoi ?

J'avais accepté le marché mais j'avais encore peur de lui. Je n'osais pas le toucher.

- Je crois avoir parlé de dîner. Un hôte qui se respecte honore ses promesses.

La main toujours tendue, il me fit signe de regarder la salle à manger. Effectivement, la table était dressée pour une personne. Je finis par le laisser m'aider à me relever (vu que j'avais toujours les jambes en coton, ce n'était pas une mauvaise idée) et me guider vers ma chaise.

Il y avait de nombreux plats que je n'avais pas vus en arrivant dans la pièce. Il faut dire aussi qu'étant donné la taille de la table, je n'avais pas fait attention aux détails alors quand je vis les tranches de rôti de bœuf bien roses, les légumes, le fromage et la tarte aux fraises, mon estomac émit un grognement peu en adéquation avec le raffinement de ce qui m'entourait. Évidemment, je pris la même teinte que la viande.

- Désolée, m'excusai-je lamentablement.

- Je n'ai jamais rencontré d'humaine qui rougisse autant. Il va falloir travailler votre confiance en vous, entre autres choses.

- Comment ça ?

D'un geste de la main, il balaya ma question.

- Plus tard. Ce soir, vous vous reposez pour vous remettre sur pieds, nous verrons les questions pratiques demain. Mangez !

- Mais, et vous ? Vous ne mangez rien ?

Je voulais être polie mais honnêtement, je n'avais aucune envie de le voir sucer le sang de quelqu'un devant moi.

- Votre sollicitude me touche mais j'ai déjà dîné. Encore une fois, mangez !

J'attrapai une tranche de rôti et un peu de légumes, cependant, à l'évocation de son dîner, une boule s'était coincée dans mon estomac.

- Hum. Vous avez... euh... tué quelqu'un ? lui demandai-je en essayant d'être la plus détendue possible, c'est-à-dire en pointant vers lui un morceau de rôti planté sur ma fourchette.

Pour la deuxième fois, il leva les yeux au ciel.

- Bien sûr que non. J'ai des stocks dans une chambre froide et j'ai un contact à la banque du sang.

- Alors là je n'y comprends plus rien.

- La communauté vampirique a beaucoup évolué. Nous ne sommes plus des monstres psychopathes obsédés par le meurtre par exsanguination comme le dépeint l'imaginaire collectif humain. Mangez !

- Vous dites que vous ne l'êtes plus. Ça veut dire que vous l'avez été.

- Oui.

Je réprimai l'envie de lui demander si lui aussi avait eu des tendances psychopathes, l'idée me faisait déjà frissonner.

Voix de Velours reprit :

- Mais nous avons dû revoir notre mode de consommation lorsque le secret de notre existence fut menacé par notre plus grand ennemi.

Quel ennemi pouvait être si puissant pour faire peur à une bande d'immortels aux pouvoirs hors du commun ?

- Quel ennemi ? réussis-je à prononcer en avalant le morceau de rôti que je brandissais depuis le début sur ma fourchette.

- La police scientifique.

Bien sûr. La police bénéficiait d'outils de pointe pour mener ses enquêtes. D'autre part, la mise en commun des données via l'informatique permettait d'avancer beaucoup plus vite et de relier des affaires s'étant produites en des lieux et des temporalités différentes. Mettez plusieurs cadavres exsangues dans tout le pays et vous vous retrouverez avec une meute d'inspecteurs sur les dents, prêts à en découdre ! Je comprenais pourquoi ce secret était vraiment en danger.

J'imaginai alors Horatio Caine des *Experts Miami*, avec ses fameuses lunettes de soleil et sa voix traînante. Il aurait vite démoli le mythe du policier flegmatique en constatant à quel type de meurtriers il avait affaire, j'étais sûre qu'il aurait décampé en hurlant, sa crinière rousse au vent. Imaginer la scène était désopilant.

- Vous êtes bien étrange. Vous êtes prête à me sauter à la gorge quand je vous soigne et vous souriez quand j'évoque les meurtres perpétrés par mon espèce.

- Hein ?

- C'est bien ce que je disais.

- Pardonnez-moi. Donc, vous dites que vous avez changé de régime alimentaire ?

- On peut dire ça. Nous nous nourrissons toujours de sang, mais nous ne nous alimentons plus à la source. Nous nous approvisionnons aux banques de sang et dans d'autres endroits où l'on peut s'en procurer.

- C'est un peu dur à imaginer... Des vampires avec un caddy dans des rayons pleins de poches en plastique...

- Techniquement, cela se passe différemment. Mais certains vampires de notre communauté pensent comme vous et refusent d'être assimilés à de vulgaires humains faisant leurs courses dans un supermarché.

- Pour eux, la transition a dû être difficile.

- En effet. Il y a des vampires qui sont restés à l'état sauvage. Ils se voient comme des chasseurs et rien ne leur plaît davantage qu'une proie qu'ils ont traquée. Mais la punition est terrible pour ceux qui mettent en danger le Secret en assassinant pour se nourrir.

- Donc il y a une législation vampirique qui régule les actes de vos congénères ? Mais qui la fait appliquer ?

- Vous posez toujours autant de questions ?

- Je découvre un monde surnaturel et ignoré de tous. Il est normal que je veuille en savoir plus.

- Vous en savez suffisamment pour ce soir. Et j'en ai assez de vous répéter de manger...

Le ton qu'il avait employé dissuadait de tout autre commentaire. De toute façon, je mourais de faim. J'abandonnai alors ma réserve et commençai à manger.

C'était délicieux. La viande fondait dans la bouche, les légumes étaient merveilleusement assaisonnés, le pain était craquant, le fromage fondant, et la tarte... À se damner ! J'étais tellement absorbée par mon repas que je ne me rendis compte qu'à ma deuxième part de tarte aux fraises que Voix de Velours m'observait.

Je me sentis gênée et je trouvai utile de le lui signaler.

- Qche vus vez a mm rgardé cm cha ?

Soulevant un sourcil, Voix de Velours me toisa.

- Je vous demande pardon ?

J'avalai ma pitance, consciente de me conduire comme une femme des cavernes.

- Vous recommencez à me scruter ! C'est très gênant !

- J'étudiais les règles de bonne tenue à table des femmes du XXIe siècle. Très instructif...

Je rougis. Encore.

- Vous n'êtes pas juste ! Ça fait deux jours que je n'ai pas mangé ! Sachez que j'ai reçu une très bonne éducation et que je sais me tenir quand les circonstances l'exigent et...

Il leva les yeux au ciel. Encore.

- Je sens que nous allons avoir beaucoup de travail ! Finissez et allez vous reposer. Je vous revois demain au coucher du soleil. Ne sortez pas de l'enceinte de la propriété pendant la journée, c'est trop tôt. J'ai une bibliothèque à l'étage ; des livres que j'ai accumulés au fil des ans. Vous êtes libre d'y aller, vous serez dans votre élément. Nous commencerons votre formation demain soir, dit-il en se redressant.

- Mais... vous me laissez... vous n'avez même pas répondu à toutes mes questions ! Et ... je n'ai plus rien ! Toutes mes affaires sont chez moi !

- Tout cela attendra demain.

Sans un mot de plus, il sortit, me laissant seule devant les restes de mon festin.

Quelle idiote ! Je n'avais même pas été capable de lui faire dire où nous étions ! Il m'avait menée là où il le voulait tout au long de la discussion. Dire que je n'étais pas douée était un euphémisme !

Que faire maintenant?

M'enfuir et rentrer chez moi n'était pas une option si c'était pour me retrouver face au grand blond assis tranquillement dans mon sofa à attendre de me déguster.

Bon sang… Je soufflai et entrepris de débarrasser la table.

Je restai bouche bée devant la cuisine quand enfin je la trouvai : spacieuse, rutilante et dernier cri. Elle était deux fois plus grande que ma chambre à coucher. Décidément, Voix de Velours ne se refusait rien.

J'inspectai les lieux, en commençant par le réfrigérateur. J'avoue que j'étais curieuse de voir son contenu, alors imaginez ma perplexité en y constatant la profusion de nourriture humaine : fruits, légumes, produits frais, sodas, … Ce n'était pas logique, j'aurais dû trouver du sang. Mais bon, les vampires cachaient peut-être leurs réserves personnelles à l'abri des regards indiscrets, un peu comme des bouteilles de grands crus.

J'ouvris ensuite les placards et y découvris plein de paquets de biscuits divers et variés. S'il voulait faire une sauterie avec des humains c'était bien vu mais, avec tout ce monde, pour la préservation du grand Secret, ça n'aurait pas eu de sens.

Bah ! Au moins je ne mourrais pas de faim. Ayant fini mon exploration, je fis quelques allers et retours entre la cuisine et la salle à manger pour ranger ma vaisselle et les restes de mon repas gargantuesque en notant au passage l'élégante décoration des couloirs. Le carrelage blanc donnait à l'espace un côté froid atténué par le ton chaleureux de la peinture marron clair des murs, ornés de miroirs sous chacun desquels on avait disposé de petites consoles en bois de style japonais, zens et pratiques pour le rangement.

Pour mon dernier voyage, la tarte aux fraises me résistait, je n'arrivais pas à la faire rentrer dans le réfrigérateur. En voulant faire de la place, j'actionnai un mécanisme avançant vers moi des étagères précédemment cachées.

- Beurk !! lâchai-je devant le contenu des compartiments secrets.

J'avais trouvé le garde-manger de Voix de Velours. Très ingénieux comme système, en vérité. Si la police un jour devait fouiller cet endroit, elle ne penserait sûrement pas à un double fond dans le réfrigérateur, dissimulant ainsi les poches de sang. D'ailleurs, je me demandais où était cette prison dans laquelle mon geôlier m'avait amenée... pour me gâcher la vie... voire me la faire perdre... Stop !

Je devais arrêter de penser à cela.

Surmontant ma répulsion, je pris une des poches ; « A + », comme mon groupe sanguin.

J'en pris une deuxième, également « A + ». Je constatai que toutes les poches étaient du même groupe. Apparemment, les vampires avaient des préférences, un peu comme les humains avec le jus d'orange et le jus de pamplemousse.

J'avais vraiment de la chance ! J'étais embauchée par un suceur de sang, abonné au « A + » et j'étais justement une grosse poche de « A » ambulante ! Même si je n'étais pas particulièrement croyante, je fis une petite prière pour que Voix de Velours n'ait pas de très grosse faim si j'étais à proximité.

Je remis tout à sa place de sorte qu'il ne s'aperçoive pas que j'avais percé un de ses secrets. Je ne préférais pas imaginer sa réaction, ni son regard glacial qui me transpercerait plus sûrement qu'une épée. Je frissonnai à cette idée et me demandai s'il l'avait déjà étant humain ou si ses yeux avaient changé après sa transformation.

Brrr... Penser à autre chose et vite !

En temps normal, je détestais faire la vaisselle, mais je me mis devant l'évier et nettoyai mes couverts pour m'occuper l'esprit. Dans tous les cas, je n'aimais pas le désordre et quelque chose me disait que Voix de Velours non plus. Nous avions au moins cela en commun.

Tout était rangé et je me sentais lasse. Étant donné que la fuite n'était pas une option et que je n'avais aucune idée de la « formation » que m'avait prévue mon hôte pour le lendemain, mieux valait me coucher. Je retournai donc dans « ma » chambre.

Avant de me déshabiller, je ramassai et jetai les débris de la lampe cassée, et refis le lit correctement. Même si j'avais dormi près de vingt-quatre heures, j'étais épuisée. J'avais besoin de sommeil, notamment pour digérer tout ce que j'avais entendu pendant cette soirée. C'est ainsi que je me jetai sur l'immense lit, m'enroulai dans les couvertures et fermai les yeux en évitant de penser à ce qui m'attendrait le lendemain, et par la suite…

*

Quand je m'éveillai, la chambre était plongée dans l'obscurité ; j'avais du mal à me repérer. Je me levai malgré tout, à la recherche d'une lampe à allumer. Lorsque j'en trouvai une, je fus surprise de trouver sur la console où j'avais eu la robe du soir, une nouvelle pile de vêtements, plus volumineuse cette fois-ci que la précédente.

Dessus, il y avait un petit mot : « Le reste est dans l'armoire ». Pas de signature. Non pas que j'en avais besoin.

Je jetai un rapide coup d'œil à la pile de la console : une chemise blanche, un pantalon noir, et des vêtements de sport. Je me dirigeai vers l'armoire et restai bouche bée.

Là où il n'y avait que du vide la veille, il y avait maintenant une masse de vêtements de qualité divers et variés. Voix de Velours m'avait offert une garde-robe !

Même si c'était un vampire dangereux et terrifiant, et même s'il tenait ma vie entre ses mains, j'en fus touchée. Du moins jusqu'à ce que je tire le tiroir aux sous-vêtements… Bon sang !

- Mais qu'est-ce qui lui est passé par la tête ? m'enflammai-je en attrapant une petite culotte en dentelle qui dévoilait plus qu'elle ne cachait le, hum…, jardin secret de la gente féminine.

Heureusement qu'il n'avait pas acheté de strings ! Je détestais ça !

Il avait dû vraiment m'observer sous toutes les coutures pour connaître ma taille de vêtements. Oh, là, là ! Je préférais ne pas imaginer comment il avait fait !

Les soutiens-gorge étaient sexy mais certains étaient sportswear pour aller avec les tenues d'entraînement. Dans tous les cas, tout ça était hors de prix.

Sous la douche, je réfléchis et me demandais comment il avait pu se procurer toute cette garde-robe en si peu de temps. Il avait peut-être cambriolé un grand magasin en se servant de ses super pouvoirs ou alors il y avait un magasin « spécial vampires » ouvert toutes les nuits. Bref, j'avais dû dormir comme une masse pour ne rien avoir entendu pendant qu'il était dans la pièce. Pourvu que je n'aie pas ronflé !!!

Sortie de la salle de bain, j'enfilai la chemise et le pantalon de la console. En guise de chaussures, j'optai pour des petites ballerines, la seule paire sans talons disponible.

Je finis en ajustant mon éternelle queue de cheval ; le résultat que je voyais dans le miroir n'était pas si mal, j'avais vraiment l'air d'une assistante… d'un grand cabinet d'avocats. Ça changeait de la bibliothécaire de lycée en jean/baskets.

Après un dernier coup d'œil à mon reflet, je sortis de la chambre et me dirigeai vers la cuisine pour me préparer mon petit-déjeuner et accessoirement avoir une idée de l'heure qu'il était.

La pièce baignait dans une douce lumière hivernale et les fenêtres donnaient sur un magnifique jardin que je n'avais pas vu la veille, tant il faisait sombre au dehors. Une grande pelouse parfaitement rase s'étendait jusqu'aux hauts murs d'enceinte du domaine aux pieds desquels s'égayaient des massifs de rosiers et des petits buissons. Un saule pleureur enrichissait l'ensemble d'une touche nostalgique en protégeant de ses feuilles tombantes l'intimité d'un petit banc en bois, sans doute destiné aux agréables lectures de printemps. Mon estomac m'arracha à cette contemplation avec un couinement peu gracieux qui me rappela qu'il était temps que je me mette quelque chose sous la dent. L'heure du petit-déjeuner était déjà passée (il était 13h15 d'après le four), mais je mis à profit cette cuisine entièrement équipée à l'usage des humains en me faisant un chocolat chaud et en mangeant quelques gâteaux.

Je ne risquais rien en allant faire quelques pas dans les jardins et j'avais besoin d'air. J'avais repéré un grand placard près de la porte d'entrée et j'espérais que ce serait la penderie. Coup de chance, en ouvrant les portes, je vis, accroché sur un cintre, un long manteau noir avec un col en fausse fourrure très chic, accompagné d'un bonnet, d'une écharpe blanche et de gants en cuir. Décidément, mon hôte avait pensé à tout.

Revêtue de mes confortables habits, je sortis sur le perron en examinant mon environnement. Vers la gauche, se trouvaient les grandes portes en métal qui permettaient d'entrer ou sortir du domaine sur une large allée gravillonnée, et dont la hauteur associée à celle des murs d'enceinte devait dissuader les curieux de les gravir. Le garage était en fait une espèce d'entrepôt en briques à double entrée, garnies de volets roulants électriques dernier cri, qui laissaient planer le mystère quant aux voitures cachées derrière. Que pouvait bien conduire un vampire de cinq cents ans ? Déjà, en voyant sa cuisine, on pouvait imaginer qu'il avait su se moderniser et abandonner l'idée de la charrette ; de toute façon, je n'avais pas vu d'écurie. Alors peut-être roulait-il dans l'*Aston Martin* de James Bond ou dans la *Dodge Charger* des Dukes[2], ou pourquoi pas dans une de ces petites voitures européennes comme la *Smart* ou la *Clio* ? Non, je ne connaissais pas bien le propriétaire des lieux

---

[2] *The Dukes of Hazzard* est une série diffusée sur CBS entre 1979 et 1985. Les héros, Bo et Luke Duke sont deux jeunes intrépides qui conduisent une Dodge Charger orange nommée *General Lee*.

mais j'étais sûre qu'il n'était pas du genre à se déplacer dans une coque de noix. Bah ! Chacun ses goûts après tout.

Je descendis les quelques marches du perron et entamai ma promenade dans le jardin.

Ce fut vivifiant et revigorant mais je me demandais qui entretenait tout ça vu que Voix de Velours n'avait pas l'air d'un paysagiste... un autre de ses esclaves ?

Assise sous le saule, je repris mon observation. Je ne m'étais pas trompée à propos de ma nouvelle résidence, c'était bien un château. Pas immense mais impressionnant avec sa façade en briques typique du XVIIIe siècle et son toit en ardoises bleues. Vu le nombre de fenêtres (aux volets soigneusement fermés à l'étage), je me dis que son exploration me prendrait du temps.

Frigorifiée, j'inspirai un grand coup, jetai un dernier regard aux jardins, puis m'en retournai à l'intérieur, où il faisait nettement plus chaud.

Je déambulais dans les couloirs, sans but particulier, si ce n'était découvrir mon nouveau foyer, et lieu de travail. Au rez-de-chaussée, il y avait la cuisine et la salle/salon, bien entendu, mais aussi une succession d'autres pièces plus petites, tout aussi raffinées dans leur décoration. Je ne m'arrêtai pas devant la salle de bain (je connaissais) et j'appréciai plus particulièrement un petit cabinet de travail comportant une bibliothèque, un bureau avec un ordinateur dernier cri, une chaise pour un éventuel visiteur et un canapé en cuir noir. J'inspectais les livres et trouvai des usuels de toutes sortes (droit, dictionnaires de langue, quelques ouvrages de philosophie...). Cela me fit penser à la grande bibliothèque dont m'avait parlé mon hôte.

Nombre de portes étaient verrouillées à l'étage (sûrement des chambres inutilisées) et arrivée à destination, je fus émerveillée par ma découverte. Une pièce plus grande que ma nouvelle chambre était remplie d'étagères sculptées, elles-mêmes remplies de livres. Tout était classé par thème : philosophie, histoire, géographie, littérature de toutes sortes,... Les canapés en cuir identiques à celui du cabinet de travail invitaient à la lecture dans un cadre de détente. Mon hôte avait eu raison de dire que je serais dans mon élément dans cette pièce.

Mon regard fut attiré par une vitrine un peu plus loin, j'eus le souffle coupé en découvrant un incunable[3].

Je n'en revenais pas ! Au moins mon nouvel employeur, malgré ses tendances meurtrières, aimait se cultiver. Et dire qu'il avait parlé de seulement « quelques livres accumulés au fil des ans ». Par conséquent, il parvint un peu à remonter dans mon estime.

Après avoir fait le tour de la pièce, je sélectionnai quelques ouvrages et m'immergeai dans mes lectures.

J'étais tellement absorbée par un récit d'un chevalier ayant vécu la Guerre de Cent Ans que je sursautai quand j'entendis une voix dire :

- Je savais bien que je vous trouverais ici.

Voix de Velours était sur le pas de la porte. Tout en lui respirait la puissance et le danger alors qu'il n'avait pas une attitude menaçante (heureusement, sinon j'aurais eu envie de faire comme les autruches et de me creuser un trou pour y plonger la tête en attendant bêtement de me faire dévorer).

- Je n'avais jamais vu un endroit pareil, c'est merveilleux, dis-je en souriant sincèrement.

Son sempiternel sourire narquois qui m'horripilait tant se dessina à nouveau sur son visage.

- Curieux comme quelques livres vous mettent dans de meilleures dispositions à mon égard.

- Vous appelez ça quelques livres ?! C'est plus que je ne pourrais accumuler en une vie !

- Vous oubliez que j'ai eu plusieurs vies pour les collectionner.

- Au moins, vous vous cultivez. Quelqu'un qui aime s'enrichir l'esprit ne peut pas être complètement mauvais.

---

[3] Nom donné aux premiers livres imprimés entre 1450 et 1501.

- Vous avez une drôle de logique. N'oubliez pas que je suis un vampire et que, par conséquent, le Mal fait partie de moi.

- Croyez-moi, s'il y a bien quelque chose que je n'oublie pas, c'est bien cela !

- Tant mieux. Avoir confiance en un vampire est la pire des erreurs. Notre nature ayant changé, notre conscience ne nous torturera pas si nous trahissons quelqu'un. Ce sera la première leçon de votre formation. Et la plus importante.

- Ne jamais accorder sa confiance à un vampire, repris-je.

Il hocha la tête. À l'école primaire, on m'aurait applaudie.

- Hm. À fortiori quand il s'agit de votre patron ?

Il se retourna mais j'eus le temps de distinguer son sourire en coin. Décidément, j'avais l'âme comique... Ridicule conviendrait mieux. Bref, je savais que je n'obtiendrais pas de réponse.

- Venez, nous discuterons de tout cela dans mon bureau, dit-il en quittant la bibliothèque.

Je le suivis sans mot dire, en me demandant quelle serait la nature de mon boulot d'assistante. S'il n'y avait que de la « paperasse » à remplir pour ses « employeurs » inconnus, je m'estimerais plutôt chanceuse dans mon malheur. Bizarrement, un pressentiment me titillait, me laissant à penser que j'avais peut-être eu la vie sauve, mais que je n'y gagnerais sûrement pas au change.

Chapitre IV : En formation

*

- Je vous en prie, asseyez-vous.

Il s'assit à son bureau et me désigna la chaise en face. Mon destin était entre les mains de Voix de Velours et son ton policé me donnait l'impression d'être en entretien d'embauche avec un directeur des ressources humaines. Je n'en pouvais plus d'attendre de savoir à quelle sauce j'allais être mangée (sans mauvais jeu de mots).

- Dites-moi ce que vous attendez de moi.

Il se pencha en avant et joignit ses deux mains. Il ressemblait à un homme politique prêt à annoncer à la Nation un important plan de rigueur économique et je sentais que moi aussi j'allais être *indignée*[4] par son discours...

---

[4] Référence au mouvement des « Indignés » de la crise économique, lancé aux USA, en Espagne et bien d'autres pays.

- Je vous l'ai dit, je suis un homme de terrain et j'ai horreur du côté administratif de mon travail. Mes employeurs, je ne sais pas pourquoi, aiment les comptes-rendus ultra-détaillés et rédiger des rapports de la sorte est pour moi un véritable supplice.

- Pourquoi ne pas avoir demandé à un autre vampire de vous aider ?

- Avez-vous déjà oublié votre première leçon ? Les missions qu'on me charge d'accomplir sont secrètes et doivent le rester. Surtout pour ceux de mon espèce.

Je ricanai.

- Sans oublier qu'il est tellement plus simple de faire pression sur une humaine qui n'a pas la vie éternelle, elle ! Qu'est-ce que vous êtes au juste ? Un agent secret au service de sa Majesté Vampire ?

- Moins vous en saurez sur notre organisation hiérarchique, mieux vous vous porterez. Mais en gros, c'est à peu près ça.

Alors là, imaginer Daniel Craig en *James Bond* vampire sexy, c'était tout à fait faisable, mais à cette image vint se superposer celle d'Elisabeth II d'Angleterre, crinière grise au vent et tous crocs dehors ! Brrrrrr ! « God save the Queen ». Il continua :

- Maîtrisez-vous l'outil informatique ?

- Bien sûr.

Je pouvais au moins être fière de mes compétences dans ce domaine. Je me débrouillais vraiment bien avec les ordinateurs, comme n'ayant aucun ami, j'avais du temps à leur consacrer.

- Pas vous ?

- Je n'ai jamais eu le temps d'apprendre.

Surprise, je désignai l'ordinateur dernier cri sur son bureau.

- Et celui-là alors, il fait tapisserie ?

- Je l'ai acheté il n'y a pas longtemps. J'ai cherché parmi les vampires que je connaissais quelqu'un susceptible de m'aider à me familiariser avec cet outil, mais l'informatique n'est vraiment pas entrée dans nos mœurs. Certains sont tellement attachés à la tradition qu'ils ne veulent même pas en entendre parler et ne jurent que par le papier !

En disant cela, il leva les yeux au ciel pour bien indiquer ce qu'il en pensait et avant de réfléchir à mes propos je lançai :

- Moi, je pourrais vous apprendre.

Il me fixa alors intensément, au point que je dus baisser mon regard.

- Hum… Si vous le souhaitez, finis-je.

C'était bien moi, ça ! Samantha, la bonne samaritaine ! J'aurais dû me mordre la langue. S'il m'avait embauchée, c'était aussi pour ne pas avoir à se préoccuper de son fichu ordinateur ! Comme si à vingt-huit ans, je pouvais me permettre d'en remontrer à une figure de l'histoire de cinq cents ans. Et puis, il m'avait kidnappée, alors qu'est-ce-qui me prenait de lui proposer mon aide ? Quelle nouille, vraiment !

Cependant, sa réponse fut à l'inverse de ce que je craignais.

- Oui, je le souhaite.

- Vraiment ?

- Si vous mourez dans l'exercice de vos fonctions, il faudra bien que je m'y mette. Alors autant avoir les bases.

J'en fus sans voix. Je tentai de déceler la blague… J'avais oublié ! Quel boute-en-train ce Voix de Velours ! Vraiment du genre à faire des blagounettes ! Bon sang !

- Qu… Quoi… ? Je croyais que je devais uniquement m'occuper de la paperasse ! Un peu comme une secrétaire !

- Vous êtes mon assistante, pas ma secrétaire. En conséquence, vous me suivrez sur le terrain. À partir de vos notes prises pendant nos déplacements, vous rédigerez les rapports.

- Mais… mais…

- Rassurez-vous, je ne vous mettrai pas en danger. Tout ce que je vous demande, c'est de prendre des notes.

- Alors je ne cours aucun risque ?

- Euh... Je n'ai pas dit ça. Ma fonction me donne une certaine aura auprès de la société vampire, mais elle me crée aussi des ennemis. On pourra s'en prendre à vous juste pour m'atteindre.

Sur le coup, ma bouche devint aussi sèche que le désert du Sahara. Je sentis mon cœur palpiter davantage que nécessaire, trop même. Mon interlocuteur avait dû bien entendre le brouhaha dans ma cage thoracique car il enchaîna :

- Mais je ne pense pas que ça arrivera. Vous apprendrez que notre espèce a une très haute opinion d'elle-même et qu'elle ne s'abaisse pas à des pratiques qu'elle juge contraire à sa dignité. Si on veut vous faire disparaître, on paiera des tueurs humains pour faire le sale boulot. C'est là que le danger diminue.

- Voilà qui est rassurant ! Je me sens bien mieux ! ironisai-je.

- Ne vous méprenez pas. Votre travail, dans tous les cas, sera dangereux. Néanmoins, je vous donnerai les moyens de vous défendre, je vous apprendrai à combattre.

- Combattre ? Vous m'avez bien regardée ? Je suis aussi molle qu'une guimauve et aussi vive qu'un escargot ! Et puis de toute façon contre un vampire je n'ai aucune chance !

- On a toujours une chance, si on sait la saisir. Contre un humain, vous serez largement capable de faire face, et vous me ferez honneur.

Je tiquai sur la fin de la phrase.

- Si je reformule vos propos, je dois éviter de mourir bêtement si je veux préserver *votre* honneur et *votre* réputation ?!

J'essayais de maîtriser la rage qui me tenaillait depuis qu'il m'avait annoncé la teneur de mon travail et les risques qu'il me faisait prendre. J'étais sûre que ça allait se retourner contre moi ! Ce vilain pressentiment qui me torturait venait de se concrétiser et j'en venais presque à regretter d'être encore en vie. Mais pourquoi avait-il fallu que je passe devant cette ruelle ?! Ce fut plus fort que moi, j'explosai.

- Vous ne manquez pas de culot ! Vous m'imposez de devenir un oiseau de nuit, comme vous, de risquer ma vie, pas comme vous, et en plus si je meurs, je dois le faire avec panache, comme *Cyrano*[5], pour que vous puissiez parader devant vos copains sangsues en vous targuant d'avoir fait mumuse avec une humaine en lui apprenant quelques prises de catch ! Vous savez quoi, vous êtes un grand malade !

Je me levai, rouge de colère, et voulus quitter la pièce. Voix de Velours ne m'en laissa pas le temps.

Je ne le vis pas venir. En une fraction de seconde, il était devant moi, me bloquant le passage. Ramassé sur lui-même, en position d'attaque, ses yeux étaient devenus luminescents, mais pas jaunes comme les autres affreux qui voulaient me dévorer. Ils étaient entre le bleu et le blanc. Le frisson glacé qui descendit le long de ma colonne vertébrale devint purs tremblements d'horreur lorsque monta de sa gorge une espèce de grondement animal.

- M... m... mais qu... que f-faites v-vous ? glapis-je en esquissant un mouvement de recul.

Erreur fatale ! Il avança d'un pas et ses yeux devinrent plus lumineux encore, comme si la perspective de ma fuite le galvanisait. Je pensai alors aux documentaires animaliers qui disaient que l'instinct des prédateurs était de poursuivre les proies qui couraient. Je voulus rester figée mais lorsqu'un nouveau grondement retentit et que ses lèvres se retroussèrent, dévoilant ses crocs bien trop brillants et aiguisés, mes jambes décidèrent de courir, peu importait la direction.

Je poussai un cri quand je sentis une masse s'abattre sur moi et me jeter face contre terre. Quand Voix de Velours me retourna et me chevaucha, je ne pus rien faire si ce n'était hurler en me débattant. J'essayai de le griffer mais il plaqua mes bras au sol avec une telle force que je crus qu'il me les avait broyés.

- Lâchez-moi ! Lâchez-moi espèce de...

Je stoppai soudain, à cause du contact d'une mâchoire et de deux canines dans le creux de mon cou.

---

[5] *Cyrano de Bergerac*, d'Edmond Rostand (1897).

45

- Aaaaaaaaaaaaaaahhhhhhhhhhhh ! hurlai-je, m'attendant à sentir, le temps d'une respiration, les crocs s'enfoncer dans ma carotide.

Mon cri cessa quand la mâchoire relâcha son étreinte et se dirigea vers mon oreille. Si j'avais rêvé qu'un homme soit couché sur moi et me murmure des choses à cet endroit, ce n'était sûrement pas ce qui suivit :

- Voici ce qui risque d'arriver si vous n'avez pas un minimum de connaissance en matière d'auto-défense. Et ce qui risque de vous arriver vraiment si vous continuez à vous montrer irrespectueuse à mon égard. Je sais que je vous ai volé votre vie et que je vous demande de la mettre en péril en travaillant pour moi. J'en suis conscient. Mais n'oubliez pas que je vous ai également sauvée d'un mauvais pas dans cette maudite ruelle et qu'il vaut mieux être en ce moment avec moi plutôt qu'avec le grand blond qui vous trouvait bien alléchante, et ce, dans tous les sens du terme…

Sa voix était de velours et coupante comme du rasoir. Je ne pouvais pas m'arrêter de trembler, les larmes coulaient d'elles-mêmes sur mes joues et je faisais de gros efforts pour réprimer les énormes sanglots hystériques qui menaçaient de sortir si jamais j'ouvrais la bouche.

- Me suis-je fait comprendre ? dit-il toujours à mon oreille.

Je secouai vivement la tête en guise d'acquiescement. Il se releva et tendit la main vers moi.

- Levez-vous maintenant.

Je pris la main qu'il m'offrait et le laissai me relever. J'essayais toujours de retenir mes sanglots et le résultat était que je reniflais bruyamment en tremblant de partout. Il me tendit un mouchoir (bien sûr qu'il en avait un !) et je m'essuyai le visage avant de me moucher.

- Je suis dé-désolée de m-m'être montrée grossière. Après tout vous m'avez sauvé la vie et Dieu sait ce que le vampire blond et sa bande me feront s'ils me trouvent à Kentwood.

Au moins je savais qu'on n'y était pas car il n'y avait pas de château là-bas. J'inspirai un grand coup, puis :

- J'accepte vos conditions.

Quel autre choix avais-je de toute façon ?

*

J'eus droit encore, pour changer, à une observation aux rayons X (heureusement ses yeux étaient redevenus normaux, à défaut d'être rassurants). Je ne bronchai pas, je voulais retrouver ma dignité.

- Pour commencer, vous m'appellerez par mon prénom : Phoenix. Je vous donnerai un téléphone portable que vous devrez toujours avoir avec vous pour que je puisse vous joindre en cas de besoin. La nuit, vous viendrez avec moi. Le jour, vous rédigerez les rapports pour mes employeurs.

Je me demandais quand je pourrais dormir, moi, dans cette affaire !

- Mais nous verrons cela en temps voulu. Dans l'immédiat, vous allez vous changer pour votre entraînement au combat.

- Maintenant ?

- Votre formation va me prendre du temps et me ralentir dans mon travail. Alors autant commencer le plus vite possible. Il y a une porte au rez-de-chaussée, près de l'escalier, à droite. Elle mène au sous-sol. Je vous y attendrai dans quinze minutes.

Sur ce, il me planta là. Éclater en sanglots serait approprié mais ne me mènerait nulle part, alors je m'ébrouai. Après tout, je l'avais bien cherché. Je ne savais pas ce que j'avais, c'était la première fois que je réagissais ainsi. D'habitude, je me laissais marcher sur les pieds sans rien dire et là, pour qui, pour quoi, j'avais agressé verbalement et à plusieurs reprises une personne capable de me démembrer en un éclair si l'envie lui en prenait. D'ailleurs, il y avait sûrement pensé. J'étais persuadée que je ferais des cauchemars sur cet épisode dès que je m'endormirais.

Le temps que je reprenne mes esprits, cinq minutes s'étaient écoulées ; mieux valait ne pas perdre de temps et aller me changer.

Une fois dans ma chambre, j'enfilai ma tenue de sport et j'en profitai pour me passer un coup d'eau sur le visage pour effacer les dernières traces de pleurs. Je jetai un coup d'œil dans le miroir ; j'avais une tête de déterrée et ma lutte avec Phoenix (il allait bien falloir que je l'appelle par son prénom) avait eu raison de ma coiffure. J'arrangeai le tout avant de me diriger vers l'escalier.

Je trouvai la fameuse porte et descendis la volée de marches qui conduisaient au sous-sol. Ouah ! C'était énorme, il devait faire toute la surface du château !

Là où la plupart des gens entreposent de vieux meubles, des cartons ou des bouteilles de vin, il y avait une succession de pièces entièrement réservées à l'art du combat, y compris au tir d'arme à feu.

Dans la plus grande, au fond, des tapis étaient disposés un peu partout, et sur les murs on voyait des armes de toutes sortes et de toutes les origines. Il y avait même un sac de sable, quoique je me demandais comment, avec sa force, mon patron arrivait à ne pas l'exploser d'un seul coup de poing.

À propos, je ne le voyais pas. Je m'avançai dans la pièce et m'arrêtai, les yeux écarquillés. Phoenix était dans le fond, en train d'enfiler une sorte de chemise. Les muscles de son dos suivaient le mouvement de ses bras et permettaient d'apercevoir une large cicatrice qui courait de son épaule droite vers sa hanche gauche. Je frémis en pensant qu'il avait forcément subi cela lorsqu'il était encore humain, sinon il aurait dû cicatriser. À côté, ma blessure à la tête n'avait été qu'une petite coupure de rien du tout. J'en étais encore à y penser quand :

- Allez-vous vous décider à venir me rejoindre ou allez-vous rester plantée là toute la nuit ?

Il était toujours de dos.

- Comment avez-vous su que j'étais là ?

- Votre cœur bat aussi fort que les sabots d'un cheval en pleine course. Difficile de ne pas l'entendre.

Hum. Pas sûre d'apprécier la comparaison. Ce n'était pas ma faute si j'avais un cœur, moi !

- Bon, je suis prête.

- Allongez-vous sur le dos, dit-il en s'avançant vers moi.

Il était habillé comme les maîtres de kung-fu que l'on peut voir dans les films avec Bruce Lee ; une chemise ample blanche et un pantalon noir. Il était pieds nus, évidemment.

- Vous n'allez pas encore me faire le coup des crocs ! J'ai compris la leçon !

- Cessez de dire des bêtises et faites ce que je vous dis.

J'obtempérai en soufflant, puis il s'agenouilla au niveau de mes pieds et posa ses mains dessus. Ouh ! Ce qu'elles étaient froides !

- Commençons par une série de deux cents.

- Deux cents quoi ?

- Abdos. Allez. Je compte.

Je dus encore prendre un air de merlan frit car il fut obligé de me le redire deux fois avant que de mauvaise grâce, je ne m'exécute.

Au bout de trente, j'avais l'impression que quelqu'un s'était assis sur mon estomac. Je suais à grosses gouttes et j'avais du mal à décoller mon dos du sol. Phoenix continuait à compter et m'exhortait à dépasser mes limites. Tu parles ! Je les avais atteintes après le dixième ! Mais j'aurais préféré rôtir en enfer plutôt que le lui avouer.

Au centième, j'étais au bord de l'apoplexie. Au deux-centième, éreintée et près de l'arrêt cardiaque, je basculai sur le côté pour reprendre mon souffle et accessoirement vérifier qu'à force d'avoir fait des abdos, je ne m'étais pas creusé un trou dans le ventre.

- Bien. On va faire quelques exercices d'étirement avant de passer aux choses sérieuses, me dit mon coach en s'étirant les bras alors qu'il n'avait strictement rien fait.

Je le fixai avec des yeux ronds. Les choses sérieuses ? Il voulait ma mort pour ma première leçon ? Si c'était ça, il aurait dû me vider de mon sang dans son bureau.

Il ricana.

- Vous ne croyiez tout de même pas que quelques abdos seraient votre programme de la séance ! C'était juste un échauffement !

- Eh mais je ne suis pas un vampire, moi ! protestai-je en me levant péniblement.

- Peut-être, mais vous devez savoir vous défendre et nous n'avons pas non plus tellement de temps devant nous. Autant vous dire que votre entraînement sera des plus... intensifs ! Vous verrez, au fil des jours, vous aurez moins mal.

- Facile à dire pour vous ! Avec vos super pouvoirs de vampire invincible, c'est du gâteau !

- Détrompez-vous. Il m'a fallu des années et de nombreux professeurs pour acquérir la maîtrise des armes que vous voyez dans cette pièce. Et puis, je ne suis pas invincible... Je peux être blessé, éprouver de la douleur, voire être tué.

- Comment tue-t-on un vampire ? Hormis la décapitation bien sûr ! Est-ce comme dans les livres ?

- Nous verrons cela lors d'une prochaine séance si vous le voulez bien. Maintenant, suivez mes instructions.

Humpf !

Ses exercices d'étirement me firent travailler des muscles que j'ignorais posséder.

- À présent, passez au sac de sable. Frappez doucement d'abord puis plus fort. Je veux voir de quoi vous êtes capable. Ne vous retenez pas, utilisez vos poings et vos jambes.

Il allait sûrement mourir d'ennui (je sais, il était déjà mort) en me voyant m'acharner dessus en frappant comme une fillette. Néanmoins, je fis ce qu'il dit et me plaçai devant mon « adversaire ».

- Faites le vide, puis utilisez la colère que vous avez en vous. Elle ne vous domine pas, elle est votre alliée. Maintenant, frappez !

Faire remonter ma colère ? Ok, ça c'était facile. Je fermai les yeux et me concentrai.

Je rouvris les yeux et commençai à cogner, doucement d'abord, puis plus fort. Je pensais à ma vie ratée, de bout en bout ; au fait qu'elle empirait de manière incontrôlable et que j'allais y laisser des plumes, à un moment ou un autre ; à cet épisode dans le bureau de Phoenix, à cet entraînement de fou...

Je ne m'étais même pas rendu compte que je m'étais laissé submerger. La rage sortait de mon corps par les coups que je distribuais et j'en oubliais même mes douleurs de tout à l'heure. Un voile rouge était tombé devant mes yeux, et je ne distinguais plus rien, à part ma respiration et l'impact de mes coups.

Lorsque je sentis des mains puissantes se refermer sur mes épaules et m'écarter du sac de sable et que j'entendis... :

- Cela suffit maintenant, arrêtez ! Arrêtez !

... Je compris que Phoenix m'avait fait pivoter face à lui et me tenant toujours par les épaules, me fixait intensément. Je lui rendis son regard, à bout de souffle. Le voile avait disparu.

- Ça fait du bien ! murmurai-je.

Il leva les sourcils, l'air sceptique. Pourtant, j'étais sincère car j'avais trouvé un exutoire à ma colère d'avoir perdu ma vie tranquille. Ce revirement dut apparaître sur mon visage car Phoenix me dévisageait d'un air perplexe.

- Décidément, vous êtes une jeune femme bien étrange.

- Vous n'avez pas idée ! lui répondis-je en reprenant mon souffle.

- Vous étiez envahie par la colère. Vous ne m'écoutiez plus, trop occupée à vouloir régler son compte à ce sac de sable !

- J'ai fait ce que vous m'avez dit.

Je savais que ce n'était pas l'entière vérité car il m'avait bien dit de ne pas me laisser dominer par mes sentiments, et de seulement les utiliser.

- Vous avez perdu pied. Il va falloir travailler le contrôle de vos émotions. Dans un combat, il faut savoir garder la tête froide.

- Je sais, mais je me suis défoulée. Ça m'a fait un bien fou.

- Eh bien, au moins, je sais de quoi vous êtes capable.

Il y avait comme un air de satisfaction dans sa façon de me dire ça, pour autant, son visage était toujours aussi indéchiffrable. De toute façon, essayer de savoir ce qu'il avait dans la tête, c'était la migraine assurée.

- Bon, et maintenant ?

J'avais du mal à le croire, mais ma folie passagère m'avait requinquée et j'étais prête à démolir un mur de briques à mains nues. Bien sûr, je n'étais pas capable de faire ça, mais c'était ce que je ressentais.

Phoenix ne devait pas s'attendre à ça car il haussa de nouveau les sourcils. Décidément, il avait les mêmes mimiques que Teal'c[6], un des personnages de *Stargate Sg-1*, qui n'exprimait ses sentiments que de cette façon.

- Je crois que vous méritez une pause.

Il alla au fond de la pièce et prit dans un mini-réfrigérateur une petite bouteille d'eau. D'ailleurs il ne devait sûrement pas y avoir que de l'eau là-dedans. Bah ! Avec ma découverte de la veille dans la cuisine, je n'avais pas envie d'y jeter un coup d'œil. Il me lança ladite bouteille.

- Buvez, ordonna-il tandis que je l'attrapais au vol.

« Mangez, reposez-vous, buvez », il n'allait pas non plus me dicter chaque mouvement ! Mais bon, il avait raison, mieux valait que je me désaltère si je ne voulais pas finir avec des crampes.

Cette eau fraîche fut la bienvenue et je bus tout d'un trait. Lorsque j'eus fini, je me rendis compte que Phoenix avait suivi tous mes gestes... et que je n'en avais rien à faire cette fois-ci. Autant s'y habituer, chacun avait ses petites manies après tout. Peut-être qu'il aimait voir les humains boire et manger parce que lui ne pouvait plus en faire autant.

---

[6] Personnage de la série *Stargate sg-1*.

Il était déjà vingt-trois heures et je me demandais combien de temps encore cette séance allait durer. De toute façon, je n'avais pas envie d'aller me coucher.

- Êtes-vous prête à continuer ?

- Oui.

- Bien, passons aux bases du karaté.

- Vous croyez franchement que vous allez faire de moi une karatéka en quelques semaines ? Moi j'ai du mal à y croire.

- Il me semblait vous avoir entendu dire que vous étiez déjà ceinture noire, ironisa-t-il.

Ce fut à mon tour de lever les yeux au ciel.

- Oh ! Je vous en prie, vous m'avez bien regardée ? J'ai dit ça parce que quand je suis terrorisée je dis tout ce qui me passe par la tête. De toute façon vous ne m'avez jamais crue.

Pour la première fois, il esquissa un vrai sourire…

- Certes, mais j'apprécie de vous l'entendre dire.

Je ne pus que le lui rendre ; après tout, qui aimait travailler en haïssant son patron ?

Pendant trois heures (eh oui, je mettais du cœur à l'ouvrage), j'étudiais les mouvements de base de ce sport. C'était vraiment difficile, surtout en sachant que j'étais née sous l'étoile de la maladresse. Je ne savais pas combien de fois j'étais tombée à terre mais je me surpris à apprécier l'exercice.

Enfin, je demandai grâce. J'étais tombée à genoux et j'avais l'impression que mes jambes ne pourraient plus me porter.

Phoenix s'agenouilla près de moi.

- Félicitations, je suis positivement surpris. Honnêtement, je ne pensais pas que vous tiendriez jusque-là.

Je levai la tête pour le regarder, tout en reprenant mon souffle.

- Vous voulez dire que vous attendiez que je vous demande d'arrêter la séance ?

- Tout à fait. Il fallait bien que je teste vos limites. Et je dois dire que c'est plutôt encourageant.

Je lui lançai un regard noir. J'avais l'impression d'avoir gravi et redescendu l'Everest et pour lui ce n'était qu' « encourageant » ? Il allait falloir que je lui enseigne moi aussi quelque chose : le tact !

- Ravie de ne pas vous avoir ennuyé ! maugréai-je. Si c'est là tous les compliments que je mérite, aidez-moi au moins à me relever sinon je vais passer la nuit ici.

Ce qu'il fit. Ça devenait une habitude cependant, j'allais devoir renforcer les muscles de mes jambes pour qu'il ne me prenne pas pour une sainte nitouche qui tombe à terre dès que quelque chose ne va pas. Pourtant, je ne lui aurais pas demandé de me laisser. Son appui était essentiel pour mon équilibre, tant j'avais l'impression d'avoir été passée au mixeur. Après m'être essuyée avec les serviettes qu'il m'avait fournies, nous remontâmes l'escalier et il m'aida à m'asseoir dans le canapé du salon. On aurait pu comparer la scène avec l'accompagnement des petites grands-mères dans les centres gériatriques, il ne manquait plus que le déambulateur. Complètement ridicule !

- Ouf, merci, dis-je, en calant un coussin dans mon dos.

Il me laissa ensuite quelques instants, pour revenir avec un plateau sur lequel reposaient deux verres. L'un était rempli de citronnade, l'autre, d'un épais liquide rouge que j'identifiai dès le premier coup d'œil : du sang.

Il me tendit ma citronnade, puis s'installa dans le fauteuil en face, son verre à la main. Le silence qui s'était installé semblait s'éterniser et ça me mettait mal à l'aise. Il fallait que je le rompe, alors autant assouvir ma curiosité.

- Je croyais que les vampires avaient besoin de vider un être humain de son sang pour se rassasier ? C'est suffisant pour vous ?

Il ne répondit pas tout de suite, le regard perdu dans sa nourriture liquide. Je crus même qu'il ne s'en donnerait pas la peine, cependant :

- Vous avez l'air d'avoir lu beaucoup de choses sur les vampires.

- J'ai fait des études de lettres, je suis ou plutôt j'étais bibliothécaire, et je n'ai pas de vie sociale. Alors je lis tout ce qui me tombe sous la main. Et puis autant vous le dire, j'aime l'univers fantastique, alors il est évident que j'ai lu quelques bouquins qui parlaient de vampires.

- Je vois. Et qu'avez-vous lu ?

- Eh bien, *Dracula*, mais je n'ai pas vraiment accroché. Euh…, la saga *Twilight* aussi, mais comme tout le monde je crois, et puis quelques autres.

Je n'étais pas sûre que Phoenix soit du genre à lire les tribulations romantiques d'une bande de vampires végétariens au grand cœur, brillants comme des diamants au soleil. Personnellement, comme des millions de lecteurs dans le monde, j'avais été emballée.

- Ah oui, certains parmi nous l'ont lu par curiosité. Il paraît que c'est à hurler de rire. Mais je ne suis pas du genre à lire les tribulations romantiques d'une bande de vampires végétariens au grand cœur, brillants comme des diamants au soleil. Cela nous ressemble si peu ! trancha-t-il d'un air dégoûté.

Ouh ! Avait-il lu dans mes pensées ? Ou moi dans les siennes ?

- Quoi, les vampires ne ressentent pas d'amour ?

- Notre espèce préserve farouchement son indépendance. Aimer, c'est dépendre d'une autre personne. Et la dépendance est la porte ouverte à la faiblesse. Alors nous évitons si nous le pouvons.

Je le dévisageai, surprise et atterrée par cette vision collective d'un si beau sentiment. Il perçut mon regard et eut un rire sans joie.

- Nous sommes loin d'*Edward* et de *Bella*, dit-il.

- Cela n'arrive donc jamais ? Qu'un vampire tombe amoureux ? insistai-je, incrédule.

Après tout, les vampires étaient humains avant leur transformation, et ils éprouvaient des sentiments !

- Si, mais c'est rare. Les vampires pensent avant tout à eux-mêmes, n'oubliez jamais votre première leçon. Alors se soucier de quelqu'un d'autre, c'est comme se renier soi-même, et ça, les membres de mon espèce ont du mal à l'imaginer.

Lui aussi avait l'air de quelqu'un pour qui l'amour entre deux personnes était une énigme indéchiffrable. Bizarre...

- Vous avez vraiment une drôle de mentalité, vous, les vampires ! Mais alors, sur quoi repose votre sociabilité si vous n'avez aucun sentiment ?

- Nous éprouvons des sentiments. La loyauté envers ceux que nous reconnaissons comme nos chefs est le premier et le plus important d'entre eux. Nous tissons aussi des liens d'amitié, parfois profonde. Mais ça s'arrête là.

C'était déjà ça. Dans un sens, j'éprouvais de la compassion pour cette espèce. Je n'étais pas une grande romantique, mais je me disais qu'aimer quelqu'un et être aimé en retour, c'était une force pour avancer dans la vie, et non l'inverse. La vision vampirique des choses était moins choquante que triste. Je décidai de retourner au sujet de l'exsanguination.

- Au fait, vous ne m'avez pas répondu tout à l'heure. Sur les quantités de sang dont vous avez besoin pour vous nourrir.

- Ah oui. Vos livres n'ont pas tout à fait tort. Auparavant, les humains étaient vidés de leur sang à cause de la frénésie liée à la traque et à la morsure. Tuer un humain de la sorte permettait de ne pas se nourrir pendant quelques semaines, sauf pour ceux qui avaient vraiment le goût du sang. Mais ça a changé.

- Comment ça ?

Ma curiosité avait vraiment été piquée au vif.

- Eh bien, tous les vampires ne sont pas des monstres sanguinaires et certains ont essayé de ne pas tuer leurs proies en ne prélevant que de petites quantités de sang. Toutefois, les victimes devaient être tuées pour préserver le Secret alors ça revenait au même. Néanmoins, on s'est aperçu que nous n'avions pas besoin de vider complètement un être humain pour survivre. Le fait est que de petites quantités régulières sont largement suffisantes pour nous maintenir en vie et en forme. Le Grand Changement a été décidé en partie grâce à cela. De plus, on a découvert que l'agressivité liée à notre nature de prédateur était beaucoup plus atténuée grâce à ce nouveau mode de consommation et les relations entre vampires sont devenues moins violentes, plus diplomatiques.

- Ce n'est pas toujours le cas d'après ce que j'ai vu dans la ruelle.

- Effectivement.

D'accord, je n'en saurais pas plus sur ce qu'il trafiquait là-bas avec les deux affreux.

- Vos yeux brillent toujours quand vous êtes, disons, en « mode attaque » ?

- Comme je vous le disais, nous sommes des prédateurs. Le goût de la traque fait partie de notre nature. Les yeux luminescents sont une manifestation de l'excitation liée à la perspective de la chasse.

- Pas très discret si vous voulez mon avis. En plus, vous ressemblez à des *Goa'ulds* ! m'exclamai-je sans réfléchir.

- Pardon ?

- Euh, rien. Je regarde trop la télévision. Mais pourquoi vos yeux n'ont pas brillé comme ceux des deux vampires que vous combattiez ?

Je frissonnai au souvenir de son regard métallique avant qu'il ne me saute à la gorge tout à l'heure, dans son bureau.

- Je ne sais pas vraiment. On m'a souvent posé la question, mais je n'ai pas de réponse.

- Déjà qu'en voyant leurs yeux, j'ai cru m'être égarée en plein cauchemar, mais je peux vous dire que les vôtres sont encore plus effrayants.

Là encore, il se perdit dans la contemplation de son verre de sang. Le silence s'installa de nouveau. Ce fut ce moment que choisit mon estomac pour se manifester en un gargouillement infâme qui mit fin à la réflexion de mon employeur. Il releva la tête pour me dévisager en serrant les lèvres.

- Bon sang ! glapis-je en me donnant un coup de poing dans la zone en question, comme si ce simple geste pouvait me faire recouvrer ma dignité perdue.

Je me tortillais sur place et j'avais l'impression que mes joues s'étaient embrasées comme une forêt de pins en pleine canicule. Malgré ses cinq cents ans d'existence et tout le temps qu'il avait eu pour acquérir une maîtrise de soi exemplaire, Phoenix dut rendre les armes. Je compris alors pourquoi il serrait tant les lèvres.

Il éclata d'un rire tonitruant qui acheva de me convaincre que si l'on pouvait mourir de honte, je serais tombée raide morte à l'instant même.

- Oh mon Dieu !

Je me cachai le visage dans les mains car j'aurais préféré qu'il me foudroie du regard plutôt qu'il se convulse comme il le faisait, gagné par une hilarité incontrôlable.

Il riait encore quand il prononça ces paroles :

- Décidément, Mademoiselle Watkins, vous êtes une humaine tout à fait… intéressante. Je crois que je n'avais pas ri ainsi depuis au moins cinquante ans.

- Contente de mettre un peu de joie dans votre existence, fulminai-je, moins contre lui que contre mon satané estomac.

Toutefois, même si je me doutais que mon nouveau patron ne devait pas rigoler souvent, cela me rassurait de savoir qu'il en était au moins capable. Ça l'humanisait d'une certaine façon et le rendait un peu moins terrifiant.

- Je crois que vous ne devriez pas m'embaucher comme assistante, mais en tant que clown personnel. Je ferais certainement mieux l'affaire, lui fis-je remarquer en souriant.

- Je devrais peut-être revoir les clauses de votre contrat, en effet, me répondit-il en me rendant mon sourire.

- Pendant que vous reconsidérez la nature de mon poste, si ça ne vous dérange pas, je vais aller retrouver mon honneur en cuisine et avaler un bon repas. Ensuite j'irai me coucher et je prierai pour pouvoir sortir de mon lit demain sans avoir l'impression que mon corps ne soit sur le point de se disloquer à chaque mouvement.

Je me levai (péniblement).

- Bonne nuit ou dans votre cas, bon jour. Enfin, peu importe.

Sans un regard en arrière, je me dirigeai vers la cuisine.

Il était plus de deux heures et demie du matin. J'étais tellement fatiguée que je ne me préoccupais absolument pas des activités de mon nouveau patron ; je me fis plutôt un sandwich et bus quelques gorgées d'eau avant de monter l'escalier qui menait à ma chambre. À peine arrivée, je me déshabillai rapidement puis me couchai. La douche attendrait le lendemain, je n'avais plus de force. C'est ainsi qu'à peine avais-je eu les yeux fermés, je sombrai dans un profond sommeil et à mon grand soulagement, je ne fis aucun rêve.

*

- Aah ! aïe ! aïe aïe ! ouille ! aïe aïe aïe ! furent les seules syllabes que je fus capable de prononcer quand je voulus sortir du lit le lendemain.

J'avais l'impression que chaque articulation de mon corps avait été frappée à coups de marteau. Je me dirigeais vers la salle de bain et j'y parvins uniquement au bout de dix minutes à avancer de pas en pas, et en canard. Bon sang !

La douche fut un véritable supplice car dès que je levais les bras, j'avais le sentiment qu'on avait passé la nuit à essayer de m'écarteler sans y avoir réussi. Ce fut encore pire lorsqu'il fallut m'habiller : enfiler mes vêtements devint une bataille épique, mais afin de préserver ma dignité déjà bien égratignée, je passerai sous silence cet épisode.

Quand je fus prête, j'allai prendre mon petit-déjeuner (à deux heures de l'après-midi) en désespérant d'avoir si peu de force que je ne fus capable que d'avaler un chocolat chaud accompagné de deux biscottes au *Nutella*. Le reste de la journée, je le passai dans le cabinet de travail de Phoenix pour me familiariser avec son ordinateur, et dans la bibliothèque car je ne me sentais pas assez en forme pour me promener au-dehors, d'autant plus si je devais de nouveau m'entraîner au coucher du soleil.

Lorsque mon nouvel employeur me rejoignit, j'étais en train de laver la vaisselle de mon souper. Pas question de faire du sport sans avoir mangé, ni de me coucher le ventre encore plein cette fois-ci.

- L'odeur qui règne ici est très alléchante. Ça me donnerait presque faim, me dit-il en guise de bonjour.

- Merci, mais évitez de me dire cela sinon je vais finir par avoir peur d'être votre dessert.

- Rassurez-vous, je ne vous mangerai pas.

Bien essayé, sauf que j'avais découvert que son groupe sanguin préféré était, ô coïncidence, le même que le mien. Autant dire que ça ne me rassurait pas du tout.

- Ravie de l'apprendre. Mais dites-moi, comment vous faites-vous parvenir tous ces produits frais ?

- J'ai un fournisseur.

- Je vois. C'est un autre de vos esclaves humains ?

À voir sa tête, il n'appréciait pas le ton que j'employais. Mais même s'il voulait garder certains secrets, il allait bien falloir qu'il m'en dise quelques-uns pour que je puisse vivre ici et faire mon boulot correctement, non ?

- Écoutez, je ne vous demande pas l'identité de vos employeurs ou l'endroit précis où vous vous cachez pour dormir, je veux juste savoir d'où provient toute cette nourriture, qu'en plus, vous ne mangez pas.

- Dans ma situation il faut parer à toute éventualité ; j'ai toujours de la nourriture humaine pour donner le change. J'ai un accord avec le centre commercial, je leur fais parvenir la liste de ce dont j'ai besoin et ils me livrent ici une fois par mois.

- Vous n'avez pas peur qu'on découvre qui vous êtes ?

- Ils ne savent pas qui je suis. Ils mettent tout dans la remise et je m'occupe du reste. De fait, de moi, ils ne connaissent que mes chèques. Vu la somme qu'ils reçoivent, ça leur convient parfaitement.

- Personne ne vous connaît dans les environs ? Et d'ailleurs, où sommes-nous ? Il n'y a pas de château à Kentwood, ni à proximité.

- Nous sommes juste à côté de Scarborough, au nord de Kerington. Nous avons de la chance, même si c'est une petite ville, les gens ne sont pas trop curieux. Bien sûr, quand le château a été de nouveau habité, tout le monde s'est demandé qui était le nouveau propriétaire, mais je me suis arrangé pour qu'on pense que j'étais un vieil homme malade et grincheux, ne souhaitant voir personne. Ça a marché, on me laisse tranquille.

- Et les autres vampires, ils savent où vous habitez ?

- Uniquement mes employeurs et quelques amis.

- Et vous en avez beaucoup... des amis ? risquai-je, pas très rassurée à l'idée de voir débarquer ici toute une bande de morts-vivants pour un dîner de retrouvailles dans lequel j'aurais pu figurer au menu.

- Il semblerait que nous ayons un point commun, Mademoiselle Watkins. Je suis un solitaire et mes amis se comptent sur les doigts d'une seule main.

- Au moins vous pouvez en compter, vous !... Au fait, si je dois vous appeler par votre prénom, vous pourriez faire de même avec le mien.

Il me dévisagea puis hocha simplement la tête pour manifester son assentiment. J'avais retenu mon souffle le temps qu'il se décide, avant d'essayer de pousser plus loin mon avantage.

- Euh... Puisque nous sommes loin de Kentwood, on peut supposer que les risques pour ma vie sont moins grands ici. Si je ne mets pas en danger votre couverture, pourrais-je sortir du château et me rendre à Scarborough ? Histoire de... hum... eh bien...

Son regard devenait insoutenable et ma détermination fondait comme neige au soleil. Je commençais à bafouiller quand Phoenix acheva mon propos.

- Histoire de côtoyer des vivants, pour changer.

- Eh bien, je veux bien travailler pour vous mais je refuse de me couper du monde et du soleil des vivants.

Je n'osais plus le regarder, je préférais admirer le carrelage.

Il y eut un silence puis :

- Vous n'êtes pas ma prisonnière et je ne vous demande pas de renoncer à votre humanité. Si votre travail est efficace, je ne vois pas pourquoi je vous refuserais d'aller en ville. Néanmoins, il vous faudra être prudente et vous créer une couverture. Nous dirons que vous êtes la petite-fille du propriétaire venue l'aider dans son quotidien. Ça calmera les sceptiques sur mon identité.

- Alors vous êtes d'accord ?

Je résistais à l'envie de sautiller sur place en clapant des mains.

- Oui, mais vous devrez attendre quelque temps.

Et une douche froide, une !

- Pourquoi ?

- Il vaut mieux laisser les choses se tasser, vous tiendrez bien quelques semaines. Et puis si nous vous créons une nouvelle identité, il faut de la préparation pour soigner le moindre détail.

- Oh… Bon.

J'étais dépitée… quoique… une idée me vint.

- Hum… Vous savez, je vous remercie vraiment pour tous ces vêtements que vous m'avez procurés. Mais je n'ai plus aucune affaire personnelle et j'aimerais profiter de mon temps libre pour, disons… aménager ma chambre à ma convenance. Puisque pour l'instant je ne peux pas aller en ville, je pourrais faire comme vous et me faire livrer par le centre commercial.

Il leva un sourcil.

- Et vous paierez vos achats avec ?

Aïe. Voilà le couac dans mon plan, je n'avais aucun moyen de me payer quoi que ce soit.

- Peut-être qu'une avance sur mon salaire…

Il s'esclaffa.

- Alors ça, vous ne manquez pas d'air.

- Ça veut dire non ?

- Ça veut dire que je vous préfère ainsi qu'en dépressive larmoyante. Faites votre liste, je vous dois bien de payer la facture. En échange, j'espère que votre motivation pour ce travail sera visible.

Ouf ! Ah ça, il pouvait s'attendre à une note salée ! Après tout, c'était un juste retour de bâton. Pour la motivation, il ne fallait pas non plus exagérer. Quoi qu'il en pense, pour moi, j'étais bel et bien prisonnière ! J'étais peut-être libre de mes mouvements mais je n'étais plus libre de choisir ma vie ; c'était lui ou le fou furieux blond de Kentwood. Tu parles d'un choix !

- Vous ne serez pas déçu ! Je vous le garantis ! mentis-je.

- J'espère bien.

- Et je serai payée combien ?

- Oh mon Dieu ! dit-il en se retournant.

Lorsqu'il sortit de la pièce, je ne pus m'empêcher de rire, ravie de lui taper sur les nerfs, en oubliant que les vampires avaient des super pouvoirs, comme l'ouïe très fine. Évidemment, je fus rappelée à l'ordre par une voix lointaine.

- Ne vous réjouissez pas trop vite, je vous attends en bas dans quinze minutes !

S'il restait une trace de sourire sur mon visage, elle s'évanouit aussitôt. Je me demandais comment j'allais bien pouvoir faire pour suivre ses exercices avec toutes ces courbatures et je finis de ranger la cuisine avant d'aller me changer.

Lorsque j'arrivai au sous-sol, Phoenix m'attendait. Sans un mot, il me désigna du doigt le tapis, sans un mot, je me couchai, déprimée à l'avance par les tortures que j'allais subir. Et je ne fus pas déçue.

Le programme était très chargé et comme la veille, à la fin de l'entraînement, je terminai sur les rotules. Ma respiration devait ressembler à celle d'un bœuf à qui on aurait fait tirer la charrue trop longtemps, néanmoins, entre deux reprises d'oxygène, je parvins à articuler :

- Je n'y arriverai jamais.

- Ne soyez pas défaitiste. Ce n'est que votre deuxième séance.

- Mais je suis nulle ! Ne me dites pas le contraire !

- Je ne suis pas du genre à mentir à une personne pour préserver son ego. Si je ne vous dis pas que vous êtes nulle, c'est tout simplement parce que vous ne l'êtes pas.

- Trop aimable ! Mais ce n'est vraiment pas l'impression que j'ai.

- Sans vouloir vous offenser, vous n'y connaissez rien. Alors laissez-moi être le seul juge dans cette affaire.

Alors là, il était très fort. Il réussissait à me complimenter et à me rabaisser en même temps. Je ne savais plus si je devais être vexée ou flattée. Du coup, je ne dis rien.

- Je commençais à penser que vous étiez une jeune femme combattive et déterminée. Ne me dites pas que je me suis trompé.

- Franchement, je me demande ce qui vous a fait penser une chose pareille. Depuis toujours, on me marche dessus sans que je dise quoi que ce soit ! J'ai toujours fait partie des faibles, pas des puissants. C'est simple, on me piétine parce que je suis transparente et inutile !

J'avais craché ces paroles avec toute l'amertume que j'avais emmagasinée depuis l'enfance et qui, pour une raison que j'ignorais, avait choisi cet instant pour se déverser à la face du monde.

- Eh bien ce temps-là est révolu, me dit-il en me toisant de toute sa hauteur.

J'eus un ricanement sarcastique.

- Croyez-moi, j'ai voulu changer. J'ai beau essayer, j'ai autant de charisme qu'une moule qui attend la marée sur un rocher.

- C'est peut-être parce que vous n'étiez pas réellement motivée.

- Merci pour cette analyse, Docteur Freud, mais vous vous trompez. J'ai fait ce que j'ai pu, je suis un cas désespéré. Vous avez fait une mauvaise pioche, dommage !

Je regardais encore le tapis quand j'entendis un grondement monter de la gorge de Phoenix. Je relevai la tête et me figeai en constatant qu'il me fixait et que peu à peu, ses yeux prenaient cette teinte métallique si horrifique. Dans un nouveau grondement, j'aperçus ses crocs.

- Je crois que vous avez raison. Je me suis fourvoyé, vous êtes effectivement inutile. Que ferais-je après tout d'une assistante qui passerait ses journées à geindre et à se complaire dans sa propre médiocrité ?

Je n'osais pas bouger et ses mots me transperçaient aussi sûrement que s'il m'avait planté ses crocs dans le cou. J'entrevoyais une issue à cette discussion, qui paraissait mener tout droit à mon exécution. J'en fus certaine lorsqu'il poursuivit :

- Samantha Watkins, j'ai eu tort de vous laisser en vie car cela aurait été vous rendre service que de vous achever dans cette ruelle. Vous en savez trop maintenant et vous devenez donc un danger pour le Secret... danger qu'il va falloir éliminer. De toute façon, le monde se passera bien de vous puisque vous ne lui apportez rien et que vous refusez les chances qu'il vous offre.

Il s'approchait dangereusement de moi mais je n'esquissais aucun mouvement de fuite, je m'imprégnais plutôt de son discours. Il coulait en moi comme un fleuve de lave en fusion qui me brûlait de l'intérieur. Tout faisait écho à ce que j'avais toujours pensé de ma vie : que j'étais sur Terre par accident, et que j'étais tellement transparente que je n'y avais pas ma place. Phoenix mettait des mots sur mes pensées et mes peurs les plus profondes, et il me poignardait avec.

- Je crois que je vais abréger vos souffrances et vous faire quitter ce monde pour lequel vous n'êtes qu'un poids mort. Je me trouverai quelqu'un d'autre sans difficulté et je vous oublierai aussitôt.

Comme je ne réagissais toujours pas, il se pencha lentement en avant, me faisant comprendre qu'il allait appliquer ses dires dans les secondes à suivre. Comme dans un film au ralenti, ce fut pendant son approche, à la perspective de ma mort imminente, que je réalisai vraiment à quel point je tenais à la vie et que j'étais sûre que j'avais mieux à offrir au monde que ce que j'avais fait auparavant. Je réalisai que Phoenix m'avait donné une chance de concrétiser cette pensée et de devenir enfin quelqu'un d'autre, celle que je devais vraiment être. Au départ, j'avais accepté cet emploi juste pour rester en vie, je n'avais pas mesuré combien il revêtait d'importance pour moi. En l'acceptant, mon quotidien insipide serait terminé et malgré les risques, cela me permettrait de vivre des expériences nouvelles tout en protégeant mes semblables…

Ce fut en en prenant conscience que tout le poids de mon ancienne existence se désagrégea et que cette fois-là, je fus vraiment prête pour un nouveau départ. J'eus l'impression de revivre, alors même qu'un vampire était sur le point de m'assassiner. Je serrai alors mon poing gauche…

… Et l'envoyai avec toute la puissance que je pus lui insuffler dans la mâchoire de mon ange de la mort.

*

Surpris, il recula sans avoir la moindre trace de blessure ni sans donner le moindre signe de douleur. Quant à moi, il allait falloir que je plonge mon poing dans un seau de glaçons. Peu importait, je tremblais, mais pas de peur. Je me levai et pointai un doigt dans sa direction alors qu'il était resté assis par terre.

- Je vous préviens que si vous recommencez à vouloir me mordre, je vous planterai un pieu dans le cœur sans le moindre état d'âme. Je me fiche de ce que vous pensez de moi, je sais que je vaux bien mieux que ce que je vous ai montré. Exit la bibliothécaire qui a peur de tout ! Vous verrez que dans quelques semaines, c'est moi qui vous botterai le derrière et c'est vous qui demanderez grâce ! Je suis Samantha Watkins, humaine certes, mais ni faible ni désespérée ! Et vos super pouvoirs de vampires, je m'en fiche ! Bonne nuit !

Je me retournai pour aller me coucher, le cœur plus léger qu'il ne l'avait jamais été, gonflée à bloc d'une détermination nouvelle, celle d'une deuxième vie. Je me moquais de l'effet de mon discours sur mon patron tant j'étais heureuse. Je pensais ou plutôt, j'espérais qu'il ne me tuerait pas, mais qu'il me passerait un savon monumental le lendemain. Ce ne fut pas le cas.

Je ne pouvais pas le savoir sur le moment, et effectivement, je ne le découvris que beaucoup plus tard, mais lorsque je sortis après avoir vidé mon cœur de toutes ses noires idées, ce n'était pas de la fureur que Phoenix manifesta... mais un franc sourire de satisfaction lié au sentiment d'avoir atteint le but qu'il s'était fixé en me poussant dans mes retranchements.

Nous ne reparlâmes pas de ce qui s'était passé ce soir-là ; ce fut comme un recommencement.

Forte de ce sentiment de renaissance, je me montrai une élève attentive et déterminée pendant les séances d'entraînement, au point que mes progrès au fil des semaines devinrent fulgurants. J'en demandais toujours plus et Phoenix éleva encore le niveau de difficultés. Il commença à m'apprendre le maniement des armes et je devins plus enragée encore dans la volonté d'en acquérir la maîtrise. Même pendant mon temps libre, je m'entraînais une heure par jour à reprendre tout ce que je maîtrisais déjà.

Je mettais néanmoins un point d'honneur à garder contact avec la réalité. Je commandais avec enthousiasme tout ce que je voulais pour transformer ma nouvelle chambre à ma convenance. Je repensai toute la décoration et je me constituai mon propre nid. Ma chambre était passée d'un bleu froid à un lila chaleureux et souvent, je disposais des fleurs fraîches dans le vase que j'avais posé sur la console à l'entrée du château. Surtout, quel bonheur ressentis-je quand ma télévision fut livrée et que je pus de nouveau suivre mes séries préférées !

Phoenix m'avait permis d'éplucher certains de ses rapports pour que je comprenne ce qu'il attendait de moi. Leur lecture avait parfois de quoi faire dresser les cheveux sur la tête, surtout quand il s'agissait de donner une bonne leçon à quelque vampire indélicat envers leurs lois, mais ils m'avaient permis de cerner la fonction de mon employeur, qui avait fini par répondre aux questions que je me posais sur celle-ci. Après tout, une assistante devait savoir la teneur du travail de son patron, sinon à quoi elle servirait ?

C'est ainsi que j'appris que Phoenix était ce qu'on appelait, dans la communauté vampirique, un « ange » (oui, très paradoxal pour désigner un monstre consommateur de sang humain), c'est-à-dire le bras droit des grands chefs, chargé d'exécuter les missions les plus secrètes et les plus dangereuses, notamment d'éliminer les vampires « puristes » qui continuaient à massacrer les humains sans vergogne au mépris du Grand Changement et du Secret de l'existence de leur race. Mais ce n'était pas là toute son activité.

Je pensais que les vampires vivaient retranchés du monde humain, mais je découvris avec stupeur que même s'ils ne se montraient pas au grand jour (jeu de mots minable sachant que Phoenix m'avait confirmé que le soleil leur était fatal), ce n'était pas tout à fait le cas. C'était une espèce qui aimait le pouvoir et l'argent. Ainsi, les employeurs de mon employeur, qui refusait de me dire quoi que ce soit à leur sujet, s'étaient lancés dans l'immobilier et à l'évidence, les transactions ne concernaient pas de petites maisonnettes. Cela leur assurait un revenu substantiel leur permettant de vivre dans l'ombre comme bon leur semblait. Phoenix voyageait donc aux quatre coins de l'État pour mener à bien certaines transactions lorsque ses patrons étaient trop occupés pour les gérer eux-mêmes. Ce qui arrivait tout le temps en fait, et il attendait de moi que je le suive dans ses déplacements.

Un soir, alors qu'il m'avait rejointe dans la cuisine pendant mon repas, je le questionnai :

- Les humains que vous côtoyez pour vos affaires ne se sont jamais posés de questions sur votre habitude de les traiter la nuit ?

- Les gens matérialistes ont autre chose en tête que des questions sur l'existence des vampires. Ce qui les intéresse, c'est le profit qu'ils vont tirer à traiter avec nous. Et puis, les gens riches sont souvent... excentriques. Alors jusqu'ici je n'ai rencontré aucune difficulté.

- Depuis combien de temps travaillez-vous pour vos patrons ?

- Hm... Je les connais depuis deux cents ans mais ils ne m'ont fait confiance qu'au bout de cent ans, et je suis devenu leur ange il y a cinquante ans.

- C'est pour ça que vous avez arrêté de rire ?

Je me rappelais son éclat de rire et le nombre d'années depuis lesquelles ça ne lui était plus arrivé. Sur le moment ça ne m'avait pas vraiment marquée mais avec du recul, je trouvais cela plutôt triste.

- Mon travail me prend énormément de temps et je n'ai pas vraiment l'occasion de m'amuser.

Comme d'habitude, j'essayai de déterminer ses émotions. Je m'étais lancé ce défi il y a quelque temps et jusque-là je n'avais abouti à rien. Cette fois encore, son expression indéchiffrable restait une énigme. Je soupirai.

- Ça vous ferait du bien. Croyez-moi.

- Sous-entendez vous que je suis déprimant ? dit-il en levant son sourcil.

Je m'étais habituée à ce tic, mais ça me rendait dingue. J'avais toujours l'impression qu'il me prenait pour une demeurée dans ces moments-là. Et je ne vous parle pas de son sourire narquois.

- Non, bien sûr ! Vous êtes un vrai boute-en-train ! ironisai-je. Allons, vous ne pensez qu'au travail ! Essayez de vous détendre de temps en temps.

- Et vous, que faites-vous pour vous détendre ?

- Eh bien, grâce à votre générosité, et jusqu'à ce que je puisse me promener en ville, j'aime me détendre en lisant un bon livre avec un petit fond musical ou encore m'empiffrer de popcorn en me faisant un marathon DVD avec ma nouvelle télévision.

- Un marathon DVD ?

- Eh bien oui, vous regardez les épisodes de votre série préférée jusqu'à ce que vous considériez que vous avez mieux à faire.

Il semblait perplexe.

- Ne me dites pas que vous ne regardez jamais la télé.

- Vous avez bien vu que je n'en avais pas ici. Je m'informe grâce à la presse écrite.

- Qui vous parle d'informations ? Moi je parle de films ou de séries pour se vider la tête quand on a eu une mauvaise journée. Enfin dans votre cas, une mauvaise nuit.

- Je n'ai pas le temps pour ça.

- À d'autre ! Vous critiquez vos collègues parce qu'ils ne veulent pas entendre parler d'informatique mais vous êtes aussi vieux-jeu qu'eux. Il faudrait vous mettre à la page. Et puis il n'y a pas que le travail dans la vie. C'est vrai, entre les transactions immobilières et la poursuite d'autres morts-vivants, il faut vous ménager des pauses, sinon vous allez finir en vieux vampire ermite et grincheux. Même vos semblables vous trouveront déprimant.

Il y eut un silence puis il reprit :

- Eh bien. Qui aurait cru que vous vous soucieriez de mon bien-être ?

Son sourire narquois se dessina sur son visage. Grrrrrr !

- Votre bien-être m'est égal pour tout vous dire. Mais je pense que vous seriez plus agréable au quotidien si vous respiriez un peu plus la joie de vivre. Vous savez quoi ? Vous vivez seul depuis trop longtemps !

J'avais fait mouche. Son expression se crispa.

- Curieux d'entendre ça de la part d'une personne qui n'a jamais eu de vie sociale.

Gagné. Il m'avait énervée.

- Je n'ai peut-être pas de vie sociale mais moi, au moins, je sais apprécier la vie. Vous, vous ne faites que lui sucer le sang !

On se foudroya du regard l'un l'autre et avec mes nouvelles résolutions, il était hors de question que je baisse les yeux.

- Ce soir il n'y aura pas d'entraînement. Je vous laisserai apprécier la vie à votre guise. Quant à moi, « sucer le sang » de quelqu'un ne serait pas une mauvaise idée… Ça me défoulera et ça m'évitera d'avoir envie de « sucer » le vôtre ! Bonsoir ! murmura-t-il sur un ton glacial avant de tourner les talons.

Au moins il ne m'avait pas sauté dessus, c'était ce qui s'était produit à chaque fois que je lui avais manqué de respect. Cela voulait donc dire que notre « relation » s'améliorait. Il était vexé comme un pou, mais il savait bien, au fond, que j'avais raison, j'en étais persuadée. Tout vampire qu'il était, il allait bien falloir qu'il accepte la critique lorsqu'elle était fondée, même si celle-ci venait d'une humaine de cinq cents ans de moins que lui.

En tout cas, je n'éprouvais aucun remords et même, j'étais heureuse de ce répit car j'allais pouvoir me coucher tôt pour une fois. Je profitai ainsi de ma soirée libre pour un marathon DVD bien mérité. J'étais en pyjama sur ma nouvelle banquette, face à mon écran plat, lorsque j'entendis toquer à ma porte.

- Entrez.

Je remerciai le ciel d'avoir préféré ce soir-là le confort d'un bon pyjama en flanelle acheté via le centre commercial local plutôt que les nuisettes affriolantes que m'avait fournies mon employeur à mon arrivée. Quand même, je n'avais pas une tête à jouer dans les spectacles burlesques, si beaux soient-ils !

Phoenix entra. Il avait l'air mal à l'aise, chose étrange venant de lui.

- Écoutez…

Silence. Je voulais bien écouter mais il fallait quand même qu'il ouvre la bouche.

- Je vous écoute.

- J'ai réfléchi à ce que vous m'avez dit et je crois que je vous dois des excuses.

J'aurais dû avoir un dictaphone pour enregistrer ses paroles et me les repasser en boucle. Je n'en croyais pas mes oreilles.

- Ce que vous m'avez dit tout à l'heure, eh bien... vous aviez raison. Je vis seul depuis tellement longtemps que je ne sais plus comment être sociable. Mes employeurs étant les seuls à qui je dois rendre des comptes, et ne se mêlant pas de ma vie privée, je n'ai pas l'habitude d'être critiqué si ouvertement. Je n'aurais pas dû vous parler de votre solitude, je vous prie de me pardonner.

Je le regardais avec des yeux ronds et la bouche grande ouverte. Il leva les yeux au ciel.

- Je vous en prie, cela me coûte énormément de vous dire cela, alors cessez de prendre cet air ahuri et dites quelques chose, grogna-t-il.

Boum ! Il avait vraiment le chic pour me faire redescendre sur terre.

- Euh... Je vous pardonne. De toute façon je n'aurais pas dû vous traiter de suceur de sang. C'était très impoli. Alors moi aussi je vous demande de m'excuser.

- C'est oublié.

Nous échangeâmes un bref sourire, Phoenix reporta ensuite son attention sur la télévision.

- C'est un de vos fameux marathons ?

- Oui. Comme je n'ai pas pu encore récupérer mes affaires, j'ai racheté la première saison de ma série préférée. J'en étais à l'épisode pilote.

- Hm.

Je respirai un grand coup puis je lui proposai avec un sourire encourageant :

- Ça vous tente ?

Il resta un moment silencieux, puis :

- Allons-y pour une soirée détente.

Et il se cala dans la banquette.

Il ne dit rien tout au long de la séance vidéo et je me demandais s'il appréciait où s'il s'ennuyait ferme. Lorsqu'il me laissa me reposer, je me posais encore la question.

J'eus la réponse le lendemain matin, lorsque je vis dans le salon un nouvel espace où trônait un meuble sur lequel reposaient un énorme écran plat et un lecteur DVD. Dessus, il y avait un petit mot : « Attendez-moi pour la suite ».

Je ne pus m'empêcher de rire.

Chapitre V : Période d'essai

*

Cette première semaine de mars et le printemps approchant me faisaient d'autant plus prendre conscience que cela faisait environ huit semaines que je vivais en recluse au château de Scarborough. Dans l'intermède, j'étais entrée dans ma vingt-neuvième année le quinze janvier, anniversaire qui, à dire vrai, ne me faisait ni chaud ni froid et dont j'avais omis d'informer mon hôte. Mon quotidien était rythmé par les entraînements, le sommeil réparateur, les promenades dans les jardins, et la lecture. Je ne me plaignais pas mais je commençais à trouver le temps long. J'avais besoin d'air.

Pourtant, au fil des jours, Phoenix et moi avions commencé si ce n'est à nous connaître, du moins à comprendre nos modes de fonctionnement respectifs. Il n'était pas très chaleureux mais il faisait des efforts pour être plus sociable. Il m'encourageait lors des entraînements et parfois même me freinait quand j'en demandais trop, au risque de me blesser. Il m'avait questionnée sur ma vie d'avant et même si la discussion avait tourné court puisqu'il n'y avait pas grand-chose à dire, il m'avait écoutée avec attention. Il semblait surtout curieux à propos de mes yeux car selon lui, ils étaient très particuliers. Mais là encore, je ne pus lui répondre grand-chose.

De mon côté, j'essayais de décrypter ses émotions, or, c'était toujours l'échec le plus complet. Décidément, cet homme était un point d'interrogation ambulant. Il répondait toujours à mes questions cependant, que ce soit sur la pratique du combat ou sur les vampires. Du moins jusqu'à un certain point.

J'avais appris que les vampires n'étaient pas nombreux. Heureusement, sinon ils n'auraient jamais pu détourner le sang des donneurs dans les banques ou les hôpitaux. En raison des guerres intestines pour le contrôle des territoires plus densément peuplés par les humains, leur nombre n'avait cessé de diminuer au point d'atteindre un seuil alarmant avant le Grand Changement. Ensuite, ce nombre s'était stabilisé au début du XXe siècle, en même temps que les violences entre vampires diminuaient, grâce à l'instauration de leur nouveau mode de consommation. Ce monde si étrange et si effrayant n'en était pas moins fascinant et je ne pouvais m'empêcher d'assouvir ma curiosité :

- Vous avez dit que les vampires ne pouvaient pas procréer et que leur seul moyen pour agrandir leur nombre était de transformer des humains. Est-ce que cela ne risque pas de poser problème pour vous fournir discrètement aux banques du sang si vous vous multipliez trop ? Que ferez-vous dans ce cas ?

- Auparavant, un vampire pouvait transformer un humain sans qu'on lui pose de questions ; ce temps-là est révolu. Il y a des règles aussi pour cela, afin d'empêcher la surpopulation. De plus, ça ne marche pas à tous les coups. La plupart du temps, la personne meurt… de manière définitive. Comme je vous l'ai déjà dit, le processus est très dangereux… et très douloureux pour celui qui le subit.

Quand je pensais que certains humains rêvaient de devenir comme eux ! Ils devaient vraiment avoir une case en moins vu ce que cela supposait.

Je comprenais un peu mieux le monde de mon employeur, ce qui me permettait de mieux le cerner aussi. Je savais qu'il ne servait à rien de poser des questions sur ses propres patrons ou sur l'organisation hiérarchique de son espèce car il restait systématiquement muet à ce sujet. J'avais également compris, le jour où j'avais voulu en savoir un peu plus sur sa vie en tant qu'humain, qu'il y avait une limite à ne pas dépasser. Il s'était brusquement renfermé sur lui-même, puis était sorti de la pièce sans un mot. Je ne l'avais pas revu avant le lendemain soir, où il fit comme s'il ne s'était rien passé. Le message était bien rentré, sa vie humaine était un sujet tabou.

Cela ne nous empêchait pas d'avoir des conversations tout à fait normales sur l'actualité, sur la littérature, et surtout sur ma série préférée, *Stargate Sg-1* ! Je n'en revenais pas ! Il était devenu encore plus accro que moi, mais il avait un affreux défaut, il fallait qu'il décortique tout.

- C'est fou ! Les scénaristes sont tellement forts qu'ils ont réussi à nous faire croire que dans toutes les planètes visitées par l'équipe, les peuples qu'elle rencontre parlent anglais[7] !

J'avais envie parfois de lui dire de se taire pour me laisser regarder en paix, mais je trouvais ces moments avec lui plutôt sympathiques. Ça changeait du cadre du travail ou de l'entraînement.

Toutefois, il vint un temps où je ne supportais plus d'être confinée. J'avais remarqué que le moment où il était le plus détendu était lorsqu'il me tenait compagnie pendant que je préparais mon repas dans la cuisine. Nous ne bavardions pas forcément ; parfois, il s'asseyait juste à table et lisait son journal.

---

[7] Dans la série *Stargate sg-1*, on constate avec amusement que sur toutes les planètes visitées par l'équipe d'exploration, la langue parlée est l'anglais, ce qui est plus pratique pour se comprendre.

Je sais ce que vous vous imaginez : cela faisait très petit couple. Rassurez-vous ça n'en avait que l'apparence. Sa présence si charismatique était tellement imposante et effrayante que même la plus fleur bleue des jeunes filles aurait réfléchi à deux fois avant de tomber amoureuse d'un homme tel que lui. Et en plus ce n'était pas un homme ; et moi je n'étais pas fleur bleue. La seule chose bleue que j'éprouvais en le voyant, c'était une trouille irrépressible quand il m'entraînait à faire face à un vampire en se mettant en position d'attaque, tous crocs dehors. Même si c'était pour de faux, mes genoux s'entrechoquaient toujours un peu avant de me défendre.

Donc je n'avais pas très envie de le déranger en pleine lecture. Néanmoins, ce fut le moment que je choisis pour aborder le sujet de la fin de ma captivité, avec une bonne assiette de spaghettis à la bolognaise pour me donner du courage.

- Phoenix, je me demandais… combien de temps encore pensez-vous me garder enfermée ici ?

Gloups ! Au regard qu'il leva de son journal vers moi, je compris que je devais très vite reformuler mes propos.

- Euh… je veux dire… cela fait huit semaines maintenant que je suis ici. Le grand blond et ses sbires me croient sûrement morte. Alors je pensais que peut-être… vous pourriez tenir votre promesse et me laisser aller à ma guise à Scarborough.

Son regard perçant était insoutenable, tout comme le silence qu'il laissait s'installer entre nous, en sachant pertinemment que cela me rendrait malade. En reportant son attention sur son journal, il finit par lâcher :

- J'allais justement vous en parler. Votre phase d'entraînement intensif est terminée et il est grand temps que vous vous mettiez réellement au travail. J'ai laissé le mien de côté depuis trop longtemps. Considérez que votre période d'essai commence dès à présent.

- Ma période d'essai ? Et si je ne fais pas l'affaire, vous ferez quoi ?

- Oh, la question ne mérite même pas d'être posée puisque nous savons tous deux que vous ferez un travail efficace qui me satisfera.

En d'autres termes, il valait mieux que je tienne mes engagements.

- Bon, et nous commençons ce soir ?

- Demain soir. Vous m'accompagnerez à Drake Hill, j'ai quelqu'un à voir.

- Il va falloir que j'en sache un peu plus.

- Tout à l'heure, nous ferons le point sur ce que vous devrez emporter. Je vous brieferai sur cette mission en chemin demain.

- Je vois, les choses sérieuses commencent.

- Cela a toujours été sérieux.

Et pendant que je finissais mes spaghettis en songeant à ce qui m'attendrait le lendemain soir, il se replongea dans sa lecture.

*

Nous étions au sous-sol devant des cartes d'identité, de crédit, ainsi qu'une arme à feu, un téléphone portable et quelques autres objets étalés sur une table.

- Bien. Commençons par votre identité. Vous comprendrez qu'il est souhaitable qu'on ne vous connaisse pas sous votre vrai nom. Pour les gens de Scarborough, vous serez ma petite-fille. Ici on me connaît sous le nom de Peter Stratford, donc je vous ai créé une nouvelle identité au nom de Samantha Stratford. Vous viviez à l'autre bout du pays, à Seattle, et après la mort de vos parents, vous avez décidé de rejoindre l'unique membre restant de votre famille, votre grand-père d'origine britannique malade.

- Super, mais on va croire que je joue les infirmières uniquement pour figurer en bonne place sur le testament d'un vieil excentrique.

- À vous de vous débrouiller pour qu'on ne le pense pas. Passons ! Vous comprendrez également que dans le cadre de mon travail et pour préserver ce lieu secret, je ne me présente pas sous ce patronyme. Je suis Peter Livingstone et vous serez Samantha Jones.

- Samantha Jones ? Comme dans *Sex and the city* ? C'est une blague ?!

- C'est quoi *"Sex and the city"* ?"

J'observai Phoenix pour vérifier qu'il ne se payait pas ma tête. À l'évidence, ce n'était pas le cas, il n'avait aucune idée de qui était Samantha Jones et de ce qu'elle faisait de son temps libre. C'était peut-être mieux ainsi.

- Laissez tomber. Je suis Samantha Jones.

Il haussa les épaules.

- Voici votre portable, il devra être constamment allumé. Votre carnet de notes, votre arme ; vérifiez toujours qu'elle est bien chargée.

- Une arme ? Et si je me fais arrêter par la police ? Je n'ai pas de permis !

- Samantha Watkins, non. Samantha Jones et Samantha Stratford, oui.

- Vous croyez que c'est indispensable ?

- Oui. Même face à un vampire, les armes sont utiles. Pour nous tuer, il n'y a que la décapitation ou le percement du cœur. Rappelez-vous, l'argent constitue pour notre espèce un véritable poison. En plein cœur, il est mortel, mais une simple blessure suffit à nous affaiblir au point de nous rendre aussi inoffensif qu'un humain. Cela vous permettra de fuir en cas de besoin.

- Génial. J'ai hâte, dis-je, sarcastique.

- Souvenez-vous de vos leçons et tout ira bien.

- Et si c'est un humain qui pose problème ?

- Eh bien il aura le plaisir d'être estropié par une balle de luxe.

- Estropié ?

- Oui. Visez les jambes.

- Et si jamais je vise mal et qu'au lieu de lui tirer dans la jambe, je lui tire dans la tête ? m'écriai-je horrifiée à cette idée.

- Acceptez l'idée que vous devrez peut-être tuer pour survivre... Mais je ne m'inquiète pas d'un éventuel accident. Pour quelqu'un qui n'avait jamais touché à une arme à feu, vous avez montré à l'entraînement une redoutable efficacité, que ce soit sur cible statique ou sur cible mouvante. Vous avez un don.

- Hm...

Je trouvais ça étrange de n'avoir jamais eu aucun talent particulier et de me découvrir à vingt-neuf ans un don pour l'utilisation des armes à feu. J'aurais préféré savoir chanter, mais entre nous soit dit, ça ne m'aurait pas été utile pour ce boulot.

- Ah, j'oubliais. Votre matériel d'assistante. Vous vous servirez de l'agenda sur votre smartphone et d'un bloc-notes. Je pense que je n'ai rien oublié.

- Vous avez oublié de me dire combien je serai payée pour faire tout ça parce que vous vous esquivez à chaque fois que je vous pose la question. J'aurais déjà dû recevoir mon premier salaire.

- Vos nouvelles identités n'étaient pas tout à fait formalisées. Vos nouveaux comptes en banque non plus. Et puis vu la facture que vous m'avez présentée pour vos achats « d'installation et d'adaptation », je ne pense pas que vous ayez souffert de n'avoir pas été payée ce mois-ci.

Que vouliez-vous répondre à ça ?

- Cela veut dire que maintenant, Samantha Watkins n'existe plus ?

- Oui. Sauf pour nous.

- Et à Kentwood ? On a dû signaler ma disparition.

- Ça m'étonnerait. Si l'homme qui vous a attaquée n'est pas un amateur et qu'il ne veut pas attirer l'attention des policiers au risque que cela attire aussi la mienne, il a dû faire en sorte qu'on croit que vous avez quitté la ville le soir même de notre rencontre.

Je pensais éprouver un sentiment de perte, mais je me rendis compte que ce n'était pas le cas. Même si laisser la maison dans laquelle j'avais grandi et où j'avais tant de bons souvenirs avec mes parents me provoquait un pincement au cœur, je réalisai que je n'avais rien à regretter à Kentwood, sachant que personne ne me regretterait, moi.

Je haussai les épaules.

- L'important, c'est que je sache qui je suis. Le reste n'est qu'accessoire.

- Bien raisonné.

- Que fait-on maintenant ? Il n'est pas tard.

- Je pensais que vous profiteriez de votre nouvelle liberté pour vous rendre à Scarborough.

- Tout de suite ? Non. Je préfère profiter du soleil pour découvrir cette ville.

- Comme vous le souhaitez. Je vous accorde votre soirée pour vous reposer.

- Si ça ne vous embête pas, je préfère que nous nous entraînions. Je ne sais pas si je serais prête demain et ça me rassurerait. En plus, ça m'évitera de penser.

- Très bien. Rejoignez-moi en bas quand vous voudrez.

Il se leva et quitta la cuisine.

Je ne me pressais pas. Pour une fois il ne m'avait pas donné de timing serré à respecter, je pouvais bien le faire languir un peu. Je pris le temps de regarder les informations télévisées en pensant à ce que Phoenix m'avait dit sur ma disparition. Jusque-là, j'avais le vain espoir qu'on eût lancé des recherches pour me retrouver. Non pas que je voulais quitter mon nouvel emploi, j'avais réglé ce problème ; mais pour savoir si on avait remarqué mon absence. C'est pourquoi je regardais fréquemment les nouvelles locales en me demandant si j'allais y entendre mon nom ou quelqu'un déclarant devant un micro, combien mon retour était désiré. Mais rien.

Même si toutes les traces d'une agression n'avaient pas été couvertes, peut-être qu'au final, personne ne se serait demandé où j'étais passée. Ah non, j'oubliais. Les services d'impôts, eux, se seraient rappelés à mon bon souvenir. Tu parles d'une consolation.

Un instant, j'eus le cafard. Mais cela se dissipa en songeant à la deuxième chance qui m'était finalement offerte. Après tout, Phoenix m'avait montré davantage d'attention en huit petites semaines que Mr Plummer, le directeur du lycée Griffith où j'officiais depuis six ans.

Le moral de nouveau au beau fixe, je me préparai puis allai rejoindre le Bruce Lee vampire qui m'attendait en bas.

- J'ai failli attendre... si je ne vous connaissais pas, je dirais que vous ne l'avez pas fait exprès, me dit-il de dos.

Il commençait à bien cerner mon personnage ; je lui servis un grand sourire innocent.

- Vous ne m'avez pas dit de me dépêcher.

- Mettez-vous en place, soupira-t-il.

Pendant deux heures, je m'entraînais au tir. Le sous-sol était tellement immense qu'il y avait une salle qui lui était consacrée. D'ailleurs je me disais que Phoenix avait dû aménager des salles secrètes dans ce château, du coup, quand je n'avais rien à faire, je déambulais dans les couloirs et je regardais les murs à la recherche d'un mécanisme ou d'un levier secret qui ouvrirait une salle cachée, un peu comme la Salle sur Demande de Poudlard. C'était un passe-temps pitoyable mais bon, ça m'avait servi à bien connaître les lieux.

Bref, j'eus droit à des cibles statiques et mouvantes et je dus moi aussi me mettre en mouvement pour simuler une poursuite. Je ne savais pas comment j'y arrivais mais je faisais mouche à chaque fois. Je devais reconnaître que question tir, j'étais fin prête pour le lendemain. Epuisée, je levai les mains en signe de reddition :

- Je crois que ça ira. Je vais me coucher maintenant.

Sur le pas de la porte, je me ravisai et me retournai.

- Phoenix, que faites-vous le reste de la nuit, quand je vais me coucher ?

- Bonne nuit, Samantha, dit-il en se retournant pour nettoyer ses armes.

- Bonne nuit, soupirai-je.

De retour dans ma chambre et une fois au lit, je me dis que finalement, tout ce que Phoenix m'avait fait endurer ces dernières semaines n'était rien comparé à la réalité du travail pour lequel il m'avait choisie. Et tout commencerait vraiment le lendemain…

… J'eus droit à ma première nuit blanche.

*

- Bonsoir. Vous êtes prête ?

Il était dix-neuf heures. Il portait un costume sur mesure gris foncé, une chemise blanche et une cravate noire. Très élégant. Ses cheveux mi-longs légèrement dégradés sur le devant et lui arrivant au niveau du cou, lui donnaient un air rassurant que démentait aussitôt la dureté de ses yeux. Il ne devait sûrement pas assassiner l'homme qu'il devait voir, sinon il aurait sûrement mis quelque chose de moins salissant (on ne sait jamais avec le sang !), donc je ne regrettais pas le choix de ma tenue vestimentaire. J'avais choisi un chemisier rouge, un tailleur jupe gris foncé (coïncidence) et des escarpins rouges. Je m'étais entraînée à marcher en talons hauts depuis quelque temps pendant la journée. La jupe était un peu fendue sur le côté, ce qui faciliterait mes mouvements en cas de besoin, et mes collants noirs opaques me tiendraient chaud.

Je serrais les dents lorsque Phoenix me détailla de la tête aux pieds mais après un hochement de tête approbateur, il ouvrit la marche vers la sortie. Dans ma tête, il y eut un « ouf » de soulagement et j'attrapai mon manteau à l'intérieur duquel était glissé l'arsenal du parfait assassin, ainsi que mon sac à main dans lequel se trouvait l'arsenal de la parfaite assistante.

Phoenix et moi montâmes dans une *Audi R8* noire ultra puissante, aux vitres teintées et sièges chauffants. Je préférais mille fois plus rouler dans cette voiture que dans la *Camaro* rouge restée au garage, et dont la rutilance aurait braqué sur nous tous les regards humains ou zombies du comté. Hors de question que je monte là-dedans ! De fait, je pus avoir un bref aperçu de Scarborough dont j'avais repoussé la visite au lendemain ; ça avait l'air très coquet.

Nous nous engageâmes sur la route menant à Drake Hill, une ville moyenne au nord-est de Kerington, pour laquelle nous avions une petite heure de route. Je me demandais bien comment nous allions passer le temps. Lorsque mes parents m'emmenaient au parc de loisirs de Williamsburg, nous chantions des chansons ou alors, ma mère arbitrait un concours de culture générale entre mon père et moi. Si je gagnais, mes parents m'offraient une glace, si je perdais, ils me l'offraient quand même. Je les adorais. Autant dire que ce trajet avec Phoenix ne se ferait pas dans la même ambiance.

Cela faisait déjà vingt minutes que nous étions partis ; pas une seule parole n'avait été échangée. Il devait me briefer sur cette mission, qu'attendait-il ?

Heureusement, je n'eus pas besoin d'attendre plus longtemps.

- L'homme que nous allons voir s'appelle Kiro. C'est un herboriste.

- Humain ou vampire ?

- C'est un humain. Mais je le connais depuis trente ans.

Je tiquai aussitôt.

- Alors il connaît votre secret aussi.

- Oui, il en a très bien compris ses enjeux. Il a toujours les yeux et les oreilles bien ouvertes donc il est devenu mon informateur. Aujourd'hui, il a des renseignements susceptibles de m'aider pour une affaire sur laquelle je travaille.

- Quel genre d'affaire ?

- Les disparitions dans et autour de Kerington.

- Ils en parlent souvent aux informations depuis plusieurs mois. Il y aurait des vampires là-dessous ?

- Je ne sais pas encore, on m'a chargé de le déterminer.

- Ça a un lien avec ceux de Kentwood ? Deux personnes ont disparu quelques jours avant notre rencontre.

- Je ne peux pas l'affirmer. Beaucoup de vampires ont des petits trafics à droite et à gauche et n'aiment pas qu'on se mêle de leurs affaires, encore moins les anges. Je suis tombé sur ces types en enquêtant sur l'une de ces disparitions. Leur réaction à mon égard prouve qu'ils cachaient quelque chose, mais pas qu'ils soient mêlés à tout ça. Quand un vampire entre sur notre territoire, il doit se faire connaître auprès de mes employeurs et de moi. Ceux-là, je ne les connaissais pas, donc ça me fait un nouveau mystère à résoudre.

- C'est ce que vous faites lorsque je vais me coucher ?

- J'ai ralenti mes occupations pour vous former, mais je n'ai pas tout arrêté.

- Vous n'arrêtez jamais en somme.

- Eh bien grâce à vous, j'ai appris à me détendre devant un marathon DVD. Et puis je dors pendant la journée.

- Si je vous demande où, je vais encore me heurter à un mur ?

- J'ai une pièce secrète qui me sert de chambre.

- Pourquoi n'utilisez-vous pas celles qui sont à l'étage ? Vous avez condamné tous les volets.

- Les vampires sont méfiants par nature. C'est pendant notre sommeil que nous sommes les plus vulnérables, alors nous ne sommes pas assez fous pour dormir au vu et au su de tous.

- Et si jamais je dois vous contacter d'urgence ? Comment je fais pour vous trouver ?

- Je garde mon portable avec moi. Je serais réveillé par la sonnerie. Toutefois, en plein jour, je ne vous serais pas d'une grande utilité. À moins que vous n'ayez besoin d'une torche.

- Je rêve ou vous venez de faire de l'humour ?

- Comment était-ce ?

- Pitoyable. Mais ne vous découragez pas ! lui répondis-je en souriant.

Il grogna.

- Bon, que voulez-vous que je fasse quand on sera chez ce Kiro ?

- Notez tout ce qu'il dira. N'omettez rien, même les détails les plus infimes peuvent se révéler importants.

- Très bien. En fait, je suis rassurée. Ça n'a pas l'air trop difficile comme mission.

Son silence aurait dû me mettre la puce à l'oreille.

*

Nous arrivâmes à Drake Hill un peu après vingt heures. Il faisait froid et j'appréciais d'autant plus mon grand manteau noir à capuche et mes collants. Nous étions dans un quartier peu engageant avec de petites ruelles et des réverbères qui auraient mérité quelques réparations. La devanture de l'herboristerie était pourtant impeccable et la vitrine présentait des dizaines de flacons différents. Phoenix me tint la porte ouverte, et ce faisant, un tintement de clochette annonça notre arrivée.

Kiro passa au travers d'un rideau de fils perlés qui séparait la boutique d'une pièce privée. Je le détaillai de la tête aux pieds lorsqu'il s'avança tout sourire vers mon patron, les bras écartés. C'était un vieux japonais, environ soixante-quinze ans, petit, mince et dégarni.

- Phoenix ! Ça fait si longtemps ! s'écria-t-il en donnant une accolade à Phoenix qui la lui retourna !

- Bonsoir, Kiro, comment vas-tu ? Et ta famille ?

- Oh, tout le monde va bien, et moi aussi, si ce n'est ces foutus rhumatismes ! Je ne suis plus aussi fringant que toi ! Mais tu peux demander à Aoki, dans la chambre, je suis encore un lion !

Il donna un coup de coude viril à son interlocuteur, signal d'un ricanement masculin complice. J'hallucinais. Alors que je n'avais droit qu'à une complaisance froide, Phoenix plaisantait avec ce vieil excentrique ! Ce dernier, en l'occurrence, finit par s'intéresser à moi.

- Mais qui est cette beauté ? Une autre de tes conquêtes ?

Il me reluqua sans retenue, en ayant même le culot de s'attarder sur mes seins. Mes joues s'échauffèrent et j'ouvris la bouche pour dire le fond de ma pensée à cette espèce de vieux chnoque libidineux, mais je fus interrompue par Phoenix :

- Tu fais erreur, c'est mon assistante.

Le vieux daigna enfin passer de ma poitrine à mon visage puis redirigea son attention vers mon patron.

- Depuis le temps que je te connais, je ne t'ai jamais vu travailler autrement qu'en solo. Depuis quand tu fais confiance aux humains ?

J'attendais le moment où Phoenix le remettrait à sa place pour cette façon si familière de s'adresser à lui. Non mais !

- Les temps changent. Quant à la confiance, tu sais bien ce qu'il en est.

- Elle est comment ?

J'en avais assez de son petit jeu :

- Eh ! Je suis là ! Cessez de parler de moi comme si je n'étais pas dans cette pièce avec vous !

Il y eut un silence et un regard sévère de la part de Phoenix. Kiro m'observa alors plus attentivement avant de s'exclamer :

- Belle et caractérielle. Ce sont les femmes les plus attirantes, et les plus difficiles à supporter !

- Tu n'imagines pas ! souffla mon patron en levant les yeux au ciel.

Cette fois, ce fut lui qui eut droit à un regard meurtrier de ma part, faisant s'esclaffer le vieil homme.

- Tu as bien choisi, c'est une perle rare.

Puis il m'adressa enfin la parole directement.

- Ne vous formalisez pas de notre échange, Mademoiselle… ?

- Wa… Jones, Samantha Jones.

Bravo, j'avais failli gaffer.

- Mademoiselle Jones, soyez assurée qu'il vaut mieux être sous la coupe de Phoenix que de celle de tout autre membre de son espèce. Je suis bien content qu'il m'ait permis de vivre en échange des services que je lui rends de temps en temps.

- Comment avez-vous découvert son secret ?

- Il a dû vous dire que j'étais son informateur. J'ai toujours eu tendance à écouter aux portes et je connais plein de gens qui font comme moi. On dit que la curiosité est un vilain défaut et j'en ai payé le prix le soir où j'ai approché Phoenix de trop près. L'alternative qu'il m'a proposée ne se refusait pas, mais vous savez ça. Et vous, comment vous-êtes vous retrouvée dans ce pétrin ?

- Disons que moi aussi je l'ai approché de trop près, mais sans le faire exprès.

Je repensais à notre rencontre, quand le grand blond m'avait balancée sur lui.

Kiro s'approcha alors de moi et je ne pus me retenir de faire un pas en arrière, de peur que ce vieux vicieux n'ait envie de me toucher.

- Vous devez être vraiment spéciale pour qu'il vous choisisse pour l'accompagner dans ses missions. Vous avez un don particulier ? me chuchota-t-il.

On dit que la sagesse vient avec l'âge. Alors que je ne savais quoi répondre, Phoenix le fit à ma place.

- Elle a un don pour poser des questions indiscrètes, un peu comme toi, Kiro.

Kiro avait oublié l'ouïe hyper sensible des vampires. Il afficha l'air penaud d'un gamin pris en train de faire des bêtises.

- Bon, nous avons du travail, dit Phoenix pour couper court à la curiosité de notre hôte.

Celui-ci nous invita à le suivre dans l'arrière-boutique et nous nous installâmes autour d'une petite table.

- Je vous sers à boire, Mademoiselle Jones ? me demanda-t-il poliment.

- Non merci, répondis-je pendant que je sortais mon carnet de notes.

Il s'assit, son visage devenu tout à fait sérieux.

- Les disparitions annoncées dans les médias ne sont que la face émergée de l'iceberg.

- C'est-à-dire ? demanda Phoenix, l'air grave.

- On parle des personnes qui ont une famille, laquelle prévient la police pour signaler leur disparition. Or, il y a aussi des kidnappings de prostituées, de toxicomanes, ou de sans-abris, que les journalistes ne couvrent pas. Rien qu'à Drake Hill, il y a au moins vingt personnes qui ne donnent plus aucun signe de vie. Alors imagine à Kerington et dans les villes avoisinantes.

Kerington était la ville principale du comté. Paradoxalement, malgré les millions de dollars que brassait une petite élite d'intouchables, celui-ci était pauvre et figurait en haut de la liste des statistiques nationales d'exclusion sociale. Par conséquent, si les victimes étaient surtout des personnes auxquelles la police ne prêtait pas attention, les chiffres étaient en-dessous de la vérité. Je frissonnai.

- C'est plus grave que ce que je croyais, dit Phoenix. As-tu d'autres informations susceptibles de m'aider ?

- Une connaissance m'a averti qu'il se passait de drôles de choses dans certains entrepôts de la zone industrielle de Kerington, sans savoir quoi précisément.

- Quels entrepôts et à quelle fréquence sont-ils utilisés ?

- Personne ne le sait vraiment. En fait, on sait qu'il y a du mouvement là où normalement il ne devrait pas y en avoir, mais ce ne sont jamais les mêmes entrepôts qui sont utilisés, à des fréquences impossibles à déterminer. Les lieux doivent être ensuite particulièrement bien nettoyés puisque la police n'enquête pas sur un quelconque trafic dans cette zone.

Kiro secoua la tête puis reprit.

- Phoenix, je ne sais pas ce qui se passe ni si ça a un rapport avec les vampires, mais plus personne ne se sent en sécurité. Aoki refuse de mettre le nez dehors après le coucher du soleil, elle est folle d'inquiétude et passe son temps à mettre Asako en garde. Quant à moi, je t'avoue que je resterai bien confiné aussi mais j'ai mon affaire à faire tourner. Il faut que ça cesse.

Mon employeur se tourna vers moi.

- Samantha, nous en avons fini ici pour ce soir. J'ai besoin de certaines choses dans la supérette à deux rues derrière. Voici la liste (qu'il me tendit). Allez-y, je vous rejoins.

Je me levai, saluai Kiro qui lorgna encore dans mon décolleté, et pris le chemin de la sortie. Juste avant de quitter les lieux, j'entendis ceci :

- Je vais éclaircir tout cela. En attendant, toi et ta famille, faites profil bas. Pas besoin d'attirer l'attention de ces kidnappeurs.

Dehors, les rues étaient désertes et sombres et j'avais beau chercher, je ne voyais aucune supérette. La seule explication était qu'il n'y avait pas de supérette. Si cela faisait longtemps que Phoenix n'était pas venu dans le coin, peut-être qu'il ne savait pas qu'elle avait fermé. Je voulus faire demi-tour pour retourner à l'herboristerie.

Le vent s'était levé, la lumière de l'un des réverbères grésillait, donnant à la rue un aspect encore plus glauque. Je resserrai les pans de mon manteau et avançai.

Plus loin, deux hommes venaient dans ma direction. Mon avertisseur de danger me signala que j'allais sûrement avoir des ennuis. J'espérais que ce n'étaient que deux ivrognes trop éméchés pour constituer une réelle menace, mais leur démarche bien équilibrée démentait cette lueur d'espoir. Du coup, je croisai les doigts pour que ce ne soient pas des vampires.

Lorsqu'on se croisa, j'entendis des sifflements dans mon dos.

- Ouah, Jack, vise-moi cette bourgeoise ! Elle s'est perdue, tu crois ?

- J'en sais rien, Tony, peut-être qu'on devrait lui demander si elle veut qu'on la raccompagne chez elle pour la réconforter !

Sur ces belles paroles, deux rires graveleux résonnèrent derrière moi. Je ne me fis aucune illusion sur leur idée de la suite des événements lorsque le bruit de leur pas se fit plus fort, annonçant leur rapprochement. Me faire violer était exclu, ces brutes ne me toucheraient pas ! Avant, la seule chose que j'aurais faite, ç'aurait été de courir en espérant être plus rapide que mes agresseurs, mais combien de femmes violentées avaient essayé cette option, en vain.

Je me rappelai alors que je n'étais plus dans ma vie d'avant. Je n'étais pas sans défense, et je fis volte-face.

Surpris, ils ralentirent leur approche.

- Tony, on dirait qu'elle nous attend la p'tite. Elle aussi veut se payer du bon temps !

- Elle va voir quels étalons on est ! Ça c'est sûr.

Ils parvinrent enfin devant moi et je pus voir nettement leur visage. L'un était chauve et bouffi, sûrement par l'alcool qu'il empestait, et l'autre, plus maigre, avait sûrement dû attraper la petite vérole ou une MST dantesque, vu les marques sur sa peau. Leurs sourires inspiraient le dégoût, tant dans l'état d'esprit qu'il laissait supposer que dans le visuel, avec leurs dents pourries. J'affichai un masque impénétrable afin qu'ils ne ressentent pas ma peur.

- Est-ce ainsi que vous traitez les femmes, messieurs ? N'avez-vous pas d'amour-propre pour vous contenter de les prendre de force alors que vous pourriez vous satisfaire de réussir à les séduire ?

Bouffi et Vérolé me regardèrent avec des yeux ronds.

- Quoi ? Qu'est-ce que tu causes ? dit Tony-Bouffi.

- T'as vu nos gueules, pétasse ? Les bourgeoises dans ton genre nous snobent parce qu'elles nous trouvent immondes alors on leur fait payer leur air... comment que ça se dit déjà dans la haut' ? Ouais, leur air « ô teinte ».

Jack-Vérolé avait vraiment un langage recherché.

- Je crois que le mot que vous recherchez est « hautain », H.A.U.T.A.I.N., épelai-je.

Ce fut une erreur car ils prirent la mouche. Les deux poussèrent une sorte de grognement d'ivrogne :

- Oooweeeerrrrrrrroooo !

Vérolé cracha par terre pendant le « r ».

- Mais c'est qu'elle nous snobe aussi, la petite bourge'. Tu vas voir, on va te faire ravaler ton éducation ! Et quand on te passera tous les deux dessus, tu crieras comme une belle salope !

L'air goguenard de Vérolé avait disparu, laissant la place à celui d'un prédateur cruel, prêt à passer à l'action.

Pendant les entraînements, j'étais face à Phoenix et je savais qu'il ne me ferait pas de mal, par conséquent je me demandais toujours si en cas de danger, je saurais mettre en application ses leçons ou si je resterais pétrifiée comme une autruche. J'eus la réponse à ce moment-là.

Un grand calme m'envahit et discrètement, je bandai mes muscles pour me préparer à l'attaque. Je regardai Vérolé et dis :

- Les apparences sont parfois trompeuses. Je vous laisse une chance de partir et de changer votre manière de considérer les femmes. Si vous ne la saisissez pas, je me chargerai de vous empêcher à tout jamais de vous reproduire ! lui lançai-je sur un ton féroce.

Bouffi eut un rire idiot, Vérolé ne dit rien, se contentant de me dévisager. Et puis tout se passa très vite.

Comme dans un ballet bien chorégraphié, Bouffi agit le premier. Il se jeta sur moi, tentant de me renverser sur le dos. Je fus surprise par la force avec laquelle il me percuta et basculai avec lui. Son but était de me tenir pendant que son complice accomplirait sa besogne sur moi, en attendant son tour.

Mais les leçons de mon employeur étaient solidement acquises. Je lui mordis le bras au sang, de sorte qu'il me lâche, et lui collai mon poing dans les dents, explosant le peu qu'il lui restait. Vérolé décida d'intervenir et voulut se jeter sur moi à son tour. Je roulai sur le côté pour l'éviter et tandis qu'il s'écrasait sur le sol, je me relevai.

Mes deux agresseurs se remirent debout et sortirent chacun un couteau de leurs vestes. Ça se compliquait, mais en théorie, je savais quoi faire alors je me concentrai de toutes mes forces.

Quand ils vinrent tous les deux à moi, je réussis à pivoter et à esquiver le couteau de Bouffi tout en lui donnant un coup de coude qui lui broya le nez et l'envoya rouler par terre. Puis, je désarmai Vérolé avec un coup de pied au poignet. Celui-ci me regarda, l'air incertain.

Au sol, la bouche et le visage maculés de sang, Tony hurla à Jack :

- Putain, mais tue cette pute !

Comme s'il avait retrouvé tout son courage dans ce discours digne d'un roi encourageant ses troupes avant la bataille, Vérolé m'attaqua de nouveau.

Je feintai et lui assenai un formidable coup de poing dans la figure qui l'envoya aussitôt par terre. Je pensai alors aux femmes qu'ils avaient dit avoir déjà agressées et un voile rouge tomba devant mes yeux, comme cela s'était produit avec le sac de sable. Je baissai mon regard vers l'entrejambe de Vérolé et levai mon pied. Il hurla à la mort lorsque de toute mes forces, j'enfonçai mon talon dans ses parties génitales.

Bouffi avait crié un « Non ! » en se tenant son propre appareil reproductif, puis cria rageusement quand il se leva pour me foncer dessus. Je lui assenai un troisième coup qui acheva de lui briser la mâchoire et toute envie de revenir à la charge. Il finit par se rapprocher de son complice inconscient et parvint à le soulever, sans cesser de me jeter des regards effrayés. Il s'éloigna en claudiquant, mais je ne relâchais pas ma vigilance, d'autant que le voile rouge n'était toujours pas parti. Encore en transe, je sortis le pistolet de mon manteau.

Bien m'en prit car le dénommé Jack, censé être évanoui, parvint à s'appuyer sur son ami et à se retourner en pointant un objet dans ma direction. Il n'eut pas le temps de tirer.

Mon arme fumait après le coup de feu qui avait fait s'envoler celle de Vérolé. Étant donné les hurlements de bête à l'abattoir qu'il poussait, j'avais dû lui faire perdre quelques doigts dans l'opération.

Ils arrivaient à l'angle de la rue quand je les visai de nouveau.

*

Un coup de vent fit voleter ma queue de cheval, qui ne devait plus ressembler à grand-chose. Une main me retira l'arme de la mienne, tandis que la deuxième me forçait à me retourner.

C'était Phoenix.

- Il n'est pas nécessaire de les tuer. Je doute qu'ils se risqueront à refaire du mal à une femme. Et comme vous l'avez dit à cette brute immonde, il ne pourra plus jamais se reproduire.

Je le fixai en ayant peur de comprendre ses paroles.

- Vous voulez dire que vous étiez là ?... et que vous n'avez rien fait pour m'aider ? articulai-je lentement pour assimiler cette idée autant que pour lui faire mesurer à quel point j'avais envie de le frapper au mépris de la douleur que je ressentirais.

Autant frapper un rocher.

- Vous vous en sortiez très bien sans moi. Je n'ai pas jugé utile de le faire.

J'étais choquée.

- Mais vous êtes un monstre !

- Première nouvelle ! Dites-moi quelque chose que je ne sais pas déjà ! dit-il, levant les yeux au ciel.

- Et si ça avait mal tourné ?

- De toute façon vous n'avez jamais été en danger, je vous suivais depuis le moment où vous êtes sortie de chez Kiro. J'ai tout orchestré.

- PARDON ? m'écriai-je, furieuse.

- Je vous ai dit que vous étiez en période d'essai. Je voulais voir si en situation de danger réel vous seriez capable de vous en sortir seule. Alors quand vous êtes partie chercher cette supérette imaginaire, j'ai débusqué ces deux types que j'avais repérés à traîner dans le coin en arrivant. Je leur ai dit que je cherchais une jolie jeune femme qui devait me retrouver et qui s'était probablement perdue. Ces idiots ont voulu me détrousser. J'ai fait semblant de fuir, et ils sont partis à votre recherche. Vous avez bien appliqué les leçons que je vous ai apprises. Félicitations, votre période d'essai est terminée.

Je l'avais écouté sans l'interrompre, abasourdie par le stratagème qu'il avait osé mettre en place pour savoir si je n'allais pas me dégonfler en cas de danger. Ça, pour être efficace, ça avait été efficace. J'aurais pu être fière de moi. Lui l'était, clairement !

Mais je me sentais stupide de m'être fait manipuler et terriblement en colère contre Phoenix qui souriait comme s'il s'était agi d'un jeu. Les femmes que ces hommes avaient dit avoir agressées existaient réellement, je le savais. Ils avaient voulu faire la même chose avec moi car mon patron les avait lancés sur mes traces.

Je m'écartai de lui, écœurée.

- Ces hommes n'étaient pas de simples voleurs. C'étaient des violeurs récidivistes ! Et vous me les avez envoyés.

Le dégoût supplantait ma colère.

- J'ai questionné Kiro à leur sujet quand vous êtes sortie. Ces hommes avaient tenté d'agresser sa petite-fille il y a quelques semaines mais personne ne s'en est occupé. J'ai fait d'une pierre deux coups. Ces ordures méritaient plus encore que ce que vous leur avez infligé. Toutefois, vous n'êtes pas un assassin. Je devais vous empêcher de les tuer.

Il était sincère et ma colère contre lui s'envola. Ces hommes avaient eu une bonne leçon. Ils méritaient peut-être la mort, mais ce n'était pas à moi de les y envoyer. Phoenix avait raison, je n'étais pas une meurtrière.

Il me tendit sa main.

- Rentrons.

Je la fixai, puis la pris. Je n'avais plus qu'une envie, prendre une douche, me coucher, et oublier cette soirée et ma période d'essai.

Chapitre VI : Enquête

*

Le trajet de retour se fit dans le silence le plus complet. Phoenix devait penser que j'étais en colère contre lui. J'avais compris qu'en devenant vampire, les règles de moralité s'assouplissaient alors il ne devait pas se sentir coupable le moins du monde de m'avoir jetée dans les rets de deux barbares. J'étais même sûre qu'il considérait qu'il m'avait rendu service ! Bon, dans un sens ce n'était pas faux puisque je savais à présent qu'en situation de danger réel, j'étais capable de me défendre.

En fait, je n'éprouvais aucune animosité envers lui, c'était juste que je n'avais pas envie de parler. Je voulais profiter du trajet en voiture pour faire le point sur les derniers événements.

Tout ça m'avait retournée. Moi, une pauvre bibliothécaire sans aptitude particulière, j'avais estropié deux voyous décidés à me faire du mal. C'était de la légitime défense, mais j'aurais pu épargner la castration à Vérolé. Je m'étais laissé envahir par le dégoût que m'inspiraient ces deux hommes et malgré tout, je n'arrivais pas à me sentir coupable. Lorsque nous arrivâmes au château de Scarborough, je conclus que j'avais fait ce qui devait être fait. De toute façon, Phoenix m'avait prévenue que je serais amenée à blesser ou à tuer pour défendre ma propre vie. Cette expérience ne serait sûrement pas la dernière. La conscience tranquille mais la fatigue pesante, je sortis de la voiture et avançai sur le perron. C'est alors que j'entendis derrière moi :

- C'est étrange. Depuis que nous sommes partis, je m'attends à une explosion de fureur et à des accusations envers ma personne, mais vous ne dites rien. Je crois que j'aurais préféré les cris plutôt que ce silence envahissant. Allez-vous enfin me dire quelque chose ?!

Il avait l'air exaspéré. Il ne pouvait pas voir le sourire qui me vint en l'entendant et je décidai de l'aiguillonner davantage. En me retournant, j'affichais un masque impénétrable.

- Il me semblait vous avoir entendu dire que vous ne me payiez pas pour vous faire la conversation.

Il leva les yeux au ciel.

- Kiro avait raison ! Vous pouvez franchement être insupportable !

- Et vous bien indiscret !

Nous entrâmes dans le château.

- Vous voulez que je vous dise quelque chose ? Il va me falloir de nouveaux escarpins ! Bonne nuit !

Et je le laissai planté là, dans le hall.

*

Lorsque j'ouvris mes volets (mon employeur m'avait autorisée à les laisser ouverts pendant la journée), le soleil était déjà haut dans le ciel.

Je me sentais d'excellente humeur, j'avais dormi comme un bébé. Les événements de la veille n'étaient plus qu'un lointain souvenir qui ne me faisait ni chaud ni froid et je planifiais déjà mon excursion pour découvrir la charmante ville de Scarborough et ses deux mille habitants. Pour ce faire, à plus de midi, il n'y avait pas de meilleur moyen que d'aller tester les restaurants locaux et je décidai de m'habiller de manière décontractée vu que je n'étais pas de service : T-shirt, pull, jean, mocassins, queue de cheval.

Nous étions en plein mois de mars et il faisait bien froid dehors. J'étais donc très contente de mon long manteau qui me tenait chaud, en plus d'avoir une cache pour mettre une arme à feu. Il n'avait pas du tout souffert de l'échauffourée avec les deux brutes de la veille, c'était parfait…

… Jusqu'à ce que je me rende compte que Phoenix avait dit que le château était légèrement excentré par rapport à la ville et qu'il allait falloir que je prenne une voiture. J'avais le choix entre deux options : la puissante Audi sportive et l'autre, la Camaro rouge aux bandes noires. Pour une visite discrète en centre ville ça n'allait pas le faire du tout ! Ces vampires et leur goût du bling-bling !

Aussitôt, je pris la décision de mettre de l'argent de côté pour acheter dès que possible une voiture qui m'appartiendrait et qui serait surtout beaucoup moins voyante.

En attendant, j'attrapai en soupirant les clés de l'Audi. Pas question de jouer à l'apprentie *Transformer* dans une Camaro !

Pour éviter d'abîmer la voiture, ce qui m'aurait valu le savon du siècle par mon patron, je fis quelques manœuvres dans l'allée puis, une fois rassurée, j'actionnai la télécommande qui ouvrait les portes de l'enceinte et partis.

*

Comme je le redoutais, me garer en plein centre d'une petite ville avec une voiture pareille me valut les regards d'un bon nombre de ses concitoyens. Je pris sur moi pour avoir l'air détendue et souriante, toutefois, je me dépêchai de m'écarter de mon véhicule.

J'étais dans la rue principale dont les bâtisses majestueuses ressemblaient aux hôtels particuliers des quartiers aisés du Londres du XIXe siècle. Il y avait beaucoup de petits commerces et quelques restaurants. J'en avisai un dont la devanture bleu vif « Bon appétit chez Danny » attirait le regard, et m'y rendis. Quand je poussai la porte, des têtes se tournèrent dans ma direction et au lieu de s'en retourner à leurs occupations, elles me dévisagèrent.

- Bonjour, dis-je avec un sourire crispé.

Il y avait de la place au comptoir et je m'y dirigeai, contente de pouvoir tourner le dos à tous ces curieux. Bon sang ! Il y avait un miroir sur le mur en face alors je pouvais voir que les clients se demandaient qui je pouvais être. J'avais aussi une bonne vue sur la décoration ; on se serait cru perdu dans les années 50. Il y avait une grande affiche d'Elvis qui trônait sur un des murs bleu ciel du restaurant et des box avec des canapés en vieux cuir. En tout cas, les assiettes bien garnies sur les tables me rappelèrent que je n'avais encore rien mangé.

Un homme d'une soixantaine d'années en tablier me tendit la carte.

- Bonjour, ma petite dame, je suis Danny Robertson, le patron de ce restaurant. Choisissez ce qui vous fait envie et je vous cuisine ça dans la minute !

Je le trouvai immédiatement sympathique. Il avait les cheveux grisonnants et un peu dégarnis en haut du crâne, une bonne bedaine, et un sourire communicatif que je lui rendis en prenant la carte.

Les plats proposés étaient simples mais appétissants et je m'arrêtai sur le poulet rôti et les frites…

- Et voilà pour ma dernière cliente, dit-il en m'amenant mon assiette un peu plus tard.

C'était vrai que j'avais été la dernière à commander. Il me regarda quand j'attaquai mon assiette et avalai ma première bouchée…

- Hmmm ! C'est le meilleur poulet que j'ai jamais mangé ! dis-je la bouche encore pleine, ce qui fit rire aux éclats mon hôte.

- Alors, qu'est-ce qui vous amène à Scarborough, ma p'tite dame ? Vous vous êtes perdue ?

Je me doutais bien que les gens allaient me poser des questions et Phoenix m'avait préparée à ce genre de situation. Il ne fallait pas que je me mélange les pinceaux !

- Je ne suis pas perdue, non… Je m'appelle Samantha, je viens de Seattle.

- C'est à l'autre bout du pays ! réagit Danny en sifflant. Que venez-vous faire ici ?

- Eh bien mes parents sont morts il y a peu dans un accident de voiture. Je n'avais plus de famille là-bas alors mon grand-père m'a demandé si je voulais venir vivre avec lui. Comme il est âgé et qu'il ne peut pas vraiment se déplacer, je suis en quelque sorte son infirmière à domicile.

Danny me fixait avec des yeux ronds. Il avait mordu à l'hameçon.

- Alors votre grand-père, c'est le mystérieux Peter Stratford ?

- Mystérieux ? répétai-je en prenant un air surpris.

- Eh bien cela fait quelques années maintenant que votre grand-père a emménagé dans le château, mais personne ne l'a jamais vu. Tout ce qu'on sait, c'est qu'il se fait livrer ce dont il a besoin par le centre commercial de Pembroke. Le directeur se donne de grands airs pour faire croire qu'il le connaît, mais tout le monde sait que lui non plus ne l'a jamais rencontré. C'est bien que vous soyez là car certains hurluberlus commençaient à croire que le château abritait un baron de la drogue sous couverture !! Haaaaaahahahaha !

Je m'obligeai à rire à gorge déployée comme lui, laissant croire que cette idée était tout simplement inepte. S'il savait !

- Vous pourrez leur dire que mon grand-père existe bel et bien. Je suis là pour en attester. Cependant, en plus d'avoir des difficultés à se déplacer, il souffre de phobie sociale. Par conséquent, il reste cloîtré chez lui.

- Je n'aurai pas besoin de le dire, tout le monde ici vous a écouté. D'ici ce soir, tout Scarborough sera au courant.

- Je vois, les avantages de vivre dans une petite ville, ironisai-je. Danny s'esclaffa.

- Allez, mangez votre poulet de bon cœur ! D'ici deux ou trois mois, on cessera de vous considérer comme la nouvelle attraction locale !

Il rit de plus belle en voyant mon air dépité.

- Je ne cherche pas la notoriété, je veux juste m'intégrer.

- Alors vous êtes au bon endroit. Les gens d'ici sont les plus accueillants que j'ai jamais rencontrés.

- Vous n'êtes pas originaire de Scarborough ?

- Non, moi je viens de Crownpoint, au Nouveau Mexique. C'est une toute petite ville et j'avais de grands projets de vie. Partir de là fut la meilleure décision que je pouvais prendre. Je suis allé de ci, de là, et puis j'ai atterri dans cette ville et j'ai rencontré ses habitants. C'était il y a un peu plus de trente ans. Scarborough, ma petite, quand on y vient, on y reste ! C'est un attrape-cœur.

Son histoire était émouvante, Danny était décidément très sympathique.

- Je n'ai pas vraiment eu le temps de visiter mais le peu que j'ai vu, je l'ai trouvé charmant.

- Allez à la boutique de bonbons et de chocolats. Tous les gamins de la ville s'y ruent après l'école. C'est une amie à moi qui en est la propriétaire, elle s'appelle Ginger Wood. Dites que vous venez de ma part et elle vous gâtera !

Il s'approcha et avec un clin d'œil complice, chuchota :

- Elle est folle de moi !

J'adorais les sucreries tout comme je sentais que j'allais adorer Danny, son poulet et ses bons plans. Avant de quitter la ville, je ferais un détour obligatoire dans cette boutique.

- J'en déduis que vous n'êtes pas marié, Danny.
- Un bourreau des cœurs comme moi ? Ah ça non !

Alors que nous ne nous connaissions que depuis à peine une heure, il me raconta son histoire et je l'écoutais au point de perdre la notion du temps. Le restaurant s'était vidé sans que je m'en rende compte tant j'étais captivée par le récit de la vie de mon hôte.

Crownpoint n'offrait aucun avenir à un jeune homme avec l'esprit curieux et aventurier comme Danny l'était. À seize ans, n'ayant plus de famille, Danny avait décidé de quitter sa ville natale et avait bourlingué dans le pays, allant de petit boulot en petit boulot. Le comté de Kerington l'avait intéressé et il y avait immigré. Après quelques années, il avait découvert Scarborough en suivant l'une de ses maîtresses qui avait eu envie de la visiter. Elle était partie, lui non. Les gens avaient été séduits par sa personnalité et l'avaient accueilli à bras ouverts. Avec leur aide, il avait monté son affaire, qui tournait si bien qu'elle était devenue la fierté locale, et Danny, une petite célébrité.

Personne ne s'était livré comme ça à moi de la sorte. Même si je me doutais qu'il était ravi de pouvoir raconter ses aventures à tous ses clients, ça me donnait l'impression d'être une confidente, ce que je n'avais jamais été pour qui que ce soit.

Je n'entendis pas la clochette de la porte tinter quand quelqu'un entra dans le restaurant.

- Papa, cesse de prendre en otage les touristes en leur racontant le détail de ta vie, sinon ils ne voudront plus jamais revenir !

Cette voix me fit sursauter et j'en cherchai sa provenance. Un homme d'à peu près mon âge se tenait sur le pas de la porte et enlevait son manteau. Il était un peu plus petit que Phoenix, avait les cheveux courts et noirs, des yeux noisette et il portait un grand pull en laine avec un jean.

- Désolée de vous avoir fait peur Mademoiselle euh… dit-il en me tendant sa main.

- Stratford. Samantha Stratford, lui répondis-je en la serrant vigoureusement.

- Stratford ? Comme Peter le Mystérieux ?

- En tout cas pour moi, il n'est pas un mystère, c'est mon grand-père.

- Oh. (Je ne pus m'empêcher de sourire devant son air gêné) Pardonnez mon indiscrétion, je ne me suis même pas présenté : Matthew Robertson, et comme vous l'avez deviné, le chef cuistot bavard qui dirige cet endroit, c'est mon père.

Je regardai Danny.

- Je croyais que vous ne vous étiez jamais marié ?

J'avais dû rater un épisode.

- C'est la vérité, mais j'ai connu pas mal de femmes, croyez-moi ! (Nouveau clin d'œil) Mais aucune qui ne m'ait donné envie de me passer la corde au cou. Il y a vingt-neuf ans, je suis allé voir une connaissance à Kerington. En passant près d'une ruelle, j'ai entendu des cris de bébé et en allant voir de plus près, j'ai trouvé un p'tit gars près d'un tas de poubelles. Il avait froid et faim, j'allais pas le laisser là. On a eu beau chercher par la suite, on n'a pas pu savoir qui étaient ses parents. Alors je l'ai gardé avec moi.

Je ne savais pas quoi dire. Révéler tout ça à une parfaite inconnue, c'était plutôt gênant. Je glissai un regard en coin à Matthew.

- Rassurez-vous, j'ai accepté ça et le fait que Danny soit plus bavard qu'une pie. De toute façon, toute la ville connaît cette histoire. Je suis sûr que tous les habitants du comté de Kerington aussi.

Je venais à peine de mettre les pieds à Scarborough et les deux premières personnes avec lesquelles j'avais entamé la conversation étaient stupéfiantes de simplicité et de bonté. À Kentwood, les gens n'étaient pas désagréables, mais pas aussi chaleureux envers les étrangers.

Nous discutâmes tous les trois, ce fut agréable. Matthew m'apprit qu'il avait effectué l'ensemble de sa scolarité à Scarborough, et qu'après avoir obtenu son diplôme avec mention, il s'était lancé dans des études de gestion. Là encore, il était sorti major de sa promotion mais au lieu de suivre une carrière ambitieuse en acceptant les postes prestigieux qu'on lui proposait, il avait préféré suivre son rêve : travailler avec son père au restaurant pour prendre sa suite quand le moment viendrait. Trop attaché à Danny pour le laisser s'occuper seul de son affaire comme l'étourdi qu'il était, il n'avait pas voulu le quitter, et ils s'étaient associés.

Notre conversation dériva sur nos centres d'intérêts respectifs, mais quand le père et le fils commencèrent à se chamailler pour déterminer quelle était la meilleure équipe de football du comté, je préférai partir.

Je pris donc congé afin de poursuivre ma découverte de la ville.

Il était environ quinze heures quand je ressortis du « Bon appétit chez Danny », non sans avoir accepté l'invitation de son propriétaire d'y revenir quand je voulais, et je me baladais aux alentours. Les habitations étaient colorées et chaleureuses, les commerces étaient nombreux et variés. Il y avait une petite place avec une fontaine et des petites grand-mères assises sur des bancs en pierre discutaient en tricotant, sans paraître souffrir du froid.

Je remontai la grand-rue et avisai une librairie. J'y entrai. Les allées étaient étroites et poussiéreuses, et débordaient de livres de toutes sortes. Une femme blonde incroyablement belle, aux yeux bleu-azur, d'environ vingt-cinq ans, sortit de l'arrière-boutique et m'accueillit avec un « Bonjour ! » enthousiaste.

- Je m'appelle Angela Schumaker, je dirige cet établissement. En quoi puis-je vous aider ?

En général, les librairies à l'ancienne sont tenues par des gens aussi… « anciens », alors j'étais surprise par le style résolument moderne de ma jeune interlocutrice. Elle aurait dû poser comme top model dans les magazines, pas en tant que gérante d'une librairie. Pas sûr que ses clients habituels ne venaient que pour le plaisir de la lecture.

- Bonjour, je viens d'arriver ici et...

- Samantha Stratford. Les nouvelles vont vite.

Effectivement, le bouche à oreille fonctionnait à une telle vitesse qu'il ridiculisait les plus hauts débits Internet.

- En effet. Je ne connais pas Scarborough, alors auriez-vous un livre qui présente la ville et les endroits agréables où se balader ?

- Bien sûr, attendez une minute.

Elle se dirigea dans l'un des rayons, et sans hésiter, grimpa sur une échelle pour attraper un ouvrage. Sa démarche gracieuse et sa fine silhouette me laissèrent supposer qu'elle avait dû faire de la danse classique pendant des années, tandis que ses vêtements près du corps et ses hauts talons lui conféraient un sex appeal dont elle n'avait pas l'air d'avoir conscience.

- Voilà, dit-elle en me tendant le livre en question. *Scarborough et sa région*, par Ellen Mc Coy. Il a été publié il y a trois ans. C'était une critique gastronomique qui passait par là. Elle ne devait rester que le temps de tester le restaurant de Danny, mais il lui a fait forte impression et la ville aussi. Du coup, elle est restée un an et nous a immortalisés dans ce livre.

- Je suppose que le passage concernant Danny devait être très élogieux.

Elle rit.

- Oh ça pour sûr ! Mais elle n'a pas exagéré pour autant. Vous pouvez faire des kilomètres et des kilomètres, vous ne trouverez pas de meilleur cuistot que Danny. Son poulet rôti est célèbre !

- Je sais, j'en ai mangé ce midi, c'était délicieux. Combien pour *Scarborough et ses environs* ?

- Vu que vous venez d'arriver, disons que ce sera votre cadeau de bienvenue.

- C'est inattendu et très gentil, vraiment ! J'ai hâte de le lire ! Je vais poursuivre ma visite de votre ville. Je suis enchantée d'avoir fait votre connaissance.

- Moi aussi, à bientôt Mademoiselle Stratford.

Et elle m'offrit un autre sourire dentifrice. Claudia Schiffer et autres Gisele Bündchen pouvaient aller se rhabiller, les hommes devaient se bousculer devant sa porte ! À côté, j'avais l'air d'une australopithèque mal peignée !

- À bientôt.

D'excellente humeur, je sortis à la recherche du magasin de bonbons dont Danny m'avait parlé. J'espérais que la patronne serait aussi aimable que mes précédentes rencontres.

Je n'eus pas besoin qu'on m'indique le chemin car au loin, on voyait clairement l'enseigne en forme de sucre d'orge rouge et blanc. En entrant, je vis une profusion de couleurs ; il y avait des confiseries disposées partout sur les étals et sur les étagères accrochées aux murs.

Le magasin était divisé en deux. D'un côté les chocolats, de l'autre les bonbons, au milieu, la table avec la caisse. J'actionnai la petite sonnette pour avertir de ma présence, mais personne ne vint.

Supposant qu'on pouvait librement se servir en attendant la caissière, j'attrapai un petit sachet en plastique et laissai libre cours à ma gourmandise. J'évitais d'acheter des sucreries en général pour ne pas grossir et ne pas avoir de caries. Non pas que ma vie tournait autour de la balance… mais je tenais à rester à l'aise dans mes pantalons. Je me constituais donc un petit stock de sucettes à la fraise quand une voix haut perchée me fit sursauter et lâcher mon sac de bonbons.

- Samantha Stratford !!!

La femme s'était exclamée comme si elle me connaissait.

- Oh ! Pardonnez-moi, je vous ai fait peur ! Je suis Ginger Wood, Danny vous a parlé de moi et il m'a parlé de vous ! Je reviens d'ailleurs de chez lui, il habite au-dessus de son restaurant !

Dans ce tourbillon de paroles, elle m'avait attrapé la main et en guise de salutations, elle me secoua vigoureusement.

- Euh oui, oui. Il m'a parlé de vous, c'est pour cela que je suis là.

Son dynamisme et sa poignée de main vigoureuse (elle m'avait écrasé quelques phalanges) contredisaient son allure de vieille dame avec ses cheveux blancs courts et permanentés, ses lunettes rondes et sa jupe à carreaux. Il était difficile de savoir quel âge elle avait : cinquante ? soixante ans ?

- Quel homme charmant, ce Danny ! Et son fils Matthew est un véritable Adonis en plus d'être gentil et intelligent ! Vous l'avez vu, qu'en avez-vous pensé ? Et que pensez-vous de notre petite ville ? Et votre grand-père, s'y plaît-il ? Parce qu'on n'a jamais eu encore le plaisir de le rencontrer.

J'avais pu lire sur un cadre accroché au mur que cette femme avait gagné le prix de meilleure chocolatière, et ce, plus d'une fois. Elle aurait pu tout aussi bien être tenancière du titre de Miss Commère. Mieux valait que je fasse attention à mes paroles car j'étais persuadée qu'elle irait tout répéter à ses amies dès ma sortie de sa boutique, dans un grand concert de « piapiapiapiapias ».

- Danny et son fils m'ont fait bon accueil tout comme votre libraire, Angela Schumaker, ce qui me laisse à penser qu'en plus d'être belle, votre ville est accueillante.

- Ah, vous êtes allée chez Angela ? Elle est magnifique n'est-ce-pas, tous les hommes célibataires d'ici et sur des kilomètres à la ronde rêveraient de l'épouser. Elle a même eu des propositions mais elle les a toutes déclinées. Elle ne jure que par les livres ! Comme si c'était comme ça qu'on faisait des enfants ! Bah !

Je l'avais déjà envisagé mais cette dernière information me décida à revenir dans la librairie d'Angela. Vu que nous avions la passion des livres en commun et que je l'avais trouvée très sympathique, peut-être pourrais-je enfin me faire une amie. Ma courte réflexion m'avait empêchée de comprendre la suite du discours de « Blablawoman » qui n'avait pas trouvé le moyen de stopper sa diarrhée verbale, et je dus me concentrer pour la suivre de nouveau.

- ... Les gens de Scarborough spéculent tous sur son futur mari. Tout le monde pense qu'elle et Matthew finiront ensemble. Moi je dis que ni l'un ni l'autre ne sont du genre à prendre les devants alors... Ils ont toujours été amis et pour que ça évolue, il faudrait que l'un des deux se décide à se jeter à l'eau, mais ils sont aussi bêtas l'un que l'autre.

Je me demandais si Ginger terminerait un jour son monologue. Je venais d'arriver et j'étais curieuse de connaître la ville, pas les histoires de cœur de ses habitants. Il était temps de changer de sujet.

- Je n'étais jamais entrée dans une boutique comme la vôtre. Vos confiseries sont si originales ! En entrant, j'avais envie de tout manger.

La diversion avait réussi car Ginger souriait joyeusement.

- Je ne me vois pas faire autre chose. Ce que je préfère, c'est quand les enfants entrent ici après l'école, choisissent avec des yeux gourmands leurs bonbons préférés, et repartent en rayonnant de bonheur.

- Où avez-vous appris à faire des bonbons et des chocolats ?

- J'ai suivi des cours à Paris avec de grands chocolatiers, mais ma mère et ma grand-mère m'ont appris des techniques particulières et des recettes originales. Ce sont des secrets que ma famille se transmet de génération en génération. Ma fille, Valérie, prendra ma suite quand je ne serai plus là.

- C'est très touchant.

- Je suis très fière de ce que nous avons accompli. J'aime faire plaisir aux gens avec des petites douceurs. Alors, dites-moi, c'est tout ce que vous allez prendre ?

- Je pensais ajouter quelques chocolats à tout ça.

Elle me conseilla en professionnelle et me fit même goûter certains produits.

- Merci, Mme Wood...

- Allons, pas de ça, ici, tout le monde m'appelle Ginger !

- Merci, Ginger. Je crois que j'ai ce qu'il me faut. Combien vous dois-je ?

- Ma petite, vous venez d'arriver et en plus, c'est mon cher Danny qui vous envoie. Alors la moindre des choses que je puisse faire, c'est vous offrir vos confiseries.

- Ah non, je ne peux pas...

- J'insiste. De toute façon, je suis gagnante car quand vous les aurez mangées, vous reviendrez au plus vite pour m'en acheter d'autres !

- Vu comme ça, j'accepte. Je dois rentrer, alors à une prochaine fois. Et merci beaucoup !

Ginger me fit un dernier signe de la main quand je refermai la porte derrière moi.

Il était temps de rentrer au château ; il fallait que je rédige le rapport sur les événements de la veille avant le réveil de Phoenix, au coucher du soleil.

Sur la route du retour, je mis la radio et chantonnais les mélodies en me disant que cette première découverte de Scarborough fut très satisfaisante.

*

Je m'étais préparée un chocolat chaud et j'avais prévu quelques sucettes pour faire mon travail. Je m'étais familiarisée avec les rapports manuscrits de mon patron donc je savais comment les présenter et quoi dire, à la différence que là, je bénéficierais de l'outil informatique pour aller plus vite. Je m'attelai donc à ma tâche, imprimai le tout une fois terminé et laissai le dossier sur le bureau, de sorte que Phoenix l'approuve ou pas après sa lecture.

Il me restait un peu de temps avant le coucher du soleil et j'en profitai pour surfer sur la toile. Je voulais en savoir plus sur toutes ces disparitions dans le comté de Kerington, sa ville principale en tête. J'avais dégoté une carte de la région et je recensais par des croix tous les lieux où des gens n'avaient plus donné signe de vie. Il y en avait plus à Kerington, c'était logique car c'était une grande métropole, mais tout le comté était touché. La plupart des personnes recherchées étaient des hommes et des femmes jeunes et en bonne santé physique, stables mentalement et financièrement. Le plus horrible là-dedans, en dehors du fait qu'il y avait des pères et des mères de famille dans le lot, c'était que le compte des victimes était en deçà de la réalité parce que tout le monde n'y était pas inclus. En surfant sur le net et en épluchant les coupures de presse, je découvris que le taux de disparition avait commencé à augmenter quatre mois auparavant, avec un pic ces deux derniers mois. Les policiers ne comprenaient pas le mobile de ces enlèvements, il n'y avait aucune revendication, aucune demande de rançon. Rien que des interrogations.

J'espérais vraiment que Phoenix coincerait les vampires impliqués là-dedans (ça devenait de plus en plus évident que des humains ne pouvaient agir avec une dextérité si parfaite que la police était incapable de trouver le moindre indice), mais cela ne serait pas facile vu l'organisation précise que tous ces rapts supposaient.

- Eh bien, pour une fois, je ne vous retrouve pas le nez dans un livre. Que faites-vous ?

Phoenix m'avait fait sursauter. Du coup, j'avalai de travers le morceau de sucette que j'avais dans la bouche et manquai m'étouffer.

Comme je toussais, il s'installa confortablement dans le fauteuil en face de moi, attendant que je me remette ou que je me décide à faire une crise cardiaque.

D'une voix rauque, je dis :

- Vous pourriez faire un peu de bruit pour prévenir que vous êtes là. À chaque fois, vous me faites peur ! Et là j'aurais pu m'étouffer !

- Ce n'est pas moi qui vous ai mis cette sucette dans la bouche. À ce que je vois, vous avez bien profité de votre sortie à Scarborough.

Il était habillé de manière un peu plus décontractée que d'habitude. En fait, il avait juste déboutonné le haut de sa chemise et il avait troqué son pantalon de costume pour un jean noir. Je crois qu'il aurait pu s'habiller de sacs poubelle qu'il aurait toujours été élégant. À côté, j'avais l'air chiffonnée et mal dégrossie. Il y avait franchement de quoi être jalouse !

- J'ai passé une excellente journée si vous voulez savoir. J'ai visité la ville et j'ai fait quelques rencontres. Et je n'ai jamais gaffé ! m'exclamai-je très fièrement.

- Notre alibi est-il passé auprès de vos nouvelles connaissances ?

- Oui, et vous aviez raison, ils se demandaient à quoi vous pouviez ressembler. Ils vous appellent « Peter le mystérieux ». Je leur ai dit que vous étiez grabataire et j'ai rajouté que vous souffriez de phobie sociale, ça les a convaincus. En plus je n'ai pas vraiment menti à ce propos.

- Développez, s'il vous plaît.

Son ton doucereux déclencha mon avertisseur de danger, mais je continuai.

- Vous avez dit que vous aviez des amis, mais je ne les ai jamais vus vous rendre visite ou l'inverse, et vous êtes tellement accro au travail que vous avez du mal à vous détendre. Enfin, moi je suis là et vous ne me parlez jamais de vous !

- Seriez-vous en train de me proposer de devenir ma confidente ?

Pour changer, il leva son sourcil et pour changer, cela me hérissa le poil !

- Écoutez, ça fait huit semaines que je suis là. Nous allons passer beaucoup de temps ensemble à l'avenir, sauf si je me fais bêtement assassiner, alors peut-être que ça vous ferait du bien de parler à quelqu'un de temps en temps. Quelqu'un qui connaisse votre secret et qui ne soit pas un vampire !

Il ne disait rien, il se contentait de me fixer.

- Oh, laissez tomber !

Un changement de sujet s'imposait.

- J'étais en train de recenser et de cartographier les disparus dans le comté. Avec les informations de Kiro, il y a vraiment de quoi s'inquiéter. Toute la région est concernée, les petites comme les grandes villes.

- Montrez-moi ça.

Il se leva, contourna le bureau et se positionna derrière moi pour regarder ce que j'avais fait. Je ne savais pas pourquoi, mais cette proximité me mit tout à coup mal à l'aise. Je savais que Phoenix ne respirait pas, mais j'avais l'impression de sentir son souffle dans mon cou. Avant que mon cœur ne s'emballe de gêne, je décidai qu'il était temps de battre en retraite.

- Prenez ma place, ce sera plus facile. Et puis, après tout, c'est votre bureau, déclarai-je en me levant.

Ce qu'il fit. Il resta silencieux quelques minutes, le temps d'étudier la carte.

- Pour l'instant, je ne vois aucun lieu qui pourrait servir de point de départ. Cette histoire est un vrai casse-tête.

Nouveau silence, puis il leva les yeux vers moi.

- C'est du bon travail, j'apprécie votre initiative. Je suppose que votre maîtrise de l'informatique vous a bien aidée, ne serait-ce que pour finaliser le rapport que je vois là.

- Vous me direz ce que vous en pensez. Il est vrai que si vous rédigiez tout à la main depuis des années, je comprends que vous ayez la paperasse en horreur. J'ai essayé d'être la plus précise possible pour vos supérieurs, quoique je doute que l'épisode avec Bouffi et Vérolé les intéresse.

- Je suis satisfait de voir que vous ne m'en voulez pas.

Il avait bien saisi à quoi je faisais allusion.

- Quel intérêt de toute façon ? Bref, qu'avons-nous de prévu ce soir ?

- Nous allons rendre visite à une vieille connaissance.

- C'est l'un des amis dont vous m'avez parlé ?

J'avoue que j'étais curieuse de les rencontrer.

- Au contraire, ce vampire me hait et s'il pouvait me tuer, il n'hésiterait pas une seconde.

Je sentis un gros glaçon métaphorique descendre le long de ma colonne vertébrale. J'allais rencontrer un autre vampire, justement l'un de ceux qui, à défaut de pouvoir s'en prendre à Phoenix, me taillerait bien en pièces en imaginant que c'était mon patron. Gloups ! J'avoue avoir dû faire un effort pour avaler ma salive.

- Pourquoi vous hait-il ?

J'avais peur de connaître la réponse.

- Pour la simple raison que s'il se laissait aller à son plaisir de boire le sang à la source, je l'écorcherais sans la moindre hésitation.

Qu'est-ce qui était le plus choquant ? Imaginer ce vampire tuer quelqu'un ou écouter mon employeur annoncer tranquillement qu'il lui ferait la peau, au sens propre du terme ?

- Je vois. Il va falloir que je vérifie si j'ai bien tout mon matériel pour régler son compte à un vampire en colère.

- Je ne veux pas le tuer, juste lui poser des questions.

- Vous croyez qu'il sait quelque chose ?

- C'est ce que nous allons découvrir. Allez vous préparer.

*

Nous devions trouver cet homme dans la banlieue Est de Kerington. Autant dire que la route allait être longue : environ une heure et demie de silence en perspective. J'avais emporté tout mon attirail de défense anti-vampire, bien décidée à me montrer forte et efficace et à ne pas montrer ma peur.

- Que pouvez-vous me dire sur ce vampire mis à part qu'il aime prélever le sang à la source ? demandai-je.

- Il s'appelle Bill Miller. À une époque, on l'avait appelé Billy l'Assoiffé. Je ne pense pas avoir besoin de vous expliquer pourquoi.

Je fis un signe de tête pour signifier que j'avais bien compris.

- Il possède un club de strip-tease et a quelques liens avec la mafia locale. Il y a trente ans, il a réuni autour de lui une petite troupe de vampires qui rejetaient le Grand Changement. Ils ont voulu mettre la pagaille dans le fragile équilibre qui s'est instauré dans notre communauté depuis que nous ne nous entretuons plus pour les humains. Quand ses « amis » se sont rebellés, et que je les ai traqués et éliminés, il s'est dégonflé. Il a laissé ses hommes se faire tuer à sa place. L'Assoiffé est un lâche, en plus d'être cupide et imbécile !

À l'évidence, Phoenix détestait ce Bill.

- Pourquoi dites-vous que c'est un imbécile ?

- Au lieu de quitter le pays et de se libérer des règles du Grand Changement, il préfère rester et ruminer sa frustration.

J'avais dû rater un épisode.

- Quitter le pays ? Je croyais que le Grand Changement s'appliquait partout !

Il attendit un peu avant de me répondre.

- Uniquement dans les pays suffisamment organisés et équipés pour mettre en péril le Secret.

- QUOI ?! Et c'est maintenant que vous me le dites ?!

J'étais furieuse. M'avoir caché cette information capitale était complètement insensé ! En huit semaines, il n'avait pas jugé bon de me mettre au courant ? Il avait déjà dû s'en faire la réflexion car il prit un air gêné.

- Pourquoi ne me l'avez-vous pas dit plus tôt ? l'attaquai-je.

- Apprendre notre mode de consommation vous a mis dans de meilleures dispositions envers votre tâche. Je ne voulais pas tout gâcher en vous disant que le Grand Changement ne s'appliquait que dans…

Il cherchait ses mots, je lui facilitai la tâche.

- Dans les pays riches ! Mais c'est honteux !

Il prit la mouche.

- Vous voyez tout en noir ou en blanc ! Ce n'est pas si simple ! On ne trouve pas des banques du sang et des hôpitaux à tous les coins de rue dans le monde entier ! Pourquoi croyez-vous que nos lois soient si strictes sur les transformations des humains ? Nous devons contrôler notre nombre. En plus, imposer d'un coup le Grand Changement dans tous les pays du monde, c'était la guerre assurée ! Là, le choix est simple : si un vampire ne veut pas s'y soumettre, il ne va pas dans les pays où il est appliqué.

La logique du raisonnement de Phoenix était implacable, mais je n'étais pas encore calmée.

- Alors qu'est-ce que votre Bill l'Assoiffé fait encore ici ?

- Je vous ai dit que les vampires aiment le pouvoir et l'argent. Certains sacrifient leur goût du meurtre pour jouir d'une vie de luxe dans un pays qui en a les moyens. D'autres n'y parviennent pas et s'exilent, généralement dans un pays en guerre. Et malheureusement, dans le monde actuellement, ce n'est pas ce qui manque !

- Humpf ! Un club de strip-tease, vous appelez ça vivre dans le luxe ? Excusez-moi du peu !

- Je vous ai dit que Billy était un imbécile… Manque de chance, c'est un idiot qui a des relations et un caractère de cochon !

Je ne répondis pas. Dire qu'il y avait quelques semaines, ma plus grande préoccupation était de me tenir le plus loin possible de Cruella Angermann et à présent, je me tenais sur le siège passager d'un bolide, à parler avec un vampire de cinq cents ans de la façon dont ses congénères et lui préféraient consommer le sang humain. J'aimais bien la science-fiction mais je n'avais jamais rêvé que ma vie ressemble aux films ou aux livres que j'achetais. Je tournai la tête vers ma vitre passager et regardai le paysage défiler, perdue dans mes pensées.

- Samantha, à quoi songez-vous ?

- Je me demandais si un jour vous me ferez confiance, soupirai-je.

Il me regarda brièvement, puis reporta son attention sur la route... sans un mot. J'eus un petit rire sec.

- Vous voyez, je commence à vous connaître. Je ne suis pas assez bête pour oser vous demander à quoi vous pensez, là maintenant.

Et je rivai de nouveau mon regard vers l'extérieur.

*

- Réveillez-vous, Samantha !

Je sentis une main me presser doucement l'épaule. J'ouvris les yeux, nous arrivions à Kerington.

- Vous vous êtes assoupie.

En effet, j'avais du mal à émerger, pourtant, je ne m'étais pas sentie fatiguée. Il avait suffi d'un peu de chauffage et de musique pour que je m'endorme. Sauf que ça ne me réussissait pas du tout !

- Beuh ! Je crois que je vais vomir !

- Vous plaisantez là ! (C'était la première fois que je le voyais inquiet) Je vous interdis de vomir dans ma voiture.

D'accord, il ne s'inquiétait pas pour moi. Je lui décochai un regard noir et lui lançai :

- Votre sollicitude me touche ! Ne vous inquiétez pas, je serrerai les dents pour ne pas tacher vos jolis sièges !

- La vulgarité ne vous va pas. Ouvrez la fenêtre et respirez un bon coup. Ça vous remettra les idées en place par la même occasion.

Il avait à peine terminé sa phrase qu'il actionna l'ouverture de ma vitre. Le vent froid s'engouffra alors dans l'habitacle en ruinant mon brushing au passage, mais ce fut une vraie bénédiction. Oubliant toute élégance, je fis comme les chiens, je passai la tête dehors et profitai du grand air (heureusement, je ne m'étais pas mise à aboyer !). La nausée finit par disparaître et je re-rentrai tout sourire, face à un Phoenix tout bougon.

- Vous avez l'air d'un épouvantail maintenant ! Pourquoi avez-vous fait ça ? me lança-t-il sur un ton de reproche.

Oh ! Ce qu'il pouvait être rabat-joie ! Il fallait vraiment qu'il se détende ! Je lui fis une horrible grimace.

- Qu'est-ce... mais qu'est-ce que vous faites ? s'alarma-t-il en me regardant d'un air ahuri.

En guise de réponse, j'empirai les choses. J'arrivais à me toucher le bout du nez avec ma langue, exploit dont peu de gens étaient capables ; j'en étais fière et j'agitais en prime mes mains sur ma tête pour accentuer mon effet.

- Blblblblbl !

Cela fonctionna. Phoenix me regardait comme si j'avais perdu l'esprit et il devait se demander s'il allait devoir me déposer à l'hôpital psychiatrique le plus proche. Je mis fin à son supplice en reprenant une attitude normale pour lui expliquer ma démarche.

- Je vous montre ce que c'est que faire l'épouvantail. Il faut vous détendre un peu.

Je sus après ma troisième grimace que j'avais gagné, quand il finit par libérer le rire qu'il essayait de contenir. J'avais réussi à le dérider, et en le faisant exprès cette fois-ci. C'était un véritable exploit.

- Vous voyez que ça peut faire du bien de ne pas se prendre au sérieux de temps en temps !

Il souriait encore lorsqu'il annonça que nous arrivions.

J'observai alors de manière plus concentrée notre environnement.

Nous étions dans les bas quartiers de Kerington. La banlieue Est était connue pour ses rixes de bars, ses trafics et ses confrontations avec la police. Il y avait des prostituées à tous les coins de rue, certaines négociant avec des clients potentiels le prix de leurs « prestations ». Je ressentais de la pitié pour ces femmes, poussées dans ce métier par les vicissitudes de la vie.

Mon chauffeur tourna à l'angle d'une rue et se gara en face du club de strip-tease le « Sexy String Show » (plus ringard, tu meurs). Un peu plus loin, une bande de jeunes en blousons de cuir sur des motos rutilantes discutaient bruyamment entre eux, convaincant les piétons de changer de trottoir. Nous sortîmes de la voiture.

- Vous ne croyez pas que venir ici avec une voiture de luxe, c'est s'attirer des ennuis ? lui dis-je en désignant du menton la bande de motards en herbe.

- Au contraire. Dans ce quartier, ceux qui se déplacent dans ce type de bolides sont souvent des gros bonnets de la mafia. Les petits caïds dans ce genre ne sont pas assez idiots pour les leur voler... Je vais passer par derrière pour entrer discrètement. Vous attendez ici. Lorsque je vous appelle, vous entrez par là (il désigna l'entrée) et vous me rejoignez.

Je hochai la tête, j'étais prête.

- Et eux ? Qu'est-ce que je fais s'ils viennent quand même m'embêter ?

J'avais bien amoché deux sales types mais contre quinze voyous, je ne voyais pas comment je pourrais m'en sortir.

Phoenix sourit.

- Surprenez-moi.

Et il partit.

Ok, je croisai les doigts pour que tout se passe bien et remontai dans la voiture. Après tout, il ne m'avait pas demandé de me geler en attendant son coup de fil. Quelques minutes passèrent et je me demandais si Phoenix avait réussi à mettre la main sur ce Billy l'Assoiffé.

C'est alors que ce que je redoutais se produisit. L'un des motards avait dû se retourner et avait repéré la voiture ainsi que la femme à l'intérieur, c'est-à-dire moi. Les autres ne tardèrent pas à faire de même et conjointement, ils s'avancèrent dans ma direction avec des concerts de sifflements et de « Putain, visez c'te caisse ! ».

Quand ils encerclèrent mon véhicule pour l'observer sous toutes les coutures, je sentis mes jambes trembler. Néanmoins, la panique était exclue. J'avais une mission à remplir et pour que ces voyous me laissent en paix et croient que j'étais effectivement au service d'un grand ponte de la mafia, il fallait que je les impressionne. Je pris donc mon courage à deux mains et ouvris la portière.

Lorsque je sortis, en tenue distinguée et griffée d'assistante d'un riche trafiquant, les sifflements redoublèrent.

Je pris l'air le plus hautain que je pouvais et dévisageai chaque homme, cherchant qui pouvait bien être le chef. Je n'eus pas besoin de le chercher longtemps, il s'avança tout seul. L'air infiniment supérieur, il passa sa main dans sa tignasse blonde et bouclée et croisa ses bras contre sa poitrine. Il ne devait pas avoir plus de vingt-cinq ans.

- Alors Chérie, ton maq' a eu tort de te laisser toute seule. Tu veux de la compagnie ?

Décidément, les hommes avaient tous la même réplique en tête dès qu'ils voyaient une femme seule. C'était dans ces moments-là que les blagues sur la localisation du cerveau de la gente masculine prenaient tout leur sens.

Je le toisai et fis un pas vers lui pour bien lui faire comprendre qu'il n'avait pas affaire à une innocente effrayée.

- Mon employeur, semble-t-il, vous a surestimé. Il a dit que même les plus niais des voyous du quartier savaient le sort qu'il réservait à ceux qui toucheraient ou effleureraient sa voiture. Mais si vous avez envie de vous retrouver tous autant que vous êtes dans les fondations en béton du prochain immeuble en construction de Kerington, libre à vous, je vous laisse vous amuser.

Et je m'écartai en montrant la voiture.

Ma petite tirade sembla les perturber. Sans conteste, ils savaient que les mafieux pouvaient utiliser des techniques de mort lente très raffinées. Mais le chef du groupe se reprit.

- Ne t'inquiète pas, la voiture on n'y touchera pas. Mais toi, ça te dirait de venir danser avec moi ? Je suis sûr que ton boss n'y verrait pas d'inconvénient.

Il regarda ses complices, en quête de soutien.

- Gnaaaa… gnargnarfgnarf ! Ouais, montre-lui !

Je pris un air exaspéré qui surprit mon interlocuteur.

- Écoutez, je travaille là et je n'ai pas le temps de faire mumuse avec vous. Néanmoins, vu que je sens que vous n'allez pas me laisser tranquille tant que vous n'aurez pas obtenu votre dose d'adrénaline quotidienne, je vous propose un marché.

- Et qu'est-ce que tu proposes, poupée ?

- Le premier qui fait mordre la poussière à l'autre a gagné. Vous, une petite danse, moi, que vous me lâchiez et que vous retourniez vous amuser plus loin, tout en gardant un œil sur la voiture au cas où une bande d'autres crétins ignorants voudraient s'en approcher. Ah, j'oubliais, si je gagne, vos amis respecteront notre accord et vous ferez un effort côté langage quand vous vous adresserez à moi.

Il me regardait, bouche bée. Il ne devait pas s'attendre à ce qu'une femme bien habillée lui propose une bonne bagarre.

- C'est la première fois qu'une fille me demande de la cogner ! Si tu veux une raclée, je suis ton homme ! Et après, je te ferai danser comme jamais ! dit-il en riant, sûr de sa victoire.

- Nous verrons cela. Vous êtes prêt ?

- Et comment ! Approche !

J'avançai, comblant le peu de distance qui nous séparait. Phoenix m'avait appris qu'il fallait être rapide pour empêcher son adversaire d'anticiper et d'esquiver le coup.

C'est ainsi que sans laisser le temps au mien de se mettre en condition, j'attrapai son poignet et tirai. Surpris, il perdit l'équilibre, ce dont je profitai pour lui tordre le bras dans le dos, tout en le faisant pivoter. Un coup derrière les genoux et il s'affala face contre terre.

Et avant qu'il puisse se relever, je sortis un couteau en argent de mon manteau, je positionnai mon genou sur son dos pour l'empêcher de bouger, lui tirai la tête en arrière par les cheveux, et lui mis mon arme sous la gorge.

Les autres firent mine de s'avancer pour aider leur chef, mais j'appuyai plus encore la lame sur sa peau en regardant ceux qui m'entouraient. Je m'écriai :

- Un marché est un marché ! Votre gang n'a donc aucun honneur ?

Ils ne bougeaient pas. Ça se compliquait, quand tout à coup :

- Reculez ! Un marché est un marché.

Leur chef avait prononcé ces paroles avec difficulté vu sa position précaire, mais avec suffisamment de force et d'autorité pour faire effet.

J'attendis que ses sbires se fussent déplacés, puis je retirai doucement le couteau et me levai, laissant mon adversaire en faire autant.

Quand il fut debout, il se massa la gorge tout en me dévisageant. Je soutins son regard, j'espérais qu'il tiendrait parole.

- La vache, je n'ai rien vu venir.

- C'était le but recherché, répondis-je. Et maintenant ?

Il ne dit rien un instant, puis il m'offrit un franc sourire.

- Maintenant, on s'en va et on vous laisse. On ne fait peut-être pas dans la dentelle, Mademoiselle, mais notre gang sait ce que c'est que l'honneur.

Les autres approuvèrent par des « Ouais, ça c'est bien vrai ! » et des hochements de tête.

Il me tendit sa main.

- Vous pouvez laisser votre voiture l'esprit tranquille, on la surveille. Et si vous et votre boss avez besoin d'aide à l'avenir pour votre « travail », pensez à Bobby l'Anguille et à ses Dark Angels. On traîne toujours dans le coin.

- J'y penserai.

Nous nous serrâmes la main et il rejoignit son groupe. Je m'autorisai enfin à respirer car tout le temps de cet échange, j'avais empêché mes jambes de flageoler et ma vessie de se libérer. Quel soulagement quand tout fut fini !

Ce fut à ce moment que mon téléphone portable sonna. Je décrochai, et sans préambule:

- Je vous attends.

- J'arrive.

Mieux valait ne pas faire attendre Phoenix. En plus, il y avait des bruits étouffés derrière sa voix. Billy l'Assoiffé ne devait pas se montrer très coopératif.

Je fonçai vers l'entrée du club où le videur voulut m'arrêter. Je ne devais pas avoir le profil type de ses clients habituels, mais je n'avais pas le temps de discuter.

J'entendis des sifflements admiratifs provenant du trottoir d'en face où j'avais laissé mes loubards, quand le vigile se retrouva à terre après avoir reçu un coup de genou bien placé. Il avait dû refuser de les laisser entrer aussi, par conséquent mon geste était pour eux une sorte de revanche. Juste pour le plaisir, je me retournai vers mes fans, et leur fit une profonde révérence avant de rentrer dans l'établissement, leurs hurlements m'escortant à l'intérieur.

Il fallait que je m'oriente. La lumière était tamisée, les tables étaient peu espacées entre elles, l'estrade où dansaient les filles était désespérément vide, et de toute façon, il n'y avait pas un seul client. Je vis un escalier au fond de la salle et m'y dirigeai.

Tout en montant les marches, je sortis mon pistolet chargé avec des balles en argent et le glissai dans ma poche afin de l'attraper plus facilement. J'allais dans la bonne direction car une danseuse effrayée dévala l'escalier les seins à l'air. Il y avait des bruits de lutte en haut et je pressai le pas.

Au moment où j'arrivai, je vis Phoenix se faire envoyer à l'autre bout de la pièce par une grosse brute chauve pleine de tatouages. Le type vint vers moi, mais me prenant pour une simple humaine, ne se dépêcha pas. Je n'attendis pas, je sortis mon arme et le visai.

- Ce sont des balles en argent, et même avec votre super vitesse, vous ne pourrez pas les éviter. Alors je vous conseille de rester où vous êtes !

Surpris, il me fixa d'un air de prédateur. Ses yeux devinrent lumineux et il me dévoila deux canines aussi aiguisées que des scalpels chirurgicaux.

- Misérable humaine ! Tu ne sais pas à qui tu as affaire. Tu ne peux rien contre moi !

- Moi, non. Mais, lui, si ! dis-je en désignant du menton mon patron derrière lui.

Bill voulut se défendre, mais il était déjà trop tard. Phoenix l'attrapa et le plaqua contre le mur en lui tordant les deux bras. D'ailleurs, un craquement sonore retentit et Bill poussa un cri de rage.

- Espèce de salaud d'ange ! Tu m'as cassé les bras !

Phoenix, malgré le combat qu'il venait de mener, parla comme si de rien n'était. Sans l'estafilade sur son bras, j'aurais pu croire qu'il était indemne.

- Tais-toi donc ! Demain, il n'y paraîtra plus ! Tu vas cesser de me résister et répondre à mes questions sinon, je serai obligé d'abréger ton existence d'immortel.

Sa voix avait repris ce timbre de menace implacable enrobée de velours qui me terrorisait. Je constatai en voyant l'air de Bill, que je n'étais pas la seule. Il acquiesça, et Phoenix l'envoya sans ménagement s'asseoir sur l'une des quelques chaises de la pièce qui n'étaient pas réduites en morceaux. Après, il me fit un signe de tête. Pas besoin d'explications, je sortis mon carnet de notes et m'assis sur un autre siège, prête à tout retranscrire.

La haine de Bill envers mon employeur se lisait sur son visage, je me demandais s'il allait vraiment lui répondre. En même temps, il n'avait pas trop le choix.

- Bien, commençons. Pourquoi m'as-tu attaqué quand tu m'as vu ?

- J'ai cru qu'ils t'avaient envoyé pour me liquider. Et je tiens encore à ma peau !

- Intéressant. Et tu as quelque chose à te reprocher pour que tu penses qu'on m'ait détourné d'affaires urgentes pour venir te régler ton compte ?

- Qu'est-ce que j'en sais, moi. À tous les coups, Talanus et Ysis me trouvent gênant pour leurs affaires et profitent de leur place pour envoyer leur toutou me liquider sous couvert de la loi.

Houlà ! Je ne savais pas qui étaient ces Talanus et Ysis, mais j'avais bien compris que le toutou, c'était Phoenix. Bill aurait dû tourner sa langue dans sa bouche avant de parler ; la réaction ne se fit pas attendre.

Le temps d'un battement de cil, mon patron avait attrapé la tête de Bill et l'avait écrasée sur la table. Il le tenait fermement quand il lui dit :

- Tu oublies à qui et de qui tu parles l'Assoiffé. Je ne tolèrerai pas ce genre de langage et d'insinuation devant moi. Recommences et je t'arrache tes crocs, c'est clair ?

Il le lâcha et s'assit à côté de lui. Bill avait nettement perdu de sa superbe ; s'il pouvait, j'étais sûre qu'il transpirerait à grosses gouttes. Afin de retrouver un peu de contenance, il me fixa.

- Et elle, qui c'est ?

- Mon assistante. Mais là n'est pas le but de notre entretien. Sais-tu quelque chose à propos de toutes ces disparitions dans le comté ?

L'autre se contenta de le toiser.

- Ton assistante ? Une humaine ? Tu t'affaiblis Phoenix ! Pire, tu t'humanises ! ricana-t-il.

Les yeux de mon patron devinrent luminescents, de cette couleur si particulière entre le bleu et le blanc, et ses crocs sortirent, menaçants.

- Tu veux que je te montre à quel point je suis faible ? Donne-moi une seule raison pour te mettre en pièces, feula-t-il.

Silence. Enfin, Bill se décida à coopérer.

- J'ai entendu parler de ces enlèvements, comme tout le monde. Mes danseuses sont effrayées ! Mais je n'ai rien à voir dans cette affaire !

- Tu es sûr, Billy ? Car à une certaine époque, tu n'aurais pas été contre un petit massacre d'humains. Alors qu'est-ce que quelques kidnappings ?

- Rassure-toi ! Tu m'as bien fait comprendre le message ! (C'est avec haine qu'il cracha ces mots) Je suis clean, finit-il.

- Admettons que tu n'aies rien fait. Es-tu au courant de quelque chose ?

- Je ne sais rien, je te dis ! Je me suis rangé. Je suis clean. Quand est-ce que vous allez m'oublier, toi et tes boss ?!

- Tant que tu seras sur leur territoire, ça n'arrivera jamais. Sache que je t'aurai à l'œil. Et si jamais j'entends ne serait-ce que des rumeurs comme quoi tu aurais trempé là-dedans, je reviendrai et je serai beaucoup moins amical que ce soir. Tu m'as compris ?

Son ton glacial dissuadait de tout commentaire. Même si ce discours ne m'était pas adressé, il parvint à me donner la chair de poule.

Phoenix se leva et me fit signe de passer devant lui avant de se retourner vers Bill.

- Une dernière chose. Si pour passer tes nerfs, tu t'en prends de près ou de loin à mon assistante, je te jure que tu me supplieras de t'achever tant et surtout longtemps tu souffriras !

Malgré les atrocités que ça supposait, c'était gentil de sa part, ça ! Surtout que, je l'avais vu sur son visage, Bill aurait adoré me régler mon compte en guise de lot de consolation.

C'est ainsi que nous nous dirigeâmes vers la sortie, croisant le videur qui était rentré entre temps et prit bien soin de s'écarter de notre chemin d'un pas chancelant, non sans m'accorder un regard noir.

Mon employeur m'ouvrit la porte et nous nous retrouvâmes dehors, sous des cris et des sifflements provenant de l'autre côté de la rue ; le gang de voyous entourait la voiture et nous applaudissait. Je sentis Phoenix se raidir à côté de moi, prêt à l'attaque. Afin d'empêcher un massacre, je lui posai ma main sur son bras pour le rassurer.

- Venez, il n'y a pas de danger.

Il me regarda de manière circonspecte.

- C'est la bande de motards de tout à l'heure ! dit-il comme si j'avais perdu l'esprit.

- Quoi ! Vous m'avez demandé de vous surprendre, non ? Venez !

Je traversai la rue, Phoenix un pas derrière moi.

Les jeunes blousons noirs s'écartèrent pour nous laisser passer et Bobby l'Anguille vint à nous.

- Ah ça, Mademoiselle, vous avez réalisé notre rêve à tous ici ! Ce satané videur méritait depuis longtemps qu'on lui file un coup de genou dans les couil... euh, je veux dire, dans les parties !

Sa reprise de langage, clause de notre contrat, me fit sourire. Bobby se tourna vers mon patron.

- Bobby l'Anguille, M'sieur ! Moi et mes gars des Dark Angels, on a surveillé vot'caisse. Si un jour, vous avez du boulot en trop, pensez à nous !

Phoenix le jaugea en levant un sourcil.

- Nous ferons appel à vous en cas de besoin. Maintenant, si vous voulez bien nous excuser...

Quand nous partîmes, je vis dans le rétroviseur que Bobby l'Anguille à qui j'avais fait mordre la poussière, était fier comme un paon et se pavanait devant ses fans en admiration devant lui.

Nous étions en théorie en sécurité, mais mon patron attendit que nous soyons sortis des quartiers chauds pour entamer la conversation.

- Vous avez été plus qu'efficace ce soir. Vous m'avez même aidé, je dois le reconnaître.

- Vous parlez du moment où je me suis retrouvée face à Bill avec mon revolver ? J'ai bien cru que j'allais mourir de peur !

- Vous avez été parfaite. Je suis fier de vous.

En vérité, moi aussi j'étais fière de moi. J'avais fait croire à une bande de loubards à moto que j'étais une déesse mafieuse adepte du kung-fu et j'avais empêché un vampire sanguinaire de fuir et de m'arracher la tête par la même occasion. J'étais d'excellente humeur !

- Et si nous allions fêter ça ! proposai-je.

- Quoi ?

- Vous avez peut-être oublié, depuis le temps, la sensation de faim, moi pas. À cette heure-ci, on devrait encore pouvoir trouver un restaurant d'ouvert. On pourra discuter tranquillement des derniers événements et échanger nos impressions ! Qu'en dites-vous ?

- Hm.... Après tout, pourquoi pas ? Vous l'avez bien mérité.

Confortablement installée sur mon siège chauffant, je laissai Phoenix choisir sa station de radio. Nous nous éloignâmes ensuite des quartiers Est, à la recherche d'un endroit où dîner.

Chapitre VII : Confiance

*

Nous finîmes par nous retrouver dans une petite pizzeria tenue par des italiens enthousiastes. Il y avait peu de clients et on nous proposa un box d'amoureux. La serveuse nous regardait avec tendresse, comme si nous étions de jeunes mariés en lune de miel.

- Oh, mais on n'est pas... commençai-je, gênée.

Mais Phoenix m'interrompit :

- Ce sera parfait, merci.

La serveuse partit un peu plus tard avec ma commande, déçue que mon « époux » n'ait pas faim. Quant à moi, ce serait un miracle si mon estomac n'entamait pas la Neuvième Symphonie de Beethoven en grognements majeurs.

- Ces box sont intimes. Ce sera plus facile pour parler.

- Mais cette serveuse nous prend pour un couple !

- Et alors ? Si cela peut lui faire plaisir, nous ferons semblant.

Ni une, ni deux, je m'empourprai. La serveuse avait pris la carte, je ne pouvais même pas me cacher derrière !

Mon patron ricana.

- Cessez de rougir ainsi ! Je ne vais pas vous sauter dessus ! Au bout de cinq cents ans, je crois avoir intégré les leçons de bonnes manières !

Gagné ! Je rougis encore plus, mais cette fois, de honte !

- Vous avez vraiment le chic pour me mettre mal à l'aise !

- Allons, vous êtes gênée parce qu'une serveuse pense que nous sommes de jeunes mariés alors que tout à l'heure, vous avez mis au pas, je ne sais comment, toute une bande de blousons noirs pas commodes ! Sans parler d'un vampire en colère. C'est le monde à l'envers !

- Je vous ai dit dès le départ qu'il ne fallait pas chercher la logique chez moi !

- C'est ce que je constate, oui !

Il me demanda de lui raconter comment j'étais parvenue à susciter l'admiration de Bobby l'Anguille et de son groupe. Au fil de mon récit, son visage exprimait l'incrédulité mais avec une pointe de fierté.

- Vous êtes pleine de ressources, Samantha. J'aurais bien aimé vous voir à l'œuvre.

- Bah ! Vous étiez bien trop occupé avec Billy… Au fait, je ne suis pas une spécialiste du comportement, et encore moins quand il s'agit de décoder celui des vampires, mais je pense qu'il a menti. Il sait quelque chose.

- Bien sûr qu'il sait des choses !

- Alors pourquoi l'avez-vous laissé libre ?

- Je veux qu'il pense que je ne le soupçonne pas. Ainsi, il me mènera tout droit aux réponses que j'attends. Pas dans l'immédiat car il va être prudent le temps de se rassurer, mais bientôt.

- Il vous mènera peut-être aux vampires de Kentwood. D'ailleurs, pouvez-vous revenir plus en détail sur les circonstances de votre rencontre avec ces types ?

- J'avais entendu dire que plusieurs disparitions avaient eu lieu en peu de temps. J'étais venu jeter un coup d'œil à Kentwood et en sortant de l'appartement de l'une des victimes, je suis tombé sur eux. Comprenez, les vampires de passage dans la région doivent se faire connaître, c'est la règle. Ceux qui ne le font pas ont quelque chose à cacher. Cela s'est vérifié car quand ils m'ont vu, ils m'ont reconnu et m'ont tout de suite attaqué. Comme je ne suis pas facile à abattre, ils ont voulu fuir mais j'ai fini par les rattraper. Vous connaissez la suite.

Je n'eus pas le temps de répondre car on m'amena mon plat. Cette soirée m'avait donné faim et je salivais devant ma pizza calzone. À la première bouchée, je me détendis sur mon siège et laissai échapper un « Hmmm ! C'est bon ! ».

Mon compagnon m'observait.

- Vous me surprenez, Samantha. Vous dévorez votre pizza avec appétit alors qu'il y a à peine une heure, vous avez approché la mort de près.

- Pardonnez-moi, Phoenix, mais j'ai bien compris que si je devais cesser de m'alimenter quand quelque chose me choque alors que je suis auprès de vous, je finirais assez vite au cimetière !

Il ne dit rien. Je bus mon verre de vin avant de lui poser la question qui me brûlait les lèvres.

- Qui sont Talanus et Ysis ?

Il me lança un regard exaspéré. Je savais qu'ils étaient importants, par conséquent je brûlais de curiosité.

- Ce sont mes employeurs et les dirigeants de notre communauté.

Il avait pris un ton très solennel pour m'annoncer cela.

- Vous voulez dire que ce sont les roi et reine des vampires ? dis-je, impressionnée.

- Non. Ils dirigent un secteur en Virginie qui comprend le comté de Kerington, celui de Springfield, et encore au-delà. Chaque chef de secteur est assisté par un ange. Leur mission est de veiller à l'application stricte de la loi des vampires. Eux-mêmes sont surveillés par des gens plus importants encore dont il vaut mieux que vous ne sachiez rien. Si un chef de secteur est estimé incompétent, ils le remplacent par un autre. Tout est fait pour contrôler notre population et empêcher que les humains découvrent notre existence. Normalement, il n'y a qu'un seul chef de secteur mais Talanus et Ysis exercent conjointement cette fonction depuis des siècles sans que personne n'y ait trouvé à redire.

- Ils doivent être particuliers alors. Quel âge ont-ils ?

- Talanus était général du temps d'Auguste. Et Ysis était une dame de compagnie de Cléopâtre. Ils se sont rencontrés peu avant sa mort d'ailleurs.

Je faillis encore m'étouffer mais cette fois avec un morceau de pizza. Ces deux vampires avaient plus de deux mille ans ! Et cette Ysis avait côtoyé Cléopâtre ! Certains historiens tueraient pour pouvoir lui parler !

- C'est incroyable ! Et pourquoi règnent-ils ensemble ? Vous m'avez dit que vous gardiez jalousement vos prérogatives.

- Sauf quand l'amour entre en ligne de compte. (Il fit une grimace) Ça fait deux mille ans qu'ils s'aiment et malgré cette faiblesse, leur territoire est l'un des plus calmes qui soit. Étrange.

Oh ! Cette idée que l'amour rendait faible me tapait sur les nerfs !

- Je vous en prie ! S'inquiéter pour quelqu'un d'autre que soi n'a jamais été un signe de faiblesse ! Bien au contraire ! N'avez-vous donc jamais rien éprouvé pour une femme en cinq cents ans d'existence ? Pas même lorsque vous étiez humain ?

- Je me dis que même sans être vampire, je n'étais pas destiné à l'amour. J'ai bien pris du plaisir en compagnie de la gente féminine humaine et vampire, mais je n'ai jamais ressenti d'amour. Et je ne le souhaite pas.

Je fronçai les sourcils. Je ne savais pas qu'humains et vampires étaient compatibles, surtout vu comment ces derniers nous considéraient ; il semblait que je m'étais trompée. Toutefois, je doutais que ces femmes auraient été consentantes en connaissant la véritable nature de leur partenaire. C'était assez troublant.

- Je trouve votre vision de l'amour parfaitement ridicule ! C'est un sentiment merveilleux qui rend plus fort la personne qui le ressent.

Phoenix me fixa aux rayons X... J'aurais mieux fait de me taire !

- Vous parlez en connaissance de cause, je suppose.

Et voilà. Je m'étais empêtrée dans un bourbier dans lequel je ne ressortirais que couverte de honte. Je ne pouvais pas mentir, Phoenix le saurait aussitôt. J'avais l'impression qu'un incendie ravageait mes joues tandis que je me creusais la cervelle pour répondre quelque chose.

- Euh... je parle en général... euh, je... (vite il fallait trouver quelque chose avant qu'il ne devine le pot aux roses !) Vous êtes bien indiscret, dites donc !

Je voulus prendre un air offensé, mais ce fut sûrement la panique que mon patron lut sur mon visage.

Horreur ! Lentement, son sourire narquois se dessina, il avait compris !

- Vous n'avez jamais encore aimé un homme et ce, dans tous les sens du terme. Alors pourquoi devrais-je écouter vos leçons d'éducation sentimentale ?

La douche froide que je venais de me prendre était à inscrire dans les annales. Je devais lui répondre, ne serait-ce que pour avoir le dernier mot.

- Je n'ai peut-être pas eu la chance de connaître l'amour, mais, contrairement à vous, moi, j'y crois. Je ne suis pas une de ces rêveuses romantiques qui attendent le prince charmant, mais cela ne me semble pas idiot d'espérer compter pour quelqu'un, au moins autant qu'il compte pour soi. C'est la vie, après tout.

Son sourire avait disparu, il ne semblait plus se moquer de moi.

- Sauf que moi, je suis mort.

Son amertume était palpable, tout comme la mienne.

- Et moi je suis encore vierge à presque trente ans. Nous sommes tous les deux des refoulés de l'amour. Vous parce que vous n'en voulez pas, moi parce qu'il ne veut pas de moi. Quelle belle équipe nous formons !

Il me jeta un regard peu amène, mais il ne dit rien. L'ambiance de ce dîner s'était quelque peu rafraîchie, et ce fut en silence que je mangeai mon dessert. Lorsque nous sortîmes de la pizzeria, Phoenix m'offrit son bras, geste de suprême galanterie que j'acceptai de bon cœur.

Nous marchions en direction de la voiture quand il me demanda :

- Pourquoi pensez-vous être une refoulée de l'amour ?

Mon employeur était un spécialiste des questions abruptes et indiscrètes ; j'aurais pu ne pas répondre.

- C'est simple, arriver à cet âge et n'avoir jamais eu de fiancé est pathétique. Vu que je n'intéresse personne avec mon physique quelconque, je peux dire que je finirai sans doute vieille fille, ou comme le disait *Bridget Jones*, dévorée par des bergers allemands. Ou par un vampire.

- Vous êtes très sévère envers vous-même.

- Je ne fais que le constat de mon échec avec la gente masculine. Les hommes ne s'intéressent pas à moi, ils ne me trouvent pas à leur goût.

- Vous êtes une belle femme. Ils ne vous remarquent pas parce que vous n'avez pas confiance en vous.

Avait-il dit que j'étais belle ?

- Votre attitude renfermée vous rend banale et inintéressante. C'est là-dessus que vous devez travailler.

Je me disais bien que le compliment serait suivi d'une critique ! Malgré tout, c'était la première fois qu'un homme, autre que mon père, me disait que j'étais belle. Et même si de la part de Phoenix, il n'y avait pas de sentiments à mon égard, j'en étais heureuse, car c'était objectif.

- Que puis-je faire selon vous ?

- Ce que vous avez fait avec le gang de tout à l'heure. Vous les avez impressionnés par votre force et votre charisme.

Hm… ça restait à voir. Nous arrivâmes à la voiture. J'étais soulagée car nous pourrions changer de sujet ; évoquer ma vie amoureuse avec mon patron était finalement très dérangeant et en plus, j'étais épuisée.

- Ça vous dérange si je monte à l'arrière ? Je suis fatiguée.

- Tant que vous n'êtes pas malade, ça me va.

Je dormis tout le trajet du retour et en m'éveillant plus tard dans mon lit, je compris que Phoenix m'avait portée jusqu'à ma chambre.

Cet homme étrange, ce vampire sanguinaire capable d'écorcher l'un de ses semblables sans aucun état d'âme, pouvait être à l'écoute et se conduire en vrai gentleman avec moi. Mes sentiments envers lui ces huit dernières semaines avaient évolué. La terreur qu'il m'inspirait au début avait laissé la place à de la curiosité et du respect.

Je lui étais vraiment reconnaissante de la transformation qu'il avait déclenchée en moi. Je ne m'étais jamais sentie aussi confiante en l'avenir et en mes propres capacités. Sans le savoir, Phoenix me poussait à devenir celle que je souhaitais secrètement être auparavant, une femme forte, déterminée et attirante. Il ne m'avait pas seulement fourni de beaux vêtements et des leçons de combat, il m'avait fait prendre conscience de la personne que je pouvais être et me guidait vers elle chaque jour.

Il savait tout de moi et en retour, j'espérais vraiment qu'un jour, il laisserait tomber sa carapace et qu'il se déciderait à me faire vraiment confiance.

*

Trois semaines s'écoulèrent si vite, que je ne les vis pas passer. Pour commencer, je mettais un point d'honneur à m'entraîner au moins une heure par jour au combat, et surtout au tir. Ensuite, je rédigeais les rapports de mes sorties nocturnes avec mon patron. Et on peut dire que nous n'avions pas chômé. Presque tous les soirs, nous nous entraînions après le souper et nous partions vers vingt-trois heures en direction de Kerington.

Nous patrouillions pendant des heures dans la zone industrielle à la recherche d'activités anormales. Phoenix était persuadé que ce qui se passait là-dedans avait un rapport avec les enlèvements. Le problème était que l'endroit était immense et que nos ravisseurs pouvaient être n'importe-où. Nous pensions que si Billy l'Assoiffé les avaient prévenus que l'ange de la région était sur leurs traces, ils devaient se tenir tranquilles ; du moins pour un temps et Phoenix enrageait qu'on lui échappe ainsi.

Pendant la journée, je vérifiais si de nouvelles disparitions avaient eu lieu et je les répertoriais sur ma carte. Je gommais les noms quand les personnes étaient retrouvées vivantes. Cette affaire me tenait vraiment à cœur et je voulais sincèrement aider à arrêter ces criminels. Il est vrai qu'avoir craqué les protections de la base de données de la police était un avantage... Je savais exactement où elle en était.

Tout cela était relativement éprouvant.

Je commençais à m'habituer à mon train de vie nocturne mais au-delà d'une certaine heure, il m'était difficile de rester éveillée. C'est ainsi que systématiquement, aux trajets de retour, Phoenix me laissait dormir à l'arrière de la voiture. Plusieurs fois d'ailleurs, je me réveillais le lendemain toute habillée sous mes couvertures. Par conséquent, plusieurs fois, mon patron n'avait pas voulu me réveiller et m'avait portée jusqu'à ma chambre.

Justement, je trouvais qu'il souriait davantage. Il riait aussi à certaines de mes plaisanteries même si le plus souvent, il gardait ce visage impénétrable si impressionnant et si mystérieux.

Une fois, après l'une de nos séances *Stargate Sg-1*, nous nous étions lancés dans un débat passionné pour déterminer qui était le personnage le plus charismatique de notre série.

- Jack est un homme d'action qui sait prendre les bonnes décisions dans les moments difficiles. Il a l'âme d'un chef !

- Et il se serait fait maintes fois emprisonné ou pire, si les talents de linguiste et de négociateur de Daniel n'étaient pas si impressionnants. En plus, il est incroyablement sexy !

- Vous mélangez charisme et sex appeal !

- Avouez que ça fait pencher la balance dans son cas !

Nous n'étions pas arrivés à nous mettre d'accord, mais ce fut une soirée très agréable. J'avais eu l'impression de parler avec un ami.

C'était dans ces moments-là que je me disais que l'opinion de Phoenix sur la confiance que l'on peut accorder aux humains, et à moi en l'occurrence, évoluerait peut-être dans le bon sens. C'est pourquoi je ne lui avais pas dit que je savais où il rangeait ses pochettes de A + qu'il aimait tant. J'attendais qu'il me le dise de lui-même.

Si cela devait arriver ! Car je n'étais pas non plus idiote. Même si je l'espérais, je savais qu'il ne me considèrerait peut-être jamais comme une amie, tout au plus une employée remplaçable. Néanmoins, après ces derniers temps, je pensais avoir au moins gagné son respect.

Bref, nous travaillions très dur et j'avais besoin de prendre aussi du recul par rapport à tout ça.

Par conséquent, j'allais souvent dans le centre de Scarborough l'après-midi, vers 16h en général. Phoenix avait eu raison de dire que les gens d'ici n'étaient pas trop curieux. Après une semaine, ils ne se retournaient plus sur mon passage. J'avais eu peur en voyant Ginger Wood et en sachant qu'en à peine une heure ou deux, toute la ville était au courant de mon arrivée, mais les choses s'étaient vite tassées. Je semblais être devenue l'une des leurs.

J'allais fréquemment à la librairie, émerveillée de la richesse et de la beauté des ouvrages qui y étaient vendus. Angela était ravie de partager sa passion avec quelqu'un et de fil en aiguille, nous étions devenues des amies. J'appréciais qu'elle ne me harcèle pas à propos de mon pseudo « grand-père ».

J'avais aussi noué des liens avec Matthew et Danny Robertson. Ce dernier, à chaque fois qu'il me voyait, me demandait quand j'allais me décider à revenir manger dans son restaurant. Je riais toujours en disant que je le voulais bien, mais que je me réveillais trop tard. Ce qui était la stricte vérité.

Avec toutes ces recherches dans les entrepôts de Kerington, je n'arrivais pas à émerger avant treize ou quatorze heures.

Matthew m'avait proposé de me faire découvrir quelques coins autour de la ville qui valaient le coup d'œil. J'avais accepté de bon cœur son invitation, mais avec mon emploi du temps compliqué, nous n'avions pas encore eu le temps pour ça. Lors de mes courtes escapades en ville, quand je n'étais pas avec Angela, je passais du temps à discuter de tout et de rien avec lui quand il s'autorisait une journée de congé, plongé qu'il était dans les comptes du restaurant de son père. Apparemment, Danny était un excellent cuistot mais il était trop tête en l'air pour s'occuper de la paperasse. Ça me rappelait Phoenix, évidemment.

Matthew et son père adoptif étaient très complices malgré leurs différences. Le premier était calme et discret, le second était une vraie tornade. Je ne sus plus où me mettre un jour que je passais devant chez lui : Danny était sorti tablier sur l'épaule, s'était agenouillé devant moi après m'avoir rattrapée, et s'était mis à me chanter une sérénade dont le refrain était « Reviens manger chez moi, Beauté ! ».

Il ne s'était arrêté que lorsque je lui promis de revenir la semaine suivante. De toute façon, Phoenix allait enfin me donner mon premier chèque, et j'étais curieuse de savoir à combien il évaluait mon salaire mensuel.

En tant que bibliothécaire, on ne pouvait pas dire que je roulais sur l'or, mais je m'en sortais plutôt bien, alors en rentrant au château ce soir-là, j'étais sur des charbons ardents. J'allais enfin pouvoir dépenser mon propre argent à nouveau !

Bien sûr, ça m'avait amusée au début de faire payer la note à mon patron. Mais je n'avais pas été élevée comme ça. Mes parents m'avaient transmis une stricte éthique du travail et je ne me voyais pas de toute façon autrement qu'indépendante financièrement. Même si j'étais payée autant que quand j'étais au lycée Griffith, j'en serais satisfaite.

Quand Phoenix me rejoignit dans la cuisine, je regardai s'il tenait une enveloppe à la main. Ce n'était pas le cas. Comment lui en parler ?

- Vous vous rendez compte que nous sommes déjà fin mars ? Ça fait trois mois que nous nous connaissons ! m'exclamai-je tout sourire.

Phoenix leva les yeux de son journal.

- Bien, que voulez-vous ?

Prise de court par tant de perspicacité, je bafouillai.

- Euh, ben... moi ? Je... enfin...

Il se replongea dans sa lecture.

- Quand vous le saurez, articulez, que je puisse vous comprendre !

Humpf !

- Je voudrais être payée ! Depuis le temps !

Il posa son journal, lentement. Gloups !

- Il me semble que même chez les mortels, on ne paye que le travail effectif. Aux dernières nouvelles, on ne payait pas les étudiants. Par conséquent, vous n'avez vraiment commencé votre job qu'à partir de votre rencontre avec Kiro.

Ça c'était trop fort ! Il m'avait enlevée et imposé un entraînement au combat digne des bérets verts et il comparait cette période difficile aux cours auxquels un étudiant assistait tranquillement assis dans un amphithéâtre d'université.

- Alors là, je me suis bien fait avoir ! Quel radin ! J'aurais dû me douter que vous me feriez ce coup-là ! Il n'y a que vous pour sous-entendre que mes premières semaines ici ont été des vacances à vos frais !

- Je ne sous-entends rien.

Non mais, quel toupet ! Ne sachant plus que dire, je me levai de table et allai soulager mes nerfs en lavant ma vaisselle.

Je lui jetai un rapide coup d'œil. Ayant fini sa lecture, il plia son journal et se le glissa sous le bras avant de prendre la direction de la sortie. Alors que je le maudissais intérieurement, j'eus un mouvement de surprise quand une main tenant une enveloppe surgit au-dessus de ma tête. Je me retournai et vis mon patron qui me dévisageait avec son sourire narquois énervant.

Je pris l'enveloppe qu'il me tendait, ou plutôt je la lui arrachai des mains.

- Qu'est-ce que c'est que ça encore ? dis-je, peu amène, en l'ouvrant.

Il y avait deux bilans de comptes bancaires. L'un au nom de Samantha Stratford, l'autre au nom de Samantha Jones. En voyant les deux montants, je faillis m'évanouir. Je levai les yeux mais Phoenix n'était déjà plus là. Sur chaque compte, une somme équivalente à deux fois mon salaire de bibliothécaire était affichée. Moralité, je gagnais quatre fois plus qu'avant ! Incroyable !

Je me mis à sautiller sur place en tapant des mains. Puis, je repensai à mes paroles et mon sourire se crispa.

J'aurais des excuses à formuler le lendemain.

*

Quelques jours plus tard, je pus enfin accepter l'offre de Matthew de m'emmener faire le tour des environs. Phoenix m'avait prévenue la veille qu'il n'avait pas besoin de moi dans la soirée et je m'autorisai une journée complète de détente.

Je commençai par proposer à Angela de manger avec moi chez Danny qui fut ravi de voir que sa sérénade avait porté ses fruits. Nous avions beaucoup de points communs toutes les deux et nous nous entendions à merveille. Contrairement à Phoenix, elle avait adoré la saga *Twilight* ; ce fut notre sujet de conversation du jour. Angela m'avoua que même si elle était entourée de grands classiques de la littérature (qu'elle avait lus), elle dévorait tous les livres qui parlaient de légendes, et surtout des vampires. Elle était moins fascinée par eux que par les sentiments contrastés des hommes à travers le temps sur ces figures mythiques. Elle plaignait sincèrement ces gens qui, par faute de repères, les vénéraient. Quant à moi, sachant la vérité, je les trouvais complètement fous.

Nous en étions là quand Matthew arriva. Nous reprîmes cette conversation à trois, puis, l'heure tournant, Angela s'excusa pour retourner à sa librairie.

Avant de partir, elle nous demanda notre programme de la journée et Matthew lui fit la liste des endroits qu'il voulait me faire visiter. Je repensai à ce qu'avait dit Ginger sur un éventuel lien plus qu'amical entre ces deux-là. Pas question de semer la zizanie entre eux, même sans le faire exprès ! Mais la réaction d'Angela apaisa mes craintes. Elle ajouta un autre endroit sur la liste de mon chevalier servant.

Peu après son départ, nous entamâmes notre promenade, et Matthew m'expliqua l'histoire de la ville. Elle avait été créée au début du XXe siècle suite à l'installation d'une scierie qui exploitait les vastes forêts alentours. Les travailleurs avaient afflué en même temps que de petits commerces s'ouvraient ; Scarborough était née. Même si j'avais lu le livre d'Ellen Mac Coy, je l'avais écouté avec attention. Sa compagnie était très agréable.

Seulement, vint un moment où, malgré sa discrétion depuis notre rencontre, Matthew voulut en savoir un peu plus sur mon compte.

- Parle-moi de ton grand-père. Tu es très discrète à ce sujet.

Aïe. Quand on me posait des questions sur Peter Stratford, j'arrivais toujours à esquiver ou à rester superficielle dans mes explications. Pour être vraiment crédible, il allait falloir que j'en dise davantage.

- Que veux-tu savoir exactement ?

- Eh bien, je ne sais pas, est-ce qu'il est gentil avec toi par exemple ? Vu que tu lui sers d'infirmière à domicile.

Je ne m'attendais pas à une question si désintéressée. J'en fus touchée.

- Hm... Je le qualifierais d'ours polaire. Il peut être sympathique comme il peut être aussi glacial qu'une brise d'Antarctique. (Cette description était plutôt fidèle même si je n'irais pas jusqu'à parler de Phoenix comme d'un « nounours ». Ce serait la pire des erreurs) Mais il est attachant et toujours soucieux de mon bien-être, même s'il ne le montre pas.

Je pris conscience que là encore, cette phrase caractérisait parfaitement mon patron. Après tout, s'il ne se souciait pas de mon bien-être, il m'aurait abandonnée sur la banquette arrière de sa voiture, dans son garage non chauffé, au moins une fois.

- Tes parents te manquent ? me questionna Matthew très sérieusement.

Il semblait que nous étions partis dans un quart d'heure confidences... Pourquoi pas ?

- Je pense à eux tous les jours, mais la douleur s'est estompée au fil du temps. (Je l'observai à la dérobée, il semblait perdu dans ses pensées) Et tes vrais parents ? Ils te manquent ? risquai-je.

- Danny ne m'a jamais caché que j'avais été adopté. Quand j'ai eu dix-huit ans et que j'ai voulu en savoir plus sur mes origines, il m'a aidé à chercher mes parents. Mais comme pour lui, cela n'a rien donné. C'était dur à accepter et puis j'ai réalisé que je n'aurais pas pu espérer meilleur père que Danny Robertson. Je vis bien maintenant, mais j'avoue que parfois, j'y repense. C'est peut-être parce que toi aussi tu es orpheline, que je me sens étrangement proche de toi.

Houlà ! Je ne m'attendais pas du tout à ça. Proche ? Jusqu'à quel point ? Quelle attitude adopter ? Au secours ! Je devais trouver une pirouette pour clarifier les choses.

- Partout où je vais, on me dit que la personne de laquelle tu te sens le plus proche, c'est Angela. Ce qui serait plus logique vu que tu la connais depuis toujours… et moi…

Je n'eus pas le temps de terminer ma phrase.

- Ce n'est pas pareil. Je sais que tout le monde nous voit mariés Angela et moi, mais ce n'est qu'une amie. Écoute, je ne veux pas te mettre mal à l'aise, mais j'éprouve d'autres sentiments à ton égard que ceux que j'éprouve pour Angela.

Je ne savais pas quoi dire, je n'avais jamais envisagé Matthew sous cet angle. La dernière fois que je m'étais intéressée à un garçon, j'avais seize ans ! Les relations amoureuses étaient un vrai mystère pour moi et j'avoue que ma transparence jusqu'alors m'avait arrangée car elle me protégeait de la douleur d'être rejetée.

- Tu ne dis rien, constata-t-il.

Il s'était approché de moi. Dangereusement. Trop.

- Je ne m'attendais pas à ça. Nous nous connaissons à peine, ripostai-je en faisant un pas en arrière. Tu vas trop vite.

J'avais peut-être été brutale, mais j'étais sincère. Il avait réussi à me gâcher la journée. Je n'avais plus qu'une envie, rentrer au château et ne plus penser à cela.

- Pardonne-moi, je ne voulais pas t'offenser. Même si je suis plus discret que mon père, j'ai l'habitude d'exprimer ce que je ressens. Toutefois, je crois que j'ai été maladroit.

Ça, on pouvait le dire ! Je ne me doutais pas qu'il était du genre à mettre les deux pieds dans le plat !

- Je te pardonne, mais laisse-nous le temps de nous découvrir l'un l'autre avant d'aborder de nouveau le sujet, dis-je avec un sourire plus que crispé.

Il n'était pas très tard, mais je lui fis savoir que je voulais faire demi-tour vers Scarborough. Le trajet se fit dans un silence gêné. Pour la première fois, j'étais heureuse de retrouver l'Audi. Il y eut un moment de flottement, Matthew soupira.

Avant qu'il ne dise quoi que ce soit, je lui lançai un… :

- Eh bien, à une prochaine fois ! ... avec un petit sourire qu'il me rendit.

- À bientôt.

Lorsque je démarrai et pris la route du château, j'expirai longuement. J'étais perturbée, ma journée, si bien commencée, s'était terminée par une déclaration inattendue dans mon désert sentimental et on ne pouvait pas dire que ma réaction avait été des plus intelligentes.

Arrivée en vue du domaine, je décidai que je n'y pouvais rien, si ce n'était laisser passer du temps pour voir si moi aussi, j'éprouvais quelque chose pour Matthew Robertson. En tout cas, pour rien au monde, je ne voulais que ma soirée soit gâchée. J'avais de la détente et du farniente en perspective, rien ne pourrait m'enlever ça !

*

Comme je ne vis pas le propriétaire du château au coucher du soleil, j'en déduisis qu'il était parti régler ses affaires dès son réveil. J'avais mon portable à portée de main en cas de besoin, mais je doutais qu'il m'appelle.

J'avais envie de faire la cuisine alors je me mitonnai un repas du tonnerre : osso bucco avec tagliatelles, un verre de vin et une part de tarte au citron faite maison. Délicieux.

Après manger, je m'installai dans le grand canapé du salon et feuilletai le programme télévisé jusqu'à trouver deux films intéressants.

Tout allait pour le mieux quand je me calai confortablement, un grand plaid couvrant mes jambes et me tenant dans une agréable chaleur. Le premier film m'avait plu mais je m'étais endormie à peu près au milieu du deuxième.

Un bruit me réveilla. Je regardai l'horloge, il était deux heures du matin. Je baillai à m'en décrocher la mâchoire et allai éteindre la télévision. J'avais hâte de retrouver mon lit moelleux.

C'est alors que j'entendis à nouveau ce drôle de bruit… comme si on raclait le mur. Ça venait du couloir… Il valait mieux que j'aille y jeter un coup d'œil.

En tournant la tête vers l'entrée, je bondis en arrière en poussant un cri d'effroi. Quand mon cerveau voulut fonctionner de nouveau, je compris que la masse sombre affalée contre le mur et qui essayait d'avancer, n'était autre que mon employeur.

- Mon Dieu ! Phoenix ! m'exclamai-je en constatant qu'il était blessé.

Je m'élançai vers lui et me plaçai de sorte qu'il puisse avancer en s'appuyant sur moi. Malgré son poids, je réussis à l'emmener dans le salon où il s'effondra sur le canapé. Je pus voir ainsi l'étendue des dégâts. Son beau costume était déchiré, sa chemise était pleine de sang (était-ce le sien uniquement ?) et son visage ! Il avait été passé à tabac, j'en étais persuadée ! Il avait l'air si faible, à peine conscient !

- Phoenix ! Dites-moi ce que je dois faire ! Comment puis-je vous aider ?

Je crus un instant qu'il s'était évanoui mais péniblement, il parvint à articuler :

- Sss… sang…

Je n'attendis pas d'autres paroles. Je sortis en courant du salon et fonçai vers la cuisine pour chercher des poches de sang dans le réfrigérateur. Mon cœur s'était emballé, et ce n'était pas dû à ma course. Je m'inquiétais vraiment pour Phoenix. Je ne l'avais jamais vu montrer la moindre faiblesse et là, il était très mal en point ; je devais l'aider.

Quand le mécanisme s'actionna, j'attrapai plusieurs poches au hasard et repartis dans l'autre sens sans prendre le temps de les réchauffer. L'opération ne m'avait sûrement pas pris plus d'une minute, mais j'avais l'impression d'aller au ralenti. En revenant, je manquai tomber par terre en glissant sur le carrelage. Enfin, je m'assis sur le bord du canapé, Phoenix ne bougeait plus.

Du bout des doigts, je le poussai pour le réveiller mais rien ne se produisit. Je le pris par les épaules et le secouai vivement.

- Réveillez-vous ! J'ai le sang ! Réveillez-vous ! lui criai-je.

N'obtenant pas de réponse, je décidai de lui verser directement le contenu des poches dans la bouche, en veillant à ce qu'il l'avale. Ce fut un succès avec la première. Je sentais que l'absorption du breuvage faisait son effet et j'ouvris la deuxième poche. Quand je voulus lui mettre son contenu dans la bouche, la situation dérapa.

Les vampires sont des prédateurs qui se nourrissent de sang humain. Mettez l'un d'eux en situation de soif intense, et agitez-lui une pochette de son sang favori sous le nez, vous ne serez pas déçu du résultat. Surtout si le sang dans la main qui agite la pochette est du même groupe!

Lorsque les paupières de mon employeur s'entrouvrirent, j'eus un moment de joie, vite, très vite, douchée par la couleur métallique luminescente de ses yeux, annonciatrice de malheur pour l'être humain qui avait eu la bêtise de se trouver dans la même pièce que celui à qui ils appartenaient.

À peine avais-je réalisé la précarité de ma situation que tout bascula. Une poigne d'acier se referma sur mon bras droit ; dans le même temps, j'entendis un grondement bestial et je sentis comme deux lames s'enfoncer dans ma chair. Je poussai un hurlement de douleur et sous le choc, tombai en arrière.

Mon agresseur avait suivi le mouvement et je me retrouvais plaquée au sol, Phoenix au-dessus de moi, comme dans le mauvais souvenir de l'épisode dans le bureau, mais en pire, vu que cette fois, il m'avait vraiment planté ses crocs dans l'avant-bras. La douleur était terrible, mais je devais agir avant qu'il n'aspire la totalité de mon sang.

J'essayais de le frapper, sans succès. Je voulus secouer mon bras, mais tout ce que je réussis à faire, ce fut de ressentir une douleur pire encore, m'arrachant un nouveau hurlement. Ses crocs étaient si bien plantés que m'agiter ne faisait que déchirer encore plus la chair déjà meurtrie. En plus, me débattre le galvanisait. Je ne savais plus quoi faire.

Je devais trouver une idée car je savais que dans peu de temps, l'hémorragie qu'il me faisait subir entraînerait invariablement ma perte de conscience, et à terme, ma mort.

- Phoenix, je vous en prie ! C'est moi, Samantha. Vous êtes en train de me tuer alors que vous avez dit que vous ne vouliez plus assassiner d'innocents !

Aucune réaction. Juste un ignoble bruit de succion qui me donnait envie de vomir.

- Phoenix ! Arrêtez ! Pitié !

Rien. Combien de fois un humain l'avait supplié de l'épargner au moment où il aspirait la vie hors de lui ? Ce refrain, il avait dû l'entendre des milliers de fois. À quoi bon... Quelques minutes s'écoulèrent...

Quelle sensation étrange... Sentir mes forces me quitter... Sentir la mort approcher... J'étais légère, rien n'avait plus d'importance. J'allais partir pour de bon et j'accueillais mon destin sans aucune colère. Une chose me chagrinait : la culpabilité que ressentirait mon patron en se rendant compte de ce qu'il avait fait. Non pas de m'avoir tuée, je n'étais pas naïve, mais de s'être laissé dominer par sa soif. Je ne lui en voulais pas, moi. Et il fallait qu'il le sache.

Doucement, je posai mon autre main sur son visage et murmurai son nom.

- Phoenix.

Il cessa d'aspirer et me regarda. Ses yeux brillaient encore et sa bouche, crocs sortis, était barbouillée de mon sang. Alors que mes dernières forces me quittaient, je lui offris un sourire mince, mais auquel j'insufflai toute la force de mon pardon. Et ce fut le trou noir...

*

Je reprenais doucement conscience, je le sentais. Les événements précédents refaisaient surface. Je revoyais Phoenix comme le prédateur qu'il avait laissé sortir et s'attaquer à moi : ses yeux, ses crocs, mon sang sur sa bouche, ce bruit de succion si écœurant. Je me rappelais la douleur que j'avais ressentie. À côté, être prise pour un boulet de canon était comparable à une piqûre de moustique. Je me rappelais aussi mon impuissance face à la sensation de ma vie qui s'échappait puis au calme qui m'avait envahie. Étrange. Pour démêler tout ça, il n'y avait qu'une seule solution.

J'ouvris les yeux.

Effectivement, j'étais dans ma chambre, dans mon lit. Il y avait une différence cependant avec mes autres réveils. J'étais perfusée sur un bras, et sur l'autre, celui qui avait servi de plat du jour, il y avait un énorme bandage. J'étais en chemise de nuit et ô soulagement, elle me couvrait et n'était pas transparente.

- Je sais que vous êtes pudique, mais j'ai été obligé de changer vos vêtements.

Je levai vivement la tête, Phoenix était assis un peu plus loin, sur le même fauteuil où je l'avais vraiment vu pour la première fois. Ses vêtements à lui étaient impeccables. Tout ça avait un air de déjà vu mais là, je n'étais pas effrayée.

- Pourquoi êtes-vous si loin ? demandai-je.

Il me fixa, l'expression du visage impénétrable.

- Après ce qui s'est passé, je ne voulais pas vous effrayer à votre réveil.

Je soupirai.

- Votre raisonnement est incorrect. Me réveiller est un soulagement, cela sous-entend que vous n'avez pas terminé ce que vous aviez commencé. Au fait, comment allez-vous ?

- Vous me demandez comment je vais alors que j'ai bien failli vous tuer pour assurer ma propre survie ? Qui déraisonne là ?

Je n'étais pas d'humeur à jouer sur les mots.

- Que voulez-vous que je vous dise ? Que je vous en veux ? Que je vous hais ? Pensez-le si ça peut vous soulager, mais je ne vous dirai pas quelque chose que je ne pense pas ni ne ressens. Vous n'étiez plus vous-même. D'accord, vous êtes un vampire, vous êtes un prédateur et tout et tout ! Mais je sais que ce qui s'est passé dans le salon, vous ne l'avez pas voulu.

Il se leva et fit les cent pas.

- Vous ne comprenez pas ! Je l'ai voulu Samantha ! J'ai voulu boire votre sang et cette envie m'a submergé. Quand je vous ai mordue, j'ai complètement perdu pied, je ne pouvais plus m'arrêter.

Qu'est-ce qui l'embêtait le plus ? M'avoir mordue ou avoir perdu tout contrôle de lui-même ?

- Qu'est-ce qui vous a stoppé ? questionnai-je, curieuse.

Il avait cessé de marcher.

- Vous.

- Moi ? Mais je n'ai rien pu faire…

Il secoua la tête.

- En cessant de vous débattre et… ce que vous avez dit… enfin… (c'était à son tour de bégayer) Pourquoi m'avez-vous regardé ainsi ?

On aurait dit qu'il était en colère après moi.

- Mais de quoi parlez-vous ? Je ne comprends rien !

- Vos yeux ! Ils exprimaient quelque chose que personne ne m'avait encore accordé…

- Le pardon ?

- Ça m'a complètement déstabilisé. Du coup, j'ai pu retrouver le contrôle. Quand je me suis rendu compte de ce que j'avais fait… Bref ! Je vous ai perfusée et j'ai dû vous faire boire mon sang pour la blessure de votre bras.

Je ne saurais pas ce qu'il avait éprouvé. Dommage ! Mais qu'avais-je entendu ? Il m'avait fait boire son sang ? Je blêmis.

- Ne faites pas la dégoûtée ! Votre bras était dans un sale état !

- Admettons. Mais je trouve ça dégoûtant !

Nous nous fusillâmes tous deux du regard. Puis, je lui demandai :

- Mais au fait... on est le matin ou le soir ?

- L'après-midi, en fait.

Ce fut à mon tour d'être surprise.

- Mais, vous devriez être en train de dormir.

- Et qui d'autre pouvait vérifier que votre état reste stable ? dit-il sarcastique.

Au su de ces informations, je pris mon courage à deux mains et dis :

- Vous... Vous vous êtes inquiété pour moi ?

Je posais la question mais en fonction de sa réponse, je n'avais aucune idée de quelle serait ma réaction. Serais-je déçue s'il me disait que non ?

Je n'eus pas besoin de le vérifier.

Il s'avança vers moi et débrancha la perfusion.

- Je pense que ça ira. Il faut que je dorme. Nous reparlerons ce soir.

Il quitta la pièce sans ajouter un seul mot.

*

Plus tard ce soir-là, Phoenix me rejoignit à la cuisine, comme d'habitude, sauf que cette fois, il ouvrit le réfrigérateur et alla chercher sans se cacher une poche de A +. Voyant mon air, il haussa les épaules.

- Je ne vois pas pourquoi je me cacherais vu que vous aviez déjà découvert mon garde-manger. Heureusement d'ailleurs, sinon, je ne serais peut-être plus là.

- Est-ce une façon de me dire merci ?

- C'est une façon de dire : pensez à refermer la porte du frigo dorénavant.

Hanhan !

- J'y penserais la prochaine fois que vous vous traînerez ici après avoir pris une raclée ! dis-je en le toisant et en croisant les bras.

Il sourit en versant le sang dans un verre. Il allait falloir me fournir plus d'explications.

- Qu'est-ce qui vous est arrivé ?

- J'ai commis une erreur.

Je ne savais pas qu'il était capable de se remettre ainsi en question ! Intéressant.

- Laquelle ?

- Je n'ai pas pris au sérieux les menaces de ce vampire qui voulait vous tuer à Kentwood. Il m'avait dit de surveiller mes arrières.

- Mais comment a-t-il fait pour vous retrouver ? Vous vous déplacez sans cesse !

- Lui et ses sbires me sont tombés dessus près de l'endroit où habitent mes employeurs. Leur adresse n'est pas un secret alors... Toutefois, je suis surpris qu'ils aient attendu si longtemps.

- C'est peut-être parce qu'en enquêtant dans la zone industrielle de Kerington, nous sommes sur la bonne voie. Ils ont voulu vous donner un avertissement.

Il me regarda comme si je sortais de l'asile.

- L'un d'eux tenait une hache en argent ! C'était plus qu'un avertissement !

- Oh... Au moins ils n'ont pas réussi à vous tuer. Combien étaient-ils ?

- Six, je crois. Mais je n'ai pas vu le visage des cinq autres, ils portaient des cagoules.

- Six ? Eh bien je suis contente d'être dans votre camp.

- Merci. Au fait, avant que tout ne dérape, votre journée de détente s'est bien passée ?

Super. C'était bien le moment de vouloir faire la conversation. Et sur CE sujet ! Je dus faire une drôle d'expression car j'eus droit à une moue narquoise et à un nouveau sarcasme.

- À voir votre tête, il semblerait que la compagnie des vivants n'est pas ce que vous espériez ! Vous n'êtes pas trop déçue, j'espère !

- Vous n'y êtes pas du tout. Les gens, à Scarborough, sont charmants et je peux dire que je me suis fait des amis.

- Très bien ! Alors de quoi vous plaignez-vous ? C'est ce que vous vouliez, non ?

C'était délicat, je ne voulais pas en parler avec Phoenix, mais l'intensité de son regard disait clairement qu'il attendait une réponse de ma part. Il aurait dû être inspecteur de police. Avec lui, pas de bavure, en voyant ses yeux, les criminels s'empresseraient d'avouer leurs méfaits, et plus encore.

- Je suis allée me promener avec quelqu'un. Il s'appelle Matthew. J'ai fait sa connaissance au restaurant de Danny Robertson. C'est son fils. On se connaît depuis quelques semaines et j'étais contente d'avoir tissé des liens avec lui et son amie, Angela. Et voilà qu'il me sort qu'il est attiré par moi. Voilà ! Satisfait ?

J'étais sur la défensive parce qu'on ne pouvait jamais savoir avec Phoenix s'il allait être compréhensif ou sarcastique. Il avait soulevé son sourcil, mauvais signe.

- Finalement, je crois que vos histoires sentimentales ne me regardent pas.

Au son de sa voix, ce fut comme si l'air s'était rafraîchi tout d'un coup.

- Mais c'est vous qui me posez tout un tas de questions ! Vous ne savez pas ce que vous voulez !

Il se retourna et s'approcha de moi.

- Et vous, Samantha ? Savez-vous seulement ce que vous voulez en ce qui concerne ce Matthew ?

- Bien sûr que je ne sais pas ce que je veux ! Ma vie est un désert sentimental depuis toujours ! Mais je ne vais pas me jeter dans les bras du premier venu sous prétexte qu'il me trouve attirante ! J'ai un peu plus de cervelle que ça !

- Ravi de vous l'entendre dire ! L'amour est une distraction qui risque de vous déconcentrer dans votre travail.

- J'ai dit que j'allais me donner du temps pour le connaître, pas que j'allais entrer au couvent ! Vous n'allez tout de même pas m'interdire de tomber amoureuse !

Quelle horreur ! Même si je n'y avais jamais été confrontée, j'espérais bien découvrir l'amour un jour.

- Ah ! Ces humains et l'amour ! grogna-t-il en levant les yeux au ciel.

Il disparut un moment puis revint dans la cuisine, habillé pour sortir.

- Vous ne m'avez pas dit que nous sortions ce soir. Attendez, je vais me préparer, lançai-je en me dirigeant vers la porte.

Il me retint par le bras et me fit reculer.

- Je sors, vous restez.

- Pourquoi ?

- S'attaquer à un ange n'est pas anodin. Je dois faire mon rapport en personne à Talanus et Ysis.

- Pourquoi ne pas m'emmener avec vous ?

- Comprenez-moi bien. La rumeur circule déjà qu'une humaine me suit dans mes déplacements. Je préfère ne pas vous mettre en avant, on ne sait jamais. Et puis jusqu'ici, aucun humain n'a été autorisé à entrer chez mes employeurs.

- Même pas le plombier ? ironisai-je.

- Les humains ne sont pas admis. Talanus et Ysis sont les plus hautes autorités de notre région, on ne peut pas les approcher comme ça.

- D'accord, d'accord. Mais soyez prudent.

- Si je ne l'étais pas, ça ferait plusieurs siècles que j'aurais rejoint les Enfers. Et vous, ne faites pas de bêtise en mon absence.

- N'ayez crainte. Je fermerai la porte à clef.

Il partit, j'avais la soirée pour me remettre des émotions de la veille.

*

L'entrevue avec Talanus et Ysis n'ayant rien donné, mon patron et moi reprîmes nos habitudes. Je m'étais rapidement remise de ma blessure au bras et j'avais demandé à Phoenix de reprendre mes entraînements au combat. Depuis quelques temps déjà, il m'apprenait à me battre avec des couteaux, des épées,... mais j'étais nettement moins à l'aise avec des lames qu'avec des armes à feu.

Un soir, Phoenix m'avait imposé des figures d'esquive et d'attaque. Je devais éviter les lames en bois qu'il me lançait et envoyer mes propres lames dans les cibles qu'il m'indiquait. Cet exercice tourna au vinaigre quand au lieu d'atteindre mes cibles, mes couteaux se plantèrent dans le ventre de mon employeur. Mon sang se figea dans mes veines.

- Oh nom de nom !

Je me précipitai vers lui. Il me gratifia d'un regard exaspéré et d'un gros soupir tout en retirant de sa chair comme si de rien n'était, les lames qui l'auraient tué s'il avait été humain.

- Pff ! Heureusement que c'est de l'acier. Combien de fois vous ai-je dit de viser avant de lancer ?!

- Je suis désolée ! Est-ce que vous avez mal ?

En guise de réponse, il souleva un peu son T-shirt. Là où il aurait dû y avoir une plaie béante et ensanglantée, il n'y avait qu'une peau nette et parfaite, légèrement hâlée, assortie d'abdominaux bien dessinés.

- Ouah, votre vitesse de guérison est remarquable !

- C'est un atout quand on a en face de soi quelqu'un avec deux mains gauche.

Bon, je ne l'avais pas volée, celle-là. Mais moi, je n'avais pas eu des siècles pour m'exercer. C'est ainsi qu'on décida tous les deux de laisser tomber les couteaux pour le moment.

Nous avions aussi espacé nos rondes dans la zone industrielle de Kerington. Phoenix pensait que si les kidnappeurs se sentaient de nouveau en sécurité, ils reprendraient leurs activités et il pourrait les cueillir en flagrant délit.

De mon côté, j'avais pris mes marques et je suivais une routine bien établie. Je m'entraînais et je rédigeais la paperasse avant midi (je m'obligeais à ne pas céder à l'appel de la grasse matinée), je mangeais, je faisais quelques recherches sur Internet et j'allais en ville au moins deux fois la semaine.

Mes relations avec Matthew étaient redevenues normales et Danny me témoignait une affection bourrue qui me faisait chaud au cœur. Mon amitié pour Angela grandit si bien qu'elle était en train de devenir la sœur que je n'avais jamais eue.

Mais les disparitions continuaient sans que nous ayons trouvé un seul indice et Phoenix commençait à enrager quand, finalement, il reçut un appel de Kiro. Les étranges activités nocturnes de la zone industrielle de Kerington avaient repris. Mon patron avait prévu d'y aller le lendemain soir, et j'étais de la partie.

*

« En avril, ne te découvre pas d'un fil ». Ce dicton français était plutôt approprié avec la température qui régnait au-dehors. Nous étions en avril et il faisait un froid de canard.

J'avais prévu des vêtements chauds : pantalon noir en velours, bottes, gros pull blanc et mon grand manteau noir. Phoenix était sur des charbons ardents car il était persuadé qu'il découvrirait quelque chose ce soir-là. Moi, j'étais plus sceptique ; jusqu'à présent, on n'avait rien trouvé dans tous ces entrepôts.

Sauf que cette fois, Kiro avait donné des indications qui nous avaient aidés à réduire le périmètre de recherche, alors...

Le trajet fut pour moi assez désagréable. Mon patron était tellement absorbé dans ses pensées qu'il restait aussi muet qu'une tombe. En plus, à peine avais-je allumé la radio qu'il l'éteignit pour « rester concentré » avait-il dit ! Pff ! Et moi alors ? Je n'avais plus qu'à m'ennuyer en silence.

Nous arrivâmes à destination vers minuit, Kiro ayant dit que ses contacts avaient repéré que la zone ne commençait à s'activer qu'à partir de cette heure.

Une fois sur place, nous recommençâmes à patrouiller entre les entrepôts, passant de l'un à l'autre comme une bille dans un jeu de flipper. Je commençais à bailler quand Phoenix s'arrêta.

Il fit un signe de tête vers la droite, il y avait de la lumière un peu plus loin. Je voulus me préparer à sortir et mener l'enquête, mais il posa sa main sur mon bras pour me stopper.

- Pas tout de suite. Restez dans la voiture et surveillez votre téléphone. Je vous appelle si la voie est libre là-bas.

- Très bien.

Il sortit de la voiture et s'éloigna en direction de la lumière, sa silhouette paraissant fantomatique dans cette pesante obscurité. J'espérais qu'il ne mettrait pas trop de temps à appeler...

L'attente devenait stressante et je me demandais ce qu'il fabriquait quand tout à coup, je perçus du mouvement. Heureusement, notre voiture était bien cachée et on ne pouvait pas la repérer. Je vis des ombres s'avancer vers l'un des entrepôts. Deux camions qui ressemblaient à des fourgons frigorifiques étaient garés devant. C'était très bizarre.

Que faire ? Je ne pouvais pas appeler Phoenix au risque que la sonnerie signale sa présence et je ne pouvais pas attendre dans la voiture, au risque de voir ces hommes étranges partir. Je pris mon courage à deux mains et sortis.

Ouh ! Mais qu'est-ce qu'il faisait froid ! Alors que je maudissais les industriels qui aggravaient les perturbations climatiques avec leur pollution, j'avançais le plus discrètement possible.

La voie était libre au-dehors, il n'y avait pas de garde. Ce n'était pas très intelligent d'ailleurs.

J'avisai une grosse pile de détritus qui montait jusqu'à une des fenêtres sur le côté du bâtiment et m'y dirigeai. Même pour moi, ce serait du gâteau de l'escalader. J'avais eu la bonne idée de mettre des bottes sans talons et de prendre un sac en bandoulière, ce serait donc facile.

Je finis par arriver au sommet de cette tour de bric et de broc et je pus regarder ce qui se passait à l'intérieur...

Au premier coup d'œil, je ravalai une soudaine nausée et dus m'écarter de la fenêtre pour reprendre mon souffle et me remettre de la scène horrible à laquelle je venais d'assister. Il me fallut quelques secondes pour me reprendre. Enfin, je trouvai le courage de me retourner et d'observer à nouveau.

Quelle horreur ! C'était au-delà de l'imagination, mais ce que j'avais devant moi, c'était la description exacte de la cruauté dont Phoenix avait dit que les vampires étaient capables.

On se serait cru dans un centre médical dont les médecins étaient des psychopathes. Partout, il y avait des lits d'hôpital sur lesquels étaient attachées des personnes au teint de cendre. De loin, je reconnus l'un de ces visages, l'un de ceux qui figuraient dans la banque de données de la police.

C'était celui de Kate Savage, une ravissante jeune femme blonde de dix-neuf ans. Ses parents étaient passés à la télévision pour lancer un appel à ses ravisseurs, sa mère était désespérée. Mais ce n'était rien comparé à l'expression que je lisais chez sa fille en ce moment même, elle s'était résignée à sa mort. Je regardais les autres personnes, suffisamment près pour que je puisse voir leur visage : Samuel Hurt, trente-cinq ans, chef d'entreprise en pleine ascension ; Milly Kent, vingt-sept ans, Miss

Norfolk 2000. Les autres, je ne les connaissais pas, peut-être des sans-abris ou d'autres exclus de la société.

Ils étaient nus sous des draps qui les couvraient sans les protéger du froid. L'explication de leur état de faiblesse était simple : de nombreux tubes rouges partaient de leurs corps vers des poches, réceptacles du sang qu'on leur prélevait.

Dès qu'une poche était pleine, un type la remplaçait par une autre et la mettait dans une caisse réfrigérée à forte capacité de contenance. Sur chacune, il y avait des étiquettes avec le groupe sanguin des « donneurs ». Les caisses suffisamment remplies étaient ensuite emmenées dehors, dans le camion frigorifique.

J'avais enfin la confirmation que des vampires tiraient les ficelles de ces enlèvements, et j'avais également leur motivation : du trafic de sang. La loi vampirique imposait que dans les pays riches, ses membres s'approvisionnent strictement aux banques du sang ou aux hôpitaux autorisés, ça permettait de garder un certain contrôle sur leur population. Ce que je voyais allait à l'encontre de toutes les règles établies. Mais pour quelle raison ?

Mon attention fut attirée par du mouvement dans le fond du bâtiment. Deux vampires asiatiques étaient armés et surveillaient un groupe de dix personnes ligotées et bâillonnées. Sûrement la deuxième fournée. Elles avaient bien conscience de ce qui les attendait car l'une d'entre elles était effondrée sur son voisin et ses épaules tremblaient comme quelqu'un qui éclate en sanglots. Mon cœur se serra devant ce spectacle contre lequel je ne pouvais rien.

Mais quand je repris mon observation, mon cœur eut une réaction différente. Il rata un battement lorsque j'aperçus le vampire blond que j'avais rencontré à Kentwood. Il tenait fermement par le bras une jeune femme d'environ dix-huit ou dix-neuf ans, vraiment très belle avec ses cheveux bruns coupés en un carré plongeant, son visage au teint de porcelaine, et ses jambes longues et fines. Nue, elle n'en restait pas moins très digne devant l'absurdité et la cruauté de sa situation. Elle ne se débattait pas, elle devait savoir que c'était inutile.

Quand le grand blond la ramena contre son torse, elle trouva pourtant le courage de lui cracher au visage. Ce geste si inconséquent était face à un vampire un acte de suprême rébellion. J'éprouvai une grande bouffée d'admiration et en même temps, un sentiment de pitié infinie. Elle avait accéléré l'heure de sa mort.

Effectivement, mon ancien agresseur ne supporta pas qu'une humaine le défie. En un quart de seconde, il la retourna, lui tira la tête en arrière par les cheveux et fondit, tous crocs dehors, sur sa gorge.

La malheureuse poussa un hurlement effroyable et battit pitoyablement des jambes avant de terminer son cri dans un gargouillis écœurant. Il me fallut tout mon self-control pour ne pas vomir.

Une fois rassasié, l'assassin laissa tomber son fardeau sur le sol comme un déchet et reporta son attention sur un autre vampire. De lui, je ne discernais que le dos et les cheveux clairs, mais je l'identifiai sans peine comme le chef, vu la déférence avec laquelle les autres le consultaient.

Je contemplai le cadavre de cette inconnue si courageuse. Elle avait manipulé un vampire sanguinaire pour qu'il accomplisse le destin qu'elle s'était choisi. En lui crachant au visage, elle avait choisi une mort rapide. De fait, il ne l'avait pas brisée, elle s'était libérée.

Je pris conscience que des larmes s'étaient mises à rouler sur mes joues. Le sort de cette jeune femme si extraordinaire me broyait le cœur en même temps qu'il y instaurait une haine farouche et impitoyable envers ses assassins. Je ne voulais plus qu'une chose, les voir morts, tous, et très vite. Il fallait que je prévienne Phoenix.

Au moment où je composais le numéro, l'impensable se produisit : mon téléphone sonna. Nom de nom ! J'avais oublié de le mettre en silencieux ! Je sursautai, l'éteignit rapidement, puis regardai, horrifiée, par la fenêtre si ma présence avait été découverte.

La vision du grand blond dont les yeux luminescents étaient braqués dans ma direction et dont le sourire de prédateur m'était destiné, me fit dresser les cheveux sur la tête.

Affolée, je dégringolai de ma tour aussi vite que je pus. À peine le pied sur la terre ferme, je me mis à courir comme une forcenée, la terreur me faisant pousser des ailes.

Plus loin, je voyais l'entrepôt où Phoenix avait dû se rendre, mais je savais que je ne l'atteindrais jamais.

Il ne me restait plus qu'une chose à faire.

- Aaaaaaaaaaaaahhhhh !

Courant toujours, et malgré le feu dans mes poumons, je hurlai le plus fort que je pus, en espérant que mon patron m'entendrait.

Puis, comme dans un mauvais souvenir, je sentis une résistance au niveau de mon bras droit. En un éclair, je fus tirée en arrière par une force herculéenne qui m'envoya rouler sur le bitume tant et si bien que je me cognai sur la paroi en tôle d'un des bâtiments.

Le choc avait été violent, mais j'étais toujours consciente. J'avais des écorchures aux mains et mon pantalon était déchiré, laissant voir mes genoux en sang. La douleur dans mon torse me fit suspecter que j'avais une côte cassée. Et je ne parle pas du mal de tête !

Je n'avais pas le temps néanmoins de m'appesantir sur mes blessures. Je me relevai et m'adossai à la paroi en acier pour pouvoir contempler mon adversaire en restant debout. C'était le grand blond.

- Tiens, tiens, tiens… Comme on se retrouve… Ma petite fouine de Kentwood. Alors comme ça, Phoenix t'a laissé la vie sauve. Il vieillit, le pauvre…

Il s'esclaffa en entendant sa propre blague. Une seconde plus tard, il me fixait comme un lion prêt à fondre sur sa proie.

- Où est-il ?

Je pensai à l'inconnue de tout à l'heure et décidai de lui rendre hommage en me comportant comme elle. Je redressai la tête et le toisai.

- Vous pouvez crever au soleil ! Je ne vous dirai rien, espèce d'ordure ! crachai-je avec toute la haine qu'il m'inspirait.

- Ton courage t'honore, misérable humaine, mais je ne suis pas stupide. Il y a des bruits de couloir qui disent que notre ange s'est attaché les services d'une femelle de ton espèce. Je connais nos lois. Il aurait dû t'éliminer à Kentwood. Ce qui veut dire que c'est toi la chienne qu'il traîne comme un boulet ! Par conséquent, il ne doit pas être loin et tu vas me dire où il est.

Il fallait que je gagne du temps. Doucement, le plus discrètement possible, j'essayais d'atteindre mon pistolet caché dans mon manteau donc je devais le faire parler, ne serait-ce que pour en apprendre plus.

- Vous dites que vous connaissez vos lois, mais vous les bafouez sans aucun état d'âme ! Je doute que Talanus et Ysis, apprenant que vous ne respectez pas le Grand Changement et que vous menacez le Secret, vous réservent un sort enviable quand ils vous mettront la main dessus ! Et j'espère être là pour le voir !

- Phoenix t'en a dit plus que ce qu'il aurait dû. Il doit vraiment tenir à toi pour t'avoir fait toutes ces confidences. T'arracher les membres un à un en pensant à lui me divertira.

Je réussis à prendre mon arme, n'attendis pas la réaction de mon adversaire et tirai. Je ne pouvais pas le tuer sachant qu'il détenait des informations susceptibles de nous aider dans notre enquête, alors j'avais visé l'épaule. Hourra, j'avais réussi !

La balle en argent faisait effet, il tomba à genoux. Normalement, ses pouvoirs vampiriques étaient enrayés à cause de sa blessure et il représentait un moindre risque donc je m'avançai, prête à lui tirer dessus une seconde fois.

Ce fut une erreur, il se releva plus vite que prévu et me percuta de tout son poids. Je tombai à la renverse, lâchant mon arme, tandis que, déjà debout, il me regardait de haut.

- Garce ! Tu aurais dû toucher le cœur car même avec cette balle en argent, je suis capable de te briser la nuque !

Alors que je me disais que j'étais fichue, une silhouette s'arrêta devant moi à une vitesse surprenante et repoussa mon agresseur beaucoup plus loin. Je poussai un soupir de soulagement en constatant que mon patron avait entendu mon appel au secours.

Il m'aida à me relever puis se tourna vers le grand blond qui avait retrouvé sa superbe malgré sa blessure à l'épaule.

- Qui es-tu ? Tu n'es pas de la région.

Sa voix claqua comme un fouet dans la nuit glaciale.

- Mon nom ne t'avancera à rien alors je peux te le donner. Je m'appelle Heath et je dois te dire, cher ange, que tu as une désagréable manie de te mêler de ce qui ne te regarde pas. À cause de tes petits voyages dans les environs, tu nous as bien embêtés.

- Quel genre de trafic mènes-tu ?

Je répondis à la place de ce Heath.

- Du sang ! C'est un trafic de sang humain.

Un lourd silence tomba sur nous trois. Les deux vampires s'affrontaient de leurs regards luminescents.

- Ta petite chienne a fait preuve d'une trop grande curiosité. Elle mourra dans d'horribles souffrances. Tout comme toi !

- Tu ne la toucheras pas ! Je suis plus fort que toi ! dit Phoenix avec un ton si glacial et si menaçant que je fus heureuse de ne pas en être la destinataire.

Le petit sourire confiant et cruel que mon agresseur arborait me mit mal à l'aise. Il avait un atout dans sa manche.

- Contre moi, c'est sûr... Mais contre eux, c'est une autre histoire... et il siffla.

Une quinzaine de vampires cagoulés nous encercla. Phoenix avait vaincu six ennemis quelques jours auparavant, mais contre quinze, je doutais qu'il ait le dessus.

Le cercle commença à se refermer sur nous et j'entrevis notre mort, qui promettait d'être atroce.

Tout à coup, Phoenix se retourna vers moi et avant que j'aie deviné ses intentions, il me souleva et me prit dans ses bras. Le temps d'une respiration plus tard, nous décollions dans les airs, à une vitesse hallucinante.

Les vampires en-dessous devaient entendre l'écho de mon hurlement alors que nous foncions vers les nuages...

*

- Aaaaahh !! Aaahh ! Laissez-moi descendre ! Laissez-moi descendre ! Aaaahhh ! criai-je en gesticulant, mes yeux écarquillés de terreur à la vue du panorama qui s'étalait au-dessous de nous.

L'une des raisons pour lesquelles je ne m'étais jamais aventurée loin de Kentwood, était un vertige tenace et puissant qui m'empêchait d'oser espérer prendre l'avion un jour (j'avais choisi une université qui, à défaut d'être la meilleure, était la plus proche de chez moi). Alors, je vous laisse imaginer ma réaction dans les bras d'un vampire volant au-dessus des plus hauts immeubles de Kerington !

J'avais perdu toute notion de sécurité, et mon véhicule mort-vivant ne manqua pas de me le faire remarquer, notamment en resserrant son étreinte, et par la-même, en me coupant le souffle. Avec ma côte cassée, ce fut plutôt douloureux.

- Allez-vous arrêter de bouger, vous voulez qu'on s'écrase ou quoi ?! Continuez à vous agiter comme ça et je vous lâche ! tonna-t-il.

Sa voix me parvint distinctement malgré le vent qui fouettait mon visage.

Sa menace obtint l'effet voulu, je cessai de me débattre. Pour occulter l'affreuse vision, j'enfouis mon visage dans le creux de son cou, crochetai mes bras autour de sa nuque et la serrai très fort...

Nous n'avions jamais été si proches.

Je n'avais jamais remarqué qu'il mettait de l'eau de Cologne ; il sentait bon, et sa peau si froide, n'en était pas moins incroyablement douce. Étrangement, je me sentis plus rassurée et je parvins à reprendre le contrôle de ma respiration. Et je pus réfléchir à cette nouvelle donne….

Nous mîmes moins de temps pour rentrer à Scarborough à vol d'oiseau qu'en voiture. Phoenix atterrit en douceur sur le perron de la propriété, et c'est à partir de là que je me déchaînai.

Je commençai par le repousser le plus fort que je pus. Autant pousser une montagne à mains nues ! Cependant, il fit un pas en arrière. Mes jambes flageolèrent, me faisant perdre l'équilibre. Mon patron tendit le bras pour m'aider, mais je le poussai violemment, retrouvant en même temps toutes mes forces pour l'affronter.

J'étais tellement furieuse qu'il me fallut quelques secondes avant de pouvoir parler.

- Vous… vous aviez dit que les vampires n'avaient pas d'autres pouvoirs que ceux que j'avais pu voir…

J'essayais de maîtriser ma voix et la colère qui brûlait dans mes veines.

Phoenix affichait ce masque impénétrable qui refusait à toute personne l'accès à ses pensées.

- Je vous ai dit que nous n'avions pas de pouvoir de suggestion. Je vous ai dit aussi que nos pouvoirs grandissaient avec le temps.

Sa voix, à lui non plus, ne présageait rien de bon.

- Mais vous ne m'avez jamais dit que vous pouviez voler ! Vous m'avez menti ! éclatai-je, les larmes aux yeux.

- Je ne vous ai pas menti. Ce n'était pas le bon moment pour vous le dire.

- Et quand est-ce que ça aurait été le bon moment, hein ? Vous n'avez jamais eu l'intention de me le dire pour la simple et bonne raison que pour vous je ne suis rien, si ce n'est une esclave remplaçable et juste bonne à vous servir de poche de sang de secours ! J'ai été loyale envers vous et qu'est-ce que j'y gagne ? Vous me mentez et me mettez devant le fait accompli !

Depuis notre rencontre, je n'avais jamais vu Phoenix manifester autrement sa colère envers moi que par un ton froid et menaçant. Mais là, il haussa le ton.

- Et que voulez-vous que je fasse ? Que je livre mes secrets à une mortelle que je connais seulement depuis quelques mois ? Que je m'épanche sur votre épaule compatissante ? Bon sang, redescendez sur terre, Samantha ! Je suis un vampire et je n'ai aucun compte à rendre à une misérable humaine pleurnicharde dans votre genre ! Pourquoi vous garderais-je en vie si ce n'est pour me servir ? Si vous vous attendiez à une autre attitude de ma part, c'est que vous êtes plus stupide que je ne le pensais !

Je restai coite une seconde, le temps d'assimiler les horreurs qu'il venait de me lancer à la figure. Puis, je réagis.

Sans crier gare, je pris mon élan et assenai à Phoenix la gifle la plus monumentale qui fût.

Je ressentis aussitôt une grande douleur dans la main, ses ondes se propageant dans mon bras. J'étais toutefois incapable de parler.

Avant qu'aucune autre parole ne sorte de la bouche de celui dont la trahison m'avait broyé le cœur, je me détournai en ravalant mes larmes et courus vers ma chambre.

Je claquai la porte et m'y adossai, cherchant le souffle que j'avais perdu, tant par ma course que par le chagrin.

Les mots de Phoenix se bousculaient encore dans ma tête et revenaient en boucle pour bien me faire comprendre à quel point je m'étais fait des illusions, à quel point j'avais été naïve et idiote.

J'avais vainement espéré quelque chose qui ne pouvait pas arriver. J'avais cru que son attitude à l'égard de Kiro était un signe de la possibilité qu'il s'ouvre à moi, qu'il devienne mon ami. Mais comme moi, Kiro n'était qu'un humain auquel mon employeur avait permis de vivre. Rien de plus.

Pourquoi voulais-je tant gagner l'amitié de Phoenix ? Après tout, j'avais Matthew et Angela désormais, et Danny, et dans un sens, Ginger.

Pourquoi me sentais-je si trahie ? Après tout, j'étais prévenue. Je savais que Phoenix n'avait confiance en personne, et surtout pas envers les êtres humains. Pourtant...

Malgré les circonstances violentes de notre rencontre, malgré la peur qu'il m'avait et pouvait encore m'inspirer, malgré sa froideur et ses remarques acerbes, je m'étais lentement attachée à lui. Sa capacité à être à l'écoute, sa prévenance, ses conseils, et la vraie Samantha qu'il avait révélée ; tout cela m'avait conduite à penser que j'étais importante pour lui. C'était pour tout ce qu'il m'avait apporté que je tenais tellement à être son amie. Pour que je puisse lui donner en retour.

Ce que j'avais pu être ridicule...

Mes larmes coulèrent sur mes joues et je ne fis rien pour les arrêter. C'est alors qu'on frappa à ma porte. Le voile rouge réapparut devant mes yeux, je sentis mon sang bouillonner dans mes veines et la colère laisser la place à une fureur incontrôlable.

J'attrapai un broc d'eau décoratif en porcelaine qui était resté sur la console, et l'envoyai se fracasser contre la porte.

- ALLEZ AU DIABLE ! vociférai-je.

Prise d'une soudaine envie de tout casser, je balayai frénétiquement la pièce des yeux à la recherche d'objets à détruire. Comme une tornade, je fis le tour de la chambre, pris dans mes bras tout ce que je pouvais porter, et me positionnai face à l'entrée.

- Samantha... Ouvrez-moi. Vous devez être soignée.

Cette voix honnie décupla ma fureur.

- ALLEZ...!

Crac ! Une bouteille de parfum...

- BRÛLER...

Bam ! Une bouteille d'eau qui traînait...

- EN ENFER !!!!

Boum ! Boum ! Des livres que Phoenix m'avait conseillés.

- DE TOUTE FAÇON C'EST LÀ QUE VOUS FINIREZ ! ESPÈCE DE SALAUD !

Encore de la porcelaine brisée : une autre lampe. Sous le coup de la force avec laquelle je l'avais lancée, elle avait littéralement explosé.

Soudain, je me mis à pleurer sans retenue et cette faiblesse m'horripila encore plus.

- *Vous êtes un monstre et je vous hais ! Vous avez gâché ma vie ! Je ne veux plus jamais vous revoir !* parvins-je à crier entre deux sanglots.

Et pour mettre une fin définitive à cette discussion, j'envoyai à son tour mon lecteur DVD tout neuf s'écraser et s'éparpiller contre ma porte. C'est pour vous dire à quel point j'étais hors de moi…

Il n'y eut plus aucun bruit. Prudemment, en faisant attention à ne pas me blesser avec les morceaux de verre brisé, j'ouvris la porte de ma chambre pour regarder dans le couloir. Il était parti.

Je me jetai sur mon lit, et vidai mon corps de toutes ses larmes. Je repensais à mes parents. Leur amour inconditionnel et exclusif (ils n'aimaient pas que je sorte de la maison seule et cela m'avait empêchée d'apprendre à tisser du lien social) me réconfortait toujours lorsque cette impression quasi constante dans ma vie d'être invisible et inutile m'enveloppait au point de m'étrangler. Depuis leur disparition, cette impression s'était renforcée jusqu'à ma rencontre avec Phoenix et mes amis de Scarborough. Et alors que cette cicatrice s'estompait petit à petit, en une soirée, en quelques paroles atrocement blessantes, mon bonheur s'effondrait. J'étais redevenue une moins que rien, doublée d'une idiote…

Je m'étais laissé embarquer dans une histoire ubuesque dans laquelle je risquais ma vie parce que Phoenix m'avait ouvert les yeux sur mon potentiel. Il me l'avait peut-être fait découvrir, mais il n'en avait rien à faire, au fond. Tout comme il n'en avait rien à faire de moi…

Ce fut sur ce triste constat que je tombai dans un sommeil agité et peuplé de cauchemars.

*

Le lendemain, je me réveillai tôt. J'étais incapable de me rendormir et de toute façon, j'avais pris ma décision. Autant l'appliquer le plus rapidement possible.

Après m'être douchée et habillée, je pris le plus grand sac que j'avais en ma possession et y fourrai quelques vêtements, mes papiers et de l'argent liquide. Je n'avais pas besoin de beaucoup d'espèces ; juste de quoi me payer le car qui m'emmènerait loin d'ici…

J'appelai un taxi pour m'emmener à la gare routière de Scarborough où je me fis la plus petite possible. Ce fut facile.

Pendant le trajet, qui devait durer deux bonnes heures en raison des arrêts, je fermai mon esprit à toute pensée parasite et observais le paysage qui défilait.

Je m'étais assoupie quand j'entendis :

- Kentwood !

Je baillai, puis attrapai mon sac et sortis du bus.

Je connaissais la ville comme ma poche et pourtant, j'avais l'impression que je ne reconnaissais rien. Plus de trois mois absente et je me sentais comme une étrangère dans ma propre ville natale. Malgré tout, je partis à pied vers ma destination…

Arrivée devant chez moi, je réalisai que je ne savais pas à quoi m'attendre. Je ne risquais rien pendant la journée et même si après notre rencontre, Heath voulait revenir ici, il devrait attendre la nuit. Il était un peu plus de quatorze heures et le soleil ne se couchait qu'après vingt heures.

L'ouverture de la porte rencontra une petite résistance. En fait, il y avait tout un tas d'enveloppes amassées derrière, et qui bloquait le passage, mais entre les publicités et les factures, il n'y avait rien qui laissait supposer qu'on s'était intéressé à mon sort.

J'allai consulter le répondeur, au cas où.

- Mademoiselle Watkins, ici Mr Plummer, votre employeur. Nous avons bien reçu votre message disant que vous nous quittiez. Considérez votre démission comme acceptée. Au revoir. (Clic) Fin des nouveaux messages.

On pouvait dire que pour effacer les traces, Heath était doué. Quant au proviseur, après avoir entendu avec quelle facilité il avait accepté mon départ, après tous les services que j'avais rendus pour le lycée, il ne m'inspira que du dégoût.

Dans tous les cas, l'intervention de Heath avait fait que la police n'était jamais venue ici puisque je n'étais pas censée avoir disparu. J'en avais la confirmation maintenant.

En allant fouiller dans les placards de la cuisine, je pus manger un petit peu. J'avais ouvert le réfrigérateur, mais je l'avais refermé aussitôt, tant l'odeur de fromage et de restes de viande pourrie était abominable.

J'étais restée plus longtemps que prévu car la nostalgie de cette maison et de tout ce qui y était lié m'avait prise et m'empêchait de partir. Mais l'heure tournait, il était temps de plier bagage.

Je montai dans ma chambre, saisis la grosse valise qui trônait au-dessus de mon armoire, et qui ne m'avait jamais servi. J'y rangeai tout ce que je pouvais emmener : des vêtements, quelques bijoux appartenant à ma mère, etc.

Une fois mon travail terminé, je me couchai et rampai sous mon lit. Il y avait une latte du plancher qui se soulevait ; c'était dans cette petite cachette que je rangeais mes économies. J'y gardais toujours une somme d'argent car je n'avais pas vraiment confiance dans les banques, même si mes parents y travaillaient. La crise financière avait prouvé que j'avais raison ! Bref, avec ça, j'avais de quoi tenir un petit peu, vu que je ne pourrais pas utiliser l'argent sur le compte que Phoenix m'avait ouvert.

Lorsque je fus prête, je fis une dernière fois le tour de ma maison, pour m'en imprégner. Quand je passai la porte de ma demeure d'enfance pour la dernière fois, une larme roula sur ma joue… Une nouvelle page de ma vie venait d'être tournée.

Je venais d'arriver à la gare de Kentwood, et je regardais le panneau d'affichage des horaires de trains. J'avais choisi de partir loin, hors du comté de Kerington. Le seul train qui me le permettait était celui qui menait à Eden, en Caroline du Nord. Il devait arriver vers dix-huit heures, dans une demi-heure. J'avais acheté un aller simple.

Je m'étais installée sur un banc, et feuilletais le journal qu'un vieil homme distribuait à l'entrée. Mon sang se glaça en tournant une page, à la vue d'une photo d'une jeune femme très souriante disposée en-dessous d'un avis de recherche. Elle s'appelait Mélanie Aubry et venait de s'installer à Kentwood pour suivre des études d'infirmière.

C'était l'inconnue que Heath avait assassinée sous mes yeux. Jamais personne ne la reverrait, jamais personne, à part moi, ne saurait la vérité sur ce qui lui était arrivé.

Mais moi, je savais. Silencieusement, j'adressai une prière à Dieu pour que Lui et ses anges accueillent Mélanie, cette jeune femme si courageuse qui avait été pour moi un exemple.

La lecture de ce journal devenant insupportable, je le jetai à la poubelle. C'est alors que j'entendis que mon train venait d'être annulé et qu'il allait falloir que j'attende le suivant, prévu pour vingt-et-une heures. J'essayai d'occulter la nuit tombante pour me concentrer uniquement sur mon voyage sans retour. Phoenix ne me trouverait pas ici, supposai-je, alors je devais simplement prendre mon mal en patience.

Pour m'occuper, j'allai m'installer dans un petit snack où je me restaurai, puis, à vingt heures, et n'ayant rien d'autre à faire, je me réinstallai sur le même banc qu'auparavant et attendis. J'observais les allées et venues des voyageurs. Certains avaient l'air stressés et épuisés, d'autres rayonnaient, d'autres encore sautaient dans les bras de ceux qui les accueillaient. Des chanceux…

- Le train à destination d'Eden va entrer en gare, quai n° 4.

Ça tombait bien, j'étais juste devant.

- Samantha…

Cette voix... derrière moi... Je me figeai. Je l'avais reconnue, je l'aurais reconnue entre mille. Phoenix fit le tour du banc et vint s'asseoir à mes côtés. Je gardais la tête fermement dirigée vers le quai, je ne voulais pas le voir.

- Je vous ai cherchée partout. J'ai fini par aller chez vous... J'ai vu que quelqu'un avait vidé vos armoires. J'ai également senti votre parfum alors j'ai su que j'étais sur la bonne voie. Plus rien ne vous retenait à Kentwood, donc j'en ai déduit que vous voudriez partir loin d'ici. Et me voilà.

Que voulait-il ? Une médaille pour m'avoir retrouvée grâce à son flair ? Ça, c'était valable pour les chiens de la brigade des stupéfiants de la police ! Je préférais me taire.

Soudain, il prit ma main dans la sienne. Ce geste si inhabituel de sa part me fit tourner la tête vers lui et le fixer avec stupéfaction. C'était la première fois que je pouvais lire des émotions sur son visage et il n'avait pas du tout l'air hautain. Ce que j'y lisais était... du remords ?

- Samantha... Quand je vous ai pris avec moi, je n'avais dans l'idée que de me soustraire à une tâche que j'exécrais et que je pourrais confier à une personne fragile et surtout... mortelle. Vous n'étiez rien d'autre que... vous l'avez dit..., qu'une esclave remplaçable...

Pourquoi parlait-il au passé ? Pourquoi avait-il l'air si malheureux ?

- Mais je me suis laissé prendre. Je vivais seul depuis trop longtemps et je ne savais plus ce que c'était que de... que d'avoir quelqu'un à qui parler. S'il-vous-plaît, comprenez que je ne m'attendais pas à trouver votre compagnie... agréable... apaisante. J'ai perdu l'habitude de m'inquiéter pour qui que ce soit depuis très longtemps et quand je vous ai vue faire face à Heath, seule, j'ai éprouvé une peur que je n'avais jusqu'alors jamais ressentie depuis que je suis vampire. Celle de perdre un être cher. Vous êtes importante à mes yeux, Samantha, j'ai commencé à en prendre conscience quand je vous ai mordue : je n'aurais pas dû me sentir aussi coupable... Mais c'est pire maintenant, car je vous ai blessée plus profondément encore en vous disant des choses que je ne pensais pas. Je vous demande de me pardonner... mon amie.

Sa voix n'avait plus rien de tranchant ou de froid. Elle était empreinte de vulnérabilité, gage d'une réelle sincérité. J'avais retenu ma respiration pendant sa tirade et à présent qu'il avait terminé et qu'il scrutait mes réactions, j'eus du mal à retrouver le réflexe d'inspirer de l'air. N'y pouvant rien de toute façon, je laissai le flot de larmes que je retenais finir par se déverser en torrents sur mes joues.

Sa confession m'avait complètement bouleversée. Ainsi, s'il m'avait dit tout cela, c'était parce qu'il avait eu peur de son propre attachement à mon encontre. Il considérait tellement l'affection, même amicale, comme une faiblesse, qu'il avait refusé de s'ouvrir à moi. Et pourtant... il me considérait comme une véritable amie. Je pris conscience qu'il en allait de même de mon côté. Même si je m'entendais bien avec Angela et Matthew, je savais qu'ils ne me connaîtraient jamais aussi bien que le vampire qui se tenait devant moi, à attendre de savoir si je le pardonnais ou pas.

Je pris une grande inspiration et le regardai droit dans les yeux.

- Vous m'avez fait du mal. Ne recommencez jamais plus.

- Je vous le promets.

Il fut surpris quand je comblai la distance qui nous séparait sur le banc et me blottis contre lui. Je retrouvais ainsi son odeur qui me rassurait, et cette sensation s'accentua quand il referma ses bras sur moi et me serra contre lui.

Cette simple promesse avait suffi à faire disparaître tout le chagrin qui m'avait écrasée car elle signifiait que désormais, lui le vampire, et moi son humaine, étions liés par une indéfectible amitié, basée sur la confiance et la sincérité.

J'étais prête à rentrer avec lui, mais à la sortie de la gare, je lui donnai les conditions de mon retour.

- Maintenant que nous avons remis les choses à leur place, vous pourriez m'appeler Sam. Et comme les amis se rendent service, vous pourriez appeler un taxi pour qu'il nous ramène à Scarborough, car je vous pardonne, certes, mais il est hors de question que je me retrouve de nouveau dans les airs à me prendre pour un oiseau chevauchant une chauve-souris.

Il me fixa, sourit, puis siffla le premier taxi approchant de la gare...

Chapitre VIII : Rencontres

*

Lorsque nous rentrâmes au château, il était près de vingt-trois heures, toutefois, je n'éprouvais aucune fatigue. Phoenix s'installa sur le canapé du salon pendant que j'allais nous chercher à boire. Assise dans le fauteuil, je sirotais ma citronnade avant de vérifier à quel point il avait confiance en moi :

- Phoenix... Ce n'est pas votre vrai nom, n'est-ce pas ?

Silence... Puis il se décida :

- J'ai choisi ce prénom quand je suis devenu vampire. Après tout, je me suis relevé d'entre les morts.

- Comment vous appeliez-vous ? demandai-je avec l'envie d'en apprendre le plus possible sur sa vie d'avant.

- Ma famille était irlandaise. J'étais Aydan Mac Kinley.

- Aydan... murmurai-je.

J'aimais ce prénom.

- On ne m'avait pas appelé comme ça depuis des siècles.

- Parlez-moi de votre famille… S'il-vous-plaît.

Il soupira et fixa obstinément son verre de sang.

- Nous étions de simples paysans ; nous cultivions les terres d'un noble anglais du nom de Carson. C'était une brute cupide et sans aucun égard envers les femmes qu'il prenait dans son lit. Ma sœur, Keira, était belle et pour son malheur, Lord Carson l'a remarquée, un jour qu'il passait près de notre ferme…

Il avait serré les dents, j'eus peur de m'être montrée trop indiscrète et qu'il se referme comme une huître. J'avais bien compris que son récit ne comportait pas de happy end et je ne voulais pas rouvrir de vieilles blessures pour assouvir ma curiosité.

- Je suis désolée… Ça ne fait rien si vous en restez là.

- Non. Je pense que vous devez entendre cette histoire afin de mieux me comprendre, moi.

J'acquiesçai.

- J'aimais beaucoup ma sœur et j'étais très heureux que mes parents aient accepté qu'elle épouse celui qu'elle aimait. De mon côté, malgré ma place d'aîné et mes trente ans, j'étais resté célibataire. Mon père en était malade mais je n'en avais cure. Ma sœur avait seize ans et je veillais farouchement sur elle. Son fiancé, Thomas, avait dû montrer patte blanche avant de pouvoir espérer l'approcher (il sourit à cette évocation).

Une nuit, alors que nous avions organisé une petite fête avec les habitants du village pour sceller l'accord des familles sur cette union, deux cavaliers qui passaient sont venus, attirés par nos chants. Le premier était Lord Carson, le second était l'un de ses invités, un certain Finn. Lorsque notre maître a interrogé mes parents sur les raisons de notre enthousiasme, ils ont parlé de l'union de Thomas et Keira, en lui demandant sa bénédiction. Dès que ses yeux se sont posés sur ma sœur, j'ai vu la lubricité animer son regard. J'étais le seul à l'avoir remarqué. Soudain angoissé quant à l'avenir de Keira, je n'ai pas vu que moi aussi j'avais attiré l'attention : celle de Finn… mais j'y reviendrai plus tard.

Ce que je redoutais arriva. Deux jours avant les noces, j'aidais mon père à réparer le toit de notre maison lorsque nous vîmes arriver plusieurs cavaliers. Ils ont ordonné que Keira vienne avec eux pour avoir l'honneur d'être déflorée par notre seigneur. C'était déjà arrivé à Shannon, une autre jeune femme de notre village. Après, Shannon ne fut plus jamais la même... et je ne pouvais tolérer cela.

J'étais à la fois captivée et horrifiée par ses paroles. Je pensais au film *Braveheart* et j'étais sûre que l'issue de ce récit serait autant, voire plus tragique encore.

- Je ne pouvais me résoudre à abandonner ma sœur alors j'ai demandé aux frères de Shannon de m'aider à la libérer de ces cavaliers avant qu'ils n'arrivent au château et que tout soit perdu. Notre connaissance du terrain était un atout pour les prendre de vitesse alors grâce à un raccourci, nous leur avons tendu une embuscade. Nous n'avions que des pierres et des bâtons, mais nous avions l'effet de surprise. Nous avons réussi à nous échapper et j'ai caché Keira dans un autre village, chez une vieille parente. Je pensais qu'en laissant passer du temps, notre maître oublierait tout... mais je me trompais... Il déploya toutes ses forces pour nous retrouver, et quand ce fut fait, sa vengeance n'eut pas de limites.

Keira et Thomas ont été pendus ensemble en place publique et les hommes de Lord Carson nous ont forcés à regarder. Quand ils ont pendu mes parents ainsi que ceux de mes complices, j'ai vu Lord Carson aux premières loges, qui savourait chaque minute de cet horrible spectacle. Enfin, notre tour arriva.

Afin que ce soit plus divertissant, notre seigneur choisit de nous brûler vifs à minuit. Pour ce faire, il obligea tout le village à venir y assister et Finn était là aussi.

Avant de nous mener au bûcher, on nous poussa devant notre maître pour nous obliger à demander pardon. Bien entendu, on nous avait torturés au préalable. Tous mes complices se sont pliés au caprice de celui qui avait fait notre malheur, mais moi non. J'ai voulu lui cracher au visage mais le bourreau m'en a empêché. Je me suis débattu au point qu'on dut m'attacher. Tout cela avait fait bien rire Lord Carson. Finn, qui se tenait juste à côté, ne disait rien et se contentait de m'examiner étrangement. Je ne compris pourquoi qu'après avoir vu mes amis périr dans les flammes, et senti la puanteur de leur chair brûlée tandis que j'attendais de les suivre dans cette mort atroce.

Lord Carson et Finn se sont alors approchés de moi. Le premier me dévisageait avec un sourire cruel.

« - Je ne sais pas si tu peux t'estimer heureux vu ce qui t'attend, mais Finn t'a obtenu un sursis. Tu l'as impressionné et il faut que tu saches que l'une de ses activités favorites est de dresser les rebelles puants dans ton genre. Il m'a parlé de ce qu'il te réservait. Crois-moi, tu vas t'amuser ! Allons ! Tu peux me remercier de te remettre entre les mains d'un tel seigneur ! Hahaha ! Emmenez-le ! » finit-il par ordonner aux gardes qui le suivaient.

C'est ainsi que la nuit suivante, on m'enchaîna et on me fit monter sur un cheval, prêt à suivre mon nouveau maître. Nous voyageâmes pendant une semaine, sans qu'il ne prononçât aucune parole. Je ne comprenais pas pourquoi mais nous nous déplacions uniquement la nuit. Parfois, il m'enchaînait dans l'écurie pendant qu'il s'absentait et quand il revenait, il avait l'air beaucoup plus en forme qu'auparavant.

Lorsque nous avons enfin atteint son domaine, d'immenses terres où trônait un majestueux château, ses projets à mon égard devinrent clairs. Le soir même, il m'a convoqué devant lui et a demandé à ce qu'on m'ôte mes fers. Comme je le regardais avec perplexité, il me dit :

« - Ces chaînes ne te sont d'aucune utilité vu que tu n'iras nulle part. J'ai de grands projets pour toi. »

C'est là qu'il m'a annoncé de but en blanc que le courage que j'avais montré à la mort de ma famille l'avait frappé et qu'il m'avait choisi pour être son fils.

Phoenix s'était encore perdu dans son verre de vin. J'étais suspendue à ses lèvres.

- Son fils, vous dites ?

- Je fus aussi surpris que vous. Mais l'adoption qu'il prévoyait pour moi passait par une étape à laquelle je n'étais pas prêt. Ma mort.

La lumière se fit dans mon esprit.

- Alors Finn est votre créateur ? C'est lui qui vous a fait cette cicatrice dans le dos, n'est-ce pas ?

- Vous êtes perspicace en plus d'être observatrice. Mais cessez de me couper la parole, c'est agaçant... (Oups) Bref, je n'avais pas traversé toutes ces épreuves pour qu'on me tue avant de me ramener à la vie comme un monstre buveur de sang, et au service de l'un d'eux qui plus est. Le lendemain, j'ai réussi à m'enfuir. J'ai couru autant que j'ai pu mais après la nuit tombée, il m'a retrouvé. J'ai essayé de lui échapper mais c'est là qu'il m'a ouvert le dos avec son couteau. Quand je suis tombé sur le sol, baignant dans mon sang, il m'a dit que je garderais à jamais cette marque et qu'elle me servirait à me rappeler qu'il me retrouverait n'importe où. Il m'a alors pris dans ses bras et s'est envolé. Vous savez d'où je tiens mon pouvoir, maintenant.

Il ne m'a plus approché jusqu'à ce que la blessure dans mon dos commence à cicatriser. Malgré les soins des domestiques, j'eus une infection et de la fièvre... Or, Finn ne comptait pas me laisser mourir de cette façon. Alors que je délirais, il m'a vidé de mon sang. Je peux vous dire que malgré mon état, j'ai ressenti une souffrance indescriptible, qui a atteint son paroxysme quand il a procédé à l'Échange de sang. La transformation d'un être humain en vampire cause une douleur abominable, ce qui explique que dans la plupart des cas, les sujets meurent... définitivement. Mais je me suis réveillé...

Il faisait nuit, et j'étais affamé. Tout ce que je voulais, c'était du sang et pas n'importe lequel, celui de Lord Carson. Finn m'a empêché d'aller le tuer en jouant de son autorité de créateur. Étant lié à lui, je ne pouvais pas lui désobéir, et ce, malgré la haine qu'il m'inspirait. C'est ainsi qu'il me forma, longtemps. Quand enfin il estima que j'étais prêt, il me permit d'accomplir la vengeance qui marquerait la perte définitive de mon humanité... Mais je préfère passer sous silence ce passage.

Je comprenais pourquoi. Phoenix devait se dire que je le regarderais avec horreur s'il me décrivait l'enfer qu'il avait fait vivre à Lord Carson avant de l'achever. Peut-être d'ailleurs que ça aurait été le cas... un temps... Il reprit :

- Finn et moi avons écumé tous les continents. Il m'a enseigné tout ce qu'il savait sur la vie, les humains, la communauté vampirique, et sur le maniement des armes. J'ai appris à le respecter au fil du temps, et dans un sens, il s'est comporté comme un père avec moi. Du moins autant qu'un vampire peut l'être. Nous sommes restés ensemble cent ans, puis, il a considéré qu'il n'avait plus rien à m'apprendre. Il m'a rendu ma liberté et me voilà.

Je le regardais avec des yeux ronds. Comment cette histoire pouvait-elle être finie ? Je voulais en entendre davantage !

- Mais... il vous a rendu votre liberté, et c'est tout ? Vous n'avez plus jamais eu de nouvelles de lui ? Il ne peut plus vous forcer à lui obéir ?

- La raison pour laquelle j'ai appris à respecter Finn, et que je le respecte encore aujourd'hui, où qu'il soit, c'est qu'il m'a appris à être un vampire sans être forcément un monstre, parce que lui-même n'en était pas un. Enfin, comparé à d'autres. Je vous l'ai dit, il est rare qu'un créateur et son élève restent ensemble plusieurs siècles car le sentiment d'indépendance prend toujours le dessus. En général, quand l'initié est prêt, son maître le libère de son autorité en lui permettant de devenir autonome. Toutefois, l'élève lui témoignera toujours une exceptionnelle loyauté.

- Vous dites que vous le respectez. Ça veut dire que vous lui pardonnez de vous avoir fait cette cicatrice ? Et de vous avoir fait subir tant de souffrances en vous changeant en vampire ?

- La transformation change notre corps, mais pas seulement. Les codes moraux ne sont plus les mêmes, nous ne voyons plus les choses de la même façon. Nous ne sommes plus humains.

- Ça veut dire que vous l'admettez…

- Mais que je n'oublie rien.

Incroyable. Phoenix m'avait livré son histoire et à part le passage avec sa sœur, son visage n'avait laissé voir aucune émotion.

- Merci, Phoenix… de vous être ouvert à moi. Je comprends mieux certaines choses maintenant.

- Ce n'est pas un exercice habituel chez moi, de parler de ma vie d'avant. Vous êtes la première personne à qui je raconte tout ça, même mes amis en ignorent les détails. Seul Finn est au courant.

Très égoïstement, je ressentis une immense fierté. Après tout, j'avais obtenu ce que je voulais, et plus encore. Mais d'un autre côté, j'éprouvais de la compassion envers Phoenix et tous ses malheurs.

- Vous pouvez avoir confiance en moi.

- Je sais. Je l'ai su quand vous avez affronté Heath. Vous ne lui avez pas dit où j'étais, déclara-t-il en m'observant.

- Je lui ai dit d'aller crever au soleil !

Je souris.

- Vous avez fait preuve d'un grand courage…

Je ne cherchais pas à recevoir des lauriers, mais le compliment me fit plaisir.

- Et vous avez été blessée.

Ah. Oui. Mince, j'avais presque oublié. Se balader avec une côte cassée n'est pas censé être chose facile, mais étrangement, ce fut mon cas. Je ressentais bien sûr une douleur lancinante, mais rien de bien méchant. Je devais être bizarrement constituée.

- Je ne sais pas ce que Heath trouve à mon bras, mais il a une désagréable habitude de tirer dessus et de m'envoyer rouler sur le bitume comme une barrique à chacune de nos rencontres ! Résultat, me voilà quitte pour une bonne côte cassée.

- Vous savez qu'il faut vous soigner... Et que vous ne pouvez pas vraiment aller à l'hôpital, au risque qu'on vous demande comment vous vous êtes fait ça.

Je me crispai d'un coup, j'avais compris où il voulait en venir.

- Ah non ! Pas ça !

Phoenix soupira.

- Et quelle autre solution avons-nous ?

- Oh ! Il y a des gens qui vivent très bien avec un seul rein, donc je peux vivre avec ma côte cassée ! Vous verrez, je ne me plaindrai pas, lançai-je pleine d'espoir.

- Vous aviez raison, quand vous paniquez, vous dites n'importe quoi ! Allons ! Ce n'est pas la mort, vous ne deviendrez pas vampire, je vous le garantis !

Brrrr ! Après toutes mes lectures sur son espèce, je redoutais les effets secondaires qu'une petite quantité de son sang produirait sur moi. La première fois que Phoenix m'en avait fait boire, j'étais inconsciente, mais là, j'étais bien réveillée et me conduire en junkie shootée, très peu pour moi !

- Mais... Beurk ! C'est trop dégoûtant ! Et puis, je ne veux pas me comporter en folle furieuse après l'avoir bu. Je n'ai pas passé ma vie à éviter les cuites pour gagner un *delirium tremens* grâce au sang de vampire !

- N'ayez crainte, il ne se passera rien de méchant. Vous aurez juste un peu plus chaud.

- Tant que je ne me déshabille pas ! (Oups ! J'avais laissé échapper ma pensée, je rougis) Oh ! Bon ! D'accord !

Il me fit signe de le rejoindre sur le canapé et je levai les yeux au ciel avant de m'exécuter. Je n'en menais vraiment pas large.

- Vous êtes prête ?

En guise de réponse, je lui adressai un regard de chien battu. Tout à coup, il porta son poignet à sa bouche et se l'entailla avec ses crocs. Il me le montra ensuite, du sang perlant encore à ses lèvres.

- Buvez, ordonna-t-il.

J'eus un haut-le-cœur mais je ne pouvais plus reculer.

Doucement, je me penchai, pris le poignet qu'il me tendait, et goûtai. Un centième de seconde après, je me redressai, dégoûtée et j'entendis Phoenix grogner.

- Buvez, Sam !

Ce ne fut pas tant son ordre impatient que le diminutif de mon prénom, qui me poussa à agir. De nouveau, je pris son poignet et cette fois-ci, j'aspirai le liquide de manière plus volontaire. À la première gorgée, je trouvai ça immonde. Ensuite, cette révulsion laissa la place à de l'indifférence, puis à de la curiosité. Dans le même temps, une étrange chaleur m'envahit et enflamma mes joues. Elle ne me brûlait pas, mais me tenait dans une sorte de volupté de plus en plus prononcée. Arrivée à son paroxysme, je ne pus m'empêcher de fermer les yeux et de me tortiller sur moi-même. Ce fut au moment même de cette explosion de sensualité dans mon corps, que Phoenix se retira…

- Je pense que ça suffit.

Immédiatement redescendue sur terre, je compris ce qui venait de se passer et suffoquai de honte et d'indignation.

- Bon sang ! soufflai-je, prête à exploser, mais pour une autre raison.

- Vous n'avez pas à avoir honte. Votre réaction est tout à fait normale. Et avant que vous ne me plantiez un pieu dans le cœur, rappelez-vous que je vous ai prévenue que vous ressentiriez une certaine chaleur.

- Je crois que vous ne m'avez pas clairement défini la chaleur en question ! fulminai-je.

- Peut-être, mais je vous ai dit la vérité. Avez-vous encore mal ?

Il voulait détourner mon attention pour que je ne lui saute pas à la gorge. En fait, ça m'arrangeait bien car je ne voulais pas m'étendre davantage sur le raz-de-marée qui m'avait prise par surprise. Rien qu'en y repensant… Argh ! C'était trop gênant ! Je me concentrai plutôt sur ma santé.

- Non, je ne sens plus rien. Est-ce que mes bleus vont disparaître aussi ? Parce que là, je ressemble à un *schtroumpf* tant il y en a !

- Je ne peux pas prédire l'effet que mon sang aura sur vous. Peut-être qu'il guérira plus que votre côte cassée, peut-être pas. Vous le saurez demain.

- J'ai lu quelque part qu'un lien s'instaurait entre l'humain et le vampire dont il boit le sang. C'est vrai ?

- Non, pas du tout. Mon sang n'aura pas d'autre effet que celui que vous venez de ressentir, mais en même temps, je n'avais jamais fait boire personne avant vous.

À l'évocation de ma réaction précédente, je m'empourprai aussitôt, donc je préférai relever la fin de sa phrase.

- Vous n'avez euh… comment dire ça ?... engendré personne depuis que vous êtes vampire ?

- Non. Je n'en ressens pas le besoin. Et puis, on ne peut plus enfanter à notre guise.

- Ah, oui. Le contrôle de votre population.

- Exact.

- C'est étrange… les termes que vous employez. « Fils », « enfanter », comme si transformer quelqu'un consistait à accoucher d'un bébé.

- Vu que nous sommes morts, et bien que nous puissions avoir des relations physiques avec d'autres congénères ou des humains, la procréation nous est inaccessible. Par conséquent, transformer quelqu'un a une valeur symbolique à nos yeux, et nous ne le faisons pas à la légère. La plupart le font pour avoir un compagnon après une existence de solitude et le lien qui unit les deux parties peut prendre différentes formes : parent/enfant adoptif, maître/élève, ou un partenariat sexuel. Chaque vampire est responsable de son élève et s'il est prouvé que ce dernier a bafoué nos lois par manque d'instruction, son créateur peut être puni autant que lui.

- Vous ne plaisantez pas, dites donc. Et qui est chargé de veiller au respect de ces lois ?

- Je n'ai pas le droit de vous en parler. Vous n'êtes pas censée en savoir autant sur Talanus et Ysis d'ailleurs. Mais d'un autre côté, cela facilitera votre confrontation.

J'étais en train d'avaler une gorgée de citronnade quand je réalisai l'importance de ce qu'il venait de dire.

- Quoi ? Vous voulez que je les rencontre ? Mais vous avez dit que leur repère était interdit aux humains !

- Dans ces circonstances, ils comprendront la nécessité de cette entrevue. Je les appellerai dès que vous irez vous coucher.

Je n'en revenais pas. Il voulait que je rencontre ceux dont il avait eu tant de mal à me parler ! Outre le fait que la perspective de me retrouver dans le nid des vampires les plus puissants de la région me terrifiait, l'idée que j'allais faire face à deux figures de l'Antiquité ayant côtoyé l'un Auguste et l'autre, Cléopâtre, me donnait envie de foncer chez eux avec un bloc-notes et leur poser des millions de questions. Mais...

- Pourquoi dois-je aller là-bas ? Vous n'avez qu'à leur raconter ce qui s'est passé ! Vous en savez autant que moi.

- Je n'ai pas vu l'intérieur de l'entrepôt...

Y repenser me donnait des crampes d'estomac. Je gardais le silence le temps de les calmer.

- C'était affreux... Tous ces gens attachés, qu'on vidait... comme si c'étaient des sacs de sang sans valeur. Et Mélanie...

Je dus m'arrêter tant son souvenir me perturbait. Phoenix tiqua.

- Mélanie ? Qui est-ce ?

- Elle aurait dû être allongée sur un brancard comme les autres, couvertes de tubes qui lui auraient drainé son sang pour le stocker dans des caissons réfrigérés... mais Heath la promenait nue comme un chien en laisse pour la rabaisser et la déshumaniser... Elle est morte en se comportant comme une héroïne... Je sais qu'elle s'appelle Mélanie parce que j'ai vu un avis de recherche avec sa photo, dans le journal.

Mon patron marqua un petit temps avant de reprendre.

- Cette affaire est trop grave. Nous devons utiliser tous les moyens dont nous disposons pour découvrir qui est à la tête de ce trafic, et votre témoignage peut être capital. Ysis saura voir vos souvenirs.

- Comment ?

Je commençais à m'inquiéter...

- Elle a la capacité de lire dans les esprits.

... Et je n'avais pas tort.

Imaginer qu'une quasi reine vampire ait accès à mon esprit plus que compliqué me flanquait la chair de poule. Je me levai :

- Je ne veux pas qu'on fouille dans ma tête ! Et puis, c'est quoi tous ces vampires qui ont des super-pouvoirs en plus ! Vitesse et force herculéenne, ça ne vous suffit pas ?!

Phoenix prit un air rassurant.

- Ces super-pouvoirs en plus, comme vous dites, sont très rares. Et ne vous inquiétez pas, elle peut lire dans les esprits, certes, mais elle ne voit que ce sur quoi vous vous concentrez. Alors évitez de penser à Matthew, par exemple, et ça ira...

Il voulait être aimable mais sa remarque sur Matthew m'agaça. Il était temps d'aller me coucher. En deux jours, j'avais eu mon compte d'émotions, de blessures, et de fatigue. Je n'allais pas rajouter l'angoisse en plus.

- Nous verrons cela... Et puis, peut-être qu'ils ne voudront pas me voir. Sur ce mince espoir, je vous souhaite une bonne nuit.

Et je quittai le salon.

Dans l'escalier qui menait à ma chambre, je me souvins de la rage qui m'avait prise dans cette pièce et de tout ce que j'avais envoyé s'écraser contre ma porte. Mon employeur avait dû y remettre de l'ordre.

Quand j'arrivai et que je poussai la porte, je rencontrai comme chez moi, une résistance. De nombreux débris jonchaient le sol même si on voyait que quelqu'un s'était frayé un passage pour circuler dans la pièce. Phoenix.

Il n'aurait jamais laissé tout ce bazar sans une bonne raison, et il me l'avait donnée : il était parti à ma recherche. La pensée qu'il me porte suffisamment attention pour partir immédiatement à ma suite me fit chaud au cœur.

Ragaillardie, je fis le grand ménage, en notant dans ma tête que je n'avais plus qu'à m'acheter un nouveau lecteur DVD. Lorsque tout fut fini, j'enfilai une chemise de nuit, mais au moment où j'allais me glisser sous mes draps, on frappa à ma porte.

- Entrez, dis-je en enfilant une robe de chambre.

Phoenix passa la porte.

- Je vous ai monté votre valise et je voulais vous dire que Talanus et Ysis ont accepté de nous recevoir demain soir à vingt-et-une heures.

Il la roula près de la console.

- Très bien.

Ce n'était pas vraiment ce que je pensais, mais ce fut la seule chose à me venir à l'esprit à ce moment-là. Il me sourit légèrement puis s'apprêta à sortir. Sur le pas de la porte, il se retourna vers moi.

- Je suis content que vous soyez rentrée, Sam.

- Moi aussi, répondis-je, sincèrement.

- Bonne nuit, dit-il en sortant.

- Bonne nuit.

Je fus ravie de retrouver mon lit moelleux et je dormis incroyablement bien malgré un lendemain qui s'annonçait compliqué.

*

La première chose que je fis à mon réveil, ce fut de foncer vers mon grand miroir pour une auscultation complète.

Un, ma côte s'était définitivement remise à sa place ; deux, mes écorchures aux bras avaient disparu, ainsi que la bosse à l'arrière de mon crâne ; trois, je ressemblais toujours à un schtroumpf si l'on faisait le compte des bleus qui me recouvraient le corps, même si ma tête avait été épargnée ; quatre, je me sentais en pleine forme, comme si toute la fatigue accumulée ces dernières semaines s'était envolée miraculeusement.

Je me doutais bien que cette soudaine vivacité n'était pas un hasard, le sang de Phoenix avait fait son effet. Mais j'aurais bien aimé qu'il se charge aussi de tous mes bleus, il faudrait des jours pour que tout disparaisse !! Enfin... Je pouvais déjà m'estimer heureuse d'être en bon état général.

Sur ce constat, je repris ma routine habituelle. Je fis quelques exercices et j'écrivis pour Talanus et Ysis le rapport de notre « rencontre » de l'avant-veille en essayant de détailler au maximum mon récit.

Une fois mon travail terminé, j'allai à la librairie d'Angela. J'avais besoin d'un moment entre filles.

Comme d'habitude, la clochette tinta pour annoncer l'arrivée d'un client. Mon amie était occupée avec deux adolescents qui lui demandaient des livres qui les aideraient pour leur exposé sur l'Égypte ancienne. Je me retins de leur ricaner au nez en leur disant que le soir même, je devais rencontrer l'une de ses habitantes...

De toute façon, même pour moi, ce n'était pas drôle, alors je changeai d'angle d'attaque.

- Bonjour, Angela. Bonjour, les garçons. Quel bonheur de voir qu'il y a encore des jeunes qui prennent la peine de chercher dans les livres plutôt que de surfer sur Internet ! Cette librairie est une mine d'informations ! dis-je avec un sourire rayonnant et en adressant un clin d'œil aux deux ados.

Ceux-ci avaient bien compris mon allusion au prétexte de leur exposé pour venir admirer les formes de mon amie. D'ailleurs, l'un d'eux avait encore de la bave à la commissure des lèvres. Pathétique !

Les deux garçons bafouillèrent que leurs parents les attendaient pour faire des courses et détalèrent sans demander leur reste. Angela parut surprise.

- Mais qu'est-ce qui leur prend ?

- Angela ! Tu n'avais pas vu que ces deux ados avaient les hormones en ébullition rien qu'à te regarder ? Et que s'ils n'étaient pas sur Internet pour leurs recherches, c'est juste pour pouvoir baver jusqu'à plus soif devant ton corps de rêve ?!

- Quoi ? Tu crois ?

Elle rougit. Mon amie était peut-être blonde et pulpeuse, mais elle était aussi intelligente. Seulement, quand il s'agissait de sa beauté, elle tombait dans une humilité qui frisait la naïveté. Franchement, si j'avais eu sa silhouette, j'aurais sûrement eu davantage confiance en moi ! Un peu comme une top model. Et je serais peut-être devenue arrogante et narcissique, prête à lancer des objets à la figure de mes employés comme l'une d'entre elles...

Finalement, je préférais Angela ainsi.

- Honnêtement, avec tous les hommes qui te tournent autour, je ne comprends pas que tu n'aies pas encore trouvé l'élu de ton cœur.

À chacune de nos rencontres, je me faisais cette réflexion. Le comté n'était pas sinistré en beaux spécimens masculins donc elle avait toutes ses chances de tomber sur son « futur mari ». Et non, elle n'était pas lesbienne.

- Je sais, tout le monde n'arrête pas de me le répéter. Mais je n'y peux rien, c'est comme ça.

- Après tout, mieux vaut prendre son temps et ne pas se tromper. Ça doit quand même te peser, le fait que tout le monde veuille te marier avec Matthew.

- Ne m'en parle pas ! Dès qu'on nous voyait ensemble, on nous demandait la date de notre mariage ! C'était vraiment pénible ! Mais depuis quelques temps, ça s'est calmé. Sûrement parce que tout le monde sait que Matthew s'intéresse à toi... affirma-t-elle avec un sourire en coin.

Je soupirai. Je savais bien qu'à un moment où un autre, nous aurions cette conversation, elle et moi. Étant la meilleure amie de Matthew depuis le jardin d'enfants, il avait dû lui dire qu'il avait des sentiments pour moi... et que je les avais rejetés.

- J'apprécie Matthew... mais pour l'instant, je ne l'envisage pas comme un petit-ami potentiel. On se connaît à peine.

Angela me fixa alors intensément puis énonça ses conclusions.

- Tu as quelqu'un d'autre.

Je fus prise de court.

- Mais non ! Qu'est-ce que tu vas imaginer ?! bafouillai-je pitoyablement.

- Matthew est l'homme le plus séduisant à des kilomètres à la ronde. Il est beau comme un dieu et ton excuse pour refuser ses avances, c'est « on se connaît à peine » ? Allons ! À d'autres !

Je devins rouge pivoine devant la logique implacable de mon interlocutrice. Pourtant j'avais dit la vérité !

- Mais non, il n'y a personne ! Je suis bien trop compliquée et... et... Et d'abord ! C'est quoi, ton excuse à toi, pour ne pas te jeter dans ses bras ?

Youpi ! Et un renversement de situation, un!

- Je crois que je le connais trop bien. Il a des manies qui risqueraient de m'énerver à la longue. Je ne pourrais pas être sa femme.

- Ça a le mérite d'être clair.

- Oui. Mais toi, tu lui as laissé une porte ouverte, il ne renoncera pas si facilement. Je peux te le dire, tu lui plais vraiment et il espère bien qu'au fur et à mesure que tu apprendras à le connaître, tes sentiments à son égard évolueront.

Mais qu'est-ce qui n'allait pas chez moi ? Aucun homme ne m'avait jamais témoigné le moindre intérêt, et pour la première fois que c'était le cas, de la part de quelqu'un de charmant en plus, au lieu d'être flattée, je n'éprouvais que de la gêne et de l'irritation !

J'avais pris le temps de réfléchir à mes sentiments pour Matthew. J'avais eu beau creuser au plus profond de moi, je n'avais trouvé que du respect et de l'amitié. Je n'avais bien sûr aucune expérience en matière amoureuse, et on aurait pu me dire qu'inconsciemment, mon cœur battait pour lui. Mais malgré le fait que je sois novice dans ce domaine, je savais ce qu'il en était. Je n'étais pas amoureuse de Matthew, point barre.

Quant à savoir si l'Amour me toucherait un jour... Avec la combinaison de ma malchance habituelle et de mon employeur dont la nature vampirique m'imposait de travailler la nuit et de dormir une partie du jour, je ne risquais pas d'avoir une vie sociale qui me permette de faire des rencontres. Bref, il était plus probable que je finisse seule et ridée que mariée et comblée. Tout et autant que je vive suffisamment longtemps pour voir mes premières rides apparaître.

- Je considère Matthew comme un ami. Et pour moi, en ce moment, c'est suffisant.

- Je te comprends. Mais sache qu'il n'abandonne pas facilement. Il patientera, c'est un vrai romantique.

Je ne m'étais jamais demandé si l'homme de ma vie devrait être un vrai romantique. Vu que moi-même je ne l'étais pas...

Tout à coup, l'image de Phoenix se superposa à celle de Matthew dans mon esprit. Un vampire aux yeux luminescents, tous crocs dehors et rugissant comme un lion déchaîné prit la place du bel homme au regard tendre. Brrrrr ! En voilà un à qui ces considérations sur l'amour donneraient la nausée. Imaginer Phoenix des étoiles plein les yeux devant sa dulcinée était presque comique tant cela ne collait pas avec le personnage.

- Qu'est-ce qui te fait sourire ? me demanda Angela.

Oups !

- Ah... euh... rien ! J'ai perdu le fil de la conversation. En fait, peut-on parler d'autre chose, parce que ce sujet me met mal à l'aise.

- Comme tu veux.

Nous devisâmes de tout et de rien pendant quelques heures, interrompues de temps à autres par les clients venus passer commande ou demander conseil. Comme j'étais bibliothécaire avant de devenir assistante de l'ange vampire de la région, je pus offrir un peu d'aide à mon amie.

Le coucher du soleil approchant, je pris congé d'Angela, prétextant qu'il était l'heure de préparer le souper de mon cher grand-père.

En fait c'était mon repas que je devais concocter. Il me fallait prendre des forces pour la confrontation qui s'annonçait et je me permis de manger mon plat préféré : du steak et des frites maison. Avec le printemps, les journées rallongeaient et j'avais plus de temps pour savourer mes repas du soir.

Toutefois, je n'attendis pas le réveil de mon patron pour aller me changer. Il fallait que je sois élégante et digne pour paraître devant Talanus et Ysis. Je ne connaissais pas le protocole mais je me doutais bien qu'il valait mieux ne pas arriver complètement débraillée devant les dirigeants vampires de la région.

Je choisis un tailleur rouge, dont la jupe était courte, mais très raffinée. Un haut blanc et des escarpins noirs complétèrent ma tenue. Le résultat, avec un peu de maquillage, un collier et des boucles d'oreilles, m'étonna. Je me trouvais sexy. Hum, ce n'était pas vraiment l'image que je voulais donner.

Mais avant que je n'aie le temps de me changer, on frappa à ma porte.

- Entrez, dis-je doucement.

Pas besoin de parler trop fort avec un vampire, il vous entendrait chuchoter à cent mètres.

Quand Phoenix entra, son élégance classique et son charisme m'impressionnèrent, comme d'habitude. Clairement, son costume noir avait été taillé sur mesure et sans être une experte, je notai qu'il venait d'un grand couturier. Malgré mes efforts d'élégance, à côté de mon patron, j'avais l'air d'un sac à patates.

Quant à lui, il s'était arrêté dans son élan pour me parler et se contentait de me fixer.

- Quoi ? J'ai une tache quelque part ? dis-je en me tournant et retournant sur moi-même à la recherche d'un quelconque défaut sur mes vêtements.

- Hum... Non, vous êtes parfaite, répondit-il en se détournant. Je vous attends en bas.

Si j'étais parfaitement habillée pour l'occasion, il avait eu une drôle de façon de le montrer ! Je jetai un dernier regard vers le miroir avant de sortir de ma chambre et de le rejoindre.

Je voulus être aimable et lui dis en souriant :

- Vous êtes très élégant.

Il me donna mon manteau et en guise de réponse à mon compliment, voici ce que je reçus :

- Nous sommes attendus. Ne nous mettons pas en retard.

Il prit la direction du garage où il n'y avait plus que le symbole même de la discrétion : la Camaro.

En le suivant, je ne pus m'empêcher de siffler entre mes dents un commentaire en sachant bien qu'il m'entendrait.

- Rectification : vous êtes de mauvaise humeur.

*

Le début du trajet s'était déroulé en silence, mais Phoenix finit par m'informer de l'attitude protocolaire que je devrais adopter dans le repaire de ses deux employeurs. Pour commencer, d'autres de ses congénères seraient sûrement présents. Je ne devrais pas les regarder, du moins, pas avant d'avoir parlé avec Talanus et Ysis. Ensuite, je n'aurais pas besoin de faire de révérence ou de chichis comme les humains avaient l'habitude de faire avec leurs têtes couronnées. Un simple hochement de tête appuyé suffirait. Enfin, je devrais me laisser faire, quoiqu'ils me demandent. Cette dernière information ne me plut pas du tout, mais Phoenix me garantit qu'en suivant ses conseils, je pourrais espérer sortir vivante de leur nid. Que voulez-vous ? Il y a des arguments comme ça, qu'on ne discute pas même si je n'étais pas rassurée pour autant.

- Vous me protégerez ?

J'aurais l'air idiot en posant cette question mais savoir que Phoenix veillerait à ma sécurité m'apporterait un certain réconfort.

Silence.

Puis finalement :

- Je serai là, tout au long de votre entretien.

- De mon interrogatoire vous voulez dire.

Il hocha la tête.

- Merci, ajoutai-je.

Il n'eut aucune réaction.

Nous arrivâmes à Kerington à l'heure convenue. Nous étions à Harper Hill, dans les quartiers huppés de la ville et dans cet endroit, la Camaro de Phoenix faisait presque figure de simple carriole en comparaison avec les voitures de sport et les bolides qui y étaient stationnés. Personne ici ne craignait les cambrioleurs car le périmètre était sécurisé et surveillé par une compagnie de gardiennage tenue par d'anciens militaires.

Dans un espace un peu plus reculé se tenait la propriété de nos hôtes. Et quelle propriété ! Phoenix m'avait raconté que des hectares de bois et de jardins cachaient à la rue une immense villa dont le style architectural rappelait les bâtiments de l'Antiquité romaine. À l'intérieur des grilles, des hommes armés montaient la garde. Pas besoin de s'interroger sur leur véritable nature…

On nous fit entrer après identification devant le portail, grâce à un interphone équipé d'une caméra.

Tous les gardes saluèrent de la tête le passage de mon employeur avant de me fixer, moi. J'étais déjà nerveuse, mais l'idée d'être la première humaine à pénétrer dans ce nid de vampire me tétanisa. Il fallut que Phoenix fasse le tour de la voiture, ouvre ma portière et me tende la main pour que je me décide à sortir. J'eus un léger déséquilibre en raison de mes jambes flageolantes, mais il me rattrapa fermement en me murmurant :

- Vous êtes forte, alors montrez-le !

Je hochai la tête et repris courage. Un majordome vampire nous accueillit dans un immense hall d'entrée au décor sobre et épuré, nous prit nos manteaux et nous pria de rejoindre la grande salle.

À chaque pas que nous faisions, nous croisions un ou une vampire ; à croire que tous ceux de la région s'étaient donnés rendez-vous ici ! Ils étaient tous d'une beauté si remarquable que c'en devenait déprimant pour moi.

Phoenix et eux se saluaient courtoisement mais quand ils réalisaient à qui ils avaient affaire, ils montraient de la déférence et s'écartaient de son chemin.

Je les regardais à la dérobée et je pus constater dans leur attitude envers lui, du respect et surtout, de la crainte. C'était vrai qu'il y avait de quoi !

Quand leurs yeux se posaient sur moi, ils reflétaient l'étonnement, la curiosité, voire l'incrédulité totale. Je sentais qu'ils me scrutaient de la tête aux pieds en nous suivant vers notre destination, mais je n'avais d'yeux que pour le dos de mon employeur, qui marchait devant moi.

Enfin, après ce défilé interminable de visages, nous arrivâmes dans une grande pièce dans laquelle au fond, attendaient deux majestueux personnages assis sur des... trônes ? Eh oui ! Ils avaient bien conscience de leur position ceux-là !

En même temps, d'aucuns qui les auraient rencontrés, n'auraient pu leur nier une aura royale. Ils étaient vêtus sobrement, ce qui aurait pu leur donner un air austère, mais au contraire, leur conférait un charisme écrasant, plus encore que celui de Phoenix. À côté d'eux, on se sentait tout petit.

Talanus avait été général romain sous l'empire d'Auguste et son visage portait encore les stigmates des grandes batailles qu'il avait menées avant sa mort. Loin de l'enlaidir, ils lui conféraient une beauté sauvage et effrayante qui donnait envie de le connaître et de le fuir en même temps. Avec ses cheveux courts, sa silhouette carrée de militaire et sa posture de conquérant, il avait tout du meneur impitoyable de troupes.

Lui tenant la main, Ysis était à couper le souffle. Pure beauté égyptienne, ses formes généreuses et ses cheveux noirs donnaient le tournis. L'aura de puissance de son compagnon s'associait à l'aura de sagesse qui émanait d'elle. Quand je fus suffisamment près pour voir ses yeux, je sus immédiatement qu'ils cachaient une intelligence dont la profondeur était incomparable. Lorsque son regard se posa sur moi, je baissai le mien, non par faiblesse, mais pour marquer le respect qu'elle m'inspirait.

Je regardais le dallage noir et blanc qui composait le sol de la pièce quand les choses sérieuses commencèrent.

- Ange Phoenix, notre plus loyal sujet. Tu nous as demandé de bafouer toutes nos règles en amenant cette humaine dans notre demeure.

Aïe ! Ça s'annonçait mal. Talanus avait l'air vraiment en colère. Et devant ce spectacle, mieux valait se retenir de s'enfuir à toutes jambes.

- Tu sais qu'en lui permettant de rester en vie, tu es responsable de sa capacité à préserver le Secret. Es-tu sûr de sa loyauté à ton égard ?

Phoenix resta imperturbable et répondit avec détermination :

- Oui, je suis complètement sûr.

Talanus lui adressa un regard sévère et reprit :

- Dis-nous maintenant pourquoi tu as décidé de l'amener parmi nous ce soir.

Il le savait déjà car Phoenix leur avait expliqué au téléphone. Par conséquent, tout ce petit jeu de domination n'était que de la politique ; cette mascarade était destinée à rappeler l'ordre hiérarchique plus qu'à obtenir de réelles informations. Je me dis que le véritable interrogatoire ne se ferait pas devant un parterre de curieux. Talanus et Ysis leur donneraient juste de quoi ronger un os pour jouer la transparence, avant de mettre cartes sur table en privé.

- J'ai de nouveaux éléments sur les étranges disparitions qui touchent le comté de Kerington. Mon assistante pourra en témoigner.

Des murmures se firent entendre derrière nous. Visiblement, tout le monde était sur des charbons ardents à l'idée d'apprendre le fin mot de cette histoire. Dommage pour eux.

- SILENCE !

En une fraction de seconde, l'éclat de Talanus avait réduit l'assistance au mutisme le plus total.

- Sortez tous !

Quand les portes se furent refermées, nous nous retrouvâmes tous les quatre dans cette grande salle. Malgré ma résolution de me montrer courageuse, je ne pus m'empêcher de me rapprocher imperceptiblement de Phoenix pour me rassurer.

- Soyez la bienvenue, Samantha Watkins.

Pour la première fois, Ysis venait de prendre la parole. Son ton chaleureux contrastait avec l'accueil de son compagnon.

- Phoenix nous a informés de tout depuis le début. Je dois dire que je préfère nettement ses rapports depuis que vous les rédigez.

- Merci, dis-je simplement en hochant la tête.

Cela me faisait drôle d'entendre à nouveau prononcer mon vrai nom. Je me raidis quand elle se leva et s'avança vers moi. Je n'osais même plus respirer. Elle s'arrêta à quelques centimètres et pencha sa tête sur le côté pour mieux me détailler.

- Vos yeux... sont si noirs... Je n'ai rencontré de tels yeux qu'une fois dans ma vie...

Ysis était si proche que si elle avait pu respirer, j'aurais senti son souffle sur moi. Néanmoins, j'avais une belle vue sur ses crocs, très aiguisés, semblait-il, et qui n'auraient pas dû être sortis.

Ce n'était pas très rassurant, surtout qu'elle s'éternisait à me contempler.

Je m'attendais à entendre la suite de son histoire, mais visiblement, elle ne semblait pas disposée à aller dans ce sens. Elle se tourna plutôt vers mon patron (à mon grand soulagement).

- Cette femme, elle a confiance en toi.

Phoenix me coula un regard en biais avant de répondre.

- Et j'ai confiance en elle.

Talanus, qui s'était approché, parut surpris et me dévisagea.

- Vous devez être très spéciale, Mademoiselle Watkins, pour que Phoenix vous accorde, à vous, humaine, ce qu'il n'accorde quasiment jamais à ses congénères.

Je ne sus que dire. Ysis répondit à ma place en m'attrapant le menton pour m'étudier à nouveau.

- Elle est spéciale… La Nuit l'a choisie.

Je ressentis un vif soulagement quand elle consentit enfin à me lâcher et de cette phrase nébuleuse, je compris qu'elle voulait parler du choix de Phoenix de faire de moi son assistante. Sinon, je ne voyais pas du tout à quoi elle pouvait faire allusion. Elle était un peu étrange quand même, comme si elle… planait.

Dans tous les cas, je n'aimais pas vraiment cette situation ; être examinée sous toutes les coutures ne me plaisait pas du tout. Heureusement, Phoenix vint à ma rescousse.

- Elle a vu ce qui se passait dans l'entrepôt. Elle vous a amené le rapport, mais j'ai pensé que vous pourriez peut-être découvrir davantage en sondant son esprit.

Ysis me dévisagea de nouveau.

- Qu'en pensez-vous, Samantha ?

Mieux valait être honnête.

- Je n'aime pas l'idée que quelqu'un fouille dans ma tête, même si c'est pour y trouver des informations susceptibles de sauver des vies. L'esprit est censé être un rempart derrière lequel on peut se réfugier. Si vous passez cette barrière, quelle liberté me reste-t-il ?

Il y eut un petit flottement et un regard d'avertissement (tardif) de mon patron qui me firent penser que j'allais me faire étriper dans la seconde à suivre…

Ce ne fut pas le cas.

- Tant de ceux qui nous entourent passent leur temps à nous flatter et à nous mentir que votre sincérité est désarmante et… pardonnable, déclara Talanus.

- Et vos paroles étaient très sages, renchérit Ysis.

- Mais cela n'empêche pas que je n'ai pas le choix. Peu importe, de toute façon, je veux vous aider à attraper cette bande de meurtriers, alors finissons-en, s'il-vous-plaît.

Toutes ces palabres m'exaspéraient et me rendaient encore plus nerveuse que je ne l'étais déjà, donc je voulais être débarrassée au plus vite.

- Vous êtes courageuse, me complimenta Ysis en se mettant face à moi. Vous allez nous faire le récit de tout ce dont vous vous souvenez et visualiser les images en même temps dans votre esprit. Soyez concentrée pour éviter toute pensée parasite. Je ne verrai que ce que vous me montrerez. Prête ?

Je pris une grande inspiration et fermai les yeux.

- Prête.

Deux mains froides se posèrent sur mes tempes. Il fallait que je me lance. La narration de mon récit fut facile, mais il me fut moins aisé de faire appel en même temps à mes souvenirs. C'était un vrai travail de concentration, épuisant.

- Je suis montée sur un tas de détritus pour réussir à voir ce qui se passait à l'intérieur…

Je m'en sortais plutôt bien jusqu'à ce que j'arrive au passage « Mélanie ». Revoir sa mort horrible me fit trembler et ma respiration devenait de plus en plus saccadée.

- Il l'a tuée devant moi… Elle s'appelait Mélanie… il… il… Je ne me sens pas bien !

J'avais le cœur au bord des lèvres.

- Concentrez-vous, respirez. Que s'est-il passé ensuite ?

J'essayais de me focaliser sur celui qui semblait le chef de cette abomination mais je revoyais sans cesse l'image de Mélanie agonisant dans un gargouillis infâme et se faire jeter à terre comme un sac d'ordures. Je sentis des larmes couler sur mes joues. Les paroles qui suivirent ne parvinrent même pas à me faire sortir de mon cauchemar.

- Je suis en train de la perdre. Phoenix ! Approche-toi !

Le ton chaleureux avait disparu pour laisser la place à l'autorité pure et dure de quelqu'un qui n'avait pas pour habitude d'être contredit.

- Que puis-je faire ?

- Rassure-la !

L'ordre avait claqué comme un fouet.

De l'horrible vision dans laquelle j'étais empêtrée, je pus percevoir une présence dans mon dos et des mains se poser sur mes épaules.

- Sam. Reprenez le dessus, vous en êtes capable.

Phoenix. Il avait dit qu'il serait à mes côtés. Ses mains qui exerçaient une douce pression sur mes épaules me rappelèrent que mon patron, mon ami, me protégeait. Il avait confiance en moi, comme j'avais confiance en lui.

D'un coup, je pus m'extirper de la vision de la mort de Mélanie et reprendre mon récit sans rien omettre.

- Heath a voulu nous tuer pour nous faire taire mais nous avons réussi à nous échapper.

Je dérapai une nouvelle fois.

Sentir les mains de Phoenix me rappela quand il avait pris la mienne pendant notre conversation dans la gare. Je voulus me rattraper, mais je pensai au moment où il s'était interposé entre Heath et moi, à la façon dont il lui avait dit qu'il ne me toucherait pas, puis, plus tard, au moment où il s'était tourné vers moi pour nous mettre en sécurité par la voie des airs…

J'ouvris les yeux.

Ysis me fixa, puis riva son regard indéchiffrable vers mon employeur. Même le plus doué des spécialistes du comportement n'aurait pu dire à ce moment à quoi elle pensait. Je sentis même Phoenix tressaillir sous le poids de son regard vert.

- Je crois que j'en sais suffisamment, conclut-elle en se dirigeant brusquement vers son compagnon, nous laissant, mon patron et moi, comme deux ronds de flan, trop hébétés pour bouger.

Enfin, c'était surtout mon cas.

- As-tu reconnu certains de ces vampires ? questionna Talanus en prenant doucement la main d'Ysis.

- Malgré les efforts de Samantha pour voir leur chef, il reste une énigme visible seulement de dos. C'est frustrant. Quant aux autres, je ne les connais pas. Tout ce que je peux dire, c'est qu'ils ne sont pas d'ici. Dans ses souvenirs, ils parlaient chinois.

J'étais bien trop loin pour entendre quoi que ce soit. Ysis avait dû lire sur leurs lèvres et comprendre leurs paroles. En deux millénaires, elle avait eu le temps d'apprendre à parler quelques langues.

- Avez-vous découvert quelque chose qui pourrait nous mettre sur la voie ? demanda Phoenix.

- Non, si ce n'est que deux d'entre eux prévoyaient de se retrouver dans un bar-club de Kerington pour parler de la vente d'une grosse quantité de contrefaçons. Mais ils se sont retournés avant de prononcer son nom.

- C'est une piste. À mon avis, Heath a fait appel à des étrangers pour éviter les fuites. Ils doivent avoir pour consigne de rester discrets mais si ce sont des mafieux, ils ne pourront pas s'empêcher d'en profiter pour faire des affaires. Si nous trouvons leur bar favori, nous trouvons ces vampires et nous aurons une chance de démêler tout ça.

- Et n'oubliez pas Billy l'Assoiffé ! Il vous a menti en vous disant qu'il n'était au courant de rien. Il faudra le surveiller, osai-je rappeler.

Phoenix approuva du chef.

- Sam a raison. Toutefois, il va m'être difficile d'être à deux endroits en même temps. Je pourrais contacter Karl et François pour me prêter main forte.

Talanus s'avança vers lui.

- Il va falloir faire vite. Ça fait trop longtemps que ça dure. Ysis et moi avons été obligés de prévenir les Grands. Si cette affaire n'est pas réglée rapidement, ils risquent de venir en personne. Et tu sais ce que ça signifie…

Mon employeur hocha gravement la tête. Tant mieux pour lui s'il avait compris, moi, j'étais complètement perdue. Qu'est-ce que c'était que ça encore, les Grands ? Talanus semblait réellement soucieux, alors ça n'annonçait rien de bon.

- Nous allons avoir besoin d'aide. Ichimi et Kaiko ont déjà traité avec la mafia japonaise locale. Ses membres n'apprécient pas du tout la montée en puissance de leurs rivaux chinois. Ils pourront peut-être obtenir des informations sur les bars et les boîtes susceptibles d'intéresser nos cibles.

Phoenix manifesta clairement sa désapprobation en sortant ses crocs et en laissant échapper un feulement rageur.

- Je sais que tu ne les aimes pas et que c'est plus que réciproque. Mais si tu es mon bras droit, Ichimi est mon bras gauche. Par loyauté, il t'aidera. Quant à Kaiko, elle fera ce qu'Ichimi lui ordonnera.

Mon employeur se mura dans le silence quelques secondes avant de soupirer.

- Comme vous voudrez. Mais je ne leur dirai que le strict minimum et je vous demanderai de ne pas leur parler du rôle de mon assistante.

Talanus lui lança un regard d'exaspération.

- Allons, Phoenix ! Ils n'iraient pas jusqu'à la toucher pour te provoquer. Ils sont bien au-dessus de tout ça !

Oui, patron ! Ils sont bien au-dessus tout ça ! Mon Dieu ! Faites qu'ils le soient !

Il fallait vraiment pour mon bien-être qu'il revoie sa copie sur sa capacité à se faire des ennemis et à les provoquer ! Ou pas… :

- Peut-être que vous les surestimez !

Le petit cri de surprise et de terreur qui sortit de ma bouche arriva bien trop tard, tant tout alla vite. En réponse à cet affront, Talanus avait attrapé Phoenix par la gorge, l'avait soulevé puis plaqué au sol dans un même mouvement. La force avec laquelle il l'avait mis à terre aurait suffi à transformer en bouillie sanglante tout humain qui aurait été à sa place.

Les yeux de Talanus devinrent jaunes et lumineux et son feulement menaçant déclencha dans mes jambes de nouveaux tremblements. Pourtant, sa victime n'esquissa aucun mouvement de défense.

- Tu oses remettre en question mon jugement, toi dont la récente existence n'est en aucun cas comparable à la mienne ?

Quand il serra plus encore le cou de Phoenix, je ne pus plus le supporter. Je voulus avancer et lui faire lâcher prise, même si cela aurait plutôt signé mon arrêt de mort. J'avais fait deux pas lorsqu'une main sur mon épaule me retint. Ysis. Silencieusement, elle me fit signe qu'il valait mieux que je m'arrête dans mon élan. Je voulus protester mais elle me fit comprendre que tout irait bien.

Et effectivement :

- Je vous demande pardon, maître. Je n'étais pas à ma place.

Libéré de l'étau qui lui emprisonnait la gorge, Phoenix s'était excusé avec la plus grande humilité.

Talanus se releva aussitôt et lui tendit son bras. Mon patron l'accepta et se releva. Décidément, la hiérarchie vampirique était on ne peut plus stricte. Rien à voir avec la discipline dans mon ancien lycée ! Le professeur qui se serait permis ce genre de geste se serait retrouvé derrière les barreaux !

Ysis s'approcha d'eux en souriant.

- Phoenix, tu as effectivement trouvé une perle rare. Ton humaine était prête à affronter Talanus pour te libérer.

Humpf ! Les vampires n'avaient donc aucun tact ? Mes joues s'enflammèrent aussi vite qu'une pinède sous le Mistral, néanmoins je décidai que je devais être fière de mon courage ou de ma stupidité, et relevai le menton, défiant quiconque de se moquer de moi.

Mais le regard glacial de mon employeur mit à mal ma résolution.

- J'avais oublié à quel point les humains pouvaient rougir vite. Quoique je dois dire que cette demoiselle bat tous les records en la matière…, dit Talanus.

Celui-ci ne manifestait aucune hostilité, plutôt de la curiosité amusée. À croire que son altercation avec Phoenix n'avait pas eu lieu juste trente secondes auparavant.

Il vint vers moi et se mit lui aussi à me détailler de la tête aux pieds.

- Hm… Votre courage ne se voit pas au premier abord, mais vous avez un vrai potentiel. Je vois pourquoi notre ange vous respecte autant.

Il se tourna vers ce dernier, ma présence déjà oubliée.

- Avant de partir, va voir Ichimi et Kaiko et préviens-les. Nous nous chargeons de Karl et François. Et continue à nous transmettre tes rapports. Ysis a raison… je les préfère nettement maintenant…

Sans un autre mot, il sortit par une porte dérobée. Ysis allait le suivre, quand elle se ravisa et revint vers nous. Elle fixa chacun de nous avant de dire quelque chose que je ne comprendrais que bien plus tard.

- Vous êtes liés par la Nuit. Le protecteur devra guider les pas de celle qu'elle a choisie, au prix de tous les sacrifices…

Et nous laissant dans le flou le plus total, elle disparut elle aussi.

*

- Qu'est-ce qu'elle a voulu dire ? demandai-je, d'un air ahuri.

- Ysis a des sortes d'intuitions. Mais ses paroles n'ont pas vraiment de sens pour ceux qui les entendent, hormis pour elle. Nous comprendrons un jour. Pour l'instant, nous avons d'autres choses à faire.

Le ton avec lequel il me parlait me fit penser qu'il en avait après moi. Et ça m'énerva.

- Bon ! Qu'est-ce que j'ai encore fait ?! Crevons l'abcès tout de suite avant de nous retrouver devant vos ennemis jurés ! dis-je les poings sur les hanches, prête à l'attaque.

Mon attitude sembla surprendre Phoenix, mais il sauta sur l'occasion.

- Vous n'aviez pas à intervenir ! Je ne risquais rien ! Mais vous, vous avez failli vous faire tuer. Avez-vous oublié tout ce que je vous ai enseigné sur la mentalité des vampires ou êtes-vous simplement inconsciente ?

Il me disputait comme une enfant qui exaspère ses parents par ses bêtises.

- Oh ! Excusez-moi de m'être fait du souci pour vous ! La prochaine fois, je laisserai le premier suceur de sang prêt à vous décapiter assouvir son envie ! Et puis, je vous signale qu'Ysis m'a empêchée d'approcher et que la fierté de votre espèce, j'en connais un rayon, vu que je vis avec le spécimen le plus soupe-au-lait qui doit exister ! criai-je.

Il avait le don de me faire sortir de mes gonds ! Non mais !

Sa réaction me sidéra. Il ne dit rien, jusqu'à ce qu'un sourire apparaisse sur son visage dont la colère avait laissé la place à l'amusement. Quand il commença à pouffer de rire, je me demandai s'il n'était pas devenu fou.

- Soupe-au-lait ? rigola-t-il en me regardant.

Oh. Je ne savais pas où j'étais allée chercher ce mot. Qualifier un vampire de la trempe de Phoenix de « soupe-au-lait » était plutôt comique, effectivement, et je ne fus pas longue à sourire à mon tour.

- C'est vrai que c'est idiot.

Emportée par cette situation cocasse, j'imitai mon employeur et me laissai gagner par l'hilarité.

Nous finîmes par nous calmer mais cet intermède nous fit le plus grand bien avant d'affronter la horde de vampires rongés par la curiosité qui nous attendaient à l'extérieur.

- Au fait, vos semblables n'ont pas entendu la conversation ?

- Du plomb. Dans les murs et dans les portes.

Ah oui. Efficace.

- Prête ?

- J'essaierai de ne pas gaffer, cette fois-ci.

- Cela vaut mieux. Ichimi et Kaiko sont loin d'être aussi tolérants que Talanus et Ysis.

- Vous les détestez, constatai-je.

- Vous saurez bientôt pourquoi. Allons-y.

Et après avoir ouvert les portes, il s'avança à mes côtés...

Ce fut comme un tsunami. Tout un tas de visages et de bras déferlèrent sur nous pour nous demander ce qui se passait exactement dans le comté. Phoenix restait de marbre et j'essayais de l'imiter, mais être au centre de l'attention générale d'amateurs de sang humain était franchement effrayant. Je pus toutefois constater que ce n'était rien comparé à notre rencontre avec le « bras gauche » de Talanus.

Ichimi Ritsuye et Kaiko Ikeda, sa compagne, comme me l'avait indiqué à l'oreille mon patron, se tenaient près de la sortie, comme s'ils s'attendaient à ce que Phoenix leur fasse également son rapport avant de partir. Cette idée avait aussi traversé l'esprit de mon employeur car il prit un air encore plus froid que pendant notre bain de foule.

Arrivés devant eux, il leur murmura sèchement... :

- Pas ici.

... Avant d'ouvrir la marche vers un endroit plus tranquille.

Nous entrâmes dans une petite pièce servant de salle de poker, vu la table qui trônait au centre. Dans cette précipitation, je ne pus détailler nos deux vampires japonais qu'une fois la porte refermée.

À Kentwood, il n'y avait pas de japonais, et le premier que j'avais rencontré était Kiro. Il ne m'avait pas laissé un souvenir impérissable, si ce n'était son côté vieux dégoûtant. Je ne connaissais la culture de son pays que par les documentaires et les reportages que j'avais suivis à la télévision, mais ce fut suffisant pour que je définisse ce à quoi ou plutôt à qui Ichimi me faisait penser : un samouraï. Tout son être transpirait la maîtrise du Bushido et lui conférait une aura calme et mortelle. Il était grand, mince, et son visage portait une cicatrice impressionnante, allant de l'oreille droite au coin de la bouche. Ses yeux marron étaient perçants et on pouvait y lire une forte animosité envers Phoenix. Cependant, ce n'était rien par rapport à la haine qui brûlait dans le regard de cette déesse de la guerre incarnée qu'était Kaiko. Involontairement, je fis un pas en arrière. Je n'aurais pas dû.

- Tu fais bien de reculer, misérable humaine. Si Phoenix est assez faible pour marcher à tes côtés comme une égale, c'est son affaire, mais toi et ta nauséabonde humanité, je vous veux à une distance qui marque votre infériorité !

Kaiko cracha ces mots avec un tel dégoût et une telle cruauté que cela me laissa sans voix. Phoenix réagit à ma place en retroussant ses lèvres et en montrant ses crocs.

- Fais attention à ce que tu dis, Kaiko, ou je te ferai ravaler tes insultes, et tes crocs avec !

Ils s'affrontèrent dans un concert de feulements menaçants dont l'effet était saisissant.

- Et si tu nous disais ce que tu nous veux pour que nous soyons débarrassés de toi et de ton jouet humain, intervint Ichimi, l'air parfaitement blasé de ce qui se déroulait sous ses yeux, et étouffant un bâillement.

Mon employeur leur exposa leur mission sans jamais aller plus loin que nécessaire dans les détails de l'histoire et sans jamais mentionner le rôle que j'y avais pris. Il leur demanda s'ils en étaient capables.

Kaiko releva le menton, dans une attitude de défi.

- Tu nous prends pour des incompétents ?

Son sourire narquois apparut.

- Tu interprètes ça comme tu veux.

La provoquer ne sembla plus une bonne idée quand elle s'apprêta à lui sauter dessus de nouveau. Mais heureusement, Ichimi l'attrapa et la tira violemment en arrière.

- Il suffit, femme ! Ta conduite est ridicule ! Quant à toi, ange, surveille ton téléphone.

Il se retourna, ouvrit la porte, et sortit, entraînant sa compagne à sa suite, non sans que celle-ci nous adresse à tous les deux un dernier regard meurtrier.

- Je veux partir d'ici.

Après ce que je venais de vivre, j'avais eu mon compte de vampires pour la soirée.

- Venez.

Je suivis Phoenix pour rejoindre la voiture dans laquelle je me précipitai. Je ne me sentis mieux qu'une fois que nous fûmes sortis du quartier sécurisé.

- Respirez, Samantha.

- Ça va… je vais bien… C'est juste que…

- Kaiko et Ichimi ?

- Oui.

- Je vous avais dit que vous comprendriez pourquoi je ne les aime pas. Leur arrogance et leur mépris des autres, surtout des humains, me dégoûtent. Ichimi est peut-être moins démonstratif que sa compagne grâce au code des samouraïs, mais il n'en pense pas moins.

- Pourquoi est-ce qu'elle vous hait tant ?

Le souvenir de cette envie de meurtre qui brillait dans le regard de Kaiko me fit frissonner.

- Je ne sais pas.

- Vous n'avez jamais pris le temps de crever l'abcès ?

- Kaiko est sauvage et hystérique. Ça ne sert à rien de parler avec elle… et puis, le simple fait de la regarder me donne envie de la tuer, alors je préfère éviter une longue conversation.

- Pourtant, Talanus et Ysis semblent apprécier ces deux individus. Il doit y avoir une raison.

Phoenix soupira.

- Ils se connaissent depuis le Moyen-âge, depuis qu'Ichimi a sauvé Talanus dans les Balkans il y a plus de six-cents ans. Quand Talanus et Ysis ont été choisis par les Grands pour diriger cette zone après la découverte du Nouveau Monde, Ichimi a été renvoyé au Japon où sa présence était requise. C'est là qu'il a rencontré Kaiko. Je sais qu'ils sont toujours restés en lien avec Talanus et quand Ichimi a été libéré de ses obligations après la mort de son chef de secteur, il a accepté l'offre de son vieil ami de venir le rejoindre. C'était juste après ma prise de fonction au poste d'ange. Depuis lors, ils sont inséparables. Talanus pense que le Bushido en fait un homme d'honneur… Mais je ne peux pas remettre en question l'avis de mon maître.

Il en avait fait les frais, j'en avais été témoin.

- Pff. Je crois que je fais une overdose de vampires.

- Merci pour moi, me dit Phoenix en souriant.

Il avait bien compris que je ne le comptais pas dans le lot.

- Ça fait beaucoup d'un coup. Ils avaient organisé un meeting avant que nous arrivions ou quoi ?!

- Le climat en ville est tendu avec toutes ces disparitions. Le Secret est vraiment en danger.

- C'est pour cette raison que les… comment vous les appelez déjà ?... les Grands, risquent de débarquer ?

- Ce n'est pas tombé dans l'oreille d'une sourde à ce que je vois. Ceux que nous appelons les Grands sont les dix vampires les plus vieux et les plus sages de notre communauté. Le plus jeune a mille ans. Ils vivent dans les Balkans et ont pour mission de veiller à la préservation du Secret de notre existence. Ils sont entourés par un nombre conséquent de personnes à leur service qui sont chargés de lire tous les rapports des chefs de secteur du monde entier et de les alerter en cas de menace. Personne ne se risquerait à leur mentir car ils ont des réseaux d'espions partout. Même s'ils l'avaient voulu, Talanus et Ysis n'auraient pas pu cacher ce trafic de sang très longtemps. Ces gens sont la plus haute autorité de notre espèce, et il est impossible de bafouer nos lois sans qu'ils vous retrouvent et vous le fassent payer cher... Si les Grands débarquent ici, ce sera pour faire le ménage dans la région. Ils commenceront par nous remplacer Talanus, Ysis et moi, avant de s'atteler aux trafiquants de sang. Ils les trouveront, vous pouvez en être sûre. Et leur châtiment sera terrible.

- Que ferez-vous s'ils vous chassent de votre poste ?

- Rien, car je serai mort.

- Quoi ?

- Quand les Grands interviennent dans une région, ce n'est pas bon pour son dirigeant ni pour son ange. Ils sont exécutés s'il est avéré que l'incompétence de l'un ou de l'autre a mis en danger le Secret.

Apprendre que la vie de Phoenix dépendait désormais du démantèlement de ce trafic de sang décupla mon envie de résoudre cette affaire.

- Qu'est-ce qu'on attend pour faire la tournée des boîtes ?!

Phoenix parut surpris par ma détermination et haussa les sourcils.

- Je pensais vous ramener à Scarborough, cette soirée n'était pas de tout repos.

- Vous plaisantez ? Faites demi-tour et dirigez-vous vers le « Sexy String Show ».

Je venais d'avoir une idée, et je la trouvais excellente. Après tout, il nous fallait un coup de main.

- Je ne crois pas qu'aller chez Bill Miller soit une bonne idée, au risque de le mettre sur ses gardes.

- Je ne veux pas aller chez Bill. Vous vous garerez loin et vous me laisserez faire.

Je n'étais pas disposée à lui dévoiler mon plan car j'étais trop concentrée sur ce que j'allais devoir dire.

- Qu'est-ce que vous avez en tête ? insista-t-il.
- Chut ! Je réfléchis !

En guise de réponse, j'entendis un grognement profond qui me révéla que mon attitude exaspérait au plus haut point mon chauffeur. Tant pis !

Lorsque nous arrivâmes dans les quartiers Est, je savais ce que je devais faire.

- Le club est trois rues devant nous. Dois-je continuer ?
- Non, ça ira.

Une fois garés, je pris mon sac et ouvris la portière. Avant de la refermer, je me penchai à l'intérieur.

- Donnez-moi tout le liquide que vous avez sur vous.
- Pardon ?
- Je sais que vous avez toujours une somme substantielle en cas de besoin. Dépêchez-vous ! On n'a pas toute la nuit ! ordonnai-je avant qu'il ne s'exécute de mauvaise grâce. Attendez-moi ici, je n'en aurai pas pour longtemps… Et interdiction de me suivre par la voie des airs !

- Mais…

Vlan ! Je lui fermai la portière au nez, trop pressée pour entendre ses récriminations. Je me dirigeai alors vers ma destination à une allure assez rapide, sans courir, pour ne pas attirer l'attention. Arrivée à l'angle de la rue du « Sexy String Show », je vis ceux que je cherchais…

*

Heureusement, mon grand manteau avait une capuche. Je ne voulais pas que le videur de la boîte me reconnaisse. Le visage bien caché, j'avançais vers la troupe des bruyants et impressionnants Dark Angels, en visant particulièrement leur chef,

Bobby l'Anguille, reconnaissable entre tous grâce à son abondante chevelure frisée.

Les apprentis gangsters semblaient stupéfaits de voir une femme seule marcher vers eux sans montrer le moindre signe d'angoisse. Deux énormes loubards mal rasés et tatoués jusqu'en haut du cou me barrèrent le passage, sans doute pour rappeler à l'innocente que je n'étais pas que j'étais censée changer de trottoir, la tête rentrée dans les épaules.

- Je dois parler à votre chef. Ôtez-vous de mon chemin ou je vous casse les bras ! dis-je d'une voix forte pour que Bobby m'entende.

Les deux molosses ne semblèrent pas prendre la menace au sérieux et firent mine de s'avancer en ricanant. L'un d'eux avait des bras dont la circonférence faisait le double de mes cuisses et sur lesquels un « maman » et un « je t'aime » tatoués venaient gâcher l'image de la brute épaisse.

Alors que je bandais mes muscles pour m'en débarrasser :

- Holà, holà, holà ! Tout doux, les gars! Je serais vous, je laisserais passer la dame avant de finir par terre, les bras en charpie, à réclamer ma mère.

L'Anguille venait de les sauver d'un mauvais pas, surtout qu'étant de très méchante humeur, je ne leur aurais pas fait de cadeau. Ils s'écartèrent, me laissant le champ libre, sans vraiment comprendre comment un aussi petit gabarit aurait pu leur faire grand mal.

- Bobby l'Anguille, je suis contente de vous retrouver, vous, et vos Dark Angels, fidèles au poste, le saluai-je.

Il parut flatté que je me souvienne encore de lui et de son gang. Les gros bonnets en général, n'avaient que faire des petits loubards qui se faisaient passer pour des caïds.

- Mademoiselle dont je ne connais pas le nom, ravi de vous revoir.

Il n'avait pas oublié qu'il devait se montrer poli envers moi. Bon point, mais je n'avais pas le temps de tergiverser.

- J'ai du travail pour vous et vos gars. Discrétion et danger sont de mise. Peut-on en parler ailleurs ? Je n'aime pas le voisinage...

Je fis un signe de tête en direction du club de strip-tease et de son videur qui nous observait, curieux de savoir ce qui se passait là où pour une fois, personne ne braillait.

- Venez.

Je suivis l'Anguille dans une ruelle un peu plus loin. Quelques mois auparavant, l'idée même de suivre un blouson noir dans une petite rue sombre et glauque ne m'aurait même pas traversé l'esprit, si ce n'était dans un cauchemar. C'était fou ce que j'avais changé depuis mon arrivée au château de Scarborough.

- Je vous écoute.

Bobby avait bien saisi l'importance de mes propos et ne se pavanait plus du tout. Il était tout à fait sérieux.

- Vous avez entendu parler de toutes ces disparitions dans le comté et au-delà ?

- Je sais que c'est pire que ce qu'on en dit à la télé. J'ai une amie, une camée, qui s'est volatilisée et personne ne fait rien pour la retrouver.

- Mon employeur et moi sommes sur les traces de ceux qui sont derrière tout ça. Je ne peux pas vous mettre au courant de toute l'affaire mais nous pensons que des mafieux qui sont arrivés récemment de Chine font partie de la chaîne. Vous connaissez beaucoup de monde dans les bas quartiers. Je vous demande d'ouvrir grands vos yeux et vos oreilles afin de découvrir où ces étrangers se cachent.

- Si ce sont des mafieux chinois, ils doivent faire affaire dans les clubs de Chinatown, où nous ne sommes pas les bienvenus.

- Nous cherchons déjà de ce côté. Mais s'ils veulent passer inaperçus, ils n'iront pas concurrencer leurs compatriotes dans leur secteur. Il n'y a pas de solidarité nationale qui tienne dans le Milieu. C'est chacun son territoire. À mon avis, ils vont se forger une clientèle tout autre et là, vous pouvez m'aider. Mais attention, vous ne devrez en aucun cas les approcher. Ces hommes sont des assassins et ils vous tueront tous si cela doit préserver leur anonymat. La seule chose que je vous demande, c'est de me téléphoner si vous apprenez quelque chose d'utile.

Mon interlocuteur considérait ma proposition en se rongeant les ongles.

- Vous nous proposez du boulot, d'accord, mais on risque largement notre peau dans cette affaire. Je ne suis pas sûr...

Il avait presque l'air effrayé et son expression me porta les nerfs à ébullition. Quand je m'adressai de nouveau à lui, ce fut sur un ton glacial et méprisant.

- Je vois que je me suis encore trompée sur vous. Vous voulez qu'on vous respecte en tant que caïd et quand on vous propose un job allant dans ce sens, vous hésitez, trop terrorisé pour agir ! Je ne veux pas avoir affaire à des bouffons ! Je vais de ce pas contacter un gang qui en vaut la peine !

Je fis demi-tour et m'éloignai de lui à grandes enjambées. Mon plan venait de s'effondrer et le compte à rebours de la mort de Phoenix continuait de tourner.

- Attendez !

Je stoppai sans me retourner, j'entendais quelqu'un courir vers moi. Bobby l'Anguille me rattrapa et me barra le chemin.

- C'est d'accord.

Je haussai les sourcils pour lui faire comprendre que son revirement me surprenait.

- Si on veut qu'on nous respecte, on ne doit pas avoir peur de se mouiller. Je me suis conduit comme un lâche, mais je vous garantis que ça ne se reproduira pas. Donnez-moi votre numéro et dans peu de temps, je vous promets qu'on aura trouvé vos chinetocs de mes deux ! Euh... vos mafieux chinois !

Je l'examinai afin d'être sûre de pouvoir compter sur lui ; son envie de faire de son gang un incontournable dans le Milieu était très forte. Il ferait ce que je lui avais demandé.

- Je m'appelle Samantha Jones. Voici mon numéro, dis-je en lui tendant ma carte et en ignorant son sourire en coin à la mention de mon patronyme si bien choisi par mon patron qui n'avait jamais eu l'idée de regarder "Sex and the City". Mémorisez-le, puis détruisez cette carte. Vous serez mon seul interlocuteur, vos amis ne seront au courant que du minimum et devront tout faire pour ne pas se faire démasquer.

Il hocha la tête.

- Ah oui, j'oubliais. (Je sortis de mon sac la grosse liasse de billets) Voici une avance pour vous donner une autre source de motivation. Rien n'est gratuit, alors vous aurez le double si vous nous permettez de mettre la main sur ces hommes.

En prenant l'argent et en réalisant que c'était de grosses coupures qu'il avait dans les mains, je crus que ses yeux allaient sortir de leurs orbites.

- Marché conclu ? demandai-je pour abréger la conversation.

- Marché conclu, répondit-il en me tendant sa main pour symboliser notre accord.

- Une dernière chose. Quand tout sera terminé, vous oublierez tout de cette histoire : notre accord, comme mon existence et celle de mon employeur. Vu ?

Je ne voulais pas forcément me montrer autoritaire à ce moment mais ma phrase claqua dans l'air comme un ordre qui ne souffrait aucune réplique.

Bobby l'Anguille me dévisagea quelques secondes avant de hocher de nouveau la tête en guise d'acquiescement.

Sans un regard, je me détournai pour retrouver celui qui allait à tous les coups me passer le savon du siècle en apprenant ce que j'avais fait.

*

- Ce n'est pas trop tôt.

Son ton était agressif et ses yeux, plus lumineux que la normale.

- C'est gentil de vous être inquiété pour moi, me moquai-je en m'installant sur le siège passager.

Il grogna avant de répondre.

- Je n'aime vraiment pas ça !

- C'est pour tout le monde pareil, rassurez-vous.

Il démarra la voiture et prit le chemin du retour. J'étais complètement épuisée, pourtant, je ne pouvais pas dormir car il fallait que je parle à Phoenix de l'accord que j'avais passé avec les Dark Angels, et il y avait certaines questions que je voulais lui poser. N'y tenant plus, il me devança et ce fut lui qui engagea la conversation.

- Vous allez me dire maintenant ce que vous avez fait ?! J'ai cru que j'allais devenir fou à attendre dans cette fichue voiture que vous reveniez !

Je souris, prenant un plaisir manifeste à l'entendre se plaindre.

- Du calme ! Je suis allée voir les motards de l'autre soir. Je leur ai confié leur premier vrai travail de gangster.

Phoenix serra les mâchoires au point que j'entendis ses dents grincer. Oups, j'avais du souci à me faire.

- Développez, s'il-vous-plaît.

- Vous vous souvenez de Bobby l'Anguille ? Lui et son gang seront nos yeux et nos oreilles dans les bars des quartiers Est contre une petite compensation financière.

- Vous lui avez dit pourquoi, je suppose.

Il murmurait… Sûrement pour éviter de me hurler dessus.

- Je ne lui ai rien dit d'extraordinaire et les disparitions ne sont un secret pour personne. Il sait seulement qu'il doit m'appeler s'il entend parler de nos Chinois.

Il expira, comme s'il était soulagé que mon initiative n'ait pas été la catastrophe à laquelle il s'attendait. Merci pour la confiance.

- J'espère que vous savez ce que vous faites.

- Vous avez dit vous-même qu'on avait besoin d'aide, alors autant en prendre là où il y en a. Et puis, je ne crois pas que nos vampires iront faire leurs affaires à Chinatown. Ça occupera Kaiko et Ichimi, voilà tout.

- Pourquoi ne pas en avoir parlé tout à l'heure ?

- J'ai pensé que leur donner un os à ronger nous permettrait de ne pas les avoir dans les pattes sans toutefois les vexer.

Phoenix sourit.

- Vu comme ça, je crois que je devrais vous féliciter plutôt que de vous étrangler.

- Étant donné la somme que vous devrez débourser pour payer notre indic, je préférerais, oui. Et pendant que j'y pense, qui sont Karl et François ?

- Mes amis.

Enfin, j'allais savoir qui étaient ceux qui avaient su amadouer mon patron ! J'attendais qu'il reprenne la parole pour satisfaire ma curiosité, mais Phoenix avait encore quelques difficultés à alimenter les conversations. Pff ! Le boulet !

- Alors ! J'attends la suite, moi ! râlai-je.

- Oh. Karl et François sont mes amis les plus proches, ou plutôt mes seuls amis. Hum ! Hormis vous, maintenant. (Bien rattrapé) J'ai connu Karl Sarlsberg au nord de la France, lors de la sixième guerre d'Italie, qui a opposé Charles Quint à François Ier entre 1521 et 1526. Le chaos régnait à l'époque et pour un vampire, c'est une situation rêvée pour se nourrir sans éveiller les soupçons. Karl se considérait encore comme un sujet du Saint Empire et faisait des ravages dans les garnisons françaises. Nous nous sommes rencontrés alors qu'il était poursuivi par une bande de soudards qui le prenaient pour un simple espion. Les imbéciles…

Là encore, Phoenix ne voulut pas me choquer en mettant des mots sur ce que ces soldats avaient subi. Mais cela ne me convint pas cette fois-ci.

- Vous l'avez aidé ?

Je connaissais déjà la réponse.

- Oui. J'étais encore un tout jeune vampire, j'avais faim et malgré l'entraînement de Finn, qui était parti s'approvisionner dans un village voisin, je n'ai pas pu résister. Nous les avons massacrés.

Phoenix se tut, me laissant assimiler ses paroles.

- À l'époque, la violence faisait entièrement partie de moi. Je n'y pouvais rien, c'était dans ma nature. Il m'a fallu du temps pour me contrôler. Croyez-moi, ces cent ans auprès de Finn n'ont pas été de trop.

Ce que j'entendais avait de quoi faire dresser les cheveux sur la tête, mais il y a des choses qui se produisent, sur lesquelles il ne sert à rien de revenir. Le vampire que j'avais en face de moi n'avait sans doute plus rien à voir avec celui qu'il était juste après sa transformation. Je savais qu'il avait tué, il me l'avait dit. Je savais aussi que désormais, d'une certaine manière, par ses fonctions d'ange, il préservait aussi des centaines de vie, tout comme il protégeait la mienne.

- Qu'a dit Finn quand il est revenu ?

- Il n'a pas été content du tout. Il a failli décapiter Karl en constatant ce que nous avions fait. Mais il l'a épargné à condition de rester avec nous pour apprendre à être un vampire respectable. Karl avait été transformé à peu près en même temps que moi, mais son créateur l'avait abandonné.

- C'est là que vous êtes devenus amis.

- Oui. Il est resté à nos côtés pendant cinquante ans, mais ses désaccords avec Finn ne furent bientôt plus supportables, ni pour l'un, ni pour l'autre. Ce dernier lui reprochait de ne pas prendre sa formation au sérieux. Karl a fini par partir et a trouvé un autre vampire pour le guider. Je n'ai jamais su de qui il s'agissait ; quand j'ai revu Karl beaucoup plus tard, il était bien plus calme, et il m'a dit que son maître, à qui il vouait une éternelle admiration, était mort. J'étais libre et nous nous sommes retrouvés comme deux frères. Nous nous voyons beaucoup moins depuis que je suis devenu l'ange de Talanus et Ysis, mais je sais que je pourrai toujours compter sur lui.

Mon patron souriait presque en évoquant son amitié avec ce Karl. Leur lien semblait solide malgré le goût des vampires pour l'indépendance du cœur.

- Et François ?

- François Caron était mousquetaire du roi Louis XIV. Quand je l'ai rencontré à Paris en 1665, il était encore humain. Je l'ai vu à une taverne avec quelques-uns de ses comparses. Il était le seul à ne pas boire et le seul à refuser toute plaisante compagnie. Ses amis se moquaient de lui d'ailleurs, je les ai entendus en parler. Apparemment, ils lui reprochaient ses concepts vertueux : ne pas boire plus que de raison et se préserver pour celle qui serait sa femme. J'avoue que cela m'a fait rire moi aussi. Enfin bref, quelques temps plus tard, je suis tombé sur deux vampires qui chassaient dans le quartier des voleurs. L'un d'eux était François. Je m'en suis approché pour faire connaissance et cet ex-mousquetaire a essayé de me sauter dessus. Son maître, Jacques Chinon, ne l'a pas laissé faire, heureusement... Avec les années, François s'est assagi et nous sommes devenus les meilleurs amis du monde. Chose incroyable, sa transformation ne l'a pas empêché de garder les mêmes valeurs morales. Il aimait s'instruire et était très croyant. Pour lui, pas question de perdre sa vertu avant le mariage, même si désormais, il ne trouvera aucun prêtre pour le marier. C'est quelqu'un d'extraordinaire mais il parle si peu que ça peut être exaspérant. Il m'a toujours dit que toute parole est inutile quand elle n'est pas indispensable.

- Et vous avez suivi ce concept à la lettre à ce que je vois ! ricanai-je.

Il pouffa.

- Si vous trouvez que je ne parle pas beaucoup, attendez de rencontrer François, vous ne serez pas déçue. Quand il décroche le téléphone, il ne s'annonce même pas, seul le silence nous indique qu'il est bien là et qu'il écoute !

- Je sens que vous voir discuter ensemble tous les deux sera un régal pour les yeux et les oreilles, dis-je en rigolant.

J'avais hâte de connaître ce François. Phoenix me raconta encore quelques épisodes communs de leur vie, et cela renforçait mon envie de faire la connaissance du mousquetaire du roi. Leurs aventures étaient tout à fait captivantes.

Je ne regardais pas par la vitre passager alors je ne réalisai que nous étions sortis de Kerington que bien plus tard.

- Mais, nous rentrons au château ?

- Je préfère. Il va nous falloir de la préparation pour ne pas être repérés et pour vous, du repos si vous voulez venir avec moi. Il est tard, vous devez dormir.

- Et vous, vous ressentez de la fatigue ?

- Oui, le jour, je dors comme une masse.

Sa façon de dire ça me fit éclater de rire. Avec tout le stress de cette soirée, mon hilarité devint incontrôlable et des larmes se mirent à couler sur mes joues. Avec Phoenix, j'étais habituée au langage soutenu d'un homme distingué et l'entendre utiliser ce genre d'expression était complètement drôle et inattendu. Bientôt, mon patron, dont le visage passa successivement de l'effarement, à la désolation, et à l'amusement, finit par rire avec moi. Quand il riait, il perdait ce masque d'austérité et de danger qu'il portait en temps normal. Il avait l'air... innocent, apaisé. Et j'aimais le voir ainsi... Je ne savais pas pourquoi.

- Où... où est-ce-que vous dormez ? demandai-je en reprenant doucement mon sérieux.

- Je vous montrerai tout à l'heure.

Si j'avais douté de la confiance que Phoenix me témoignait, mes soupçons auraient été balayés dans la seconde. En effet, pour un vampire, rien ne comptait plus que la sécurité de son sommeil. Me montrer cet endroit était une marque de confiance extraordinaire. J'en fus incroyablement émue.

- J'ai dit quelque chose qu'il ne fallait pas ? s'inquiéta-t-il en me voyant fixer le paysage de ma vitre passager.

Halàlà ! Pourquoi avait-il fallu qu'il me dise cela dans l'habitacle d'une voiture où l'on ne pouvait pas se cacher ?

- Euh, non... J'ai une poussière dans l'œil, répondis-je en frottant énergiquement le traître qui avait osé laisser passer une petite larme.

Aïe. J'y étais allée un peu fort.

Mon patron ne chercha pas plus loin et nous finîmes le trajet en silence. Il me réveilla alors que nous étions dans le garage et je baillai à m'en décrocher la mâchoire avant de sortir.

- Je suis tellement fatiguée que je pourrais m'endormir debout.

- Allez-vous coucher, je n'ai plus besoin de vous pour ce soir.

- Non, avant, je veux voir l'endroit où vous dormez. En cas d'urgence, je dois pouvoir vous trouver n'importe où.

La curiosité avait pris le pas sur l'épuisement et j'avais hâte de découvrir « l'antre » de mon employeur.

Il m'entraîna dans son bureau, au rez-de-chaussée, et se dirigea vers la partie philosophie de la bibliothèque.

- Quel est votre philosophe préféré, Samantha ?

- Voltaire ! Qui d'autre ?! m'enthousiasmai-je.

J'adorais cet homme et son sens de l'ironie. Il sourit.

- J'en étais sûr.

Et sur cette phrase énigmatique, il tira sur la tranche d'un ouvrage. Toute l'étagère s'avança silencieusement avant de glisser sur le côté, donnant accès à une pièce cachée. Cela me refit penser au moment où son arrivée avait failli causer ma mort par étouffement avec sucette. Concentrée comme j'étais sur mon travail, je ne l'avais pas vu sortir de sa cachette.

- Décidément, vous aimez les mécanismes à glissière ! Au fait, c'était quoi, le livre-clef ?

- *Candide* ! Quoi d'autre ?!

Et il passa devant moi, arborant son sourire en coin habituel.

Il était clair que grâce à mon patron, j'avais découvert le monde sous un autre angle. « *Cultivez votre jardin* » qu'il disait ! Moi, j'avais déterré des morts-vivants et je m'étais liée d'amitié avec celui qui m'avait obligée à travailler pour lui. Voltaire devait bien rire là où il était...

Une fois la lumière allumée, j'eus un moment de flottement.

- Quoi ?! Ne me dites pas que vous vous attendiez à un cercueil ! soupira Phoenix en levant les yeux au ciel.

Effectivement, je ne savais pas à quoi m'attendre et l'idée du cercueil m'avait traversé l'esprit. Mais là…

La chambre était spacieuse et permettait de circuler entre le lit, le bureau, les placards et le fauteuil. Les murs gris pâle étaient égayés par des tableaux paysagers. *Le Seigneur des Anneaux* était posé sur la table de chevet. J'avais noté ces détails mais quelque chose d'autre retint mon attention.

Le lit était… énorme. Les montants en ébène de ce baldaquin étaient sculptés avec finesse et la couleur blanche des draps tranchait avec la noirceur du bois.

- Ouah ! Vous devez beaucoup bouger en dormant ! m'exclamai-je.

Non mais, de quoi je me mêlais ?!!! Ce que je pouvais dire comme bêtises ! Mieux valait trouver un sujet de substitution, et vite ! Je repris mon observation. Pas de réveil.

- Vous savez toujours quand le soleil se couche ?

- Oui. Un autre avantage d'être ce que nous sommes.

Je me retournai, mais je n'avais pas senti qu'il était juste derrière moi. N'étant pas délicate, je lui rentrai dedans franchement.

J'eus l'impression de me cogner contre une montagne de marbre, avant de perdre l'équilibre, et de me retrouver assise et sonnée sur son lit.

- Ça va ? demanda Phoenix en s'approchant pour vérifier mon état.

- Aïeuuuh ! Ce n'est pas de la peau que vous avez sur les os, mais du granit ! râlai-je en me tenant la tête avec les mains.

Il les prit et les écarta pour regarder si je n'en rajoutais pas. Son visage était proche du mien et tandis qu'il me scrutait à la recherche d'une quelconque blessure à soigner, je me raidis. Cette situation me rappelait l'épisode avec Matthew et j'eus peur de ma réaction.

Je me levai brusquement, manquant au passage lui donner un monumental coup de tête qui aurait eu pour conséquence de m'ouvrir le crâne.

- Je vais bien. J'ai vu pire, je vous rappelle.

Il ne dit rien, ajoutant encore à mon malaise.

- Votre chambre est très belle, en tout cas.

En guise de diversion, peut mieux faire...

- Merci.

- Bon, eh bien... voilà. Je crois que je peux aller me coucher maintenant. En cas de besoin, j'ai votre numéro de portable, et... je saurai où vous trouver. Euh... Bonne nuit.

Je détalai sans demander mon reste, troublée par la sensation que j'avais éprouvée quand mon patron m'avait saisi les mains et regardée ainsi. Il avait dû me prendre pour une folle.

En fait, j'avais repensé à ce moment où Matthew avait été dangereusement près de moi. Si je l'avais laissé faire, peut-être m'aurait-il embrassée. Cela aurait été mon premier baiser... Et je l'avais repoussé. Chaque fois que ce souvenir me revenait en mémoire, j'éprouvais de la gêne. Phoenix aurait immédiatement perçu un changement dans mon rythme cardiaque et si ça se trouve, ce serait fait des idées sur mes sentiments pour lui. Au secours, s'il s'était imaginé que j'étais amoureuse de lui alors que ce n'était pas le cas. Ensuite, bonjour les relations alors que j'avais eu tant de mal à ce qu'il me considère comme son amie !

D'un autre côté, m'échapper de la sorte n'avait pas été non plus intelligent. Mais bon... tant pis. J'étais trop fatiguée pour me triturer les méninges avec ma maladresse naturelle. Sur ce, je courus à ma chambre, fis voler mes vêtements, et sautai sur mon lit en le bénissant d'être aussi moelleux. Et pour reprendre la formulation de mon employeur, je m'endormis comme une masse.

*

Je passai le lendemain à ne rien faire. Cela me fit un bien fou car j'avais besoin de récupérer. Mon entrevue avec Talanus et Ysis n'avait pas été de tout repos et repenser au regard fou de Kaiko me donnait des frissons dans le dos. Je me demandais aussi ce que la patronne de Phoenix avait bien pu vouloir dire par « la Nuit l'a choisie » et « vous êtes liés par la Nuit ». Ysis avait utilisé ce mot avec déférence, cela avait de l'importance pour elle.

Ça n'avait pas inquiété mon employeur outre mesure. Selon lui, se conduire comme une divinatrice incompréhensible lui arrivait parfois. En fait, à mon avis, elle naviguait entre sa planète et la nôtre, car elle était plus que bizarre.

Je suivis le conseil de mon patron et balayai cette énigme de mon esprit. Si elle devait avoir une signification, nous la comprendrions en temps voulu.

Je profitais donc du reste du jour pour m'atteler à mon nouveau passe-temps favori, la cuisine. Dans mon ancienne maison, je préparais de bons petits plats mais la cuisine n'était pas aussi grande que celle du château et limitait les possibilités. Là, j'avais un bataillon d'ustensiles à portée de main alors je m'en donnais à cœur joie. Parfois, quand je faisais trop de muffins, j'en ramenais à Danny qui en raffolait et désespérait de ne pas obtenir le même résultat malgré la recette que je lui avais fournie.

Une fois, même, Phoenix avait goûté au rôti de bœuf que j'avais sorti avec ses pommes de terre, tout chaud et tout saignant du four. Il avait été attiré par l'odeur et n'avait pas pu résister à l'envie d'essayer la nourriture humaine. Je crus que j'allais mourir de rire en le voyant grimacer et manquer s'étouffer avec un morceau qu'il avait oublié de mâcher (en cause, l'habitude des repas liquides). Il ne risquait pas de mourir puisqu'il était déjà mort, mais le voir se débattre avec ce petit bout de viande coincé dans le fond de sa gorge provoqua chez moi l'un des plus gros fous-rires de ma vie.

Ça devait faire plus de cinq cents ans qu'on ne s'était pas moqué de lui alors je vous laisse imaginer à quel point il avait été vexé. Bien sûr, il était plus en colère contre lui-même car il s'était ridiculisé tout seul.

Bref, Phoenix apparut, j'avais dîné.

- Je vais à Drake Hill voir Kiro. Il faut que je lui demande de faire jouer ses relations pour nous aider à retrouver nos vampires.

- Vous ne pouvez pas lui passer directement un coup de fil ?

- Non, Je préfère lui parler en personne. De toute façon, Kiro n'entend rien au téléphone. C'est déjà un miracle qu'il ait compris que nous venions la dernière fois.

- Mais… il nous a très bien entendus là-bas !

- Il porte un appareil auditif. L'approcher du combiné déclenche des sifflements alors il doit l'enlever. Du coup, c'est comme parler à un mur, m'informa-t-il en levant les yeux au ciel d'un air de dire : *Ah, la vieillesse !*

- Je n'avais pas fait attention. Bon, je prends mon sac et je viens.

- Non, j'irai plus vite en volant. Je ne serai pas long.

L'argument du voyage dans les airs fit mouche, je n'insistai pas. Hors de question pour moi de voler à nouveau, surtout que je venais de manger ! Il partit, me laissant seule dans ce grand château.

Pendant son absence, je m'étais installée dans le bureau et surfais sur le net à la recherche de toutes les nouvelles informations sur les kidnappings. Trois nouveaux enlèvements avaient eu lieu : à Drake Hill, à Williamsburg et à Kerington. Toutes les victimes étaient de belles femmes blondes d'environ vingt-cinq ans et la police s'arrachait les cheveux devant la médiocrité des indices qu'elle récoltait. Grâce à mes compétences en informatique, je savais exactement où elle en était... Phoenix n'en était pas revenu la première fois que je le lui avais montré.

Commençant à avoir les yeux qui piquaient en raison de la luminosité de l'écran, je décidai de faire une pause et me dirigeai vers le salon. Installée dans le canapé, je fermai les paupières en essayant de trouver un lien qui permettrait de trouver le repaire de ces assassins.

Soudain, je sentis comme un coup de vent derrière moi et me retournai vivement.

- Phoenix ?

Personne.

J'avais dû rêver. Alors que je reprenais mes réflexions, j'eus la sensation alarmante que l'on venait de m'effleurer le cou.

Toutes les fenêtres étaient fermées, aucun courant d'air n'aurait pu m'atteindre. Et aux dernières nouvelles, les courants d'air n'avaient pas de doigts. Tendue au maximum, je m'obligeai à ralentir mon rythme cardiaque et à agir normalement dans l'espoir que la « présence invisible » daignât enfin se montrer. Toujours assise pour donner le change, je fermai les paupières, mais pas complètement ; je glissai ma main entre le dossier et les coussins du canapé, là où une arme aux balles en argent était cachée en permanence.

Cette fois, j'étais prête. Lorsque tous les poils de ma nuque se hérissèrent pour m'indiquer que quelqu'un se trouvait effectivement dans mon dos à l'instant même, je me levai en me retournant, et tirai sans hésitation.

J'avais fait un trou dans le mur, mais j'aurais juré que j'avais manqué ma cible de peu.

- Eh bien, heureusement que je vous ai entendu défaire le cran de sûreté, sinon je serais déjà un petit tas de poussière sur le joli tapis du propriétaire, dit quelqu'un derrière moi.

Je réagis aussitôt et fis face à l'intrus, le visant de nouveau. Il leva les mains pour que je ne tire pas.

- On se calme, ma belle ! Je ne vous veux pas de mal, me dit-il, sérieux cette fois, les crocs apparents.

- Leçon n°1, ne jamais faire confiance à un vampire. Surtout quand on ne le connaît pas. Vous allez me dire qui vous êtes et ce que vous venez faire ici ou je jure que la prochaine fois que je vous tire dessus, je ne vous raterai pas ! répondis-je, glaciale et prête à lui tirer une balle en plein cœur.

Le sourire qu'il afficha à ce moment-là m'énerva prodigieusement, tout comme son attitude nonchalante et son regard sur moi. On aurait dit un gourmand qui se laisserait bien tenter par une petite friandise. Il en était presque à se lécher les babines ! Beurk !

- Je vois que Phoenix vous a bien formée. Mais dites-moi, il a très bon goût pour se choisir une assistante. Vous êtes très sexy. Je me vois bien vous enlever vos vêtements un à un, là, maintenant, je saurais quoi faire pour que vous ne voyiez pas le temps passer en attendant qu'il revienne. Vous n'aurez plus qu'une envie... que son retard dure... et dure encore...

Il fit mine de s'avancer mais je le tins en respect en serrant plus fermement encore mon arme.

- Vous êtes cinglé ! Et si vous persistez à ne pas vouloir me dire qui vous êtes, vous êtes mort ! C'est clair ?

- Si je voulais, je pourrais vous désarmer dans la seconde, gronda-t-il, menaçant.

- Vous pourriez ! Mais ma balle en argent aura eu le temps de faire des dégâts au passage ! sifflai-je en relevant la tête pour bien lui montrer qu'il ne m'impressionnait pas.

Il abandonna subitement sa posture agressive et se gratta le menton.

- Nous sommes dans une impasse, ma déesse. Que fait-on maintenant ?

Sa décontraction me hérissa plus sûrement que s'il m'avait insultée.

- Dites-moi qui vous êtes ! ordonnai-je encore.

S'il ne coopérait pas cette fois, j'allais vraiment lui tirer dessus, et tant pis pour les taches sur le tapis.

- Karl ! Quand cesseras-tu de te conduire comme un vampire de cinquante ans ?

Cette voix de velours reconnaissable entre mille provenait de la porte du salon. Mon patron venait de rentrer, et il n'avait pas immédiatement tué l'homme que je tenais en joue. En plus, il l'avait appelé Karl, le nom de celui qu'il considérait presque comme un frère.

- Baissez votre arme, Samantha. Il ne vous fera rien, dit Phoenix en me dépassant pour aller accueillir son ami. Karl ! Depuis combien de temps n'étais-tu pas passé par ici ? lui demanda-t-il chaleureusement.

- Trop longtemps mon ami, trop longtemps...

Je me rendis compte que je visais toujours de mon pistolet l'homme qui serrait amicalement la main de mon employeur. C'était une authentique marque d'affection vu que les salutations vampiriques se faisaient en général par un simple hochement de tête. Je baissai le bras et les dévisageais.

Karl pouvait être facilement confondu avec un mannequin tant son visage et son corps étaient parfaits. Ses cheveux blonds étaient courts et soyeux, son nez aquilin, ses yeux bleus, et le reste ! Malgré ses vêtements (une chemise noire et un jean), on devinait un torse aux abdominaux sublimes. Un véritable Adonis ! Pourtant...

Je ressentis immédiatement une réelle aversion pour lui. Ses yeux pétillaient, mais d'une façon qui me semblait sournoise, de sorte qu'ils m'apparurent plutôt froids et calculateurs. Son sourire dentifrice dont toutes les femmes devaient raffoler avait quelque chose... d'effrayant. Je me rappelais son regard vorace quand il m'avait examinée comme un morceau de viande. Malgré l'affection que Phoenix lui portait, je sus à l'instant même que je ne pourrais que détester son meilleur ami.

Se souvenant de ma présence, les deux compères cessèrent leur échange de souvenirs et se tournèrent vers moi.

- Oh, Karl, je manque à tous mes devoirs. Je te présente Samantha...

- Jones. Samantha Jones, interrompis-je Phoenix en saluant sèchement de la tête son invité.

Il était absolument exclu que mon patron révèle mon vrai nom à ce type, et je savais qu'il avait failli le faire. Et lui qui me faisait la morale sur la prudence !

J'eus droit à un regard sévère de sa part, lui qui ne devait pas comprendre pourquoi je m'étais présentée sous mon faux nom quand je n'avais rien dit sur le fait que Talanus et Ysis connaissent ma véritable identité.

L'autre m'adressa un sourire carnassier avant de taper dans le dos de Phoenix.

- Félicitations, frérot, tu as vraiment de la ressource ! Moi aussi je devrais peut-être me chercher une belle assistante, quoique je doute que je puisse en trouver une qui soit aussi attirante et avec un nom qui laisse autant rêveur quant à ses talents cachés … J'ai toujours rêvé qu'une femme exauce tous mes désirs professionnels et sexuels. C'est le cas pour vous deux, non ? Sinon…

Il ne finit pas sa phrase et il n'en eut pas besoin. L'allusion était parfaitement claire : si tu ne te la tapes pas, puis-je tenter ma chance ? La rage déferla en moi comme un tsunami et je m'avançai, comblant la distance qui me séparait de mes interlocuteurs, et oubliant toute prudence.

- Non mais, pour qui vous vous prenez ? Vous débarquez ici à l'improviste, vous vous comportez comme un vampire attardé et pervers, vous me parlez comme si je n'étais pas plus qu'un objet sexuel et vous osez en plus nous insulter avec vos insinuations scabreuses !! Vous êtes peut-être comme les deux doigts de la main, mais comparé à Phoenix, vous n'êtes qu'un barbare sans éducation !… Et haaaa !! Reposez-moi par terre ! Reposez-moi par terre, nom de nom !

J'avais été arrêtée dans mon élan par mon patron qui m'avait tout à coup attrapée pour me jeter sur son épaule.

- Excuse-la, Karl, je pense que c'est l'émotion, dit Phoenix sur un ton d'excuse, assez fort pour surpasser mes « Je veux descendre ! »

Il monta l'escalier tandis que je me débattais toujours, donna un grand coup de pied dans la porte de ma chambre pour l'ouvrir et sans la moindre douceur, me jeta purement et simplement sur mon lit.

- Non mais, ça ne va pas la tête ?! Qu'est-ce qui vous prend ?! lui hurlai-je dessus en remettant pied à terre, hors de moi d'être traitée ainsi.

Au lieu de sortir, mon patron recula et claqua ma porte si fortement qu'elle faillit se briser en mille morceaux.

- C'est plutôt à vous qu'il faudrait le demander ! Votre attitude envers Karl est honteuse ! Même s'il vous a surprise et effrayée, vous n'aviez aucune raison de le traiter de la sorte ! cria-t-il.

- Il m'a manqué de respect ! À quel moment de la discussion est-ce que vous avez débarqué pour ne pas l'avoir remarqué ? vociférai-je.

- Vous ne savez rien du tout. Au lieu d'avoir des préjugés sur les gens, vous feriez mieux d'apprendre à les connaître !

- Êtes-vous sûr de bien connaître celui qui se trouve dans votre salon ?

Immédiatement, Phoenix riva sur moi des yeux pétris d'une colère froide à peine contenue et quand il reprit la parole, ce fut de manière méprisante.

- Qui êtes-vous pour m'apprendre à juger Karl que je connais depuis cinq cents ans quand vous ne l'avez côtoyé que quelques minutes !

Touchée.

Qui étais-je ? Son amie de quelques mois qui avait décidé de détester son ami de plusieurs siècles à partir de quelques vagues impressions. Je n'étais pas fière de moi, et baissai la tête.

- Je n'aurai pas besoin de vos services ce soir. Vous feriez mieux de rester là et de vous faire oublier.

Sur cet ordre sec, il sortit. Moralité, j'étais consignée dans ma chambre, comme une petite fille qui avait fait une grosse bêtise.

Je comprenais sa réaction cependant. Je m'étais vraiment montrée grossière et agressive envers Karl même si je n'avais fait que répondre à ses insinuations salaces. Phoenix n'avait pas dû les entendre.

D'un autre côté, Karl n'avait peut-être pas voulu être irrespectueux et s'était juste comporté comme un vampire dont la vertu et le sens de la formule s'étaient évaporés en même temps que son humanité... Habituée à l'attitude policée de mon patron, les paroles de son ami m'avaient peut-être choquée plus que nécessaire...

Non. Il n'avait pas été si crû devant Phoenix. Il avait fait attention... son sourire carnassier n'était adressé qu'à moi.

Je décidai qu'il valait mieux garder secrète mon opinion sur ce Karl et faire profil bas le temps que mon employeur me pardonne mon éclat de ce soir. J'en profiterais pour étudier plus finement son ami. Après tout, c'était lui qui le voulait, non ?

Sur cette bonne résolution, je voulus me faire un marathon DVD. Pff ! Quelle soirée nullissime ! J'avais oublié que je ne m'étais pas encore racheté de lecteur.

D'une humeur massacrante, je me mis au lit et attrapai mon livre préféré, *Orgueil et Préjugés* de Jane Austen, dont j'avais entamé la lecture pour la huit-centième fois au moins. Et dire qu'elle décrivait Mr Darcy comme quelqu'un de fier ! Pff !

*

J'eus besoin de prendre un bol d'air à mon réveil. Une fois préparée, je pris mon vélo pour aller à Scarborough où j'avais décidé de passer la journée.

Il était encore tôt et j'avais commencé par me faire un cinéma avant d'aller manger chez Danny. D'autre part, j'avais dans l'idée de passer chez le concessionnaire de voitures d'occasion pour investir dans un moyen de transport sobre et qui m'appartienne. Je n'étais pas vraiment mécanicienne et Matthew m'avait proposé de m'aider à choisir.

Le film n'avait rien d'extraordinaire, mais il m'avait bien plu. Je n'étais pas fleur bleue, mais j'aimais bien les comédies romantiques. Au restaurant, je pus en discuter avec Danny qui était à lui seul un manuel de séduction ambulant. Il me confia qu'à chaque fois qu'il avait emmené une personne du beau sexe voir ce type de film, elle lui tombait systématiquement dans les bras, croyant qu'il avait révélé le côté féminin que toutes les femmes pensaient caché en chaque homme.

- Ah les femmes ! me dit-il en rigolant, oubliant apparemment que je faisais partie de cette catégorie et que je n'étais pas sûre d'apprécier sa manière de nous manipuler avec notre bêtise romantique.

- Vous savez, Danny, moi, si un homme m'emmenait voir un film d'amour, je ne lui sauterais pas dessus. J'attendrai d'en savoir un peu plus.

Danny eut l'air de me prendre pour une folle.

- Et rater une occasion de prendre du bon temps ?

- Ah ! Les hommes ! soupirai-je.

Nous passâmes le reste du repas à nous chamailler sur les défauts masculins et féminins. Quand Matthew descendit du bureau, il nous trouva en plein débat.

- On aura beau dire, on vit peut-être sur la même planète et on appartient à la même espèce, mais les hommes et les femmes ont une manière de penser radicalement différente ! Et vous les hommes, vous ne comprenez rien aux femmes !

J'avais fini par clouer le bec de mon interlocuteur, avec les applaudissements de toute la gente féminine du restaurant.

- Moi qui espérais arriver à te comprendre un jour ! Je vois que c'est mission impossible.

Matthew plaisantait mais dans le fond, il n'avait pas tort. Ne connaissant pas la vérité sur moi, il ne pourrait jamais me comprendre. Mais bien sûr, cela, il ne le savait pas.

- Ok, Matthew, on arrête avec ça ! Prêt pour être mon conseiller en automobile ?

- À vos ordres, ma dame !

Je payai Danny en lui promettant de revenir bientôt avec d'autres muffins et ouvris la marche vers la sortie. Le concessionnaire n'était pas loin et nous décidâmes d'y aller à pied, en promenade digestive.

- De toute façon, je n'ai pas de voiture aujourd'hui, je suis venue en vélo.

- Et l'Audi sportive de ton grand-père ?

Hm... Quelle réponse allais-je lui fournir ? On avait dû la laisser au milieu d'entrepôts abritant une meute de vampires adeptes de l'exsanguination en masse, pour s'échapper en volant comme *Superman*, et mon faux grand-père l'avait retrouvée brûlée quelques temps plus tard. Non, il valait mieux ne pas dire cela.

- Euh... j'ai eu un petit accident... Elle est à la casse.

Je pris un air penaud et Matthew tomba dans le panneau.

- Les femmes et les grosses cylindrées ne font pas bon ménage en général ! Je suppose que ton grand-père a dû être ravi, dit-il en riant.

- Merci pour le discours sexiste sur les femmes au volant ! Enfin bref, il était hors de lui et j'ai bien cru qu'il allait faire un arrêt cardiaque. Il m'a seulement menacée de la retenir sur la petite pension qu'il a tenu à me verser pour les services que je lui rends. Autant dire que j'aurais travaillé gratuitement jusqu'à la fin de mes jours !

- N'a-t-il pas une deuxième voiture ?

Je soupirai.

- Une Camaro, mais je déteste la conduire. Elle est trop voyante.

- Si ton grand-père ne les utilise plus, pourquoi les garde-t-il ? Il pourrait investir dans quelque chose de plus fonctionnel.

- C'est un collectionneur. À défaut de pouvoir partir en virée, il aime les regarder. Enfin... la regarder maintenant, vu que j'ai explosé l'autre. Tu comprends pourquoi il me faut à tout prix ma propre voiture !

- Bien sûr que je comprends. Tiens, nous sommes arrivés. Gary Show est le meilleur vendeur des environs et ce n'est pas un escroc. Il nous aidera.

Effectivement, Gary nous accueillit chaleureusement et nous mit à l'aise. Il se montra très patient pendant que nous faisions le tour des véhicules qu'il proposait et répondait à nos questions en tant que connaisseur et passionné de mécanique.

Je finis par me laisser tenter par une Buick Skylark grise de 1995 dont l'assise était plutôt confortable. Le prix était correct et Matthew me garantit que je faisais là une bonne affaire. Ayant désormais de quoi me payer mon nouveau véhicule, je pus payer Gary comptant, et comme il s'engageait à s'occuper de la paperasse, je partis avec mon bien, Matthew sur le siège passager, pour le montrer à Angela.

Mon conseiller en mécanique alla la chercher dans sa boutique pour lui dire qu'une surprise l'attendait dehors et quand elle sortit, je m'exclamai en souriant et en montrant la Buick :

- Tadam !!!! Qu'est-ce que tu en penses ?

- Je n'y connais rien en voitures mais si Matthew t'a dit que tu pouvais l'acheter, c'est que ça doit être une bonne affaire. En tout cas, d'extérieur, elle me plaît bien.

- Merci, au moins, je ne serai plus terrorisée à l'idée de rayer les jantes et de devoir les remplacer !

- Ton grand-père t'en veut encore pour l'Audi ?

- Il ne m'a pas parlé pendant deux jours. Il a vraiment un sale caractère !

- N'as-tu pas envie d'avoir un autre métier que celui que tu fais maintenant ? Si tu cherches du travail ici, tu en trouveras facilement. Cory Gillis a un diplôme d'aide-soignant, il pourrait prendre le relais auprès de ton grand-père.

L'idée de Matthew n'aurait pas été mauvaise si je prenais réellement soin de mon grand-père.

- Merci, mais Peter ne veut avoir affaire à aucun étranger, c'est en partie pour ça que je suis là. Et puis, malgré son sale caractère, j'aime bien m'en occuper, dis-je en souriant pour achever de convaincre Matthew et Angela que ma vie actuelle me convenait telle qu'elle était.

C'était la vérité, j'aimais la vie que je menais malgré les dangers et l'humeur changeante de mon patron. L'arrivée de Karl ne me plaisait pas du tout mais à part ça, je me sentais bien. Si ce n'était…

- Ah ! Zut ! Il faut que j'aille m'acheter un lecteur DVD !

J'avais souvent tendance à réfléchir à haute voix mais changer de sujet de façon aussi abrupte avait dérouté mon auditoire.

- Euh… désolée, m'excusai-je.

- On a l'habitude, rassure-toi, m'assura Angela. Tu crois que ton grand-père nous laisserait visiter son château, Matthew et moi ? J'y suis allée une fois quand j'étais petite, mais je rêverais d'y retourner. Et puis, grâce à toi, nous ne sommes plus des étrangers maintenant.

Aïe Aïe Aïe ! Ce que je redoutais était arrivé. Il était impossible de satisfaire leur curiosité sans compromettre ma couverture.

- Je suis désolée, Angela… Mais mon grand-père a été très clair quand je suis venue habiter chez lui. Personne d'autre n'a le droit d'entrer au château. Sa phobie est trop intense.

- Est-ce qu'il peut être soigné ?

Son ton compatissant n'arrivait pas tout à fait à masquer sa déception.

- Il a vu beaucoup de médecins, mais il n'a commencé à se sentir en paix qu'une fois coupé du monde extérieur. C'est comme ça qu'il est arrivé ici, il s'y sent bien.

Matthew s'adossa à la Buick et mit ses mains dans ses poches.

- Angela, on en aura appris plus sur Peter Stratford dans cette discussion que dans les cinq dernières années.

- C'est vrai ça. Bon, tant pis pour le château, je me contenterai de lire les livres qui le concernent.

Tout cela ne me plaisait pas, mais je n'avais pas le choix. Je devais mentir à mes amis pour les préserver. Phoenix m'avait protégée, mais je doutais que Talanus et Ysis autorisent qu'il renouvelle l'expérience avec Matthew et Angela si jamais ils découvraient l'existence des vampires. Pour préserver le Secret, il faudrait les exécuter et c'était à mon patron qu'incomberait cette tâche.

Nous enchaînâmes tous les trois sur d'autres sujets avant qu'Angela ne retourne à sa boutique, et Matthew, à sa comptabilité.

Il me restait quelques heures à tuer avant d'être confrontée au regard glacial de mon employeur et à la présence nauséabonde de son pervers d'ami. Flûte ! Il ne fallait pas que je sois trop catégorique envers Karl et lui laisser sa chance. Je devais relever le défi.

Après m'être achetée un lecteur DVD dernier cri, j'allai flâner au magasin de location de films. Le gérant, Mike Newell, commençait à me connaître, surtout depuis que j'avais commencé à parler avec lui de telle ou telle œuvre cinématographique. Comme je n'avais pas spécialement envie de retourner au château plus tôt que nécessaire, je restai chez Mike après le crépuscule, ne partant qu'après avoir décidé de ne finalement rien louer.

Avant de rentrer, je voulus refaire mon stock de confiseries chez Ginger. Celle-ci m'accueillit avec les bras grands ouverts ainsi que les derniers potins, comme si les commérages étaient ma raison d'être. En général, je n'y prêtais pas attention mais d'après Ginger, les bavardages allaient bon train sur ma prétendue romance avec Matthew. Tout le monde voulait savoir si nous nous étions mis ensemble.

- Vous pouvez me le dire à moi, ma petite Samantha ! Ça restera entre nous !

Mais bien sûr ! Avais-je l'air aussi naïve ? De toute façon, il fallait arrêter ça.

- Vous pourrez dire à vos amies que lorsqu'un homme et une femme passent du temps ensemble, cela ne signifie pas pour autant qu'ils sont en couple. Vous allez devoir vous trouver une autre source de ragots. Désolée, dis-je fraîchement.

J'aimais bien Ginger, mais sa propension à se mêler de la vie des autres était plus qu'énervante. À chaque fois qu'on se voyait, elle me harcelait de questions sur Phoenix... enfin, sur Peter Stratford. J'arrivais toujours à dévier poliment la conversation, mais cette pique sur Matthew, ça devenait insupportable.

- Allons donc ! Tout le monde a vu comment Matthew vous regarde ! Ne mentez pas !

Ok ! M'accuser de mensonge pour parvenir à ses fins, c'était trop ! Là, je ne pouvais plus me permettre de rester polie. Je mis sur le comptoir l'argent pour payer mes bonbons et pris une grande inspiration.

- Vous voulez la vérité ? La vérité c'est que vous devriez vraiment vous mêler de vos affaires et apprendre à tenir votre langue si vous ne voulez pas que ça se retourne contre vous. Toute la ville sait que votre fille est malheureuse parce qu'elle n'a aucune envie de reprendre cette boutique, mais qu'elle a peur de vous décevoir. Alors balayez votre devant de porte avant de vous intéresser à la vie privée des autres !

L'expression choquée sur le visage blême de Ginger m'indiquait que j'étais allée très loin, mais je savais que j'avais raison. J'avais rencontré Valérie brièvement une fois, et elle m'avait fait de la peine tant cela se voyait qu'elle faisait des efforts pour partager la passion de sa mère. Ginger était la seule à être aveugle là-dessus. Malheureusement pour elle, celle qui avait mis en lumière cet état de fait, était une étrangère maladroite, sur les nerfs à la perspective de la soirée qui se profilait. Ils avaient explosé.

Tant pis. J'avais dit la vérité, je ne ressentais aucun remords. Ginger s'en remettrait.

Le soleil était déjà couché depuis une heure quand je rentrai au château. J'étais en retard.

*

Le moteur éteint, je sortis de ma Buick et attrapai mes achats dans le coffre. Je ne savais pas si Phoenix accepterait que je rentre dans son garage ce qui pour lui ressemblerait à une poubelle, par conséquent, je m'étais garée le long de l'allée gravillonnée.

Comme je me penchais en avant pour attraper le carton du lecteur qui était parti dans le fond du coffre, j'entendis sa voix :

- J'ai cru que vous étiez de nouveau partie.

Je sursautai et me cognai la tête.

- Aïïïïïe !!! criai-je en me massant le haut du crâne et en me tournant vers l'importun, l'œil mauvais.

Contrairement à ce que je craignais, Phoenix ne semblait pas du tout en colère contre moi, comme si ce qui s'était passé la veille était très loin.

- Qu'est-ce-qui vous a fait croire ça ? demandai-je, surprise.

- Je vous ai... malmenée hier. Même si je continue de penser que vous vous êtes mal comportée envers mon invité, je n'aurais pas dû vous traiter ainsi. Alors... j'ai cru que...

- Même si je n'ai fait que répondre à une provocation, je dois reconnaître que mon attitude fut pour le moins puérile et idiote. Vous avez raison, il faut apprendre à connaître les gens avant de les juger alors je ferai un effort avec Karl.

Je lui tendis la main.

- Amis ?

Il sourit.

- Amis.

Il la serra avant de se pencher sur le côté pour admirer mon véhicule.

- Et qu'avons-nous là ?

Je fermai le coffre, non sans lui avoir fourré dans les bras mon lecteur. Après tout, il pouvait bien m'aider.

- C'est une Buick ! déclarai-je, enthousiaste.

Contrairement à mes amis humains, il ne fit aucun effort pour dissimuler la répulsion que ma voiture lui inspirait.

- Vous pourriez faire semblant au moins !

- Désolé ! Avec ça, je ne peux pas ! s'excusa-t-il.

- Vous êtes indécrottable ! Tout le monde n'aime pas les grosses cylindrées tout droit sorties d'Hollywood ! Allez, rentrons, il n'y a plus rien à voir !

Phoenix me suivit à l'intérieur, mais il n'eut pas le temps de me mettre vraiment au courant de ce qui se passait dans le salon avant que je n'y arrive.

Un autre vampire discutait avec Karl. Ses longs cheveux noirs étaient attachés en catogan et sa chemise trop ample sur son jean noir et ses bottes, rappelaient le mousquetaire qu'il avait été. Avec un peu d'imagination, on aurait pu voir l'épée et son baudrier attachés à sa ceinture.

Phoenix se tint à mes côtés et voulut faire les présentations.

- Samantha, voici…

- François ! lançai-je avec un grand sourire, enthousiaste à l'idée de parler avec cet homme grand au visage de marbre, mais aux yeux verts si doux.

On en venait presque à ne pas croire que c'était un vampire tant il inspirait confiance. L'intéressé me fixa avec stupéfaction avant de me saluer à l'ancienne, c'est-à-dire, avec une très élégante révérence.

- Mademoiselle.

Je lui rendis son salut de manière moins formelle mais tout aussi respectueuse, et m'avançai.

- Phoenix m'a parlé de vous. Je suis contente de faire votre connaissance, après tout, on ne rencontre pas tous les jours un ancien mousquetaire du roi.

Je sentis une main se poser sur mon épaule.

- Samantha...

Phoenix secouait la tête, l'air désespéré, et s'adressa à son ami :

- Excuse-la, c'est une passionnée d'histoire de France et de Louis XIV en particulier. En plus, elle a encore du mal à se retenir de dire tout ce qui lui passe par la tête.

Il me réprimandait encore comme une enfant ! Il m'énervait à la fin !

- Seulement depuis que je vous connais ! Qui m'a appris à avoir confiance en moi ?

- Avoir confiance en soi ne signifie pas forcément foncer tête baissée !

Il fronçait les sourcils, je devais commencer à l'énerver aussi.

- Non mais... Vous pouvez parlez !

Alors que nous étions prêts à nous lancer dans une énième dispute, le rire grave de François nous arrêta. Phoenix le regarda alors comme si c'était la première fois que ça lui arrivait depuis qu'ils se connaissaient.

- C'est la première fois que je te vois comme ça, Phoenix. Vous êtes drôles tous les deux, on dirait un vieux couple !

Je m'empourprai. Quant à Phoenix, il tenta de reprendre son masque impénétrable habituel (avec difficulté). Ce fut ce moment que choisit Karl pour intervenir :

- Ne dis pas ça, François. Elle t'a fait bon accueil, *à toi*, mais elle pourrait te sauter à la gorge si tu ne surveilles pas tes paroles. Cette humaine sait être une vraie tigresse !

Je devais faire attention à ma réponse si je ne voulais pas de nouveau froisser mon employeur.

- Seulement quand on me provoque. Ce qui s'est passé hier soir n'était que le résultat d'un malentendu, n'est-ce pas ?

Je lui tendais une perche, à lui de la saisir s'il était intelligent.

- … En effet, j'ai été maladroit et votre réaction était compréhensible. Je vous promets qu'à l'avenir, je ne me comporterai plus en barbare sans éducation, mais en parfait gentleman. Me pardonnez-vous ?

Il avait le sens de la formulation celui-là. Ses excuses semblaient crédibles. En tout cas, pour Phoenix, elles l'avaient été, ça se voyait à son sourire. Allons donc !

- Je vous pardonne. Repartons sur de bonnes bases. C'est la meilleure chose à faire.

François n'avait pas tout compris à notre échange, mais il semblait également satisfait de notre entente.

Phoenix s'avança et calma aussitôt les retrouvailles :

- Je suis heureux que vous soyez là, mes amis. Des heures sombres s'annoncent, et si nous ne perçons pas à jour le trafic de sang qui s'opère dans la région, cela signifiera ma fin et celle de nos chefs.

Chapitre IX : Poursuite

*

La discussion n'avait pas été illuminée par la joie qu'éprouvent des amis quand ils se retrouvent après une longue séparation. Les visages étaient sombres, l'atmosphère, pesante. On savait tous que le temps nous était compté avant que les Grands ne décident de prendre les choses en main, en prenant la tête de Phoenix, Talanus et Ysis au passage.

Je ne pouvais accepter que celui qui m'avait offert une deuxième vie, perde la sienne. Je ne pouvais tolérer de perdre mon meilleur ami, le seul qui m'acceptait telle que j'étais vraiment et qui me poussait à devenir celle que je devais être. Sa mort était impensable, et je ferais tout pour l'éviter.

Phoenix avait tout expliqué à François et Karl. Il leur faisait vraiment confiance ; c'était troublant, avec toute cette histoire de méfiance entre les vampires. Mais il avait dit que les liens d'amitié pouvaient être profonds entre eux. Alors…

- Karl, tu te rappelles Bill Miller?

- Tu veux parler de Billy l'Assoiffé ?

- Oui. Il tient un club de strip-tease dans l'Est de Kerington, le « Sexy String Show ».

Karl haussa les sourcils à son évocation, hésitant à sourire, ce qui fit lever les yeux au ciel à mon patron.

- Si tu connais Bill, tu sais aussi qu'il n'a jamais été très malin.

- Effectivement. Que veux-tu que je fasse ?

- Il a des liens avec les trafiquants de sang. Suis-le comme son ombre. Il nous mènera peut-être dans leur repaire. François, tu iras avec lui.

L'intéressé opina du chef pour marquer son assentiment.

- Et vous deux ? demanda Karl.

- Sam et moi irons de notre côté, nous ne pouvons pas nous permettre d'attendre des nouvelles de Kaiko et Ichimi.

Je savais de quoi il parlait : il voulait tester mon idée d'aller faire la tournée des clubs pour, avec un peu de chance, y trouver nos ennemis. Malheureusement, je n'étais pas habillée pour ; j'étais un peu débraillée, il fallait le dire. Avec le printemps, les journées s'allongeaient et le temps s'améliorait alors j'avais ouvert la fenêtre de la Buick et profité du grand air. Résultat, au lieu d'arborer un chignon de professionnelle, je m'étais présentée avec une tignasse mal peignée. Et dire que François m'avait appelée sa « Demoiselle » ! Est-ce qu'au XVIIe siècle ils connaissaient l'expression « Youpi la Touffe » ? Hm…. J'en doutais.

- Je vais me préparer, dis-je avant de m'élancer vers ma chambre.

Il allait me falloir un certain temps de préparation vu ce que j'avais dans la tête. À peine arrivée, j'allai directement ouvrir l'armoire là où j'avais rangé certains vêtements que Phoenix m'avait fournis et que j'avais juré de ne jamais enfiler. Il fallait vraiment qu'il soit en danger pour que j'ose ce que j'étais sur le point de faire…

… Quelque temps plus tard, je regardais mon reflet dans le miroir et souriais. Pas mal, c'était le résultat que je souhaitais… Mon observation s'acheva quand mon portable sonna.

- Allô ?

- Veuillez accepter mes plus plates excuses si je vous réveille de votre sieste, mais nous commençons à trouver le temps long en bas !

Clic. Phoenix m'avait raccroché au nez avant que j'aie pu dire quoi que ce soit. Peu importait, j'allais descendre de toute façon…

Je remerciai le Ciel de ne pas avoir dégringolé l'escalier avec mes talons, puis je m'engageai dans le salon.

*

Phoenix, Karl et François s'étaient retournés simultanément, et simultanément, ils s'immobilisèrent en me fixant avec un air hébété. Je venais de transformer trois vampires âgés de plusieurs siècles au compteur en statues béantes et grotesques. Le pire des trois était sans conteste mon patron. Je crus un instant en avoir trop fait.

J'avais coiffé mes cheveux en un chignon compliqué ressemblant à peu près à celui que les starlettes du moment arboraient, et tenant avec tellement d'épingles que je me faisais l'effet d'un porc-épic.

Pour accentuer mon regard, j'avais choisi un fard à paupières sombre et de l'eyeliner. Des boucles d'oreilles, un collier et un bracelet sobres venaient compléter et tempérer ma robe argentée si éclatante et si… courte. À mon avis, Phoenix avait dû croire que c'était un haut, sans se rappeler que les mœurs d'aujourd'hui n'étaient plus celles d'il y a cinq cents ans : les femmes en dévoilaient bien davantage qu'auparavant, trop même. J'avais réussi à enfiler les escarpins noirs vernis qui traînaient dans l'armoire et j'avais fini par me mettre mon parfum préféré, *Escada*.

Je pensais avoir le physique de l'emploi pour incarner la jeune pouliche naïve et bien roulée d'un client élégant et très riche, le profil type de celui qu'on laissait rentrer dans toutes les boîtes de nuit. Seul, mon employeur serait apparu comme suspect, mais avec moi vêtue de la sorte, il passerait pour un puissant qui veut parader et prendre du bon temps.

À voir sa tête, j'avais tout faux.

- J'en ai trop fait, c'est ça ? risquai-je en ayant peur de la réponse.

Karl et Phoenix restant muets comme des carpes, je ressentis un intense soulagement lorsque François vint à mon secours.

- Je crois que je vois où vous voulez en venir. C'est une bonne idée de vouloir jouer la carte de l'ostentation pour dévier les soupçons. Et puis, habillée ainsi, je doute que ceux que vous avez rencontrés à l'entrepôt ne vous reconnaissent. N'est-ce pas qu'elle est magnifique ? dit-il à ses compagnons en appuyant bien sur sa dernière phrase pour qu'ils réagissent enfin et se décident à parler.

- Euh…

Je ne sus pas ce que Phoenix allait dire car il fut interrompu par Karl.

- Bien sûr qu'elle est magnifique ! Regardez-moi ça, vous êtes à croquer ! Miam…

Je fis un effort incroyable pour ne pas perdre mon sang froid devant son sourire moqueur et son insinuation à peine voilée. Il avait juré de se conduire en gentleman et avait fait attention à son vocabulaire, mais je le trouvais toujours dégoûtant ! Dire qu'il avait osé passer sa langue sur ses lèvres en me regardant ! Pouah !

- Karl, François, bonne chance. On fera le point demain au coucher du soleil.

Mon patron avait déclaré le branle-bas de combat, balayant au passage le problème de la longueur de ma robe. Il était temps de s'y mettre.

En un clin d'œil, ses amis étaient partis, nous laissant seuls. Nous partîmes avec la Camaro en direction des bars-clubs à proximité des quartiers Est de Kerington dont j'avais établi la liste grâce au Net.

- Vous croyez qu'on trouvera quelque chose qui nous fera avancer ? demandai-je, soudain dubitative sur le bien-fondé de notre démarche.

- Il le faut, je n'ai pas le choix.

- *Nous* n'avons pas le choix. Nous sommes dans le même bateau, vous et moi, je serais contrariée si vous mouriez.

- Content de le savoir, dit-il avec un léger sourire.

- Et puis, si cela devait arriver, je doute que les Grands me laissent vivre aussi en sachant ce que je sais.

Je voulais faire une plaisanterie, mais je me rendis compte au moment où je prononçais ces paroles que c'était l'entière vérité. Si Phoenix était exécuté, je devrais mourir avec lui pour préserver le Secret. Ma bouche s'assécha d'un coup et j'eus du mal à avaler ma salive. Le sourire sur le visage de mon employeur avait complètement disparu et ce qu'il dit acheva de me terroriser.

- Je sais.

Après quelques instants de mutuelle réflexion, je décidai qu'il valait mieux entretenir la conversation plutôt que de nous morfondre.

- J'espère que je ne vous ai pas choqué tout à l'heure. Vous deviez croire que cette robe était un T-shirt quand vous me l'avez donnée.

Il attendit avant de répondre.

- Votre époque ne donne vraiment aucune chance au mystère. On prône la transparence pour tout, on décortique tout avec des appareils de plus en plus sophistiqués et on n'a même plus besoin d'imaginer les femmes sous leurs vêtements vu qu'elles ne portent qu'un bout de tissu en guise de robe.

Je me mordis l'intérieur de la joue pour ne pas le vexer en rigolant.

- C'est fou ! Vous êtes vraiment vieux-jeu…

Un grognement retentit dans l'habitacle mais je ne fus pas impressionnée.

- Dites ce que vous voulez, mais moi, je pense qu'il faut vivre avec son temps. Et puis, montrer son corps a aussi permis à la femme de prendre confiance en elle.

- Je ne vous trouve pas différente sous prétexte que vous êtes moins habillée que d'habitude.

- Je ne le suis pas. Mais vous, vous me connaissez. Peut-être mieux que n'importe qui d'ailleurs. Ce soir, c'est important qu'on ne me voie pas comme une menace, mais comme le jouet d'un golden boy, ainsi, on nous fichera la paix.

- Vous qui aviez fait tout un esclandre à Karl parce qu'il vous prenait pour un objet sexuel !

- Le contexte n'était pas le même ! me défendis-je. Franchement, vous trouvez que j'en ai trop fait ? Je voulais avoir l'air sexy, pas donner l'impression que j'étais euh... en manque...

Bon sang ! Pourvu qu'il ne me dise pas que j'avais l'air d'une prostituée ! Mais il garda ses yeux rivés sur la route.

- Vous êtes parfaite.

J'aurais dû être soulagée, mais je me sentis bizarrement frustrée par sa réponse.

- Comment allons-nous procéder ce soir ?

- J'ai ciblé quatre night-clubs huppés à la limite des quartiers Est. Nous resterons un peu plus d'une heure dans chaque. On verra bien ce que ça donnera.

- Autant chercher une aiguille dans une botte de foin.

- C'était votre idée, je vous le rappelle.

- Eh bien je commence à me dire qu'elle était mauvaise.

- De toute façon, c'est ça ou attendre un appel éventuel de Kaiko et Ichimi.

- J'ai oublié de vous dire quelque chose...

- Quoi ? s'inquiéta-t-il.

- Je ne sais pas danser.

*

Nous étions arrivés au « Pacific Dreams », une boîte plus que sélect qui pourrait intéresser nos Chinois vu qu'à l'intérieur, de riches et puissants dandys venaient s'amuser et faire des affaires, légales ou pas. Une file d'attente d'au moins une centaine de personnes s'était formée, attendant l'autorisation d'entrer. J'allais m'y intégrer, mais Phoenix m'attrapa par le bras et me tira vers lui en avançant. Avec mes hauts talons, on eut pu dire qu'il avait cherché à m'envoyer rouler dans le caniveau, mais il n'avait pas fait attention, son but étant de remonter la queue pour entrer comme un VIP. J'étais mortifiée devant les regards choqués et outrés de ceux qui nous voyaient resquiller. Je préférais ne pas entendre ce qu'ils murmuraient dans notre dos, en sachant pertinemment que mon patron les entendait très bien.

Arrivés devant le videur, une armoire à glace de deux mètres de hauteur avec des muscles dignes de l'*Incroyable Hulk*, Phoenix le toisa avec arrogance. Le type avait une liste de noms et je doutais que Peter Livingstone en fasse partie. Il allait nous jeter, purement et simplement, et ce, devant un parterre de curieux qui n'attendaient que ça.

Contre toute attente, le videur s'écarta et nous laissa passer.

- Qu'est-ce que vous lui avez fait ? Vous n'avez pas pu l'hypnotiser mais je suis sûre que vous avez fait quelque chose ! lui demandai-je après avoir donné nos affaires au vestiaire.

- Je lui ai juste fait signe de bien regarder dans la poche de sa veste.

- Hein ?

- Votre œil humain n'a pas eu le temps de capter le mouvement mais je lui ai mis dans sa poche une grosse liasse de billets.

Ah ouais. Total respect.

La musique à fond couvrant nos voix, je ne pus émettre d'autres commentaires. La décoration du club était très soignée et on savait bien en voyant les magnums de champagne défiler à quel type de clientèle on avait affaire. En regardant la piste de danse, je ne pus m'empêcher de ricaner. Je tapai sur l'épaule de mon employeur qui s'approcha de moi et dis :

- Dire que vous trouviez ma robe trop courte !

Effectivement, des sosies de top model étaient en train de se déhancher au rythme du son, sans se soucier de leurs mini shorts dorés qui laissaient entrevoir la moitié des fesses ou de leurs hauts dont le décolleté arrivait jusqu'au nombril. Certaines jupettes trop courtes auraient mérité le surnom de « cache-touffes », comme disaient élégamment les jeunes de mon ancien lycée. La vision de ces filles en train de se trémousser était digne des scènes les plus cultes des *Fast and Furious*. De quoi laisser les hommes rêveurs… D'ailleurs, l'un des hommes de l'assistance était assis au bord de la piste et tenait un mouchoir dans sa main pour s'essuyer la bave coulant de sa bouche grande ouverte devant toute cette chair fraîche. Beurk !

Mon patron m'entraîna vers une table d'où l'on pourrait surveiller tout l'espace. Une fois que nous fûmes installés l'un à côté de l'autre, il héla une serveuse et lui commanda du champagne.

- Approchez-vous de moi et massez-moi les épaules.

- Quoi ? Certainement pas !

- Je vous rappelle que je suis censé incarner un golden boy et vous, ma groupie. Alors cessez de jouer les vierges effarouchées !

Il dut se rendre compte de l'énormité qu'il venait de sortir juste après l'avoir prononcée et mon expression outrée n'arrangea rien. Du coup, il se décomposa.

- Excusez-moi. Je viens de me montrer grossier et irrespectueux, pour raccourcir, c'était minable, déclara-t-il aussitôt, sincère.

Je le fixais sévèrement.

- Vous commencez à maîtriser les formulations d'excuse. Mais veillez à ne pas en faire une habitude ou je risque de ne plus les accepter !

- Vous êtes dure avec moi. Je trouvais que j'avais fait des progrès, pourtant.

Devant son air de chien battu, je m'esclaffai.

- Dans une centaine d'années, vous serez peut-être même capable de faire une blague drôle.

- En espérant que je vivrai jusque-là, se renfrogna-t-il.

- Super. On peut dire que vous savez plomber l'ambiance.

La serveuse nous apporta le champagne et pendant une heure, nous jouâmes les amis de longue date passant du temps ensemble, c'est-à-dire, sans jamais nous toucher. À chaque fois qu'une personne rentrait, nous étions sur le qui-vive. Mais c'était toujours une déception.

Phoenix voyait d'emblée si les nouveaux arrivants étaient des vampires ou non. D'ailleurs, l'un d'eux était venu s'amuser sur la piste de danse. Avec son aura de séduction, il n'avait pas eu de mal à attirer les filles qui se frottaient à lui avec un sans-gêne presque vulgaire. Il avait murmuré quelques mots à la plus jolie du lot qui fut ravie de ses paroles. Malheureusement pour lui, il eut l'idée de passer devant nous et de croiser le regard, ou plutôt les crocs de mon patron.

Notre mission ne l'empêchait pas pour autant d'assurer sa fonction d'ange et le grognement d'avertissement léger, mais suffisant pour que l'autre l'entende, fut on ne peut plus clair. Le vampire fêtard n'avait pas intérêt à faire du mal à cette fille s'il ne voulait pas perdre la tête, au sens propre du mot. Celui-ci reçut le message cinq sur cinq puisqu'il se débarrassa sans ménagement de son accompagnatrice avant de prendre la poudre d'escampette.

- Impressionnant, murmurai-je.

- Merci, mais c'est mon travail. Je dois être impitoyable pour être crédible.

Il haussa les épaules.

- Si seulement ils savaient...
- Savoir quoi ?
- Qu'en fait vous êtes quelqu'un de bien, conclus-je en finissant ma flûte de champagne.

Il secoua la tête.

- Ne me voyez pas ainsi. Ce serait une erreur. Je suis un vampire, donc du côté du Mal, vous vous en souvenez ?
- Tout ça, ce sont des balivernes. Vous venez de sauver la vie de cette fille, je vous rappelle. Alors ce discours sur les vampires qui sont une engeance du Mal, vous pouvez vous le garder. Je ne prétends pas vous connaître, mais si je sais une chose, c'est que vous êtes quelqu'un de bien. Peu importe ce que vous direz pour me convaincre du contraire.

Il prit un air sévère et exaspéré.

- Vous... commença-t-il, mais je plaquai ma main sur sa bouche.
- Taisez-vous. Ce sujet est clos. Et à moins que vous n'ayez envie de vous éterniser ici, vu qu'il n'y a pas l'ombre d'un vampire chinois dans le coin, je vous propose d'aller ailleurs.

Sans qu'il ait pu objecter ou acquiescer, je me levai et pris la direction du vestiaire.

Nous reprîmes la route vers un autre club un peu moins sélect, le « Miami Dancefloor » à quinze minutes d'ici. J'aurais aimé qu'il fasse dehors la même température qu'en Floride ; le patron de cette boîte devait le penser tous les jours.

Phoenix ne prit pas non plus la peine de faire la queue et nous fit entrer à coup de pots-de-vin. Là encore, nous nous installâmes à un endroit stratégique et nous commandâmes de l'alcool. Notre observation fut plus qu'ennuyeuse et je passais le temps en sirotant mes verres de champagne. Soudain, je sentis que quelque chose n'allait pas.

- Phoenix, on nous regarde.
- Je sais. Deux personnes venues ensemble en boîte et qui se tiennent éloignées l'une de l'autre sans danser, c'est étrange.

- Ça fait une heure qu'on est là, on ferait mieux de partir maintenant.

Ce que nous fîmes.

Dans la voiture, je sentis encore que quelque chose n'allait pas. Je me sentais un peu déconnectée de la réalité et j'avais trop chaud. Mais qu'est-ce que j'avais ? Enfin, la lumière se fit dans mon esprit embrumé.

Bon sang ! Le champagne ne me réussissait pas, c'était ça ! Tout simplement !

Aïe Aïe Aïe, pourvu que mon employeur ne s'en soit pas rendu compte ! Je devais me reprendre ! J'ouvris la fenêtre et laissai l'air s'engouffrer pour me rafraîchir les idées…

Le « Shining Rainbow » était une boîte très classique, contrairement à ce que laissait penser son enseigne lumineuse en forme d'arc-en-ciel. Mon bol d'air eut l'effet escompté, j'avais retrouvé mes esprits en y entrant ; du moins, je le pensais.

Dans l'alcôve rouge et or où nous avions pris place, Phoenix recommanda du champagne que je pris bien soin de ne pas boire. Nous avions repris notre observation de la clientèle mais au bout d'un moment, il se leva et tendit la main vers moi. Je le fixais avec des yeux ronds, ne voyant pas où il voulait en venir.

- Nous allons finir par attirer l'attention, je vous propose un autre moyen de reprendre notre observation.

- Lequel ? risquai-je.

- En dansant.

Je ne sus que dire, je me contentais d'ouvrir grand la bouche. C'était comme si on m'avait lobotomisée, mon cerveau ramolli ne comprenait plus rien. Il voulait que je danse avec lui ? Ah ça non ! Pas question de me ridiculiser avec mes deux pieds gauche ! Je n'avais jamais dansé qu'avec mon père, qui s'était lancé le défi de m'apprendre, mais même lui avait abandonné.

Maintenant, mon employeur me proposait de virevolter sur la piste avec tout un tas d'autres personnes dont le pas était assuré. Cette idée finit par faire son chemin dans mon esprit anesthésié et je pus enfin répondre à l'homme qui attendait patiemment que mes neurones se reconnectent.

- Vous êtes fou. Je vais nous ridiculiser ! dis-je, horrifiée.

Sans que je m'y attende, il se pencha, attrapa ma main et tira. Le peu de force qu'il avait mis dans son geste avait suffi à me faire sortir de mon siège et me propulser contre son torse. Gênée, je levai les yeux vers lui.

- N'ayez crainte, je vous guiderai. Laissez-vous faire, dit-il.

C'est ainsi qu'il m'entraîna sur la piste de danse.

La musique était rythmée et les gens autour de nous virevoltaient avec grâce. En les regardant, je sentis mon anxiété monter d'un cran. Phoenix prit mon menton et tourna ma tête vers lui.

- Regardez-moi, seulement moi. Écoutez la musique et oubliez le reste.

Plus facile à dire qu'à faire, mais il fallait que j'essaie.

Je fis le vide, comme si je me préparais à l'attaque, et commençai à bouger avec mon partenaire. Il me guidait pour chaque figure et son sourire m'encourageait. Je ne mis pas longtemps à apprécier cette danse et me surpris à rire aux éclats. J'oubliai totalement les kidnappeurs chinois.

Mais alors que je commençais à prendre de l'assurance dans mes mouvements, la musique pop laissa la place à une musique plus lancinante, plus lascive.

Je regardai Phoenix, m'attendant à ce qu'il me ramène à notre table, mais il me prit par la taille, et m'approcha de lui. Doucement, il plaça l'une de ses jambes entre les miennes et me serra davantage contre son corps. Un peu tremblante, je plaquai mes mains dans son dos et relevai la tête. J'étais à hauteur de son cou et malgré l'odeur de fumée de la boîte de nuit, je parvins à sentir son odeur, si particulière et si rassurante. C'était comme un mélange entre l'eau de Cologne qu'il mettait et l'odeur d'une forêt de pins au crépuscule. L'espace d'une seconde, je fermai les yeux pour mieux la respirer et m'en imprégner. L'espace d'une seconde, je me retrouvai dans une clairière entourée de pins, baignant dans un magnifique coucher de soleil. Mon patron avait dû sentir que je m'étais complètement détendue car il bougea lentement, son corps entraînant le mien dans cette danse si sensuelle.

Tout à coup, ce fut comme si plus rien n'existait.

Mes sens étaient devenus hyper sensibles et je ressentais avec une intensité un millier de fois supérieure sa main droite dans le creux de mes épaules, et sa main gauche sur ma hanche. Comme il avait enlevé la veste de son costume, je sentais le tissu de sa chemise sous mes doigts, et à fortiori, les muscles de son dos qu'elle recouvrait. Enivrée par son odeur, je déplaçai mes mains jusqu'à sa poitrine et la sensation de cette peau si dure, mais que je savais incroyablement douce me grisa complètement.

Je finis par prendre l'initiative de me retourner dos à lui, et de suivre ce rythme lent en roulant les hanches le plus sensuellement possible. Je sentis ses mains se glisser sur mon ventre et sa présence tout contre moi. Il épousa complètement mes mouvements et je fermai les yeux, la nuque offerte à sa bouche toute proche. Ses doigts sur ma robe me firent éprouver quelque chose d'étrange, qui s'accentua quand Phoenix me retourna et que ceux-ci, après qu'il m'eut de nouveau serrée contre lui, descendirent très lentement de mon cou au creux de mes reins.

Je vis son visage, et je pris conscience qu'il avait lui aussi complètement oublié les Chinois…

Dans la lumière bleutée du club, ses yeux avaient l'air plus lumineux mais sans être effrayants, c'était plutôt comme deux puits profonds, menant à un océan de calme et de sagesse. Je ne les avais encore jamais vus sous cet angle, ils étaient incroyables, au point que bouleversée, je passai mes mains autour de son cou et enfouis mon visage dans le creux de son épaule.

Ensuite, la sensation étrange que j'avais éprouvée au contact de ses doigts dans mon dos repassa au premier plan. La fin de la musique approchait et le tempo arriva à un paroxysme, nous obligeant à nous déhancher ensemble plus lascivement encore.

Et alors que la dernière note arrivait, Phoenix m'offrit un final renversant...

*

Mon partenaire me pencha en arrière avec l'intention, semblait-il, de terminer la chanson comme dans les films. En réponse, je levai ma jambe droite, qu'il attrapa à hauteur de la cuisse afin de bien me tenir pour exécuter correctement la figure.

Ma robe remonta plus haut, et sa main froide sur ma peau nue aurait dû me remettre les idées en place, mais au lieu de ça, dans cette position, j'éprouvai à nouveau la sensation étrange qui m'avait envahie et submergée. C'était comme si un courant électrique me traversait des pieds à la tête et me brûlait à l'endroit où ses doigts s'étaient posés...

Quand il me redressa et que nous nous retrouvâmes face à face, avec seulement un ou deux centimètres entre nos visages respectifs, j'eus l'impression que le temps s'était arrêté tout à coup. Son regard indéchiffrable me transperçait, mais je ne pouvais détacher mes yeux des siens. J'étais comme foudroyée. Je ne savais plus où j'étais, ni ce que je faisais. Je flottais...

Ce moment si intense explosa en mille morceaux quand un horrible « boum boum » nous massacra les oreilles pour nous annoncer l'arrivée d'une nouvelle chanson.

La bulle qui nous avait coupés du monde se désagrégea et le retour à la réalité me plongea dans un terrible embarras.

N'ayant plus qu'une envie, disparaître au fond d'un trou, je trouvai le premier prétexte pour m'enfuir.

- Euh... Je vous rejoins après... euh... toilettes.

Et je le plantai là.

Les toilettes étaient déjà envahies de minettes plus occupées à se faire des retouches de maquillage qu'à faire pipi, du coup, j'entrai dans une cabine et baissai le couvercle pour m'asseoir et réfléchir.

Bon, récapitulons. J'étais en mission pour débusquer des vampires meurtriers chinois et je m'étais laissé aller sur la bouteille. J'avais oublié que le champagne n'avait aucun effet sur mon patron, et je n'avais pas pensé à ceux qu'il aurait sur moi.

Quant au reste ! Bon sang ! Mais qu'est-ce qui m'avait pris ?!

Je n'avais jamais dansé avec un autre homme que mon père et il avait fallu que le premier soit mon propre employeur ! En plus, ce n'était pas comme si nous avions fait une simple valse !

Je me pris la tête entre les mains en repensant à nos corps ondulant ensemble au rythme de la musique. Il n'y avait aucun risque qu'il me trouve à son goût, mais j'avais peur qu'il me prenne pour une allumeuse, ou pire (!), qu'il croie que j'étais tombée amoureuse de lui et que je voulais le séduire.

Non ! Non ! Étant novice pour toute forme de contact rapproché, je m'étais laissé emporter par ces nouvelles sensations si grisantes et je m'étais laissé aller, en oubliant qu'en face de mon patron, j'aurais dû me tenir mieux que cela. C'était tout ; il le comprendrait. Là !

Grâce à ce raisonnement, je me sentis bien mieux. Je n'étais pas amoureuse de Phoenix et j'espérais qu'il oublierait cet instant d'égarement d'une vierge de presque trente ans dont les contacts avec la gente masculine s'étaient arrêtés à des effleurements de main quand on me distribuait des tracts dans la rue.

De toute façon, l'aimer reviendrait à être malheureuse toute ma vie : il ne vieillirait pas et il n'éprouverait jamais ce genre de sentiments envers une humaine. C'était déjà un miracle et un étonnement pour lui, qu'il me considère comme son amie.

Non. L'aimer, c'était me perdre, assurément.

Heureusement, je n'en étais pas là. Mais il allait bien falloir que je sorte de ces toilettes pour que je m'explique.

Sans grande conviction, je retournai à notre table et m'assis à côté de Phoenix, qui avait recommencé à sonder les clients de la discothèque. Un silence s'instaura et tout ce que je fis pour me calmer les nerfs, fut de me dandiner d'une fesse sur l'autre, en battant d'une jambe.

- Samantha, crevez l'abcès et dites-moi ce qui vous rend si nerveuse, ou je vous attache à votre siège pour que vous cessiez de gigoter ainsi !

- Je m'excuse.

Il tourna lentement la tête vers moi et me fixa d'un regard peu amène.

- De quoi vous excusez-vous donc ?

- De m'être comportée comme une aguicheuse parce que je suis ivre pendant le service.

J'avais tout dit sans oser respirer et en veillant bien à regarder mes chaussures.

- Nous étions deux sur la piste, je vous le rappelle. Et puis, nous n'avons fait que suivre une musique qui se danse comme nous l'avons dansée. Ça ne fait pas de nous un couple, si c'est ce qui vous gêne.

Voyant mon visage décomposé, il reprit sur un ton plus aimable.

- Tout ce que vous avez fait, c'est vous laisser envahir par le rythme. C'est ce que je vous avais demandé, non ? Vous dansez très bien, c'était une expérience agréable.

Ouf ! Il n'avait pas l'air de croire que je m'étais éprise de lui. Ça n'aurait pas du tout facilité nos relations, surtout que même s'il était devenu très important pour moi, je ne voyais pas Phoenix comme un compagnon potentiel. Tranquillisée sur l'état de nos rapports respectifs, je me détendis et lui souris, bien décidée à changer de sujet.

- Du nouveau pendant mon absence ?

- J'ai revu notre ami vampire du « Pacific Dreams ». Il a décampé aussitôt qu'il m'a aperçu.

- Espérons que cette fois il aura compris la leçon.

- À mon avis, ces deux boîtes de nuit n'auront pas le plaisir de sa clientèle pendant un moment.

Je baillai. Il était très tard et je n'en pouvais plus.

- Partons. Nous n'obtiendrons rien ce soir, proposa-t-il.

Au retour vers Scarborough, je m'endormis sur le siège arrière. Quand je m'éveillai, Phoenix me portait vers ma chambre.

- Vous pouvez me poser, je suis réveillée.

Il s'exécuta en douceur en s'assurant que j'étais suffisamment stable pour ne pas dévaler les marches en sens inverse, puis il m'accompagna jusqu'à destination.

- Merci… de ne jamais m'abandonner endormie dans la voiture.

Il haussa les sourcils.

- Ce ne serait pas très élégant.

Je souris.

- Bonne nuit.

Sans réfléchir, je l'embrassai sur la joue. Cela m'était paru naturel et je n'en éprouvais pas de gêne.

Sur un dernier regard à son visage indéchiffrable, je fermai la porte de ma chambre. Dormir toute habillée était tentant, mais je pris le temps de me démaquiller et d'enfiler la première nuisette à ma portée (soie et dentelle, pas de chance) avant de me mettre au lit. Il était cinq heures et demie du matin et j'avais du sommeil à rattraper.

*

Quand je m'éveillai, je crus un instant que je n'avais dormi que cinq minutes. J'avais encore les yeux fermés et mon lit était incroyablement confortable. Doucement, je m'étirai en baillant.

Là, tout se passa à la vitesse de l'éclair…

À peine les yeux ouverts et acclimatés à l'obscurité, je me rendis compte que je n'étais pas seule. Quelqu'un était assis sur mon lit.

Mon cœur rata un battement et avant d'avoir pu clairement identifier cette présence, je hurlai le plus fort que je pus en jetant mon oreiller, la seule arme à portée de main, à la tête de mon agresseur. J'avais bien caché un pistolet dans mon lit mais il était là où était assis l'intrus ! Quelle idiote !

Une respiration plus tard, ma porte explosa littéralement en mille morceaux quand quelqu'un la défonça en arrivant dans la pièce comme un boulet de canon. Je sus que c'était Phoenix, lequel attrapa l'homme sur mon lit pour l'envoyer s'écraser contre le mur en face, d'où il atterrit sur ma console, dont les débris s'éparpillèrent partout sur le parquet.

- Nom de... ?! Karl ?! Qu'est-ce que tu fiches ici ?! s'étonna Phoenix.

Le cœur encore sur le point d'exploser, je regardai mon agresseur qui se relevait péniblement, son identité enfin révélée.

- Karl... soufflai-je, avec l'envie de le dépecer vivant pour m'avoir joué un tour pareil.

- Oui, Karl ! Mais c'est quoi votre problème à tous les deux ?! Vous vous êtes réveillés du mauvais pied ? Et toi, Phoenix, on ne t'a jamais appris à réfléchir un minimum avant de frapper ?!

- J'ai entendu Sam crier, alors j'ai accouru immédiatement. Je ne me suis pas posé la question de savoir si le dos de l'homme sur son lit t'appartenait ou pas vu que tu n'étais pas censé être là !

- Bien sûr que j'ai crié ! fulminai-je. J'ai failli mourir de peur en m'éveillant, en voyant quelqu'un au pied de mon lit ! J'ai cru qu'on venait me tuer ! Mais qu'est-ce qui vous a fait croire que vous pouviez entrer dans ma chambre ?! demandai-je à Karl.

- Avec François, nous avons pensé qu'il était temps de vous réveiller vu que vous avez cru bon de tomber dans le coma à un moment critique pour Phoenix !

- Espèce de... !

- STOP ! m'arrêta mon employeur, évitant ainsi une horrible dispute entre ses deux amis les plus proches. Tout ceci est un malentendu. Le soleil s'est couché, il voulait rendre service,

Samantha. Quant à toi, Karl, je te demanderai de te rappeler tes bonnes manières quand tu es avec mon assistante ! Faites la paix tous les deux.

Je dévisageais durement son ami mais je ne voulais plus faire de vagues. Quoique… Quand je me rappelai que j'étais en petite tenue devant deux vampires séculaires, dont l'un d'entre eux était plus débauché encore que Casanova, je vis rouge.

- C'est d'accord, mais SORTEZ TOUS LES DEUX D'ICI IMMÉDIATEMENT !!!

Je ne voulais pas faire d'esclandre, certes, mais j'avais encore ma fierté et je ne pouvais tolérer une minute de plus ces deux paires d'yeux dans mon espace personnel.

Ainsi, à ma posture, à genoux sur mon lit et pointant un doigt vengeur vers la porte, mes intrus comprirent qu'il valait mieux se dépêcher de partir.

Ils sortirent tous les deux et avant qu'ils ne disparaissent dans le couloir, j'entendis :

- Mais enfin, qu'est-ce qui t'as pris d'aller dans sa chambre ?
- Je voulais lui faire une blague, c'est tout.
- Tss. Tu ne grandiras donc jamais ?

J'eus vraiment du mal à me calmer parce qu'il y avait franchement de quoi être en rogne ! Ma chambre si bien rangée était devenue un dépotoir sans nom où s'entassaient les restes confondus de la porte, de la console, et de tout ce qui se trouvait dessus. Pff ! Adieu « Chanel n°5 ». Le flacon s'était brisé et son contenu s'était répandu sur le sol, embaumant la pièce d'une odeur hors de prix.

En consultant le réveil, je constatai qu'il était déjà vingt-deux heures. Hein ? Comment avais-je fait pour dormir si longtemps ? Bon ! Peu importait. Au moins, je serais en forme pour faire la tournée des bars et des discothèques, ce, malgré ce réveil en fanfare.

Je pris une douche et me préparai pour la circonstance en optant pour des vêtements et des chaussures moins voyants et surtout, plus confortables. La veille, mes escarpins m'avaient réduit les pieds en compote et je n'avais pas envie de revivre une soirée à faire attention à ce que ma robe ne remonte sur ma culotte.

En fait, j'étais d'une humeur de chien. Je ne fis donc aucun effort particulier pour jouer le rôle de la bimbo et enfilai un tailleur pantalon noir avec un chemisier rouge en satin et mes ballerines. Je rejoignis dans le salon les garçons qui s'occupaient en jouant aux échecs pour Phoenix et François, et en regardant un match de foot pour Karl. Ils savaient bien sûr, sans me voir, que j'étais là.

Karl daigna lâcher sa télé pour me regarder et s'esclaffa :

- Ah, on est de moins bonne humeur qu'hier vu la tenue. J'en déduis que ça n'a pas dû être beau à voir sur la piste de danse.

J'aurais souhaité avoir des crocs pour rendre la grimace que je fis plus impressionnante.

- C'est ça ! Moquez-vous ! En attendant, vous me devez une bouteille de « Chanel n°5 » ! grognai-je.

Il rit de plus belle.

- Non. Tu dois cette bouteille à Ysis, corrigea Phoenix, toujours concentré sur sa partie d'échecs.

- Hahaaa ! Et que pouvait bien faire cette bouteille dans ton domaine ? Talanus est au courant ? ironisa Karl sur un ton plein de sous-entendus qui m'exaspéra au plus haut point.

Mais mon patron garda son calme.

- Bien sûr qu'il est au courant, c'est même lui qui m'a ordonné de l'héberger pour une journée. Il avait une affaire à régler seul et ne voulait pas laisser Ysis sans protection. Ils ont débarqué après une de leurs soirées. En partant, Ysis a laissé ses affaires et son parfum. Ils m'ont été utiles quand j'ai amené Sam ici.

Ainsi donc, la robe de soirée qu'il m'avait fait enfiler à notre rencontre appartenait à Ysis, cette femme puissante qui pouvait se permettre d'oublier des affaires hors de prix chez ses employés. Notre conversation m'était revenue en mémoire, Phoenix m'avait dit la vérité à ce moment-là et je ne l'avais pas cru, préférant penser que c'était un psychopathe sur le point de m'écorcher vive. Je ne pus m'empêcher de sourire à ce souvenir, tout avait changé à présent.

- Vous souriez, très chère. Est-ce qu'enfin mon charme opèrerait sur vous ? demanda Karl alors que je prenais place dans l'un des fauteuils, près de lui.

- Vous n'êtes pas mon genre, répondis-je du tac au tac.

Il s'approcha de moi, l'air plus séducteur que jamais. Plus d'une fille avait dû tomber dans ses filets avec ce regard de braise.

- Alors, vous en êtes sûre ?

Sa voix langoureuse aurait dû me charmer mais je levai plutôt les yeux vers lui et le regardai sévèrement.

- Certaine. Allons, n'êtes-vous pas lassé de ce petit jeu ? Vous êtes beau, certes, je l'avoue. (Son sourire illumina la pièce) Mais sans vouloir vous vexer, vous ne me plaisez pas, un point, c'est tout.

Pfftt !!! Son sourire dentifrice se décomposa à la vitesse de l'éclair et sa tête ressembla à celle de quelqu'un venant de se prendre un seau d'eau glacée sur le crâne.

- C'est fou ! Je ne comprends pas.

La voix moqueuse de François se fit alors entendre, ajoutant encore au comique de situation :

- Qu'est-ce que tu ne comprends pas ? Que pour la première fois de ta vie, une femme te repousse ? Tu n'entres pas dans ses critères de séduction, fais-toi une raison.

Ah, c'était pour ça que Karl avait l'air tellement vexé. En fait, il ne s'était jamais pris de râteau en cinq cents ans ! Beau palmarès ! Il fallait bien une première, et cela avait été moi. Han ! Mon air satisfait dut lui déplaire car sa contre-attaque fut immédiate.

- Ses critères doivent plutôt correspondre à notre ami Phoenix si tu veux mon avis, dit Karl.

Ça, ce n'était pas intelligent ; un lourd silence s'instaura quelques secondes. C'était à moi de le rompre en remettant mon interlocuteur indélicat à sa place, en conséquence, je pris l'air d'une institutrice de maternelle pour le gronder comme un petit garçon.

- La jalousie fait dire des bêtises. Vous avez peut-être cinq cents ans, mais vous réagissez comme un adolescent pourri gâté qui ne supporte pas qu'on lui dise non. Vous feriez bien de grandir un peu.

Au moment où j'avais parlé de jalousie, je crus apercevoir un éclair de cruauté dans les yeux de Karl. J'espérais avoir rêvé.

- On croirait entendre Finn, grogna-t-il.

- Peut-être eut-il fallu écouter davantage les leçons de votre père adoptif.

Un autre silence s'installa, plus étouffant encore. Tout de suite, je sus que j'avais gaffé car ses narines frémirent avant qu'il ne dévisage Phoenix avec une colère à peine contenue. François paraissait décontenancé, mais ne dit rien.

- Tu lui as parlé de Finn ?

Un orage se préparait, un orage dont ma maladresse ou plutôt mon orgueil, avait été à l'origine.

- Oui. Et alors ? Aurais-je dû te demander ta permission ?

La voix de Phoenix était dénuée d'émotion.

Karl se leva et pointa un doigt accusateur dans sa direction.

- Tu es le premier à devoir préserver nos secrets vu ta position d'ange, et tu dévoiles notre histoire à une misérable humaine ! cracha-t-il.

À une vitesse impossible à suivre pour les humains, Phoenix combla la distance qui le séparait de son ami pour se poster face à lui, les yeux luminescents et les crocs sortis. Je fis un pas en arrière, tant il était effrayant.

- Ne t'avise pas de l'insulter de nouveau devant moi ! En tant que mon assistante, elle me représente, et en l'attaquant, tu l'utilises pour me viser moi. Alors soit tu changes d'attitude à son égard, soit tu sors d'ici… On peut se passer de tes services !

Le choc de cette déclaration prit le pas sur la colère de son ami.

- Tu ferais fi de cinq cents ans d'amitié pour... elle ? dit-il en me désignant très impoliment du menton, avec un dédain plus qu'insultant.

Le silence de Phoenix était révélateur. Karl se détourna et prit la direction de la sortie. Le malaise qui régnait dans le salon était intolérable. Tout était de ma faute... et ça me rendait malade.

- Je... commençai-je.

Mon patron leva la main pour me couper la parole.

- Ce n'est pas votre faute. Tout ce que vous avez dit était vrai. Karl n'a plus l'habitude qu'on lui tienne tête, et surtout pas venant de moi. Il s'en remettra.

- Je m'en veux d'être à l'origine de votre dispute, avouai-je, piteuse.

À notre mutuelle surprise, François prit de nouveau la parole. Pour un quasi muet, il parlait beaucoup dites donc !

- Ne vous sentez pas coupable, Sam. Si Phoenix n'avait pas posé de limites à son meilleur ami, quelle crédibilité aurait-il eu auprès des autres vampires ?

Mon patron acquiesça mais je me sentais toujours aussi mal.

- Venez, Sam. Si vous êtes prête, nous partons.

J'inspirai un grand coup et le suivis vers la sortie.

Notre voyage vers Kerington fut quelque peu pénible car mon ventre n'arrêtait pas de gargouiller et n'arrangeait pas mon humeur maussade. Je ne parle même pas de celle de Phoenix qui ne se décida à ouvrir la bouche qu'une fois dans les quartiers Est.

- Nous irons au « Cocotier », comme ça, vous pourrez manger quelque chose. Là-bas, ils servent de la nourriture à toute heure.

Le « Cocotier » était un restaurant qui faisait également office de discothèque. Bien évidemment, il n'était pas réputé pour la qualité de sa cuisine tropicale mais plutôt pour ses gogo danseuses très très dévêtues. J'en avais entendu parler mais je fus tout de même frappée par le kitsch de la décoration : des tables en bois des Antilles, des statuettes de jamaïcains fumant de gros pétards et de grands pylônes en forme de cocotier.

Plus tard, alors que nous observions la clientèle et que je mangeais goulûment mon hamburger et mes frites, je ne pus m'empêcher de revenir sur l'altercation avec Karl.

- Je vous remercie au fait, de ne pas l'avoir laissé dire que je n'étais qu'une misérable humaine.

- C'est normal, dit-il, distraitement.

- Est-ce-que c'était parce que c'est moi, ou parce que vous avez changé d'opinion sur les humains ?

- Les deux.

- Comment ?

- Disons que pour une raison que j'ignore, vous m'avez fait changer d'avis sur votre espèce. Vous pouvez être... très surprenants...

Il eut un sourire en coin.

- Vous voulez dire bizarres, ridiculement comiques, colériques et téléphages ! continuai-je en lui rendant son sourire.

- Et n'oubliez pas gaffeurs, maladroits, rougissants, et incroyablement bavards.

J'éclatai de rire.

- Touchée.

Notre soirée se passa comme la précédente, la danse en moins (ouf !) et nous avions fait chou blanc dans la recherche de nos Chinois. Quand nous rentrâmes au château, Karl nous attendait sur le perron. Arrivés à sa hauteur, je jugeai préférable de laisser les deux amis régler leurs différends en privé, et leur souhaitai une bonne nuit. J'espérais qu'ils se réconcilieraient, je ne voulais surtout pas être à l'origine d'une brouille durable entre eux alors je résistai à l'envie d'écouter aux portes et partis me coucher.

Mon sommeil fut agité et je m'éveillai le lendemain bien avant le crépuscule. J'en profitai pour rattraper mon retard dans mon travail et rédiger les rapports de nos soirées de poursuites de chimères pour Talanus et Ysis. Je profitai également de la douce chaleur du mois de mai pour déambuler dans les jardins et m'aérer l'esprit en lisant un bon roman.

Au coucher du soleil, j'étais encore dehors à me relaxer et manger un bon sandwich comme je les aimais : beurre, jambon, œuf, tomate. J'avais encore du temps devant moi pour savourer cette tranquillité apaisante, mais quand je sentis un courant d'air dans mon dos, je sus que la pause était terminée.

- Si vous vouliez m'effrayer de nouveau, il aurait peut-être fallu éviter de forcer sur l'after-shave avant d'arriver dans le sens du vent, dis-je, croyant que c'était Karl.

- J'essaierai d'y penser la prochaine fois, me répondit une autre voix.

Je sursautai en me retournant.

- François ! Oh, excusez-moi, je croyais que c'était Karl qui voulait encore me faire une mauvaise blague.

- Vous ne l'aimez pas, hein ?

Il s'assit à côté de moi, sa question ressemblant plus à un constat.

- Ce n'est pas du tout comme avec vous.

Il parut surpris.

- Oh… Oh ! Ne vous méprenez pas, je ne vous aime pas… euh enfin… si… mais non… crotte alors !

Il rit. Mon prochain one-woman show s'intitulerait « Comment faire rire un vampire en dix leçons ». Pff !

- Je recommence. Dès notre rencontre, je vous ai trouvé sympathique, peut-être en raison de ce que Phoenix m'avait dit sur vous, je ne sais pas. Mais Karl…

- Il n'est pas toujours très gentleman.

- C'est un euphémisme.

- Ne le condamnez pas. Il n'est pas méchant, et il est très attaché à Phoenix.

Mouais, dans certaines circonstances, le silence est d'or alors je ne dis rien.

- Tout comme vous, conclut-il.

Ah non, qu'est-ce qu'il allait imaginer ?

- Je ne suis pas amoureuse de lui si c'est ce que vous sous-entendez.

J'étais sur la défensive et il le sentit.

- Vraiment ?

- Je ne suis pas idiote. L'aimer reviendrait à un suicide sentimental vu comment il considère le romantisme. Non. Je lui suis profondément attachée, c'est vrai, mais ce n'est pas de l'amour.

Bon sang ! Comment en étais-je arrivée à parler de ça avec François ?

- En tout cas, je suis heureux que vous soyez à ses côtés. Il aurait pu se passer d'une assistante, vous savez. C'est le meilleur ange de notre communauté, tous les chefs de secteur envient Talanus et Ysis et rêveraient que Phoenix soit à leur service. Jusqu'à maintenant, il ne s'est jamais lié à personne d'autre que Karl et moi. Je le trouve changé depuis que vous êtes là. Il semble... heureux de ne plus être seul.

- Il m'a dit qu'il m'avait choisie pour ne plus avoir à faire de la paperasse.

- S'il l'a dit, c'est que c'est vrai.

C'était vraiment très étrange de parler avec cet homme. D'ailleurs, ne devait-il pas être muré dans le silence en permanence ?

- François, pardonnez ma franchise mais Phoenix vous a décrit comme quelqu'un de très... peu loquace. Pourtant, depuis notre rencontre, vous êtes volubile et ça n'a pas été sans le surprendre.

Il s'esclaffa.

- Et c'est *Phoenix* qui m'a présenté ainsi ! C'est l'hôpital qui se fiche de la charité ! Mais il est vrai que je ne parle que quand j'estime que c'est important. Et j'aime bien parler avec vous.

- Ça, c'est gentil. Phoenix devrait prendre exemple sur vous pour la conversation car parfois, il considère que son regard effrayant est suffisant pour comprendre le fond de sa pensée. Sauf que ce n'est pas si simple.

- Hm. Tous les vampires tremblent devant les éclairs bleutés de ses yeux quand ils deviennent iridescents, et il en faut beaucoup pour faire trembler un vampire...

- Pourtant, il y a tellement plus dans son regard... dis-je sans réfléchir, repensant au moment où j'avais pu lire dans le fond de ses yeux pendant notre danse.

François eut la politesse de ne pas relever mon intervention et enchaîna sur un autre sujet de conversation, beaucoup plus divertissant.

- Alors comme ça, vous aimez la science-fiction ?

De fait, nous entamâmes un débat passionné sur les meilleurs livres et séries de notre domaine de prédilection. Parler avec François était un pur bonheur et nous devisions comme deux amis quand soudain, il se figea...

- Il nous appelle. Il est temps.

Je n'avais rien entendu mais mon compagnon avait l'ouïe beaucoup plus fine que moi. Sur le chemin du retour, je lui demandai comment se passait la filature de Billy l'Assoiffé.

- Il n'y a rien à en dire, c'est d'un ennui mortel. Et vous ?

- Même chose. Autant chercher une aiguille dans une botte de foin.

Nous poussâmes un soupir au même moment. Sur cet amer constat, nous rejoignîmes nos partenaires en silence, avant de reprendre nos missions dont l'inefficacité et l'inutilité nous rendirent fous quinze jours durant.

*

Le mois de juin nous apporta le soleil et la chaleur, certes, mais aussi d'horribles nouvelles. Kaiko et Ichimi avaient également échoué à retrouver la trace de nos vampires chinois, Bobby l'Anguille n'avait pas donné le moindre signe de vie, et surtout, les Grands laissaient à Talanus et Ysis jusqu'au quinze juillet pour régler cette situation, ou alors ils feraient eux-mêmes le ménage. Cela supposait donc que Phoenix et ses patrons seraient parmi les premiers à être « nettoyés », et ce, dans un mois à peine. Sans oublier que leur « remplacement » supposerait aussi mon « licenciement », radicalement parlant.

Physiquement, ça devenait difficile de suivre notre rythme de travail. J'étais épuisée comme jamais et de plus en plus nerveuse devant l'échéance de mort qui se profilait.

À contrario, mon patron semblait serein à cette idée. Ce qui l'énervait n'était pas tant la perspective de sa mort prochaine, mais plutôt les échecs répétés de nos tentatives pour faire cesser les disparitions.

Un soir, alors que nous étions comme d'habitude désormais, en discothèque, l'épuisement prit le dessus, et je m'évanouis, purement et simplement. Phoenix eut tout juste le temps de me rattraper avant que je ne m'écrase par terre, et à travers le brouillard de l'inconscience, je l'entendis gronder :

- Tout ça ne sert à rien, si ce n'est à passer le temps.

Puis, ce fut de nouveau le trou noir.

Le lendemain, il m'ordonna de rester à Scarborough pour que je me repose.

- Ce n'était qu'un moment de faiblesse. Je veux vous aider, je viens, protestai-je.

Mais Phoenix n'en démordit pas et gentiment, il déclina mon offre.

- Vous ne m'aiderez pas dans l'état où vous êtes. Votre sollicitude me touche mais vous restez là, fin de la discussion.

Vaincue, j'eus la permission de me reposer deux jours entiers. Bon sang ! Ce que j'en avais eu besoin !

Il était grand temps également que je retrouve mes amis. Angela et Matthew avaient dû se demander si je n'avais pas disparu dans la nature. J'avais appelé la première qui ne se formalisa pas de ma disparition temporaire quand je lui expliquai que mon grand-père avait eu une baisse de tension et que j'étais restée à son chevet.

Elle m'apprit que Matthew et elle avaient prévu une sortie cinéma le soir même, et qu'elle se chargerait de lui dire que je les rejoindrais.

Je passai la journée à lire les ouvrages de la bibliothèque et à attendre cette soirée. Quand je pensais au travail, je me disais que Phoenix avait raison ; dans cet état de fatigue, je ne lui aurais servi à rien.

J'allais partir en ville quand je vis arriver François et Karl, ayant quitté leurs chambres d'amis. J'avais entendu Phoenix s'en aller un peu plus tôt.

- Tout ça ne mène à rien. Nous perdons notre temps ! Ce type peut bien prendre des grands airs, il n'a rien à voir dans cette histoire !

Karl semblait furieux.

- Phoenix semble d'accord avec toi. Pour preuve, il ne veut plus que nous suivions l'Assoiffé, il me l'a dit avant de partir. Oh, bonsoir, Samantha.

Karl ignora ma présence.

- Il laisse tomber ?

- J'ai peur qu'il soit en train d'admettre l'issue de cette enquête et il veut nous écarter pour que les Grands ne s'intéressent pas à nous plus que nécessaire, raisonna François.

- Au diable ces petits rois d'opérette ! Pour qui se prennent-ils ?

Je n'avais encore jamais entendu Karl parler de manière aussi rageuse. Outre l'avenir qu'ils réservaient à son meilleur ami, il ne devait pas tenir les Grands en très haute estime. Mais soudain, il se rappela que j'étais à quelques centimètres d'eux et se recomposa un visage de séducteur.

- Bonsoir, Samantha.

Même si cela m'agaçait, je devais reconnaître que j'étais heureuse qu'ils soient restés, lui et son ego surdimensionné. L'inquiétude qu'il éprouvait pour mon employeur me touchait.

- Bonsoir, vous deux. Alors comme ça, ça n'a rien donné du tout du côté de Miller ?

- Tss. En plus d'être un crétin, ce porc est un faible et un mégalomane.

La description de Karl m'apparut un tantinet exagérée. Quand L'Assoiffé avait balancé Phoenix à l'autre bout de son bureau, je ne l'avais pas trouvé faible du tout...

- Phoenix était pourtant certain qu'il cachait quelque chose, dis-je.

- Ça, c'est sûr ! Quand son idiot de créateur l'a transformé, son intelligence a dû s'égarer sur le chemin qui mène au vampirisme !

Karl sous-entendait que l'intelligence de Miller était restée au stade humain, c'est-à-dire au niveau zéro. Je sentis la colère monter en moi, mais François leva les yeux au ciel pour me faire comprendre que relever ce genre de propos était une pure perte de temps. Il avait raison.

- Où alliez-vous, Sam ? me questionna ce dernier pour changer de sujet.

- Phoenix m'a ordonné de me reposer, mais j'ai besoin de changer d'air. Des amis m'attendent à Scarborough pour un cinéma.

- Super ! Nous aussi nous avons besoin de répit. On vient ! lança Karl.

- Quoi ?!

François et moi nous étions exclamés à l'unisson. Devant nos airs choqués, notre germain (comme je l'aimais à l'appeler en référence au royaume de Germanie existant au Moyen-âge) soupira.

- Allons donc ! Ça te ferait du bien de te décoincer de temps en temps mon ami. Quant à vous, Sam, n'ayez crainte, nous ne grillerons pas votre couverture. On aura qu'à dire que nous sommes des cousins éloignés.

Très éloigné dans son cas !

- Bon, très bien. Mais je vous préviens ! On prend MA voiture, JE conduis comme je l'entends et je ne veux AUCUN COMMENTAIRE !

- Je suis impatient de voir ça, railla-t-il.

Le trajet fut ponctué de soupirs exaspérés liés à la lenteur de ma conduite. Bien que François restât discret, à l'arrière, je voyais bien dans le rétroviseur qu'il rongeait son frein.

- J'ai dit, aucun commentaire !

- Et alors quoi ?! Avez-vous entendu la moindre parole malencontreuse sortir de ma bouche ?

Karl semblait offusqué.

- Pff...

Comme nous approchions du « Cinérex », mon voisin de droite se redressa soudain.

- Nom de nom ! Qui est cette bombe anatomique là-bas, à côté du bodybuilder raté ?

Je n'appréciais pas son vocabulaire, encore moins quand il décrivait mes amis.

- Ce sont mes amis, Matthew Robertson et Angela Schumacker, et je vous prierais de vous rappeler vos bonnes manières.

Nullement impressionné par mon intervention, il se contenta de vérifier son allure dans la glace du rétroviseur, qu'il tourna vers lui au mépris de toute sécurité.

- Hé !

- Tu dois me tutoyer maintenant, cousine, si tu veux qu'on soit crédibles.

- Je regrette déjà de t'avoir permis de monter dans cette voiture, grinçai-je.

Karl ricana.

- C'est bien, cousine, tu as tout compris. Mais voiture ou pas, je serais venu, rien que pour rencontrer cette beauté-là.

Je ne pouvais plus faire grand-chose, si ce n'était espérer qu'Angela ne tombe pas dans le panneau, ni ne soit blessée par cette arme de séduction massive.

À peine garés, Karl sortit de la Buick comme un césar de son char de triomphe, le public en moins, et arbora son plus grand sourire.

Nous avançâmes vers Angela et Matthew qui nous attendaient, se demandant sûrement qui étaient mes gardes du corps. J'avais peur du résultat de cette rencontre, mais la situation prit un tour tellement inattendu qu'encore maintenant, en y repensant, j'éprouve le même choc qu'à l'époque.

*

- Angela, Matthew, salut, je vous présente...

Je n'eus pas le temps de terminer que Karl attrapa la main d'Angela, la baisa et se présenta en hypnotisant mon amie de son regard de braise.

- Karl Sarlsberg, pour vous servir ! Je suis un lointain cousin de Samantha.

- D'une branche d'attardés...

Je n'avais pas pu m'empêcher de siffler cela entre mes dents. Résultat, Karl profita que j'étais juste à côté de lui pour m'envoyer un coup de pied dans les tibias à la vitesse de l'éclair. Je retins un cri de douleur et la gifle qu'il méritait. L'idiot n'avait pas mesuré sa force et j'allais avoir un bleu !

Quel crétin !

- Je dois dire que Samantha m'avait parlé de votre beauté, mais celle-ci dépasse l'entendement ! Vous êtes époustouflante.

Complètement interloquée, Angela ne sut que dire :

- Euh... Enchantée.

Sa réaction peu enthousiaste déçut Casanova qui fronça les sourcils et ignora royalement la main que Matthew lui tendait pour le saluer.

Mais rien n'eût pu nous désarçonner autant que ce qui suivit.

Karl avait enfin daigné se décaler pour laisser le champ libre à François, dont la patience aurait mérité des lauriers. C'est là que tout se passa.

François et Angela, qui s'étaient avancés pour faire connaissance, se stoppèrent tout à coup, face à face. Ils se contentaient de se contempler mutuellement. Si ça n'avait pas été la réalité, on aurait pu croire que quelqu'un avait appuyé sur le bouton « pause » de la télécommande du DVD.

Matthew, Karl et moi nous regardions tous les trois en se demandant ce qui leur arrivait. Quand enfin ils se serrèrent la main, je compris.

J'étais en train d'assister à un coup de foudre, comme dans les films hollywoodiens. Ils ne pouvaient plus détacher leurs yeux l'un de l'autre, et leur poignée de main ressembla à une douce caresse, qui dura bien plus longtemps que nécessaire. L'électricité qui semblait courir entre leurs doigts commença à me rappeler quelque chose…

Mais avant que le souvenir ne remonte complètement à la surface, un raclement de gorge indélicat et impérieux mit fin à la scène qui se déroulait devant moi. Inutile de préciser de qui provenait ce bruit disgracieux, suivi de :

- Toutes ces effusions sont intéressantes, mais nous allons rater le film.

Le Karl que je détestais venait de réapparaître dans toute sa splendeur, son ego surdimensionné blessé au plus haut point, sa cruauté verbale décidée à entrer en action. Douchés et confus, François et Angela s'écartèrent, rouges de honte (enfin… François l'aurait été s'il avait pu). Quelque peu décontenancé, mon ami vampire salua un Matthew tout à fait radieux. Apparemment, le coup de foudre ne lui avait pas échappé non plus, et il avait l'air sincèrement ravi.

Ce fut à ce moment que je sus avec certitude que celui-ci n'éprouvait que des sentiments fraternels envers Angela, sinon, il n'aurait pas semblé si heureux.

Quant à moi, passé le choc de cet événement, je ressentis un certain malaise en réalisant les implications d'un amour entre mes deux amis.

Phoenix m'avait expliqué que les relations sexuelles entre humains et vampires étaient largement répandues, mais pour les love stories, c'était une autre histoire. Sachant ce qu'il m'avait raconté sur le vertueux François, je doutais que cette soudaine attirance ne se solde que par une simple aventure. Idem pour Angela. Si elle avait repoussé tous ses prétendants, ce n'était pas sans raison. Elle attendait le bon…

… Et il avait fallu que l'homme de sa vie soit un vampire, plus ouvert d'esprit que Phoenix, certes, mais un nid à problèmes, c'était certain.

L'amour entre deux vampires était rare et mal vu, alors l'amour partagé entre humain et vampire ! Normalement, d'après ce que m'en avait dit mon patron, c'était impossible. L'attirance sexuelle et les aventures sans lendemain étaient fréquentes, mais de là à engager une relation suivie impliquant de réels sentiments… Il n'y avait eu a priori, aucun précédent.

À croire que tous les créateurs ne choisissaient pour progéniture que des individus égoïstes incapables de sentiments. Cela aurait expliqué cette vision de l'amour si insensée. Bref, on avait déjà suffisamment de problèmes sur les bras sans y ajouter une liaison dangereuse et impossible qui ne manquerait pas d'attirer encore plus l'attention des Grands. Et je ne voulais pas voir mes deux amis souffrir. Dans quel pétrin nous avais-je encore fourrés ?!

Dans le cinéma, Angela s'assit en bout de rang, moi, Matthew et Karl, constituant un rempart entre elle et François. Malheureusement, le fait que Matthew soit assis à mes côtés lui valut une question tout à fait déplacée de son voisin de droite pendant les publicités.

- Alors comme ça, Matthew, vous êtes le petit-ami de Sam ? Elle a dit beaucoup de bien de vous.

Rougissant comme une pivoine, je m'étais redressée sur mon siège et fusillais du regard ce curieux impoli. Matthew avait dû croire que j'avais parlé de lui en ces termes car il répondit avec un grand sourire plein d'espoir.

- Je suis flatté qu'elle vous ait parlé de moi.

Mieux valait que je remette les choses à leur place sans le vexer.

- Bien sûr que j'ai parlé de toi. Après tout, avec Angela, vous êtes mes meilleurs *amis*.

J'avais bien insisté sur le mot « ami » pour bien clarifier la situation et à le voir se rembrunir, c'était un succès. Je pensais avoir réussi à rattraper le tir, mais c'était sans compter sur la verve acide de Karl, décidé à se venger sur tout le monde de l'affront qu'il avait subi.

- Ah, oui, en y repensant, elle a bien dit que vous étiez des amis. Il est vrai qu'avant, elle ne parlait que de son cher Phoenix, alors ça change un peu de refrain !

Il y eut un gros blanc, et un bruit mat de quelqu'un qui venait de se prendre un coup de coude dans les côtes (François n'y était pas allé de main morte). J'avais failli m'étouffer d'horreur et l'air semblait s'être complètement échappé de mes poumons. Comment avait-il osé parler de son ami, mon patron, un vampire dont l'existence devait absolument rester secrète, juste pour me taquiner ? Était-ce une tête brûlée ou un abruti congénital ? Phoenix allait lui arracher la peau du dos ! Le connaissant, ce ne serait pas une métaphore !

Livide, je risquai un bref coup d'œil du côté de Matthew, qui fronçait intensément les sourcils.

- Qui est ce… Phoenix ?

- Beuh… c'est que… euh… bredouillai-je misérablement. (Vite, une idée !) C'est mon ex, fut la seule chose qui me vint à l'esprit.

Matthew ne pouvait pas le voir, mais Karl se tordait silencieusement de rire sur son siège. Je fis un incroyable effort pour reprendre une contenance et regarder Matthew droit dans les yeux tout en lui proférant le mensonge du siècle.

- En réalité, il s'appelle… Aydan.

Nom de nom, pourquoi avais-je sorti ça ? Phoenix allait me tuer en apprenant que j'avais donné son vrai prénom dans cette conversation sordide ! Karl et François ne tiquaient pas vu qu'ils ne connaissaient pas sa véritable identité. Je venais de le trahir ! Bon sang ! Tout ce travail pour gagner sa confiance fichu par terre par ma bêtise et l'incroyable arrogance de son meilleur ami ! Si je le pouvais, j'en aurais pleuré. Néanmoins, je devais continuer à mentir.

- Nous sommes sortis ensemble pendant... trois ans... mais c'était un maniaque du boulot. Ça a fini par ruiner notre relation. Ce fut très dur... Je suis venue ici, et puis... la vie continue...

Je cherchais sur le visage de Matthew un signe de détestation, mais à mon grand étonnement, il dit :

- Alors si tu ne veux pas sortir avec moi, c'est parce que tu as peur de te réengager dans une nouvelle relation et de souffrir encore ?

Heureusement que j'étais assise car mes genoux tremblèrent de soulagement. Merci aux pages psychologie des magazines féminins que je feuilletais à l'occasion dans la salle d'attente de mon dentiste ! Matthew pensait m'avoir percée à jour, et ça m'arrangeait bien. Son air compatissant m'indiquait que j'étais ressortie de ce bourbier sans égratignure et avec une récompense : par respect pour ma soi-disant détresse amoureuse, il allait me fiche la paix pour ce qui est de sortir avec lui, et ce, pour un bon bout de temps ! Youpi !

- Comment as-tu deviné ? dis-je en reniflant et en adoptant un ton désespéré, tout en posant ma tête sur son épaule pour qu'il ne me voie pas sourire.

Même quand il passa son bras autour de mes épaules pour me réconforter, je n'arrivais pas à me sentir coupable. Après tout, c'était Karl qui m'avait forcée à raconter n'importe quoi. Néanmoins, mon sourire se crispa à la pensée de la réaction de mon patron quand ses deux compères, ou du moins l'un d'eux, s'empresserait de lui narrer cet épisode en mentionnant le nom que je lui avais donné. Du coup, je me demandais où je pourrais me cacher pour les nuits à venir.

Je sortis un mouchoir de ma poche et me redressai pour tamponner mes yeux faussement larmoyants ; ainsi, j'échappais à l'étreinte consolatrice de mon voisin.

- Merci de ta compréhension. Pour moi, l'amour est exclu tant que je n'aurai pas oublié Phoenix.

- Je comprends. Mais pourquoi ce surnom ? C'est débile ! s'interrogea Matthew.

Heureusement qu'il tournait le dos aux deux vampires qui n'avaient pas du tout apprécié sa réflexion et qui, par loyauté, commencèrent à avoir les yeux bien plus brillants que la normale. Houlà !

- Euh… Il a eu un grave accident de la route et il a frôlé la mort. Il s'est choisi ce surnom pour se rappeler à quel point la vie lui est précieuse et que son caractère éphémère induit une conduite exemplaire.

Et voilà. J'avais rattrapé la réflexion de Matthew en donnant le beau rôle à mon patron, ça devrait suffire à calmer mes deux énervés.

- Tu tiens encore à lui, n'est-ce pas ?

Gloups…

- C'est un sujet que je n'aime pas aborder.

La lumière s'éteignit et le film commença. Angela me chuchota à l'oreille :

- Tu auras intérêt à m'en dire plus sur ton Phoenix, je veux tous les détails.

Aïe Aïe Aïe… Je sentais la migraine poindre. Pour échapper à tout ça, je fermai les yeux et m'endormis sans remords.

L'explosion finale du vaisseau spatial ennemi me réveilla en sursaut, au point que je me demandais où j'étais. Le léger ronflement à ma droite m'indiqua que Matthew n'avait pas trouvé le film intéressant non plus. Quant à Angela…

- Tu crois que je pourrais lui plaire ? me murmura-t-elle alors que je baillais ostensiblement.

Il pourrait te répondre car il t'a entendue comme si tu étais assise à côté de lui. Non, je ne pouvais pas lui dire ça.

- Hein ?

Jouer les idiotes me paraissait être une bonne idée…

- François ! Il est vraiment canon dans le genre grand brun mystérieux ! Je le veux !

… ou pas.

Je perçus un mouvement sur le côté. François avait dû faire un bond sur son siège en entendant que la femme qu'il désirait, le désirait aussi, et ardemment.

- Euh, tu ne veux pas qu'on en reparle plus tard ? J'aimerais savoir la fin du film.

- Pff ! Tu parles, tu as dormi dès les premières minutes ! Mais tu as raison, ce n'est pas vraiment l'endroit pour en parler. Comme ça, quand on se reverra, je te cuisinerai sur ton ex.

- Hm.

Je haïssais Karl de m'obliger à mentir comme une arracheuse de dents à mes amis, surtout que j'allais devoir continuer en m'inventant un ex : Phoenix ! La colère bouillonnait en moi et tout le reste de la soirée, j'eus énormément de mal à la contenir.

Murée dans le silence, j'en voulais à tous ceux qui m'accompagnaient. À Karl de me pourrir la vie, à François et Angela de me la compliquer, et à Matthew de vouloir en faire partie d'une façon dont je ne voulais pas. Mes amis humains mirent sur le compte du souvenir de ma rupture ma mauvaise humeur, mais les autres n'avaient pas besoin d'explication.

En revenant, non sans avoir eu un ordre express d'Angela de lui ramener de nouveau « cet ange descendu du ciel », je mis toute mon énergie à canaliser le volcan qui menaçait d'entrer en éruption. Karl n'osa même pas me provoquer.

Il était plus de minuit quand nous arrivâmes au château. Furieuse, je claquai ma portière et partis devant.

Dans le hall, je tombai sur mon employeur. Il paraissait fatigué et… démoralisé. Du coup, en le voyant ainsi, je ressentis une énorme culpabilité sur le fait de l'avoir laissé tout seul tandis que j'allais au cinéma et que je commettais bourde sur bourde. Le volcan se dégonfla aussitôt, laissant la place à une vraie détresse et à des larmes dangereusement proches de se déverser.

Je dépassai Phoenix sans le regarder, pour m'enfuir à l'étage.

En haut, je l'entendis gronder :

- Merde, Karl ! Qu'est-ce que tu lui as encore fait ?!

C'était la première fois que je l'entendais jurer, mais je n'en entendis pas plus. Je m'enfermai dans ma chambre pour pleurer dans la pénombre.

*

Un peu plus tard, alors qu'un amas de mouchoirs en papier usagés jonchait le sol, on toqua à ma porte. Comme je ne répondais pas, la personne entra, fit le tour du lit et s'assit à côté de moi. Son odeur si particulière me révéla son identité avant même qu'elle ne prenne la parole.

- Sam, allumez la lumière, s'il-vous-plaît.

- Vous y voyez parfaitement bien ! protestai-je.

Phoenix se pencha, me bousculant un peu pour allumer la lampe de ma table de chevet. J'aurais voulu rester dans l'obscurité pour qu'il ne voie ni mes yeux rouges ni les mouchoirs qui jonchaient le sol à mes pieds, ou encore, pour ne pas avoir à affronter son regard accusateur. Je gardais donc les yeux baissés. Il m'attrapa délicatement le menton et me força à me tourner vers lui. Il affichait une fois de plus son air indéchiffrable et je ne pus m'empêcher de trembler.

- Vous êtes beaucoup trop émotive.

Seulement quand il s'agissait de lui. Pourquoi ? Je ne me sentais pas si mal que ça d'avoir dû mentir à Matthew et Angela, mais l'idée même de perdre son amitié et sa confiance parce que j'avais prononcé son vrai prénom, me donnait la nausée.

- Je ne suis pas digne de votre amitié…

Ces quelques mots furent incroyablement difficiles à sortir, et n'y pouvant rien, je laissai de nouveau les larmes couler sur mes joues, en fermant les yeux. Je sentis la caresse de ses doigts, essuyant doucement ces flots incontrôlables. À ce contact, curieusement, je me détendis et les larmes cessèrent de se déverser. Comment faisait-il ?

- Rien dans ce que Karl et François m'ont raconté ne le laisse penser. Alors pourquoi vous en vouloir ? Dans l'affaire, le fautif, c'est cet imbécile de germain.

- Mais il n'a pas révélé votre vrai prénom alors que c'est ce que j'ai fait. Vous aviez confiance en moi, et je vous ai trahi.

Il y eut un silence insupportable. Enfin, il dit :

- Vous nous avez tous protégés de la bêtise de Karl. Peu importe le prénom que vous avez utilisé. Et puis, vous n'avez pas parlé de mon passé à qui que ce soit, donc vous ne m'avez pas trahi.

Je le fixai, incrédule devant tant d'indulgence.

- Vous me pardonnez ?

- Je n'ai rien à vous pardonner car vous n'avez pas fauté, dit-il. Au contraire, je devrais vous féliciter. François a dit que vous étiez une excellente comédienne.

La vague de soulagement me submergea totalement, et je me sentis incroyablement mieux. Peut-être trop.

Sans que ni l'un ni l'autre ne s'y attende, je plongeai dans ses bras et m'y blottis. Ses paroles m'avaient rassurée, mais une part de moi en voulait plus. Accrochée à sa chemise, le visage niché dans le creux de son cou, je sentis ses bras se refermer sur moi…

Il devait entendre mon cœur battre la chamade, mais je n'en avais cure car son étreinte achevait de me redonner le sourire, et la conscience tranquille. Pourquoi me sentais-je si bien d'ailleurs ? Son parfum m'envahissait, le contact de sa peau si froide et si douce équivalait à une caresse. Quelques secondes seulement devaient s'être écoulées, je souhaitai que le temps suspende son vol.

Quand il me serra davantage contre son torse, je passai mes bras dans son dos et me pressai contre lui. Si étroitement enlacés, la froideur de sa peau aurait dû traverser le tissu et me glacer, mais au contraire, un véritable incendie sembla se déclarer dans toutes les cellules de mon corps. Comme le soir de la danse, je perdis pied, et ce, sans avoir bu une goutte d'alcool. Mes mains semblaient avoir une volonté propre et remontaient et descendaient le long de la colonne vertébrale de Phoenix en un frôlement indécent.

De son côté, je sentis qu'une des siennes jouait à entortiller une mèche de mes cheveux, tandis que l'autre irradiait dans mon dos, à l'endroit où il l'avait posée. Ses lèvres étaient dangereusement proches de mon cou, et cette idée, pour qui, pour quoi, m'enivra complètement. Mon cœur s'affola et battit plus fort que jamais dans ma cage thoracique. Mais qu'est-ce qui me prenait ?

Je devais reprendre le contrôle de ce bruyant musicien et je voulus m'écarter un peu. Nous nous retrouvâmes bientôt face à face, très près l'un de l'autre, et nos mains pas encore rangées sagement comme elles l'auraient dû. Phoenix avait, là encore, cette profondeur dans le regard qui m'aspira totalement. Mon univers bascula, il n'y avait plus que ces deux océans de beauté qui comptaient et dont je voulais m'approcher, encore…

- Eh bien, vous en mettez un temps pour… Oh !

La vision du paradis s'effondra dans un bruit de verre brisé, et laissa la place à la réalité. En constatant que nous nous étions tellement approchés l'un de l'autre que nos lèvres n'étaient plus qu'à un millimètre de se toucher, et que sans savoir quand, nos doigts s'étaient entremêlés, Phoenix et moi nous écartâmes de concert, avec une brusquerie reflétant notre totale confusion.

Par-dessus le marché, Karl se tordait de rire dans l'encadrement de mon ancienne porte, tandis que François semblait gêné de nous avoir dérangés.

- Hahaha ! Pour quelqu'un de désespéré, tu avais l'air dans une totale béatitude, Samantha. Mais ça ne m'étonne pas. Depuis que je le connais, Phoenix est un as pour consoler les demoiselles en détresse ! Désolé d'avoir interrompu quelque chose !

Le sous-entendu sur le fait que mon patron ait pu vouloir profiter de ma faiblesse pour me séduire (et que ce n'était pas la première fois qu'il s'adonnait à ce genre de pratique), me poignarda bien plus que la situation compromettante dans laquelle Karl nous avait trouvés. Le tableau qu'il dressait de Phoenix ressemblait bien davantage au sien, un Don Juan sans scrupule, vaniteux, égoïste et uniquement soucieux de mettre un nouveau nom sur son tableau de chasse. Ce fut la goutte qui fit déborder le vase.

Le volcan s'était à nouveau réveillé et était plus que jamais décidé à entrer en éruption. Le voile rouge s'abattit à nouveau devant mes yeux et je me levai lentement, fixant Karl comme une proie que je voulais déchiqueter.

Phoenix tenta de me saisir la main pour me calmer, mais je la lui arrachai sans ménagement.

- Karl, tu ferais bien de partir d'ici, l'avertit mon employeur.

L'autre ricana.

- Non, je m'amuse follement avec vous deux !

- Je te hais.

Le ton que j'avais employé indiquait que c'était la pure vérité. Malgré tout le respect que j'avais pour Phoenix, je ne pouvais plus faire semblant. Comme hors de moi-même, je me vis le contourner et glisser la main entre mon matelas et le bois du lit.

- Non, Sam.

- La ferme.

Interloqué par ma réponse hargneuse, il ne m'empêcha pas de sortir le pistolet que j'y avais caché. À sa vue, Karl eut un petit rire sec qui décupla ma rage meurtrière.

- Il est temps que quelqu'un te donne la fessée que ta mère ne t'a jamais donnée ! dis-je en mettant en application les leçons de posture d'attaque de mon employeur.

Il perdit aussitôt sa bonne humeur et ses yeux s'enflammèrent.

- J'aimerais bien voir ça !

Avant que Phoenix ou François, incrédules devant cette situation ubuesque, n'aient pu réagir, je bondis.

Infiniment plus rapide que moi, Karl esquiva en me narguant, sauf que j'avais prévu son geste et tirai mon premier coup de feu. Je ne jouais pas du tout, ma conscience s'était envolée de mon corps et regardait mon déchaînement de violence du dessus. C'était très bizarre. Dans tous les cas, l'horrible sourire satisfait de Karl disparut complètement quand il vit son bras blessé.

Rendu aussi impuissant qu'un humain à cause du poison argenté, il était désormais à ma portée. Mais j'avais oublié une chose : il avait cinq cents ans d'entraînement derrière lui. Humain ou pas, je compris qu'il m'était supérieur quand il me plaqua violemment au sol après m'avoir asséné un premier coup de poing qui me brisa la mâchoire et un autre qui me pulvérisa deux côtes.

Complètement sonnée, j'étais encore capable de voir l'incroyable cruauté de ses yeux luminescents, ainsi que sa bouche, tordue en un rictus chargé d'une haine indescriptible. Il allait de nouveau abattre son poing sur mon visage, non pour me corriger, mais pour me tuer. Au dernier moment, Phoenix l'envoya voler à l'autre bout de la chambre en lui administrant un uppercut magistralement effectué. François s'agenouilla près de moi.

- Nom de Dieu ! l'entendis-je murmurer, horrifié, me calant la tête sur ses genoux.

Je ne devais pas être belle à voir. De plus, l'une des mains que François avait retirée de sous mon crâne était pleine de sang. Le mien.

Phoenix s'était trompé en pensant que je serais capable de vaincre un vampire blessé par une balle en argent. Il m'avait dit qu'il aurait une force tout à fait humaine, mais pas que ce serait la force d'un champion de boxe catégorie poids lourds !

Je commençais à être happée par le brouillard de l'inconscience, mais j'entendais des bruits de lutte à quelques pas de moi. Puis, je vis une silhouette voler dans le couloir et se redresser péniblement. Pointant un doigt vengeur vers son agresseur, Karl hurla :

- Regarde-toi, Phoenix ! La façon dont tu me traites prouve seulement ce que tout le monde murmure derrière ton dos ! Tu t'es affaibli depuis un bout de temps, et c'est encore pire maintenant que tu es avec cette humaine ! Ton amour pour elle est pure folie ! Où est passé l'ami avec lequel j'ai réduit en bouillie les soldats français ? Je ne te reconnais plus et je crache sur celui que tu es devenu ! Pour moi tu es mort tant que tu ne te seras pas débarrassé de cette chose et que tu ne te seras pas rappelé quel vampire tu es !

Quand l'intéressé lui répondit d'une voix glaciale, une amitié de plusieurs siècles se brisa en un instant.

- En tout cas, pas un vampire comme toi.

J'entendis les pas de Karl qui quittait le château et Phoenix, peut-être pour toujours... Mais avant de tomber complètement dans l'inconscience, une phrase me revint en mémoire :

- *Le protecteur guidera ses pas, au prix de tous les sacrifices.*

*

- *Tu veux que je lui donne mon sang ?*
- *Elle m'appartient.*
- *J'espère que tu sais ce que tu fais.*
- *Ne me fais pas la morale. D'après ce qu'a dit Karl, on est dans la même situation, toi et moi !*

Hm ? Rêvais-je encore ou entendais-je les voix diffuses de Phoenix et François ? Je ne comprenais rien de ce qu'ils racontaient. De quoi est-ce qu'ils parlaient ?

J'ouvris lentement les yeux, Phoenix était penché sur moi et remontait le bras de sa chemise.

- Sam, vous devez boire mon sang.

Quoi ? Après ce qui venait de se passer ? Pas question ! Déjà qu'en nous surprenant dans les bras l'un de l'autre, François avait dû se dire qu'il y avait plus que de l'amitié entre nous, on n'allait pas en rajouter !

Je secouai la tête.

- Quelle tête de mule ! Vous avez la mâchoire brisée et plusieurs côtes cassées. François pense que vous avez également un traumatisme crânien. Si vous voulez une lente et douloureuse guérison, libre à vous ! Mais si vous voulez accélérer le processus, vous n'avez pas le choix !

La mâchoire cassée... Je ne devais pas être très jolie à regarder. Et je n'avais pas envie de souffrir longtemps inutilement. Bon sang !

J'opinai du chef, vu que je ne pouvais pas vraiment parler, et Phoenix s'entailla le poignet avec ses crocs. Du sang gouttant de sa plaie, il s'approcha de ma bouche.

Malheureusement, avec ma mâchoire, je ne pouvais ouvrir la bouche pour aspirer correctement le précieux liquide.

- Phoenix, elle n'arrive pas à aspirer. Il faut un débit plus fort, dit François.

- Je sais. La carotide ?

- Bonne idée.

Je ne comprenais rien à ce qu'il voulait faire, j'avais tellement mal que je n'avais pas les idées claires. Toutefois, quand Phoenix utilisa mon couteau pour se couper au niveau du cou, je saisis. Je voulus reculer alors que de sa main, il retenait le flot de sang qui se déversait de sa blessure, mais mon corps refusait de bouger.

Il se coucha sur moi, m'emprisonnant de son poids, sans m'écraser. Je n'osais même plus respirer.

- Sam, en vous soignant, je vais m'affaiblir... Nous n'avons pas le choix. Il faut procéder à l'échange de sang. Le moment venu, je devrai vous mordre aussi.

Horrifiée, je tentai une nouvelle fois de me dégager de lui ; peine perdue.

- Tout ira bien.

- Tout ira bien, renchérit François, qui s'était retiré à l'écart de nous deux.

Tout ira bien ? C'était une blague ? J'allais aspirer le sang de mon patron et lui, le mien ! En même temps ! Je ne me souvenais que trop bien de l'horrible douleur que j'avais ressentie quand il m'avait mordu le bras, je ne voulais pas recommencer.

Mais comment pourrais-je aider Phoenix à enquêter sur ces disparitions en étant diminuée et droguée aux médicaments anti douleur ? Je n'avais pas le choix. J'en avais marre de ne jamais avoir le choix !!!!

Mon hochement de tête lui donna le signal car il se pencha et m'offrit son cou. Écœurée, je posai mes mains sur ses épaules et commençai à boire le liquide rouge qui en sortait massivement. Comme la dernière fois, ma température corporelle se réchauffa ; comme la dernière fois, l'écœurement laissa la place à la satisfaction, puis... au désir d'en avoir plus. Je buvais sans retenue, la volupté s'était emparée de moi en repoussant la douleur loin, très loin de ma conscience. Satisfaite, je fis une pause entre deux gorgées, en soupirant de bien-être.

Tout à coup, je tressaillis quand deux canines s'enfoncèrent dans ma chair et que je sentis mon sang s'écouler hors de moi. Quelle surprise de ne ressentir aucune douleur ! Au contraire, quelque chose d'incroyable se produisit... ou plutôt quelque chose d'incroyablement gênant...

Toutes mes barrières et mes tabous liés à mon éducation se désagrégèrent d'un seul coup. Ce fut comme si chaque fibre de mon corps vibrait sous l'effet de la volupté qui me possédait. Les yeux fermés, je ressentais comme un baiser passionné cette bouche, ces lèvres, qui, collées à ma peau, s'abreuvaient de ma propre vie... et j'en voulus davantage.

Ne pouvant m'en empêcher, je saisis une poignée de cheveux de Phoenix, tirai dessus d'une main, tandis que de l'autre, je lui labourais le dos avec mes ongles, tout en me cambrant. Un grondement profond et satisfait me répondit et je sentis l'une de ses mains se glisser sous moi pour assurer sa prise.

Électrifiée par ce contact, je tirai plus fort sur la mèche que je tenais pour le faire reculer et exposer sa gorge. Il se laissa faire et avant de fondre sur sa plaie, je constatai que ses yeux s'étaient littéralement embrasés, chargés non de violence, mais de désir…

Quand je bus à nouveau son sang, Phoenix laissa échapper un léger gémissement et enfouit son visage dans mes cheveux qu'il… respirait !

Pour répartir son poids sur moi, je dus écarter les jambes ; cette position me fit l'effet d'une décharge électrique et la main qui labourait son dos s'égara un peu plus bas…

Impatient, il changea les rôles et me mordit de l'autre côté, en attrapant l'une de mes cuisses et en la soulevant contre sa hanche. Un ouragan se préparait dans mes entrailles, renforcé par la sensation de sa langue léchant avidement ma plaie, et de nos deux corps qui ondulaient si sensuellement l'un contre l'autre.

Soudain, l'explosion qui déferla en moi me fit me cambrer violemment, et j'enroulai mes jambes autour de sa taille comme pour l'emprisonner à jamais. Je poussai un cri d'extase jeté à la face du monde et il tint fermement mes cuisses contre son bassin, quand lui aussi, me rejoignit au septième ciel…

*

Je n'avais pas senti mes os se ressouder mais je savais, quand l'échange fut fini, que tout était comme avant. À quelques petites choses près.

Immédiatement redescendue sur terre, je restais pétrifiée. Phoenix ne devait pas en mener large non plus car il avait sursauté avant de se dégager de mon cou. Lentement, il se releva, le bas du visage et la chemise couverts de sang. Je notai, d'ailleurs, que celle-ci était en lambeaux. Mon visage s'enflamma, la honte m'enveloppant de son étau étouffant.

- Sam ?

Phoenix s'agenouilla près de moi.

- Un instant.

Tout avait dérapé si vite. Ma soirée aurait dû se dérouler simplement : deux amis, un cinéma, et une bonne nuit de sommeil. Mais au lieu de ça, je m'étais battue avec Karl, avais détruit son amitié avec Phoenix et l'échange de sang m'avait amené à me conduire comme une nymphomane en manque de sexe. Ça faisait lourd à digérer...

Une fraction de seconde plus tard, j'avais envoyé mon poing dans la figure de mon employeur, avec toute la force de ma rancœur. Comment avait-il osé ne pas me prévenir de l'effet qu'un échange de sang aurait sur nous ? Comment avait-il pu me permettre de me conduire comme une allumeuse alors que je tremblais à l'idée d'embrasser un homme pour la première fois ? Comment... ?

Nom de nom... De nom de nom !!!! Mais quelle idiote ! Je ne pus m'empêcher de lâcher quelques larmes même si je serrais les dents pour ne pas crier de douleur, tant la main qui avait servi à le frapper me faisait souffrir. Ça ne m'avait pas servi de leçon la dernière fois ?! Il avait encore encaissé le coup sans broncher ni montrer la moindre souffrance et ça m'énerva encore plus.

- Je... vous... je...

J'étais tellement en colère que je n'arrivais plus à mettre de l'ordre dans mes insultes.

- Calme-toi, Samantha. Phoenix t'a soignée. L'échange de sang provoque ce genre de réaction. Tu n'as pas à avoir honte, dit François en s'approchant.

Je l'avais oublié celui-là.

Il fit un pas en arrière quand je me retournai vers lui, comme s'il avait peur de moi. Je devais avoir l'air d'une sauvage avec tout ce sang qui me barbouillait le visage et les vêtements.

Phoenix n'avait pas bougé, attendant simplement mon verdict. Lentement, je me tournai vers lui et le dévisageai impitoyablement.

- Je sais pourquoi vous l'avez fait, mais je vous en veux de ne pas m'avoir prévenue... encore. Je vais prendre une douche ailleurs et me coucher. Je ne veux plus entendre un mot sur ce qui s'est passé ici. Et la prochaine fois que je me blesserai, j'irai à l'hôpital.

J'aurais dû le remercier mais je n'en fis rien. D'ailleurs, je pense qu'il avait bien compris. Quant à la discussion sur le départ de Karl, cela attendrait le lendemain.

En sortant de la chambre, alors que j'arrivais au bout du couloir, j'entendis leurs voix.

- Ce qui s'est passé entre vous dépasse l'échange de sang, et tu le sais. C'est pour cela que tu ne pouvais rien lui dire.

- Ferme-la, François.

J'étais beaucoup trop loin pour avoir pu les entendre. C'était impossible que cette conversation fût réelle. Étouffant un bâillement, j'en conclus que la fatigue me jouait des tours et que mieux valait aller dormir avant d'entendre des voix comme Jeanne d'Arc...

J'avais rêvé tout le temps de mon sommeil de l'épisode de l'échange de sang. Les rêves, tous plus érotiques les uns que les autres, faillirent me rendre folle et je décidai de me lever. Il était déjà seize heures. À croire que je subissais depuis quelques temps les effets d'une piqûre de mouche tsé-tsé !

N'ayant nullement envie d'aller à Scarborough pour entendre Angela pérorer sur son beau François et pour voir Matthew me fixer avec un regard compatissant mêlé de tentation, je préférai traîner dans les environs. Avant de rentrer, je m'arrêtai à Pembroke, au stand d'un vendeur de sandwichs ambulant pour en rapporter un avec du fromage et des frites au château. Le vendeur m'avait dévisagé avec curiosité en constatant que je portais une écharpe alors qu'il faisait chaud.

Cela me dérangeait aussi mais quand je m'étais regardée dans le miroir de ma chambre, à mon réveil, je fus irritée par les deux petits trous rougis qui trônaient sur chaque côté de mon cou. J'avais donc décidé de les cacher. J'espérais que le fait de ne plus les avoir sous les yeux me permettrait d'oublier le fâcheux événement qui en était à l'origine.

Quand Phoenix et François débarquèrent dans la cuisine, ils me trouvèrent en train de dévorer mon repas. À la vue de mon patron, la sensation de son corps contre le mien me revint en mémoire. Je réussis à museler ma gêne. Après tout, on avait décidé de faire comme si de rien n'était.

- *Bon appétit*, me lança François, en français.

- *Merci, j'ai toujours aimé les sandwichs bien gras qui font dresser les cheveux sur la tête des nutritionnistes. Après tout, il n'y a pas de mal à se faire du bien,* lui répondis-je dans la même langue.

Il eut l'air ravi.

- Tu parles français ?

- Personne ne venait jamais dans ma bibliothèque, alors, je m'occupais comme je pouvais. Je suppose qu'on peut me qualifier de francophile, dis-je en enfournant dans ma bouche un énorme morceau de pain.

Phoenix ricana.

- Vous avez appris la langue, mais pour l'élégance à table, ça reste à voir.

Effectivement, je venais d'essuyer le coin de ma bouche, si remplie qu'un peu de fromage en avait débordé. Pouah ! Oui, je sais !

Ne me laissant pas démonter par l'intervention de mon employeur, je dis :

- Peut-être que si, pour une fois, c'était vous qui me cuisiniez à manger, je n'aurais pas la fainéantise d'aller acheter un sandwich !

Sauf qu'avec tout le pain que je mâchais déjà, ma réplique fut totalement incompréhensible.

François passa à un sujet beaucoup moins trivial.

- Que faisons-nous ce soir ?

Phoenix se rembrunit.

- Rien. Parce qu'il n'y a rien à faire. Ces types sont trop forts. Seuls les Grands pourront les arrêter.

Le silence régna tout à coup dans la cuisine, chacun perdu dans ses sombres pensées.

- En n'ayant pas su me contrôler, je vous ai fait perdre un atout, et un ami. Je suis désolée.

Il fallait bien crever l'abcès du départ de Karl de toute façon.

- Vous n'avez pas encore trente ans et vos réactions sont guidées par vos sentiments et votre humanité, dit mon patron. Karl n'avait pas cette excuse. De plus, il n'aurait jamais dû vous attaquer alors que je l'avais prévenu qu'il n'avait pas intérêt à vous manquer de respect… Enfin, je ne peux lui pardonner ce dont il m'a accusé…. ni de vous avoir blessée.

Il s'assombrit encore davantage. Ses relations avec Karl n'étaient pas près de se rétablir de sitôt. Il le considérait comme un frère et n'ayant pas eu de frère ou de sœur, je n'osais pas imaginer le sentiment de perte qu'il devait éprouver. Comme il était à côté de moi, je lui saisis la main et la serrai. Quand il me regarda, surpris de mon revirement à son égard, je lui souris gentiment.

Soudain, mon téléphone portable sonna en me faisant sursauter. Ne reconnaissant pas le numéro, je décrochai tout de même.

- Allô ?

- Mademoiselle Jones ?

- Qui êtes-vous et où avez-vous eu ce numéro ? dis-je sur la défensive.

Aussitôt, mes deux vampires se raidirent et tendirent l'oreille.

- Bobby l'Anguille. Vous m'avez dit de vous contacter si on avait du nouveau sur une bande de Chinois qui s'amusent à enlever des gens un peu partout.

- J'espère que vous ne m'appelez pas pour rien.

- Non. Les gens importants n'ont pas de temps à perdre. J'ai obtenu quelques infos qui pourraient vous aider, vous et vot' boss, à retrouver ces mafieux. Retrouvez-moi ce soir au « Sunnie's » à minuit. Je n'aime pas les téléphones.

- Très bien, nous y serons. J'espère que vos informations en valent la peine, déclarai-je avec une pointe d'avertissement qui n'échappa pas à Bobby l'Anguille.

- Ne vous en faites pas. Vous allez les coincer, ces salauds ! En plus, si mes gars et moi on peut aider, c'est tant mieux !

- À tout à l'heure, alors.

Je raccrochai et me tournant vers Phoenix et François, je souriais :

- Les affaires reprennent !

Chapitre X : Retrouvailles

*

- Qui est ce Bobby l'Anguille ? demanda François.

- C'est le chef d'une petite bande de motards de Kerington que nous avons rencontrés en rendant visite à l'Assoiffé. Sam a gagné leur respect et les a convaincus, moyennant finances, de faire des recherches de leur côté. Je ne vous en ai pas parlé, à Karl et à toi, car je ne croyais pas vraiment que cet arrangement serait fructueux.

Bonjour la confiance, ça faisait plaisir à entendre.

- J'espère que ça vous en bouche un coin, dis-je pour l'obliger très égoïstement à me complimenter.

Phoenix leva les yeux au ciel.

- Je reconnais que votre esprit tortueux et vos idées farfelues vont peut-être nous aider.

Quelle mauvaise foi !

- Ça vous irriterait la gorge que de simplement me dire merci ? grondai-je.

- Espérons que ces informations vont nous mener aux trafiquants. De toute façon, nous n'avons pas d'autre choix que d'écouter ce gangster, intervint François pour étouffer dans l'œuf la querelle qui s'annonçait.

- Nous avons encore du temps. Je vais préparer quelques affaires, dit Phoenix en sortant de la cuisine.

Je voulais finir mon sandwich, bien décidée à me remplir la panse afin d'emmagasiner un maximum d'énergie pour cette nuit. François s'assit près de moi.

- Samantha. Puis-je te poser une question ?

En ouvrant la bouche pour lui répondre, j'aurais risqué de recracher malencontreusement son contenu et de passer encore plus pour une femme des cavernes.

- Hum… hm…

- Penses-tu qu'un vampire et une humaine… ?

Pas besoin qu'il achève sa phrase pour comprendre qu'il voulait parler d'Angela. J'avalai ma pitance.

- La façon dont vous vous êtes regardés avec Angela prouve bien que l'amour véritable entre vampires et humains est possible, quoi qu'on en dise. Toutefois, vous rencontrerez un certain nombre d'obstacles, et j'ai peur que cette situation se solde par des cœurs brisés.

Il eut l'air dépité et cela me chagrina beaucoup. J'avais été un peu trop honnête, et je voulus rattraper le coup.

- Mais ce n'est pas une raison pour ne pas essayer. Angela te ressemble beaucoup, vous feriez un très beau couple.

François parut soulagé et me regarda avec une réelle affection.

- Et pour Phoenix et toi ?

Je sentis mes joues s'embraser.

- Je t'ai déjà dit que…

- Tu n'étais pas amoureuse de lui, je sais. Mais te raccrocher à l'illusion de votre amitié est inutile. Votre lien est bien plus profond que ça.

- On croirait entendre Karl ! Qu'est-ce que vous avez, vous tous, à vouloir à tout prix que nous nous aimions ?! Je sais parfaitement que ça ne nous mènerait nulle part parce que c'est impossible. C'est fou ! Ne peux-tu pas te satisfaire du fait que Phoenix et moi ne sommes que des amis ?!

- Si tu veux te bercer d'illusions, libre à toi, mais laisse-moi te dire une chose. L'échange de sang provoque une augmentation du désir sexuel entre les partenaires, mais il n'est pas assez puissant pour déclencher une étreinte aussi passionnée que celle que vous avez partagée. Je ne te l'ai pas dit hier pour que tu retrouves ton calme, mais c'est la vérité.

J'eus du mal à avaler ma salive. Il était en train d'insinuer que nos inconscients avaient parlé pendant l'échange de sang, révélant nos véritables sentiments. Je me revis, les jambes enroulées autour de la taille de Phoenix, et criant de pure extase. Dans ses bras, je m'étais crue au paradis l'espace d'une seconde... Je repensai aussi aux voix que j'avais entendues dans le couloir : François faisait la même réflexion à Phoenix, qui lui avait répondu vertement de la fermer. Pourtant, ça ne pouvait pas être vrai, je n'avais pas l'ouïe assez fine.

Je secouai la tête, c'était du délire, mon interlocuteur se trompait. Phoenix comptait plus que tout pour moi, désormais, pour autant ce n'était pas de l'amour que je ressentais pour lui. Quant à l'échange de sang, étant donné ma réaction la première fois qu'il m'avait fait boire à son poignet, le fait de boire directement sur une grosse artère, dans son cou, avait dû... m'enivrer comme si j'avais forcé sur la bouteille, et cela expliquait nos comportements respectifs. Voilà.

Ragaillardie par ce raisonnement, je regardai François droit dans les yeux et lui dis froidement avant de quitter la pièce :

- Sans vouloir te vexer, à cause de tes principes vertueux, je pense que tu ne sais pas toi-même l'effet que peut provoquer un échange de sang. Alors cesse de nous inventer des sentiments amoureux ineptes et occupe-toi plutôt de ceux, bien réels, qui te poussent vers Angela ! On se voit tout à l'heure.

Dans mon dos, il eut néanmoins le dernier mot.

- Je t'aurais prévenue.

*

La première moitié du trajet vers Kerington fut très silencieuse. Voulant garder mes distances avec mes deux vampires, je m'étais installée à l'arrière et m'étais coupée d'eux en me mettant un casque Mp3 sur les oreilles. Phoenix et François finirent par entamer la conversation et ne souhaitant pas les écouter, j'augmentai le volume. Malgré les hurlements du chanteur dans mes oreilles, j'entendais leurs paroles avec une acuité qui m'horripila.

- Êtes-vous obligés de crier pour vous entendre ? Je ne peux donc pas écouter ma musique tranquille ? râlai-je, exaspérée.

Ils se regardèrent, surpris, puis François me fit signe d'enlever mes écouteurs. Ce faisant, le son qui en sortit fut tout bonnement insupportable, tant j'avais poussé le volume à fond. J'éteignis le Mp3.

- Vous nous avez entendus malgré le vacarme de votre appareil de torture auditive ? demanda Phoenix.

- Vacarme ? Vous parlez tellement fort que j'ai dû monter le son ! C'est de votre faute ! m'exclamai-je, outrée.

- Nous nous sommes parlés très bas pour ne pas vous déranger, justement. Une oreille humaine normale n'aurait pas pu nous entendre, s'étonna François.

- Quoi ?

Ce fut à mon tour d'être surprise. François me dévisagea longuement avant de se tourner vers Phoenix.

- Tu vois ? Je te l'avais bien dit ! Tu l'as marquée de ton empreinte !

- Depuis quelques jours, François, je regrette le temps où tu parlais autant qu'une carpe ! lui répondit vertement l'intéressé.

Je réagis aussitôt.

- Hé ! Mais vous avez déjà eu cette discussion hier !

Ils se turent, attendant la suite.

- J'étais au bout du couloir après...euh... que Phoenix m'ait remise sur pieds. Vous avez ordonné à François de la fermer quand il vous a dit que notre échange de sang avait dérapé ! J'ai cru que j'avais rêvé car j'étais trop loin pour avoir pu raisonnablement vous entendre.

Je m'interrompis un instant, puis m'écriai :

- Qu'est-ce que vous m'avez fait ?

Je croyais être en colère, mais c'était plutôt la peur qui me faisait réagir. Phoenix serrait si fort les dents qu'on les entendit grincer. Ce fut Fançois qui me répondit.

- Phoenix m'a dit qu'il t'avait soignée récemment.

- Oui. Il m'avait mordu... par accident, m'empressai-je d'ajouter. Et puis, il y a eu ma rencontre avec Heath.

- Je vois... Tu as de nouveau bu son sang hier, et en grande quantité. L'échange de sang peut avoir des conséquences inattendues, surtout quand les deux personnes qui le font ont un attachement... comme le vôtre.

Phoenix poussa un grognement d'avertissement qui déclencha chez moi d'affreux tremblements. François prit la menace très au sérieux. Mon patron ne voulait pas non plus aborder le sujet de notre... attachement, car il devait trouver lui aussi ineptes les suppositions de son ami sur le lien qui nous unissait. Je ne sus pourquoi, je fus désappointée un court instant. Mais je me repris et François continua :

- Bref... Ce genre de choses ne se produit normalement jamais, mais je pense que le sang de Phoenix a laissé son empreinte dans ton organisme.

- Mais... c'est absurde ! dis-je pour me rassurer.

- Bien sûr que c'est absurde ! Tais-toi, François, ou je te promets que je t'éjecte de la voiture au prochain virage ! menaça notre chauffeur.

Celui-ci ne se laissa pas démonter.

- Et comment expliques-tu la soudaineté de son acuité auditive si ce n'est en l'ayant marquée !

Phoenix faisait un effort considérable et très visible pour juguler la rage qui commençait à l'envahir. Tout ce que je voulais savoir à ce moment, c'était si j'allais me transformer en mutant monstrueux.

- Qu'est-ce qui va m'arriver ?

- J'ai entendu dire que l'humain marqué par un vampire partageait pour un temps ses pouvoirs ; à moindre mesure, bien sûr. Par contre, je n'aurais jamais cru qu'un humain ayant bu seulement trois fois le sang du même vampire ait pu recevoir l'empreinte aussi vite, dit François plus pour lui-même que pour son auditoire.

Il avait l'air de trouver ça passionnant. Moi, je trouvais ça effrayant.

J'allais partager les pouvoirs de mon employeur. J'avais toujours rêvé d'être une femme forte et impressionnante, un peu comme *Xéna la Guerrière*, mais là, je m'égarais dans un cauchemar auquel je n'étais pas préparée.

- Et... je vais guérir ?

Phoenix tressaillit légèrement en entendant ma question ; c'était comme si je disais qu'il m'avait infectée avec une MST. Ce n'était pas sympa mais tant pis pour lui ! C'était sa faute si on était dans ce pétrin ! Quoique ma conscience crut bon de temporiser ma colère en lui chuchotant que si je ne m'étais pas jetée sur Karl avec autant d'imprudence, ce ne serait jamais arrivé. Bingo ! Ma colère s'envola.

- Bien sûr. Les effets de l'empreinte sont temporaires. Mais ça peut prendre du temps avant qu'ils ne se dissipent totalement.

Prends ça du bon côté ! Tu seras plus forte pour combattre nos ennemis !

Je ne l'avais pas envisagé... Effectivement, la raclée que j'avais prise dans mon combat avec Karl était cuisante. Cette empreinte, même si elle m'effrayait, me permettrait d'être plus efficace face au danger. C'était étrange, je ne me sentais pas différente même si mon ouïe était plus développée. Il faudrait que je fasse des essais pour voir jusqu'où mes capacités allaient.

- Bon, vu sous cet angle, ça me dérange moins.

Phoenix en fit une violente embardée qui me propulsa de l'autre côté de la banquette arrière. J'aurais dû m'attacher, du coup, je m'empressai de rattraper mon erreur.

- Mais qu'est-ce qui vous a pris ?

Ma question fit se déchaîner l'une des plus violentes colères de mon patron. À ce souvenir, mes genoux en tremblent encore.

Il s'était transformé en un quart de seconde en un dieu de la colère dont l'aura de rage absolue nous écrasait dans une frayeur immobilisante.

- Qu'est-ce qui *me* prend ?! Êtes-vous folle ou inconsciente ?! François vient de vous dire que je vous avais ôté une partie de votre humanité pour la remplacer par... une souillure ! Si ça ne vous embête pas, c'est que finalement, vous êtes complètement dérangée ! Accepter cette partie de moi en vous, c'est renier votre identité et votre indépendance ! Comment pouvez-vous prendre cela avec autant de légèreté ?!

À la fin de sa tirade, ses épaules se soulevèrent et se baissèrent, comme s'il cherchait à reprendre son souffle.

Il ne concevait pas que j'accepte si facilement d'avoir son empreinte en moi. Il n'avait donc pas compris que je voulais être plus forte pour pouvoir l'épauler ?

Des sanglots menaçaient de se faire un chemin hors de ma bouche. Je ne me rendis pas compte que je m'étais mordue la lèvre, jusqu'à ce que je sente le goût du sang. Mes tremblements avaient repris de plus belle, conséquence physique de la lutte que je menais pour ne pas éclater en larmes et me ridiculiser devant eux.

Soudain, Phoenix appuya sur la pédale de frein et dans un dérapage contrôlé qui aurait fait pâlir d'envie tous les coureurs automobiles, il gara la voiture sur le bas-côté.

Avant d'ouvrir sa portière, Phoenix regarda François avec une telle colère que son ami se tassa dans son siège.

- Toi, ne t'avise plus jamais de te mêler de ce qui ne te regarde pas. Si je te vois sortir de cette voiture, je t'arrache les deux bras !

Je ne l'avais jamais vu dans un tel état. Il claqua la portière si fort en sortant de la voiture que celle-ci fut secouée violemment. Il en fit le tour et mon cœur rata un battement quand je compris qu'il se dirigeait vers moi.

Brusquement, il ouvrit ma porte et m'attrapa par le bras. Heureusement que je m'étais détachée dès l'arrêt du véhicule.

Il faisait sombre, pourtant, il m'entraînait à sa suite sans l'ombre d'une hésitation, en me serrant le poignet à m'en faire mal. Tandis que nous nous enfoncions dans les bois, pas un son ne sortait de ma bouche tant j'étais choquée et occupée à éviter de tomber sur le chemin qu'il nous frayait à travers les fourrés. Malgré l'obscurité, la lumière de la lune me permettait de voir où je mettais les pieds, et j'entendais le hululement d'une chouette, outrée d'être dérangée dans son calme habitat.

Cachés par le couvert des arbres, Phoenix me poussa brutalement devant lui, et je m'affalai par terre, m'écorchant mains et genoux. Trop stupéfaite pour m'appesantir sur la douleur, je me contentais de le fixer bêtement.

Mon regard raviva sa colère car ses yeux devinrent si luminescents que leur éclat bleuté métallique en devint aveuglant.

- Je vous libère de vos obligations envers moi, déclara-t-il simplement.

Cette simple phrase me coupa complètement les jambes. C'était comme si tous mes muscles s'étaient instantanément liquéfiés quand la signification des mots qu'il avait employés eut trouvé son chemin dans mon esprit. Ma bouche devint désespérément sèche, n'ayant plus de salive à avaler.

- Quoi ? fut tout ce que je fus capable de prononcer.

- C'est terminé. Vous n'êtes plus mon assistante, vous êtes renvoyée.

Vous êtes renvoyée. Comment pouvait-il me dire ça après tous les efforts qu'il avait déployés pour me garder auprès de lui ? Après ce qu'il m'avait dit à la gare ?

- Je… non.

L'accent désespéré de ces monosyllabes n'était pas surjoué, mon monde s'écroulait. Quand il me tourna le dos pour s'en aller, je faillis m'évanouir, seulement je n'avais pas non plus déployé autant d'efforts de mon côté afin de gagner sa confiance pour être traitée ainsi.

Je me relevai, les jambes flageolantes.

- REGARDEZ-MOI ! vociférai-je.

Il aurait pu continuer et me laisser dans l'oubli… mais il s'arrêta, sans toutefois se retourner.

- Rien de ce que vous direz ne me fera changer d'avis. Reprenez votre vie et oubliez-moi.

Reprendre ma vie ? L'oublier ?

- Vous… vous m'avez dit que je mourrais si je partais… pour le Secret.

J'étais prête à tout pour gagner du temps, pour récupérer des forces afin d'être capable de le suivre.

- Je m'arrangerai pour qu'on vous laisse tranquille. Au revoir.

Il avança de quelques pas.

Trouve quelque chose qui le fasse rester, force-le à rester près de toi !

- Vous allez m'abandonner ici ?!

- Il y a un chemin qui mène à un corps de ferme, là-bas. Vous leur demanderez l'hospitalité. De là, avec votre nouvelle identité, vous pourrez repartir à zéro.

Il avança de nouveau.

- Je... NON ! hurlai-je.

Avec la force du désespoir, je me mis à courir. J'eus peur qu'il utilise ses pouvoirs pour m'empêcher de le suivre, mais je le rattrapai. Butant sur une branche, je trébuchai et le percutai de plein fouet ; l'impact me propulsa en arrière et je tombai sur les fesses. Refusant de m'avouer vaincue, je me relevai aussitôt et retins Phoenix par le bras.

Il se retourna enfin ; son expression méprisante me transperça et acheva de me briser le cœur. Fermant les yeux, laissant les larmes ruisseler sur mes joues, je me jetai contre sa poitrine que je martelai de coups de poings.

- Comment pouvez-vous me laisser alors que c'est vous qui êtes venu me chercher ? Comment pouvez-vous me dire ces horreurs alors que vous avez dit que vous étiez mon ami ? Comment pouvez-vous m'abandonner alors que je n'ai plus que vous au monde ?

À chaque mot que je prononçais, je me rapprochais un peu plus de l'hystérie. Je le frappais, encore et encore, et il ne réagissait pas.

Totalement désespérée, je compris que d'un instant à l'autre, je le perdrais pour toujours, et me laissai tomber à genoux. Ma vie n'avait plus aucun sens sans lui pour me guider. Il était mon ancre, mon phare, mon seul véritable ami. Le voir partir serait comme perdre une partie de moi et je n'arrivais pas à l'accepter. Je n'avais jamais pleuré ainsi, la douleur que j'avais ressentie quand Karl m'avait frappée n'était rien comparée à la souffrance dont j'étais prisonnière à cet instant...

De mon abîme de douleur, je compris tout de même que quelqu'un s'était agenouillé devant moi et avait posé ses mains tremblantes sur mes épaules. J'entendis même sa voix :

- Sam... je... non... Je dois vous éloigner de moi. Je ne vous apporte que le mal. Vous ne méritez pas ça.

Sa voix avait complètement changé. Le mépris et la colère avaient disparu et elle était incertaine, hésitante. Je devais rêver.

Oui, je rêvais, car sa conception vampirique de l'indépendance excluait la possibilité même de partager une partie de lui avec quelqu'un. Or, quelque chose de lui s'était égaré en moi, et pour cela, il devait me détester. C'était ça, il me haïssait et cette idée me fit perdre tout contrôle.

Mon torrent de souffrance se déversa en sanglots horribles qui m'empêchèrent de respirer normalement. Des points lumineux dansaient devant mes yeux et le gouffre risquait à tout moment de m'avaler pour de bon vers l'enfer de son absence.

Au bout d'un temps qui me parut infini, alors que ma conscience avait décidé de se tapir très loin de la réalité pour se préserver de mon océan de détresse, une sensation étrange s'insinua vers elle et la força à se réveiller. Je sentais une odeur... son odeur ; une étreinte... la sienne... la seule qui pouvait me faire sortir de ma torpeur.

Lentement, je revins à moi. J'étais toujours à genoux dans la terre, j'avais encore du mal à respirer, mais pour une autre raison.

Phoenix me serrait contre lui à m'en faire mal et me caressait les cheveux. C'était son corps contre le mien qui avait réveillé ma conscience, il ne m'avait pas abandonnée... pas encore. Malgré cette affreuse perspective, je passai mes bras autour de son torse et inspirai peut-être pour la dernière fois, son odeur si rassurante. Au milieu de la nuit, dans un bois humide et hostile, nous restâmes enlacés et silencieux pendant un long moment.

Phoenix parla le premier :

- Je pensais vous protéger en vous laissant reprendre votre vie d'avant... Je ne supporte pas que vous soyez blessée à cause de moi, ça me rend malade... et cette empreinte... ça a été la goutte d'eau. Ça m'a rendu fou. Je ne vous apporte rien de bon et pourtant, vous voulez rester près de moi. Pourquoi ?

Ses paroles agissaient comme un baume miraculeux. Il ne me détestait pas !

- Chaque jour, vous me rendez meilleure. À vos côtés, j'ai l'impression d'être celle que j'ai toujours voulu devenir. Vous êtes la personne qui m'est la plus chère au monde, mon meilleur ami.

- Je vous avais promis de ne plus jamais vous faire de mal... J'ai trahi ma promesse.

L'espoir commençait à renaître en mon cœur mais j'avais trop peur de me tromper. S'excusait-il d'avoir voulu m'éloigner de lui ? Voulait-il que je revienne ?

- Sam... Depuis cinq cents ans, je n'avais plus compté pour personne. Bien sûr, il y avait François et Karl, mais ça n'a rien à voir... Je ne pensais pas que vous réagiriez comme ça, je... je croyais que vous seriez heureuse de retrouver une vie humaine... sans vampires. François avait raison... je me sens lié à vous et l'idée qu'il vous arrive malheur à cause de moi me terrifie. Je souhaite, non... je veux que vous restiez près de moi.

- Pourquoi ? dis-je dans un souffle.

Il me serra un peu plus contre lui.

- Parce que j'ai besoin de vous à mes côtés pour me sentir vivant.

Il avait tout dit. La plaie béante dans ma poitrine se referma d'un coup, le gouffre de désespoir disparut, ma respiration redevint normale.

- Je vous interdis de m'abandonner.

- Je ne vous abandonnerai jamais.

Il reprit ses caresses de ma chevelure, et je finis par me détendre.

- François croit que nous sommes amoureux l'un de l'autre.

- Quelle idée ! dit-il en riant.

Je souris.

- Je suis soulagée qu'il n'y ait pas de malentendu entre nous. Parce que, quand nous allons revenir à la voiture, il va le croire d'autant plus.

- Qu'il croie ce qu'il veut. Ça va aller ?

- J'ai les jambes en coton, mais je pense pouvoir marcher.

Il m'aida à me relever puis me prit les mains en me fixant du regard.

- Pouvez-vous me pardonner ?

- Vous avez voulu me protéger... C'était très maladroit et très brutal... Mais je vous pardonne.

Quand nous sortîmes du bois, je vis François à travers sa vitre et son expression passer d'une profonde inquiétude à un intense soulagement. Toutefois, ayant bien pris note de la menace de mon patron, il n'osa pas venir à notre rencontre et se contenta donc de nous observer, Phoenix et moi. Lui, avait passé un bras protecteur autour de mes épaules et tenait ma main droite dans sa main gauche. Moi, j'avais les genoux pleins de boue, j'étais décoiffée, mes yeux étaient bouffis et rougis par les larmes que j'avais versées, mais je souriais.

Pas un mot sur ce sujet ne fut échangé dans l'habitacle de la voiture durant le reste du trajet vers notre destination.

Tout avait été dit et le secret de la force du lien qui nous unissait était enfin révélé. Il resterait protégé par la discrétion de la faune et de la flore d'un petit bois du comté de Kerington.

*

Le « Sunnie's » était fréquenté par toutes les bandes de motards des quartiers Est qui enterraient la hache de guerre dans ce bar sacro-saint reconnu comme tel uniquement pour la qualité de sa bière. Son propriétaire, un géant barbu aussi large que haut, était capable d'étouffer dans l'œuf le moindre début de bagarre en n'hésitant pas à plomber les fesses des trublions à coups de carabines qu'il adorait, et dont il faisait collection. D'où son surnom de « Clyde la gâchette ».

L'atmosphère était enfumée par la cigarette et les regards, eh bien... étaient tous tournés vers Phoenix, François et moi.

- Ici, c'est *mon* terrain de jeu. Laissez-moi faire, lançai-je à mes compagnons en passant devant eux.

Arrivée à la hauteur de deux grands bikers dont les bras avaient la même circonférence que leurs cuisses, je rencontrai mon premier obstacle, quand ceux-ci, au lieu de me laisser passer, me barrèrent le chemin. Je devais régler cette affaire comme une professionnelle pour impressionner mon patron et lui passer pour toujours l'envie de me licencier pour mon bien.

- Dans votre intérêt, laissez-moi passer.

Quand les deux adeptes de la gonflette qui se tenaient devant moi sifflèrent d'admiration après m'avoir reluquée très peu discrètement, le grondement que j'identifiai comme celui d'un Phoenix très pointilleux sur le respect des bonnes manières, me poussa à agir très vite.

Ni une ni deux, j'attrapai la pinte de bière que celui de droite avait dans la main, et tandis qu'il la contemplait bêtement, je logeai un coup de pied dans les parties de son complice de gauche, avant de lui faire la même chose avec mon genou. Grâce au sang de Phoenix, j'étais beaucoup plus précise et plus puissante dans mes gestes…

À terre et roulant sur eux-mêmes pour tenter de calmer la douleur dans leurs bas-ventres, ils ne représentaient plus de danger immédiat. Quoique… j'allais devoir composer avec leurs amis.

Les toisant avec un air infiniment supérieur, je levai vers eux mon énorme chopine, et la vidai d'un trait, avant de la reposer brutalement sur la table devant leurs regards ébahis.

- Chez moi, c'est comme ça qu'on traite ceux qui manquent de respect aux dames ! Mais vu que vous les gars, vous m'avez l'air d'être beaucoup plus polis, je vous offre une tournée générale ! lançai-je à la cantonade en priant pour que les préjugés débiles qu'on peut avoir sur les gangs de motards soient pour une fois fondés.

Ma proposition fut accueillie par un tonnerre d'applaudissements et une marée humaine se dirigea vers le bar, non sans piétiner les deux idiots qui avaient commis l'affront de m'insulter.

Comme nous nous frayions péniblement un chemin parmi tous ces amateurs de bière, « Clyde » s'avança vers nous.

- Joli retournement de situation ma p'tite dame, vous savez leur parler. Sauf que moi, je ne me contente pas de quelques paroles en l'air. J'espère que vous avez de quoi payer votre tournée.

Avant que j'aie pu répondre, une liasse de billets apparut dans la main de mon interlocuteur.

- Nous devons voir quelqu'un et vous nous faites perdre notre temps. J'espère que ça suffira pour couvrir les dépenses... et le dérangement, dit Phoenix, pour couper court à toute discussion.

N'appréciant pas le ton qu'il avait employé, Clyde voulut protester, mais je réussis à le calmer.

- Nous n'en avons pas pour longtemps, je vous assure que votre établissement n'aura pas à regretter notre présence, d'autant que nous aussi nous allons consommer.

- Humpf. Allez-y, mais si vous refaites des histoires, je vous jette dehors, c'est compris ?

- Ne vous en faites pas, le rassurai-je avec un grand sourire.

Il partit et nous nous mîmes à la recherche de Bobby l'Anguille. François me glissa un « je suis très impressionné par ta technique de combat, Samantha » qui me fit rigoler, et je ne pus m'empêcher de me tourner vers mon patron en lui lançant un regard bien senti signifiant :

- *Peuh ! Alors comme ça vous vouliez vous passer de moi ?*

Celui-ci n'eut pas le temps de stopper son sourire avant qu'il n'apparaisse et cela me réjouit.

Enfin, je distinguai notre homme.

- Là-bas.

Bobby l'Anguille était dans un box et nous attendait, le sourire aux lèvres.

- Décidément, Mademoiselle Jones, à chaque fois que nous nous rencontrons, vous me faites réaliser à quel point il vaut mieux être votre ami que votre ennemi, dit-il alors que nous nous asseyions.

- Vous avez encore moins l'envie d'être l'ennemi des personnes qui m'accompagnent.

Son sourire s'envola en voyant les visages durs et fermés de mes vampires. Leur aura de puissance et de danger devait lui donner envie de se cacher dans un trou de souris. Toutefois, cette anguille avait du courage, car s'il avait peur de mes deux acolytes, il n'en montra rien.

- Nous avons à parler, je crois.

Autant entrer dans le vif du sujet. Me trouvant sûrement plus rassurante que mes voisins, mon interlocuteur trouva préférable de s'adresser à moi.

- Ouais. C'est qui l'aut' type ? demanda-t-il en désignant François du menton.

- Un tueur à gages, mentis-je du tac au tac pour lui passer l'envie d'être trop curieux.

Cela sembla fonctionner car Bobby se dandina sur sa chaise, mal à l'aise.

- Je vois. Bref, j'ai du nouveau concernant notre affaire.

- Vous les avez trouvés ?

- Les Chinois, non.

Bon alors pourquoi nous faire déplacer ? Il vit que sa réponse ne nous plaisait pas du tout car il s'empressa d'ajouter.

- Mes gars sont tombés sur un type louche qui avait un peu trop bu à « L'Underground ». Il se vantait d'être un rabatteur pour des gros pontes de la mafia chinoise.

Notre intérêt captivé au plus haut point, nous nous penchâmes pour l'écouter encore.

- Continuez.

Ravi d'avoir su attirer notre attention, l'Anguille bomba le torse.

- Personne ne l'écoutait car il était rond comme une queue de pelle, mais mes gars ont su l'amadouer en lui offrant encore quelques verres. Il leur a dit que des Chinois du genre Yakusas l'avaient approché pour qu'il leur dise où ils pourraient trouver des camés et des paumés que personne ne regretterait.

J'avais trouvé bon de ne pas le reprendre sur la nationalité allant avec le mot « yakusa ». Les informations de mon motard coïncidaient avec tous les éléments que nous avions pu glaner par Kiro. Mais alors, pourquoi des gens bien-portants et stables socialement étaient enlevés aussi ? Soudain, la réponse me vint en une illumination et je ne tenais plus à l'idée de la révéler à Phoenix. Celui-ci sentit ma nervosité et me regarda, l'air perplexe, mais je ne pouvais rien lui dire à cause de la présence de Bobby l'Anguille.

- Ça vous dit quelque chose ? se risqua ce dernier.

- Quoi d'autre ? l'interrompis-je.

- Avec ses complices, il leur a indiqué des squats, des ponts et d'autres endroits où les exclus s'abritent.

Phoenix intervint.

- A-t-il dit s'il devait avoir à nouveau contact avec ces hommes ?

Bobby ménagea un suspense insupportable pendant quelques secondes.

- Oui.

La tension qui m'envahit se communiqua à mes collègues, qui, je le sentais, reprenaient espoir.

- Quand ?

- Demain soir. Il doit leur donner d'autres adresses. Ils ont rendez-vous dans la zone industrielle, près des hangars de stockage de sucre à deux heures du matin. Il y a un squat pas très loin.

Incroyable ! Personne dans tout le réseau d'informations de Phoenix, que ce soient Kiro ou Kaiko et Ichimi, n'avait obtenu le moindre indice sur les trafiquants. Pendant des semaines, nous avions échoué dans nos tentatives désespérées dans les clubs des quartiers Est. Mais là, Bobby l'Anguille, insignifiant gangster en devenir, nous avait fait avancer d'un pas de géant dans notre enquête.

J'espérais que nous puissions faire enfin la lumière sur ce trafic et l'enrayer avant l'intervention des Grands pour que Phoenix ait la vie sauve.

- Mes gars et moi, on veut venir avec vous pour coincer ces salauds.

La voix de Bobby l'Anguille me tira de ma rêverie. Il voulait venir avec nous et se frotter au danger, mais tout ce qu'il y gagnerait, serait de se faire étriper avec ses amis. Je n'eus pas besoin de lui signaler mon veto car Phoenix le fit pour moi, et de manière très convaincante.

- Je reconnais que vous avez rempli votre part de travail de manière très efficace, mais pour la suite de cette affaire, vous n'êtes en aucun cas de taille à affronter ces gens, alors je vous conseille de ne pas vous en mêler. Votre aide nous a été précieuse et je penserai peut-être à faire appel à vous à l'avenir... (Il se pencha un peu plus vers l'Anguille et baissa le volume de sa voix pour en faire un murmure menaçant) Mais si vous passez outre ma recommandation et que votre présence demain soir fait capoter notre plan d'attaque, je vous promets que le sort que je vous réserverai fera passer ces kidnappeurs de junkies pour des enfants de chœur. Je vous ferai atrocement souffrir avant de vous achever !

Bobby recula et se fit tout petit sur sa chaise. Il me regarda dans l'espoir que je l'aide, ou pour chercher un signe comme quoi Phoenix plaisantait, mais mon visage fermé lui ôta ses espérances. S'il osait pointer le bout de son nez le lendemain soir, il regretterait d'être né.

- Ok. Je lâche l'affaire. J'espère que vous réussirez à les avoir, ces ordures. En cas de besoin, vous savez où me trouver.

L'entretien était terminé et nous nous levâmes. Phoenix fit glisser discrètement une grosse enveloppe pleine de billets vers Bobby l'Anguille, qui la fourra aussitôt dans sa veste en cuir noir.

Alors que j'allais suivre mes compagnons, je me ravisai et me retournai vers lui.

- Merci pour votre efficacité. Nous nous en souviendrons, dis-je en lui tendant la main.

- Ce sera toujours un plaisir de faire affaire avec vous.

J'eus droit à un clin d'œil et à un sourire de séducteur avant de rejoindre mes amis.

En sortant, nous respirions beaucoup mieux. Déjà, l'air n'était plus enfumé, et plus important, une piste s'offrait à nous et nous redonnait espoir quant à notre avenir commun.

*

- J'ai compris pourquoi ils ne se contentent pas d'enlever des exclus de la société ! lançai-je à peine installée dans la voiture.

- Faites-nous la grâce de vos lumières, je vous prie, répondit Phoenix, amusé par ma fébrilité.

- Quand j'ai vu votre stock de sang, j'ai compris que vous aviez des préférences sur les rhésus. Je me trompe ?

Silence. Je pouvais continuer.

- Est-ce que, quand vous buvez le sang de quelqu'un, vous goûtez des saveurs particulières qui vous font l'aimer ou le détester ?

- Eh bien, tous les sangs n'ont pas la même texture, ni la même qualité, dit François.

- Si vous buvez le sang d'un vieux sans-abri, vous serez rassasié, mais n'auriez-vous pas préféré goûter du sang plus jeune et plus pur de quelqu'un qui ne boit pas ou ne se drogue pas ?

Il y eut un nouveau silence, pendant lequel François et Phoenix devaient appréhender les implications de mon raisonnement.

- Une gamme de luxe, dit Phoenix.

- Bingo ! m'exclamai-je. Ils revendent le sang des exclus à un prix cassé et s'enrichissent avec celui des individus sains.

- Les ramifications de ce trafic doivent s'étendre à de multiples pays, surtout ceux où la population ne jouit pas des mêmes conditions de santé qu'ici. Ce sang doit se vendre à prix d'or à l'étranger ! C'est pour cela que mes informateurs ne sont au courant de rien.

- Nous devons remonter la filière et sortir les têtes pensantes de leur trou, dit François.

Phoenix et lui se lancèrent dans la construction de plans d'attaque tous plus abracadabrantesques les uns que les autres pendant tout le trajet de retour vers Scarborough. De mon côté, je ne pris pas part à leur débat car une idée venait de germer dans mon esprit, une idée très dangereuse à laquelle je devais réfléchir et que je devrais bétonner pour en convaincre mon employeur...

J'attendis que nous soyons de retour au château, bien installés dans le salon avec chacun une boisson rafraîchissante, pour faire part de mon plan à mes compagnons.

- J'ai trouvé la solution... Il faut les infiltrer.

Phoenix et François me regardèrent, sans comprendre.

- Ils doivent sûrement connaître mon visage et quant à François, ils n'accepteront jamais un inconnu dans leur équipe. Ils se douteront de quelque chose, me rectifia mon employeur.

Je les fixais intensément, n'osant plus parler, et ce que j'espérais arriva ; François souleva les sourcils en comprenant ce que je suggérais.

- Je crois qu'elle ne parlait ni de toi, ni de moi.

- Mais alors de qui vous...

Phoenix s'arrêta au milieu de sa phrase, la lumière ayant enfin éclairé son esprit, et se leva vivement.

- Il n'en est pas question ! tonna-t-il.

- Réfléchissez ! C'est la meilleure chance que nous ayons de découvrir l'identité de leurs chefs ! Et puis, je ne risquerai rien si vous êtes là pour veiller sur moi !

Je n'avais pas spécialement envie de risquer ma vie en me faisant volontairement kidnapper, mais je savais que ce plan avait une chance de fonctionner. En tout cas, mieux que si mes amis fonçaient dans le tas. Et puis de toute façon, ma vie et celle de mon employeur étaient en sursis en attendant que les Grands ne nous l'ôtent dans quinze jours, alors, il ne fallait pas se poser de questions !

- Je vous ai fait une promesse !

Il avait juré de ne plus me faire de mal, pas de m'empêcher de m'exposer au danger. J'avais fait mon choix.

- Et je vous demande de l'honorer en respectant ma volonté.

Ça, c'était un coup bas, mais il n'était plus temps de tergiverser, il fallait qu'il soit d'accord ! Coincé par ma réplique, Phoenix bouillait de colère. Il ne voulait pas que je serve d'appât mais en rejetant mon idée, il trahirait sa promesse. Vaincu, il se rassit et grogna.

- Très bien puisque vous insistez. Mais au moindre risque, je viens vous chercher.

- Non.

- Quoi ?

Il manqua s'étouffer de rage.

- Je ne veux pas qu'au moindre risque, vous débarquiez et fassiez tout capoter ! Sauf en cas de mort imminente, je vous interdis d'intervenir ! Découvrir qui sont les têtes pensantes est plus important que ma sécurité.

Phoenix en resta sans voix.

- Tu raisonnes comme un vampire, me complimenta François.

- Vous êtes inconsciente ! se reprit mon patron.

- Je suis réaliste et déterminée et à moins que vous ayez un plan qui ait plus de chance d'aboutir que celui-là, je vais me coucher pour être en forme demain. Bonne nuit !

Grâce à mes nouvelles capacités, je pus entendre les propos de Phoenix alors que je montais déjà l'escalier.

- En cinq cents ans, je n'ai jamais rencontré une femme qui me fasse autant tourner en bourrique. Je ne sais pas comment elle fait, mais elle arrive toujours à me clouer le bec et c'est insupportable !

Le rire grave de François résonna à mes oreilles alors que j'arrivais à destination. Toutefois, avant de me mettre au lit, je perdis de ma superbe en pensant au risque inconsidéré que je prenais, et de mon propre chef en plus ! J'avais frôlé la mort à plusieurs reprises mais là, elle pourrait aussi bien m'attraper pour de bon. Je fis des cauchemars à répétition pendant mon sommeil, et je me réveillais à chaque fois en sueur, et de plus en plus terrorisée à la perspective de la folie dans laquelle j'avais voulu m'embarquer.

Le lendemain, avant le coucher du soleil, je commençais sérieusement à me dire que c'était une très mauvaise idée, et pour passer le temps, je déambulais dans les couloirs du château après avoir fait mon travail. Dans le bureau du rez-de-chaussée, je retrouvai mon recensement des dizaines de disparus à travers le comté et tombai sur la photo de Mélanie Aubry.

Le flash de sa mort me prit par surprise et l'horreur de son destin me broya le cœur. Je ne savais pas pourquoi cette jeune femme m'avait touchée plus que les autres victimes présentes dans l'entrepôt ce soir là, mais c'était un fait, elle m'avait marquée. Ce fut en contemplant son visage et en me rappelant son courage que ma détermination se regonfla à bloc. Quoi qu'il arrive, je ne laisserais pas son crime impuni. Heath et toutes les ordures qui étaient mêlées à ce trafic infâme allaient payer...

J'entrepris de me préparer pour mon rôle de droguée sans-abri misérable ayant peu d'espoir d'être de nouveau réintégrée un jour dans la société et pour ce faire, j'enfilai un vieux T-shirt, un pantalon et une veste de jogging que j'avais emportés de chez mes parents. Je mettais déjà ces vêtements quand j'allais au lycée et ils m'allaient encore. Ils étaient amples car ils dataient de ma période « je-suis-grosse-et-je-refuse-de-me-regarder-dans-un-miroir » ; pratique pour cacher quelque chose dans mon soutien-gorge...

J'étais sortie avec dans le jardin et les avais frottées dans la terre pour leur donner un aspect sale et miteux, concordant avec mon personnage. Pour plus de réalisme, je m'étais barbouillé la figure et emmêlé les cheveux ; le résultat n'était pas beau à voir.

Le soir venu, la boule qui s'était formée dans mon estomac m'empêcha d'avaler quoi que ce soit. Ma nervosité atteignit son paroxysme quand Phoenix et François se montrèrent, mais je parvins à la leur cacher. Ils s'arrêtèrent dans leur élan pour me rejoindre quand ils virent ma tenue.

- Très réussi, me complimenta François.

Phoenix ne dit rien mais ça ne me dérangeait pas car je savais qu'il s'inquiétait pour moi.

- J'espère qu'ils n'y verront que du feu.

- Vous n'êtes pas obligée de faire ça !

Sorti de son mutisme et visiblement encore contre cette idée, mon employeur voulait de nouveau me convaincre de renoncer. Je m'adressai plutôt à François :

- A-t-il toujours été aussi mal embouché au réveil ? Ou alors il ne saisit pas la signification de quatre petits mots de rien du tout ? (Je fixai alors Phoenix) C'est mon choix !

- Et s'ils s'aperçoivent de la supercherie ? Avez-vous pensé à Heath, il vous connaît !

- On n'est même pas sûrs que les Chinois nous conduisent à lui ! Même si c'était le cas, vêtue de la sorte, comment voulez-vous qu'il me reconnaisse ? En plus, grâce à votre sang, je suis plus forte qu'avant !

- Ce ne sera pas suffisant ! siffla-t-il.

- Je sais ! Cessez de vous comporter en mère poule inquiète et ayez un peu confiance en moi !

Cette tirade le laissa sans voix. Je crois que personne en cinq cents ne l'avait jamais qualifié de « mère poule inquiète », lui, le vampire sanguinaire, mais il l'avait mérité. En tout cas, ça amusait follement François qui essayait de contenir son rire en plaquant sa main devant sa bouche.

- Vous êtes l'humaine la plus têtue et la plus agaçante que j'aie jamais rencontrée ! s'écria-t-il.

- Peut-être, mais sans moi vous vous ennuieriez à mourir ! Une deuxième fois !

Je lui avais encore cloué le bec, ce qui déclencha une nouvelle hilarité chez notre ami français. De toute façon, je n'avais fait que dire la vérité. Je pouvais être au moins fière de ça ; entre mes répliques idiotes, mes joues rougissantes, et ma maladresse naturelle, il avait dû plus rire pendant ces quelques mois en ma compagnie, que depuis les cinquante dernières années ! En plus, il l'avait dit lui-même. Il grogna entre ses dents une phrase inintelligible mais je saisis les derniers mots.

- gnngnnn… tête de mule !

En guise de réponse, je croisai les bras et le toisai avec un air infiniment supérieur. De guerre lasse, il soupira et abandonna la partie.

- C'est bon… Je m'incline.

Je me sentis tout à coup beaucoup plus légère. Du moins, jusqu'à ce qu'il prononce la phrase suivante :

- Il faut qu'on s'organise pour l'exfiltration de Sam, avant qu'ils ne l'aient vidée de tout son sang…

Gloups !

Pendant plusieurs heures, nous préparâmes notre plan : notre arrivée, le point d'observation de mes amis, nos armes, et mon « exfiltration ». Nous savions que les ravisseurs devaient venir près des hangars à sucre vers deux heures du matin, et nous devions y être avant eux.

Nous arrivâmes là-bas vers une heure du matin. François avait pris le volant car Phoenix était parti en éclaireur par la voie des airs pour vérifier que nos ennemis n'étaient pas dans les environs. Nous cachâmes la voiture dans un coin sombre et attendions le retour de ce dernier.

Il faut dire que quand François murmura… :

- Le voilà.

… en regardant en l'air et que je suivis son regard, je ne pus qu'être impressionnée par la silhouette qui volait vers nous. La veste de son costume semblait claquer au vent, et même de loin, on voyait le vent faire voleter ses cheveux. Ses bras étaient le long du corps, pas en avant, comme Superman.

Tout le long de sa descente, j'avais gardé les yeux rivés sur lui, ne pouvant m'arracher à ce spectacle extraordinaire. Même si c'était un vampire, donc selon les livres, l'engeance du Mal, on aurait dit un ange venu du ciel...

Lorsqu'il atterrit parfaitement droit face à nous, j'eus quelques difficultés à reprendre mon souffle et préférai regarder ailleurs... François m'observait avec un sourire en coin.

Enfin, mon patron s'avança vers nous :

- La voie est libre. Le squat est derrière cet entrepôt.

- Comment l'avez-vous repéré ? demandai-je, curieuse.

- Il y a une forte concentration de cœurs qui battent là-bas, alors que le lieu devrait être désert.

- Combien ? questionna François.

- Une douzaine, je dirais.

- Parce que vous êtes capable de les différencier et de les compter ?

J'étais stupéfaite par la finesse de l'ouïe de son espèce. C'était une chose d'entendre un chuchotement à cent mètres, mais de là à connaître le nombre d'humains dans un endroit rien qu'à leurs battements de cœur ! Cela me sidérait.

- Vous êtes prête ?

Phoenix affichait de nouveau ce masque impénétrable qui me barrait l'accès à ses pensées.

Je hochai la tête.

- Ils sont dans un petit hangar qui tombe en ruines. Avec tous les trous dans la toiture, nous n'aurons aucun problème pour vous surveiller et vous sortir de là si ça tourne mal.

- Très bien, mais n'oubliez pas : tant qu'ils ne me font rien, vous n'intervenez pas. Avec un peu de chance, ils me conduiront tout droit devant leurs chefs.

- Soyez prudente.

Après avoir inspiré un grand coup, je pris la direction indiquée par Phoenix, et me rendis au squat où des meurtriers s'apprêtaient à sévir.

*

Quand j'entrai dans ce vieil entrepôt et que je fis face à la scène devant moi, je faillis changer d'avis. L'endroit était lugubre, seules quelques bougies faisaient office de source de lumière.

Un couple était en train... eh bien il fallait le dire... de se lécher le visage ; le jeune homme assis sur ce qui restait d'un canapé en tissu à fleurs ne devait pas avoir plus de vingt-trois ans, et sa compagne, qui devait avoir un ou deux ans de moins que lui, le chevauchait avec pour tous vêtements, une jupe en cuir très très courte et un soutien-gorge. Ils se fichaient de faire ça à la vue de tous ! Beurk !

Ça n'avait guère d'importance. Les autres n'avaient pas l'air dans leur état normal, qui affalé sur une vieille chaise, qui affalé à même le sol. Il y avait des lames de rasoir enduites de poudre blanche qui trônaient sur la table basse devant les exhibitionnistes. De la métamphétamine, certainement.

- Eh toi, la crasseuse ! D'où tu sors ?

A priori, ces paroles peu polies prononcées d'une voix rauque m'étaient destinées. Je trouvai leur origine en la personne d'un grand afro-américain d'une quarantaine d'années, qui en paraissait malheureusement le double. Il tenait une pipe à crack dans la main.

- C'est Carly qui m'a donné cette adresse. J'ai besoin d'une piaule pour cette nuit.

Dire que je venais par le bouche à oreille me semblait une bonne idée, et puis, ce type ne pouvait pas connaître tous ceux qui venaient ici de temps en temps.

- Qui c'est ça, Carly ?

J'avais besoin d'un nouvel angle d'approche.

- Et toi t'es de la police pour poser autant de questions ?

J'avais répondu de manière agressive, le menton levé. J'espérais ainsi le dissuader de commencer un interrogatoire qui se serait sûrement mal terminé. Heureusement, il haussa les épaules et se retourna.

Ouf ! J'avais passé la première étape.

Non désireuse de m'installer sur le fauteuil près des deux amoureux qui se touchaient un peu partout, je trouvai un petit coin près d'une femme d'âge mûr qui semblait dormir.

Je sortis une bouteille de whisky d'un sac en papier brun et en bus une gorgée.

Pouah ! Je détestais ça mais je n'avais pas le choix. Mon haleine devait sentir l'alcool pour que je sois crédible, même si les gorgées suivantes seraient recrachées dans la bouteille.

- T'en aurais un peu pour moi ?

La voix derrière moi me fit sursauter. La femme qui semblait prendre du repos s'était soudain réveillée, peut-être en sentant les vapeurs de whisky. Je détestais boire au goulot d'une bouteille derrière quelqu'un, qui plus est une parfaite inconnue à l'état de santé douteux, mais je devais préserver les apparences.

Réticente, je lui passai le précieux liquide.

- T'es une sainte. Sois bénie !

Elle s'appliqua à vider la bouteille. Peu importait ! Ses paroles me mettaient mal à l'aise car je ne pensais pas que là où il était, Dieu approuvait que je laisse ces gens dans l'ignorance de ce qui les attendait. Toutefois, pour que ces meurtres cessent une fois pour toutes, il fallait absolument remonter la filière, et par conséquent, accepter de ne pas pouvoir sauver tout le monde. C'était très difficile.

Je consultai ma montre ; il était deux heures trente. Qu'est-ce qu'ils attendaient ? J'étais complètement stupide de m'impatienter, mais le stress occasionné par l'attente était insupportable. J'imaginais que ce devait être pire encore pour Phoenix et François qui nous observaient de leur point de vue en hauteur, sachant que le premier n'était pas un modèle de patience.

Le couple d'exhibitionnistes commençait franchement à me casser les pieds avec leurs léchouilles baveuses et bruyantes, accompagnées de gémissements aigus de la part du jeune homme. La fille, visiblement ravie de l'effet qu'elle produisait sur son partenaire, jouait à se trémousser contre son bas-ventre afin de l'exciter davantage. Pitié ! Ce spectacle était absolument écœurant !

Lorsqu'ils commencèrent à s'arracher leurs vêtements, je voulus reprendre ma bouteille à la vieille voleuse et leur balancer à la figure. Mais je n'en eus pas l'occasion.

Tout à coup, six hommes cagoulés, vêtus de noir et armés de fusils tranquillisants firent irruption dans la pièce. Étant la seule personne sobre de l'assistance, je les vis avant tout le monde et me jetai à terre.

Le couple, encore en plein ébat, fut le premier à être touché. Ils s'affalèrent aussitôt, endormis. Dans la confusion qui s'ensuivit, où ceux qui n'étaient pas suffisamment drogués ou imbibés d'alcool tentèrent de s'enfuir, je réussis à ramper vers une commode. Il était très important que je sois la dernière à être trouvée afin d'en voir le plus possible alors c'était une bonne cachette.

Les vampires avaient mis hors d'état de nuire ceux qui étaient trop faibles pour bouger, et s'attelaient à viser les derniers fuyards, dont faisait partie l'homme qui m'avait interrogée un peu plus tôt.

Soudain, tout redevint calme. L'aspect miteux de la pièce quand j'étais arrivée n'était rien par rapport au capharnaüm qui régnait en ce moment même. Certains étaient tombés sur leurs chaises et elles n'avaient pas supporté leur poids. De là où je me trouvais, j'avais un bon aperçu des corps gisant par terre, et des hommes qui s'en approchaient.

Un à un, ils enlevèrent leurs cagoules et je réprimai un soupir de soulagement en constatant que Heath n'était pas avec eux. Tous les six étaient asiatiques et lorsque je les entendis parler chinois entre eux, je compris qu'ils étaient bien ceux que nous attendions.

Celui qui devait être leur chef s'avança alors, et se mit à observer chaque personne étendue sur le sol. Je frémis quand il vint dans ma direction et me recroquevillai contre la commode. Je fis un grand effort pour rester calme et éviter que mon cœur ne s'emballe, ce qui aurait révélé ma présence aussi sûrement que si j'avais sonné le clairon.

Retenant ma respiration, j'attendis qu'il ait fini de contempler ma voleuse de bouteille et passe à quelqu'un d'autre. Je ne savais pas ce qu'il faisait vu que la commode me bouchait la vue, puis j'entendis sauter le cran de sûreté d'une arme. Un quart de seconde plus tard, le coup de feu retentit, et ma cachette fut éclaboussée de sang.

Malgré mon entraînement, un roulement de tambour se déclara dans ma poitrine, sans que je ne puisse rien y faire. En un éclair, la commode s'envola de mon champ de vision et alla s'écraser un peu plus loin. À sa place, se tenait devant moi le chef de meute de ces monstres qui me dévisageait avec un sourire carnassier, les crocs sortis et les yeux d'un jaune très vif.

- Tiens, tiens... On a failli oublier quelqu'un. Y aurait-il une femme sous toute cette crasse ?

Je n'eus pas besoin de prendre un air effrayé, car je l'étais réellement devant sa cruauté. Brutalement, il m'attrapa par le bras et me remit debout pour lui faire face. Reprenant mes esprits, je pris un air désespéré.

- Je vous en prie... Ne me tuez pas.

- Un si joli minois comme le tien ?

Ses complices ricanèrent.

- Je... je ferai ce que vous voudrez, tentai-je.

- Vraiment ?

Avant que je voie le coup venir, il s'abattit vers moi en me plaquant contre lui, et m'embrassa férocement. Il me tenait dans un étau d'acier dont il était impossible d'échapper. Alors ce serait ça mon premier baiser ? L'instant magique dont rêvait toutes les filles m'était arraché par un sadique dont la main glissa de mon cou à mon sein droit qu'il pressa douloureusement.

Non ! Je ne me laisserais pas faire ! Tandis qu'il tentait de forcer le barrage de mes lèvres avec sa langue, je me débattis comme une diablesse en essayant de le frapper. Comme c'était inutile, je fis la seule chose censée : j'entrouvris la bouche.

Au moment où sa langue s'y inséra, je la mordis de toutes mes forces. Pris au dépourvu, il me repoussa si vivement que je m'envolai et m'écrasai sur une grande table en bois en la pulvérisant au passage. Je me relevai d'entre les débris en toussant. L'impact de ma chute sur la table m'avait coupé le souffle, et je devais recracher le sang de la vermine qui m'avait agressée. J'avais une vilaine coupure au bras et je voyais des points lumineux danser devant mes yeux. Je compris que j'avais tout raté et que Phoenix allait devoir intervenir car ce type, dont le sang coulait de sa bouche avec abondance, allait vouloir se venger et me tuer...

Cependant, ce que je craignais ne se produisit pas, au contraire :

- Hahaha ! C'est encore mieux quand elles résistent ! Le sang est bien meilleur ! Le patron sera content, s'exclama-t-il hilare, en s'essuyant avec sa manche. Tu as de la suite dans les idées, ma jolie, mais ce ne sera pas suffisant pour rester en vie. Ligotez-la !

En une fraction de seconde, deux de ses complices me tirèrent des décombres et m'attachèrent les pieds et les mains tout en me bâillonnant. Couchée par terre, je ne pouvais plus bouger. L'un des hommes dit quelque chose qui me permit de connaître le prénom de leur chef : Huan. Celui-ci me regarda et m'offrit un grand sourire en me désignant sa bouche meurtrie.

- Regarde bien ce que je vais faire pour réparer tes bêtises, ma belle. Si toi et tes amis vous vous shootez, c'est bien pour vous transporter dans un monde de rêve n'est-ce-pas ? Alors bienvenue dans le monde des vampires !

À une vitesse hallucinante, il s'empara de la jeune fille sur le divan et lui planta ses crocs dans la gorge. Il la vida devant moi en ne me lâchant pas de son regard sarcastique, comme s'il voulait dire : *je la tue à cause de toi.*

Ce type était un monstre et je me jurai que, comme Heath, qui était tout en haut de ma liste, je le tuerais de mes propres mains.

Enfin repu, il jeta sa victime plus loin comme s'il lançait un simple fétu de paille, et donna de nouveaux ordres en chinois. Il lança aussi son pistolet à l'un de ses complices qui se chargea de terminer le travail que son chef avait commencé : liquider ceux dont le sang n'avait aucune valeur marchande. Dans la minute qui suivit, trois coups de feu retentirent, éclaboussant encore de sang les murs de ce tombeau.

Je m'étais peut-être endurcie grâce à l'entraînement de Phoenix, mais à la vue de ces cadavres, dont celui de la femme au whisky qui gisait, une balle dans la tête, pas loin de moi, je me sentis affreusement mal. Je transpirais, le sang avait reflué de mon visage blême, et ce fut par un suprême effort de volonté que je parvins à ne pas vomir. Dégoûtée, je tournai la tête vers le plafond, et écarquillai les yeux en voyant Phoenix me contempler par le trou béant de la toiture.

Trouvant du réconfort dans son regard, je le fixais pour échapper au carnage qui m'entourait.

- Emmenez-les puis brûlez moi tout ça, dit le chef de la meute.

Avant que ces ordures ne m'emmènent, je fis imperceptiblement le signe « non » de la tête pour que mon patron n'intervienne pas. Lorsque des bras puissants s'emparèrent de moi, je sentais encore la brûlure de son regard désapprobateur sur moi.

Sans aucun égard pour les malheureux qu'ils condamnaient, les sbires de Huan jetèrent les corps inconscients au fond d'un fourgon blanc on ne peut plus banal. Par chance, je fus la dernière à y être « rangée » et ma chute fut amortie par mes prédécesseurs. Pendant que j'attendais mon tour, les vampires avaient bien pris soin de tout brûler pour qu'il ne reste aucune trace de leur passage. Cinq cadavres étaient restés à l'intérieur. Cinq anonymes dont personne ne connaîtrait jamais le destin funeste...

On ne voyait strictement rien à l'intérieur du fourgon, mais considérant que je risquais une confrontation avec Heath, mieux valait que je ne sois pas la première à en descendre. De fait, je réussis à me hisser dans le fond pour me fondre dans la « masse » des victimes si je pouvais dire, et décidai de simuler l'évanouissement pour ne plus me faire remarquer, ma blessure au bras le rendant crédible.

Les cahots de la route étaient insupportables et l'air devint bientôt irrespirable dans notre prison mécanique. Bientôt terrifiée à l'idée de mourir asphyxiée, je désespérais d'arriver à destination.

Enfin, notre véhicule ralentit et les secousses devinrent beaucoup plus violentes, signe qu'on avançait sur un chemin de terre. Lorsqu'il s'arrêta et que le moteur s'éteignit, je m'autorisai un soupir de soulagement, avant de me recoucher, feignant l'inconscience.

Les portes s'ouvrirent en grinçant, des gens discutaient en chinois. Tout à coup, je frôlai la crise cardiaque en entendant quelqu'un s'exprimer en anglais :

- Ce n'est pas le nombre que j'espérais.

Heath, il devait regarder dans ma direction... Heureusement, je m'étais cachée dans le fond et j'avais tourné la tête de l'autre côté.

- Je sais, mais notre indic nous avait garanti qu'il y en aurait plus.

- J'espère que vous avez appliqué toutes nos règles de sécurité.

- On lui a réglé son compte.

Alors comme ça, ils avaient tué leur rabatteur. Cet imbécile aurait dû se méfier quand ils lui avaient proposé un rendez-vous dans un lieu désert.

- Bien. Mettez-les avec les autres. On s'occupe déjà d'une fournée, ils attendront leur tour.

- Comme vous voulez. Est-ce-que le patron va venir ce soir ?

- Il est déjà là. Il supervise les opérations de la première fournée.

Au silence qui suivit, je compris que Heath était parti régler des affaires plus importantes et je pus respirer de nouveau. Si je ne me faisais pas démasquer ou tuer avant ma confrontation avec son « patron », nous avions de bonnes chances de découvrir son identité. De nouveau motivée malgré le danger, je ne bronchai pas quand on me transporta sur une épaule comme un jambon. Je pris le risque d'entrouvrir les yeux pour voir où l'on m'avait amenée.

*

Du peu que je percevais, je sus que nous n'étions pas dans un entrepôt mais dans un grand manoir de campagne. C'était logique. La zone industrielle de Kerington était surveillée, les trafiquants ne devaient plus prendre le risque de vider leurs victimes là-bas.

Une fois à l'intérieur, j'eus la chance de pouvoir distinguer la grande salle, dont la vue de l'extérieur était impossible en raison des volets fermés, et reconnus les mêmes dispositifs d'exsanguination que dans l'entrepôt de Kerington. Là encore, des gens étaient allongés sur des brancards et se faisaient vider de leur sang…

On m'emmena à la cave qui était très grande, et constituée de plusieurs renfoncements assez larges qui avaient dû servir à entreposer des fûts de vins avant que les grilles qu'on y avait rajoutées ne les divisent en cellules de prison.

Personne ne cria ni ne supplia qu'on le libère. Tout ce que je parvins à voir, ce furent des visages terrifiés par la présence des vampires qui jetaient leurs fardeaux dans la dernière cellule dans laquelle il restait encore un peu de place.

Mon porteur assura sa prise sur mes hanches, j'étais sûre qu'il allait me jeter aussi. Préparée au choc, je réussis à ne pas crier de douleur lorsque je m'écrasai sur le sol, et continuai à feindre d'être évanouie.

- Ils en ont encore pour combien de temps là-haut ?

- Un quart d'heure, je dirais. Ensuite, y aura encore ceux-là à s'occuper.

- Qu'ils se grouillent, j'aimerais aller faire la fête pour changer. Dire qu'on est obligé de se cacher comme des rats à cause de ce foutu ange !

- D'après ce qu'on m'en a dit, mieux vaut ne pas être sur son chemin.

- De toute façon, dans pas longtemps, il rira moins celui-là, tu peux me croire.

Je les entendis rire comme ils montaient les marches et refermaient la porte à clef. Leur échange me laissa perplexe. Étaient-ils au courant de l'arrivée des Grands et de ce que cela supposait pour Phoenix ? Comment ?

Ne pouvant répondre à cette interrogation, je me reconcentrai sur ma situation. A priori, aucun vampire ne nous surveillait et il n'y avait pas de caméra de surveillance. En même temps, nous n'avions aucun moyen de nous échapper. Même passée l'étape des grilles, avec une bonne vingtaine de vampires qui attendaient en haut, celui qui aurait réussi à s'évader ne serait pas allé bien loin. Je regardai les autres cellules et comptai qu'il y avait en tout une trentaine de personnes qui attendaient dans ce froid, humide et terrible couloir de la mort. J'étais stupéfaite par leur calme. Bien sûr, ils avaient tous l'air désespérés et certains pleuraient, mais aucun ne souffrait d'hystérie ni n'appelait sa mère.

Je reconnus quelques personnes dont les journalistes avaient parlé aux informations plusieurs jours auparavant, avant de me tourner et d'inspecter ma propre prison. Outre mes compagnons inconscients, il y avait trois hommes et cinq femmes. L'une d'elles, au fond, une blonde, était couchée de l'autre côté, si bien que je n'arrivais pas à voir son visage. Toutefois, quelque chose en moi m'obligea à la regarder de plus près, d'autant que bizarrement, sa silhouette m'était familière…

- Vous n'étiez pas inconsciente, comme les autres ?

Je ne répondis pas à la question de l'homme qui avait dû être enlevé pendant son jogging nocturne d'après ses vêtements. Je me libérai de mes liens et me dirigeai vers la femme blonde.

En même temps que j'approchais d'elle, un mauvais pressentiment grandissait en moi et me disait que ce que j'allais découvrir serait à coup sûr abominable.

Lentement, je m'agenouillai devant la silhouette de la femme endormie et tendis vers elle une main tremblante pour la tourner vers moi. Lorsque son visage m'apparut enfin, mon sang se figea dans mes veines.

Angela.

Paniquée, je la pris par les épaules et la secouai violemment pour la réveiller.

- Angela ! chuchotai-je.

Je savais que j'attirais les regards de mes camarades d'infortune, mais voir mon amie dans cet enfer était intolérable. Je devais la sauver. Les secousses ne donnant rien, je lui assenai une énorme claque qui me valut des regards désapprobateurs et un… :

- Vous êtes folle !

… De la part de l'homme qui venait de me parler.

- La ferme ! fut tout ce qu'il reçut pour jouer les bons samaritains.

Angela ouvrit les yeux, se réveillant en sursaut. Encore groggy, elle eut du mal à reprendre pied dans la réalité et vacilla comme elle essayait de s'asseoir. Je la tins fermement et l'empêchai de s'écrouler. C'est alors qu'elle me fixa et fronça les sourcils, fouillant dans ses souvenirs pour trouver qui pouvait être cette femme crasseuse qui lui offrait son aide… Soudain, elle écarquilla les yeux.

- Sam ?

Je hochai gravement la tête. Angela contempla notre prison et se mit à trembler.

- Où sommes-nous ? Que fais-tu là ? Et pourquoi es-tu habillée comme ça... ?

Elle était complètement terrorisée et je craignis qu'elle n'attire l'attention. Je lui plaquai donc ma main sur sa bouche et lui fis signe de se taire, tout en lui faisant comprendre que nous avions des spectateurs dont les oreilles indiscrètes me déplaisaient. Elle se calma mais à la place, fondit en larmes sur mon épaule.

Les autres prisonniers finirent par détourner le regard et se désintéresser de nous pour se focaliser sur leur propre désespoir.

- Qui t'a amenée ici ? murmurai-je à Angela.

Comprenant que je ne voulais pas que les autres nous entendent, elle me répondit sur le même ton.

- Je ne sais pas... Tout ce que je me rappelle, c'est que je suis rentrée chez moi après être allé manger chez Danny et que la porte était ouverte. Tout était éteint... Avant que j'aie trouvé l'interrupteur, j'ai senti quelqu'un qui m'enfonçait une aiguille dans le cou et je me suis réveillée ici... Et toi ? On t'a enlevée aussi ?

Je ne pouvais pas lui mentir, pas après ce qu'elle avait enduré... ni devant ce qui l'attendait... Toutefois, ce n'était pas l'heure des explications.

- C'est compliqué, mais tu vas devoir me faire confiance... Écoute. En gros, je me suis laissé prendre et je me suis arrangée, dans l'éventualité plus que probable qu'on me fouille, pour cacher mon téléphone portable là où ils n'iraient pas le chercher.

J'avais vraiment eu de la chance quand Huan m'avait attrapé le sein droit car j'avais caché mon portable dans mon soutien-gorge, à gauche, profitant de mes vêtements amples pour le dissimuler. Vive la technologie moderne et les moyens de communication modèles réduits !

- Tu vas appeler la police ? dit-elle pleine d'espoir.

- Tu dois comprendre que la police ne peut rien pour nous et qu'elle ne doit surtout pas intervenir si nous voulons éviter un bain de sang. Je dois appeler mon employeur.

La douleur d'être trahie s'afficha sur le visage d'Angela et me mit mal à l'aise.

- Mais bon sang, qui es-tu ?

J'eus du mal à soutenir son regard.

- Même si je ne suis pas tout à fait celle que tu crois, je suis toujours ton amie. Cache-moi.

Consciente que j'étais sa seule chance de s'en sortir, elle s'exécuta. Je sortis le téléphone et appelai Phoenix. Il décrocha aussitôt.

- Sam. Qu'est-ce qui se passe ?

Il y avait de l'inquiétude dans sa voix, mais je ne pouvais pas vraiment le rassurer.

- Phoenix. On a un problème, chuchotai-je, sachant qu'il m'entendrait comme si j'étais juste à côté de lui.

- Lequel ? s'inquiéta-t-il.

- Angela. Elle est ici.

Silence. Elle avait sursauté en m'entendant prononcer le surnom de mon ex-fiancé pour nommer mon employeur.

- Ça ne change rien.

Ah non ? Pour moi, ça donnait une autre dimension à la situation. Pas question que je sacrifie mon amie !

- Et qu'en pense François ?

Le ton de ma voix s'était nettement rafraîchi.

Nouveau silence. Je savais que François avait eu un véritable coup de foudre pour Angela, qui avait encore sursauté à l'évocation de celui qu'elle chérissait en secret. Il voudrait la protéger.

- Nous ne pouvons pas intervenir pour le moment. Nos ennemis sont trop nombreux. On cherche un moyen d'entrer sans se faire remarquer.

- Nous sommes une trentaine entassés dans une vieille cave puante attendant d'être vidés de notre sang dans quelques minutes par une bande de vampires psychopathes. Leur chef supervise les premières exsanguinations en ce moment-même ! Alors je vous conseille de vite trouver une solution !

- Il est là ? Vous l'avez-vu ?

- Non, pas encore, mais Heath est là, et lui, *il me connaît* !

- Je l'empêcherai de vous faire du mal.

- Tout ce que je vous demande, c'est de me laisser le tuer ! Tout comme ce Huan ! dis-je avec hargne.

- Non. Celui-là, il est à moi.

Phoenix raccrocha.

Sur ces entrefaites, je risquai un coup d'œil par-dessus l'épaule d'Angela pour voir si quelqu'un avait entendu ma conversation. Visiblement, seule mon amie avait été assez près. En l'occurrence, celle-ci se retourna et me fixa durement.

- Phoenix ? François ? Vampires et exsanguination ? Qu'est-ce que c'est que cette histoire ?

Je soupirai, je devais m'expliquer. Je m'assis à côté d'elle en passant un bras autour de ses épaules, de sorte que nous soyons du côté du mur afin que personne ne nous voie parler et qu'on croie que nous ne faisions que nous consoler mutuellement.

- Jusqu'à il y a quelques mois, je m'appelais Samantha Watkins, je vivais à Kentwood où j'étais bibliothécaire, et je ne croyais pas à l'existence des vampires mais… j'ai découvert que je me trompais, et que ma découverte m'empêchait de reprendre une vie normale. Depuis lors, je travaille pour l'un d'eux, en tant qu'assistante. J'ai eu du mal à l'accepter au début, mais crois-le ou pas, en le faisant, je permets de protéger des vies humaines. Les vampires sont particuliers mais pas forcément mauvais… Et celui pour qui je travaille est un homme bien qui veut que ces disparitions, perpétrées par d'autres vampires hors-leur-loi, cessent. Nous vivons à Scarborough sous couverture et le meilleur ami de

Phoenix, François, est venu nous aider dans cette tâche. Ils m'ont suivie et ils feront tout ce qu'ils pourront pour nous sortir de là.

Angela semblait ne pas croire un mot de ce que je racontais. Il est vrai que j'avais condensé mon récit et que lui annoncer de but en blanc l'existence des vampires avait de quoi me faire passer pour folle. Elle secoua la tête.

- Alors… Peter le mystérieux et ton Phoenix sont la même personne ? Et il n'est pas ton fiancé *ni* ton grand-père mais ton patron ? Un vampire ?

- Oui.

- Alors François…

Elle ne put terminer sa phrase.

- Oui. C'est un vampire aussi.

Devant son air effaré, je craignis qu'elle ne le rejette à cause de sa nature. J'aurais pu le comprendre tant cela allait s'annoncer compliqué entre eux, mais ça aurait été une erreur. Je lui pris les mains et la forçai à me regarder.

- Angela, ne le juge pas trop rapidement, je t'en prie. François est un vampire, c'est indéniable, mais c'est un homme bon et généreux, bien plus que nombre d'humains. Il fera tout pour te protéger. Ne le rejette pas avant de mieux le connaître.

Mon amie semblait choquée par mes paroles. Peut-être en avais-je trop dit mais il le fallait, pour François.

C'est alors que nous entendîmes la porte qui nous séparait du rez-de-chaussée être ouverte. Les quinze minutes étaient écoulées…

*

Je priai pour que Phoenix et François aient réussi à s'introduire dans le bâtiment avant de me tourner vivement vers Angela.

- Ils arrivent. Maintenant, écoute-moi bien. Tu ne me connais pas, tu m'entends ?

- Quoi ?

- Fais ce que je te dis. Quoi qu'il arrive, ne montre en aucun cas que nous avons un lien toutes les deux. Ils risqueraient de s'en prendre à toi. C'est clair ?

Elle hocha la tête et je m'éloignai et m'installai près de la grille pour mettre de la distance entre nous. Cinq vampires, dont Huan, déverrouillèrent les grilles en nous ordonnant de nous lever, n'hésitant pas à donner des coups de pied à ceux qui avaient encore du mal à émerger de l'inconscience.

- Et si on ne veut pas ? lança le joggeur dans une attitude de défi peu crédible tant ses jambes tremblaient.

Huan fut derrière lui instantanément, et lui brisa la nuque.

- Tu meurs tout de suite... D'autres volontaires ? demanda-t-il en balayant du regard les prisonniers.

Horrifiées, les personnes présentes dans les cellules sortirent sans opposer de résistance. Je profitai de l'inattention de Huan pour m'esquiver en même temps que tout le monde. Le temps de monter les marches, tous sanglotaient et j'essayais de ne pas penser à Angela qui se trouvait cinq personnes derrière moi. Elle devait être complètement paniquée... comme je l'étais, sachant ce qui nous attendait.

Une fois en haut, on nous fit entrer dans la grande salle. Il n'y avait pas assez de brancards pour tout le monde et Huan divisa notre groupe en deux. Avec Angela et les autres membres de mon groupe, nous fûmes repoussés dans l'angle de la pièce et obligés de nous asseoir, sous la surveillance de deux colosses. Impuissants, nous ne pûmes qu'assister au spectacle de ces victimes qu'on forçait à se déshabiller, et qu'on reliait à des tubes qui drainaient leur fluide vital. Il y avait eu des cris, puis... plus rien. À croire qu'on leur avait injecté une forte dose de calmant pour les empêcher de bouger pendant la ponction.

De notre côté, c'était le silence total. Je pense que la cruauté et l'absurdité de cette scène en avait ôté la réalité. Mes compagnons d'infortune étaient en état de choc ; je doutais même qu'ils s'imaginaient que dans quelques minutes, ce serait leur tour. Quant à moi, je rongeais mon frein. Je ne pouvais rien faire tant que le chef de cette bande ne se serait pas manifesté et pendant ce temps, des innocents mouraient. C'était atroce !

Soudain, Heath entra dans la pièce. Il y avait quelqu'un derrière lui, mais je ne pouvais prendre le risque de me trahir en essayant de voir son visage.

- Nous arrivons à la fin du lot et elle en fait partie. Vous serez content.

Le petit sourire satisfait du grand vampire blond que je haïssais profondément me donna envie de lui planter un pieu dans le cœur.

- J'espère bien.

Je reconnus cette voix au moment où Heath se déplaçait suffisamment pour que je puisse voir enfin qui était l'homme qui organisait tous ces meurtres. Je crus manquer d'air. Heureusement, je sus me contenir et éviter d'attirer l'attention du meurtrier qui se dirigeait à présent vers Angela, un affreux et ô combien familier sourire aux lèvres.

- Alors, on s'est enfin réveillée à ce que je vois.

Utilisant mes cheveux pour dissimuler mon visage, je vis mon amie complètement désarçonnée à la vue du vampire qu'elle avait déjà rencontré...

- Karl ?

Celui-ci élargit son sourire, qui devint plus cruel encore. Je frémis. Qu'allait-il faire ? Qu'allions-nous faire ? Et où était Phoenix ? Pendant que je désespérais, on alla détacher les cadavres des brancards et les empiler comme des déchets dans une pièce attenante.

- Mais oui, ma chère. Alors comme ça tu es la grande amie de Samantha... Comme elle sera triste quand je t'aurai tuée. Mais tu sais quoi ? C'est le but recherché. Rassure-toi, ça n'a rien de personnel envers toi, quoique je prendrai un vif plaisir à te voir mourir.

Sans crier gare, il attrapa Angela par le bras et l'attira à lui. Celle-ci essayait de se débattre en pleurant, mais Karl la tenait d'une poigne d'acier.

- Attachez les autres, ordonna-t-il sans se soucier des tentatives de sa prisonnière pour se libérer.

Je ne savais plus quoi faire. Phoenix n'apparaissait pas et Karl s'apprêtait à tuer Angela. Je devais agir !

Alors que les vampires qui nous avaient amenés ici s'avançaient vers nous dans une attitude menaçante, je me plaçai en arrière du groupe.

Soudain, je fonçai en avant et poussai de toutes mes forces les gens devant moi en criant :

- On ne se laissera pas faire !

Comme des dominos, les prisonniers se poussèrent les uns les autres, et dans la panique, tentèrent de s'éparpiller. Croyant à une mutinerie, les vampires commencèrent à rattraper les fuyards, sans toutefois leur faire de mal.

Profitant de la confusion ambiante, je parvins à m'emparer d'une paire de ciseaux qui traînait sur l'une des caisses réfrigérées, et me ruai vers Karl, qui, sans porter aucun intérêt à ce qui se passait à côté de lui, allait enfoncer ses crocs dans le cou de mon amie.

Avec un rugissement de rage, je lui plantai les ciseaux dans la nuque, avant de lui sauter sur le dos en le labourant de coups de poings. Ce fut sans doute moins la douleur que la surprise qui le fit lâcher prise, mais Angela fut libérée de l'étau de ses doigts.

- Cours ! lui criai-je de mon perchoir.

J'eus juste le temps de la voir tenter le coup avant qu'on ne m'attrape par le dos et qu'on ne m'envoie faire un vol plané contre le mur d'en face, duquel je m'écrasai au sol. Cette fois-là, je ne trouvai pas la force de me relever.

Heath s'avançait à présent vers moi. Karl le suivait.

- Heath. Rattrape la blonde, le stoppa Karl qui regardait dans ma direction avec un œil soupçonneux.

Karl vint lentement vers moi, mais il se retourna quand lui parvinrent les cris d'Angela depuis le hall. Heath l'avait déjà rattrapée et la ramenait. Cela avait été rapide.

- Attache-la.

Heath n'avait pas envie de se salir les mains et avait confié mon amie à l'un de ses sbires.

Le traître germain reporta son attention sur moi et combla la distance qui nous séparait. Mes cheveux étaient tombés devant mon visage et pour enfin voir à qui il avait affaire, il tendit la main pour les écarter... Aussitôt fait, il recula d'un pas, ses pupilles devinrent luminescentes et ses crocs sortirent.

- Toi ! prononça-t-il rageusement.

Mais au lieu de se jeter sur moi et de me tailler en pièces, il se redressa et hurla à ses complices :

- C'est un piège ! Tuez-les tous, il faut partir d'ici ! (Il se tourna vers moi) Mais pas avant que nous ayons réglé nos comptes, tous les deux.

Ses hommes allaient s'exécuter quand une voix de velours mortelle et effrayante s'éleva par-dessus le brouhaha.

- Il est clair que vous allez partir, comme vos amis qui attendaient dehors... Ils ne sont plus de ce monde.

Phoenix et François se tenaient dans l'encadrement de la porte, armés et prêts à en découdre, vu leurs yeux et le sang qui maculait déjà leurs vêtements.

Le silence tomba sur la pièce, chacun parmi les vampires ayant reconnu leur ange de la mort. En un éclair, Karl m'avait relevée et se servait de moi comme d'un bouclier, un couteau en argent menaçant ma gorge. Phoenix nous fixait intensément mais il dut agir en fonction des priorités du moment.

C'était Huan qui tenait Angela, et abandonnant son otage, il fut le premier à se décider à se jeter sur lui. Mal lui en prit... Pris d'une rage meurtrière, mon patron n'eut aucun mal à l'arrêter avant de le plaquer au sol et de lui arracher la langue. François empêchait les autres d'avancer vers Phoenix. De toute façon, il n'eut pas besoin de faire grand-chose contre ses adversaires, pétrifiés par la réalité du mot « impitoyable » qui se jouait devant eux.

- *Ça*, c'est pour avoir osé l'embrasser ! cracha Phoenix en tenant encore la langue sanguinolente de son ennemi dans la main.

- *Ça* c'est pour avoir osé la toucher !

Il s'en prit ensuite à son bras gauche ; les hurlements de Huan emplissaient la pièce et toute l'assistance était comme hypnotisée par cette scène digne des plus affreux films d'horreur…

- Et *ça*, c'est pour avoir voulu qu'elle se sente coupable après que tu aies bu le sang de la jeune droguée !

Il termina par ses crocs, ce qui valut une nouvelle série de cris épouvantables, et trois des otages vomirent devant ce spectacle abominable. Même Karl ne put s'empêcher de frissonner un bref instant. Pour ma part, je ne ressentais rien, ni plaisir, ni horreur, ni compassion… Ma conscience se taisait car elle estimait qu'après tout le mal qu'il m'avait fait et qu'il avait fait à d'autres personnes, le châtiment de Huan était largement mérité.

Phoenix redressa ensuite son buste et fixa Heath et Karl de son regard métallique.

- D'autres n'auront pas ta chance… Leur mort ne se fera pas sans souffrance…

Et dans un geste rapide, il abrégea les souffrances de Huan en le décapitant à mains nues. Lorsqu'il se releva, la tension était à son maximum. Un filet de sang s'échappa de mon cou, tant la pression du couteau sur ma gorge était forte.

Il ne restait que six vampires chinois, Heath, et Karl. Je vis Phoenix faire signe à François de se débrouiller avec les six qui vinrent faire face à leur adversaire, oubliant totalement la présence de leurs victimes humaines. Mon patron regarda ces dernières.

- Quittez les lieux et oubliez ce qui s'est passé. De toute façon, personne ne vous croira !

Alors que mes camarades d'infortune allaient suivre son ordre, Phoenix parla de nouveau :

- Encore une chose : je connais vos visages ; si l'un d'entre vous s'avère assez stupide pour parler à la presse, je le retrouverai où qu'il soit. Il ne sera en sécurité nulle part et ne pourra qu'attendre ma venue pour bénéficier du même traitement que la charogne qui gît à mes pieds !

Comme un seul homme, quinze personnes coururent vers leur salut, sans un regard en arrière. Toutes, sauf une. Angela était restée derrière François, et elle me fixait, effrayée. Je réussis à cligner des yeux pour lui faire comprendre qu'elle devait partir et en larmes, elle obéit, non sans avoir auparavant partagé un dernier regard avec l'élu de son cœur.

Quand elle fut partie, Phoenix lança :

- Eh bien alors, qu'attendons-nous ?

En un instant, la grande salle devint le champ de bataille de l'Apocalypse.

*

Alors que Phoenix se créait un chemin vers Karl et moi en repoussant brutalement les brancards et les caisses réfrigérées encore pleines qui allèrent s'écraser contre les murs en les éclaboussant de sang, François abattait méthodiquement chaque homme qui s'approchait trop près de lui. Sachant qu'il s'en sortirait, je reportai mon attention sur mon patron.

Il irradiait tellement la colère et le mépris qu'on aurait dit qu'une aura de feu l'entourait. Jamais je ne l'avais vu ainsi… Tout en lui exprimait la Mort dont il était le messager.

Il aurait dû m'effrayer, comme c'était assurément le cas pour Heath et Karl, mais au contraire, je ne pouvais détacher mon regard de sa personne. Même si une grande partie de sa colère résidait dans la trahison de celui qu'il considérait comme son frère, s'il avait été si cruel envers Huan, c'était pour le punir de m'avoir touchée. Et même là, tandis qu'il s'avançait encore, ce n'était pas son ami qu'il fixait... mais moi. Il ne permettrait pas qu'on me fasse du mal...

Tout à coup, ma fatigue s'envola et une énorme vague d'énergie provenant de mes dernières réserves me redonna courage. Avec un subtil mouvement de tête, Phoenix m'indiqua qu'il avait vu le changement s'opérer en moi, et que rassuré, il pouvait reporter son attention sur celui qui se prétendait son ami.

- Lâche-la et je te promets que quand sera venue l'heure de ton exécution, le procédé sera rapide et sans douleur.

Karl le toisa.

- Tu rêves, mon frère... Tu vas me laisser partir car je sais que tu tiens à cette garce qui fourre son sale nez d'humaine partout. Tu ne me feras rien car elle est bien trop importante à tes yeux pour que tu prennes le risque que je la tue.

Phoenix sortit un couteau de sa veste et joua avec.

- Ton défaut a toujours été l'arrogance. Tu crois tout savoir, mais tu ne sais rien. Tu me crois suffisamment attaché à elle pour prendre le risque d'échouer dans la mission que Talanus et Ysis m'ont confiée ? Ce n'est pas étonnant qu'ils n'aient jamais pensé à toi pour devenir leur ange... Tu es trop naïf !

Suffoqué par la rage, Karl me serra davantage, quitte à me broyer les os ; je ne pus réprimer un cri de douleur.

- Et toi, ton défaut, c'est ta trop grande confiance en toi ! Le grand Phoenix, héros de tous les vampires dont ils chantent les louanges jusqu'aux fins fonds de l'Amazonie ! Ça a commencé avec Finn qui ne voyait que par toi et qui passait son temps à me rabaisser ! J'étais toujours l'ami de Phoenix partout où j'allais et c'était insupportable de soupirs béats et admiratifs, alors que te connaissant, je savais que tu n'étais pas *le quart du tiers* de ce qu'ils t'imaginaient ! Jouer ton ami tout ce temps alors que je te hais plus que tout au monde fut une torture, mais celui qui me l'a ordonné mérite ce sacrifice car il a bien vu qui tu étais vraiment, et que je valais bien mieux que toi ! Tu risques de ravaler ta superbe quand les Grands vont débarquer, et on attend ça avec impatience !

Estomaquée par ces horribles révélations, je cherchais sur le visage de mon patron une quelconque réaction. J'aurais pu passer à côté si je n'avais pas remarqué à quel point Phoenix serrait les dents. Karl comptait beaucoup pour lui et il l'avait défendu à maintes reprises, y compris contre moi. Je savais qu'après l'avoir expulsé du château manu militari pour ce qu'il m'avait fait, il ne se remettait pas de leur dispute.

Je n'osais imaginer la douleur et le sentiment de profonde trahison qu'il devait éprouver face à celui qui lui avait menti pendant si longtemps, et qui souhaitait en réalité qu'il meure.

En jouant avec son ego surdimensionné, Phoenix avait amené Karl à avouer que quelqu'un tirait les ficelles derrière lui. Mais ses aveux avaient surtout révélé une haine qu'on n'aurait jamais pu concevoir tant elle avait été bien dissimulée.

Ce fut à mon tour de sentir la rage bouillonner dans mes veines.

- Tu n'es qu'une petite ordure qui n'a jamais été aussi douée que Phoenix et qui l'a jalousé parce qu'il était meilleur que lui ! Tu es tellement aveuglé par ton besoin de reconnaissance que tu viens de nous dire qu'il y avait quelqu'un au-dessus de toi, crétin ! Tu viens de te faire manipuler, toi, le grand Karl ! Qu'est-ce que ça fait ? dis-je en ricanant, acide.

- La ferme ! me hurla-t-il à l'oreille tout en resserrant sa prise.

Le souffle me manquait mais je voulais le pousser à bout pour qu'il commette une erreur. Regardant Phoenix, je poursuivis.

- Tu me fais pitié ! Tout ça pour ça ? Parce que le vilain petit canard n'a pas eu sa dose de câlins quand il était petit ? Je vais te dire ! Je savais qui tu étais vraiment ! Même à moi, une sale humaine qui fourre son nez partout, comme tu dis, ça ne m'a pas échappé : tu n'étais rien, tu n'es rien et tu seras toujours un moins que rien !

- LA FERME ! LA FERME ! hurla-t-il encore mais cette fois-ci en me secouant si fort que je crus qu'il allait me disloquer.

Je continuais à fixer mon sauveur dont l'inquiétude commençait à devenir de plus en plus prononcée.

- Tu sais quoi ? Tu ne me fais pas peur car tu n'es qu'un insecte insignifiant. Phoenix est important pour les maîtres de cette région et pour tous ceux qui souhaiteraient l'avoir à leur service ! Phoenix est important pour François qui n'a pas hésité une seconde à choisir son camp quand il a compris que tu étais derrière tout ça ! Et il est important pour moi, quand ce que j'éprouve pour toi, ce n'est que du dégoût devant une montagne de médiocrité !

C'en était trop.

- JE VAIS TE CREVER, ESPÈCE DE SALOPE ! rugit Karl en m'écartant brutalement de lui pour pouvoir me regarder quand il me planterait la lame dans la poitrine.

C'était l'erreur que Phoenix et moi attendions. Aveuglé par la colère, Karl avait négligé sa garde, et laissé une possibilité à mon patron de lui envoyer son couteau dans le cœur. Toutefois, cela ne se passa pas comme prévu...

Heath ayant compris notre manège, s'était jeté sur Phoenix à la dernière minute pour l'empêcher d'atteindre Karl. Néanmoins, le couteau avait quand même été lancé, et s'était fiché dans son poumon droit.

La douleur étant insupportable, mon bourreau me repoussa avec une force herculéenne et j'atterris sur un matelas par terre. Le choc m'avait fait voir trente-six chandelles, et j'eus quelques difficultés à revenir sur mes pas pour tenter d'aider Phoenix, aux prises avec Heath dans un combat à mort. Leur super-vitesse m'empêchait de bien discerner leurs mouvements, mais la lutte était acharnée.

Pendant ce temps, Karl brisa une fenêtre dans le but de s'échapper. J'accélérai dans sa direction pour le retenir avec les moyens du bord, c'est-à-dire pas grand-chose.

Alors que Phoenix avait enfin le dessus sur Heath et que j'entendais le bruit caractéristique des os broyés dans une décapitation à mains nues, je vis Karl retirer le couteau de sa blessure et le brandir avec l'intention de profiter que mon patron avait le dos tourné pour le lui envoyer.

Sans réfléchir, je m'élançai sur sa trajectoire :

- PHOENIX ! hurlai-je en faisant face à Karl et en ouvrant les bras pour protéger mon employeur.

Comme il se retournait, alerté par mon cri, je sentis l'effroyable douleur de la lame pénétrant ma chair au niveau du ventre. Je criai d'horreur, avant de m'effondrer à terre. Au même instant, j'entendis le hurlement de celui que j'avais protégé et qui n'avait pas eu le temps de faire quoi que ce soit pour m'aider.

- NON !

Il se précipita vers moi et voulut appuyer ses mains sur la tâche sanglante qui s'élargissait déjà sur mon survêtement, mais je l'en empêchai.

- Attrapez-le ! m'écriai-je en désignant le volet ouvert par où Karl s'était enfui.

François n'en avait pas fini avec ses Chinois. Tout s'était passé si vite...

- Je ne vous laisserai pas, dit-il en s'approchant à nouveau.

Là encore, je le repoussai de toutes mes forces.

- François est occupé. Vous êtes le seul à pouvoir le rattraper et à lui faire dire qui tire les ficelles ! C'est le seul moyen de vous sauver ! Laissez-moi !

J'avais fini par crier malgré ma souffrance car plus que tout, je voulais qu'il survive. Je sentais les larmes ruisseler sur mes joues. J'étais incapable de supporter une seconde de plus son regard bleu qui me fixait durement.

- Non.

Surprise, je levai la tête vers lui. Il n'y avait plus de dureté dans ses prunelles... juste de la tendresse et de l'inquiétude. J'en fus bouleversée.

- Qu'il aille au diable. Je préfère le voir partir plutôt que vous laisser mourir.

Doucement, il passa un bras autour de mes épaules, l'autre sous mes cuisses.

- Que faites-vous ? m'étonnai-je.

- Je n'ai pas oublié ce que vous m'avez dit. Votre blessure pourra être guérie si nous nous dépêchons d'aller à l'hôpital.

Sa réplique me sidéra tellement que j'en oubliai ma douleur et mes vêtements pleins de sang. Profitant de ma stupeur silencieuse, il me souleva dans ses bras et regarda François qui venait de se débarrasser du dernier ravisseur.

- Brûle tout et retrouve-moi au château de Scarborough.

Sans attendre son accord, Phoenix et moi décollâmes pour que j'aille me faire soigner dans l'un des hôpitaux de Kerington. Ayant fermé les yeux pour éviter de m'évanouir de frayeur, je réalisai que nous avions fait un grand pas dans notre enquête. Nous avions réussi à retrouver le quartier général des kidnappeurs et à sauver une partie de leurs victimes, dont Angela. Notre plan avait fonctionné puisque nous avions découvert l'identité de leur chef… Mais la vérité fait parfois très mal. Les retrouvailles de Phoenix et Karl étaient mémorables, et je savais que s'ils se rencontraient à nouveau, l'un des deux mourrait.

Mais lequel ?

Chapitre XI : Le danger rôde

*

J'avais de plus en plus froid et j'avais fini par ouvrir les yeux et regarder les lumières de la ville en bas. Phoenix me serrait contre lui mais on ne pouvait pas dire qu'il était très efficace comme bouillotte. J'étais gelée, en raison de ma perte de sang, mais aussi par la sensation du vent glacial qui me cinglait comme nous volions. Je trouvais cette situation complètement ridicule, surtout que l'heure du lever du soleil se rapprochait grandement. N'en pouvant plus, je m'écriai :

- Faites demi-tour !

J'eus un haut-le-cœur quand on se stoppa entre deux nuages après avoir volé à toute vitesse pendant de longues minutes.

Phoenix me dévisagea avec inquiétude :

- Vous vous sentez mal ?

Oui, ce n'était pas la grande forme, c'était sûr.

- Je veux que vous me rameniez à Scarborough. Je ne veux pas aller à l'hôpital !

Il ne comprenait pas, à l'évidence. J'allais devoir être plus claire.

- Il va bientôt faire jour et je ne veux pas être seule dans un hôpital froid et lugubre, avec une bande de médecins et de policiers qui vont me harceler jusqu'à ce que je leur dise qui m'a poignardée ! Je veux rentrer à la maison !

C'était la première fois que j'employais ces mots pour désigner le château. Mais il était devenu incontestable que mon chez-moi, c'était là-bas.

- Je boirai.

Il lut la détermination dans mon regard, et dans le sien, j'y lus de la fierté. Il hocha la tête.

- On fera comme vous voudrez. Tenez le coup.

Il fonça de nouveau, mais cette fois-ci, là où je me sentirais bien…

Je dus perdre connaissance en chemin car quand je m'éveillai, François nous ouvrait les portes.

- Elle vient de reprendre conscience.

Effectivement, je voyais à nouveau le monde qui m'entourait, mais je me sentais étrangement déconnectée, comme si je n'avais même plus assez de force pour garder pied dans le présent.

- Le temps nous est compté, enchaîna-t-il.

Le temps ? Qu'avait-il de prévu ? Que devait-il compter ? Le brouillard menaçait de me happer de nouveau et je ne comprenais plus rien.

Phoenix me posa délicatement sur le canapé, en attrapant un coussin pour le mettre sous ma tête. À peine eût-il fini, qu'il se retourna et se positionna pour me défendre, en poussant un rugissement bestial. Je ne fis que sursauter, mais le hurlement féminin que j'entendis me fit comprendre qu'une autre personne faisait partie des convives.

- Qu'est-ce qu'elle fait là ?!

Il feula dangereusement et je trouvai la force de tourner la tête pour voir l'intruse.

- Angela ? rigolai-je. Tu as rencontré Phoenix ? Quand ça ? Ton appartement a drôlement changé dis-donc!

Tout s'embrouillait dans ma tête et je racontais n'importe quoi. Mon intervention attira tous les regards dans ma direction et François intervint.

- Elle m'attendait dehors. Elle ne voulait pas abandonner Sam et maintenant qu'elle connaît la vérité, je me suis dit qu'elle...

- Peu importe !

Mon patron lui coupa sèchement la parole en remontant fébrilement le bras de sa chemise. Quand je le vis, je souris bêtement et m'exclamai... :

- Vous avez la peau la plus douce qui soit au monde !

... Avant d'éclater d'un rire niais.

- Qu'est-ce qu'elle a ? s'inquiéta Angela.

- Elle délire. Ça signifie qu'elle va bientôt mourir ! lui répondit Phoenix, rendu agressif par l'impatience.

Je réagis au moment où il se mordait le poignet.

- L'homme le plus extraordinaire au monde...est aussi le plus nul en relations humaines !

Je voulus rire, mais au lieu de ça, je fus prise de convulsions incontrôlables qui m'amenèrent vers le coma, puis aux portes de la mort.

Dans les ténèbres de l'inconscience, je sentis ses mains qui me retenaient, et sa voix qui m'exhortait :

- Résistez, Sam ! Ce n'est pas encore le moment, je vous interdis de mourir ! Vous m'entendez ? Bon sang ! Vous êtes la femme la plus entêtée de l'univers alors, réagissez ! Buvez !

Comme par miracle, une dernière étincelle d'énergie brilla dans l'obscurité dans laquelle je baignais, et je m'y dirigeai. Je m'en servis comme tremplin pour revenir vers la voix de celui qui me guidait vers la lumière et quand j'y parvins, je sentis le contact de sa peau sur ma bouche et du sang qui en coulait. J'entrouvris les lèvres, commençai à avaler le précieux liquide, et entendis trois soupirs de soulagement autour de moi. Je sentais le froid sur mon ventre et compris qu'ils avaient ouvert mon sweat et remonté mon T-shirt pour vérifier que la blessure se referme.

- Incroyable ! Elle guérit ! s'exclama Angela.

Au fur et à mesure de mes gorgées, je me sentais mieux quand soudain, mon retour au présent fut brutalement arrêté.

Emportée encore une fois par le tourbillon de sensations que déclenchait en moi le sang de Phoenix, j'ouvris grand les yeux et me redressai brutalement. Il était assis près de moi sur le canapé et je me trouvais désormais à quelques centimètres de son visage, tenant encore son poignet droit entre mes lèvres.

Il y eut un grand silence quand j'observai mon sauveur, et j'appris le lendemain par Angela que mes yeux avaient changé de couleur. Ils avaient gardé leur teinte noire, mais leur éclat était irréfutablement devenu rouge, comme le sang que je buvais avec gourmandise. Phoenix tressaillit et voulut retirer son bras... sans y parvenir. Une sorte de grognement animal monta même de ma gorge en guise d'avertissement.

Mon amie me confia qu'à partir du moment où je m'étais redressée, je n'étais plus du tout moi-même et que ma force s'était décuplée au point de surpasser celle de mon patron. J'avais eu du mal à la croire car je n'en avais gardé aucun souvenir.

Selon elle, j'avais juste consenti à écarter un peu ma bouche de son poignet afin de lui lancer un regard de désir incendiaire, et avant de lui lécher sa plaie avec une indécence et une lenteur très contrôlées. J'avoue que je ne sus plus où me mettre quand je l'appris, surtout quand Angela insista sur le fait que Phoenix en fut retourné comme une crêpe.

Après lui avoir léché le poignet, je m'étais recouchée, non sans avoir auparavant gratifié mon généreux donneur d'un clin d'œil coquin.

Cette fois-ci, quand j'ouvris de nouveau les yeux, j'étais moi... et je ne compris rien à la conversation qui se déroulait.

- Ses yeux sont redevenus normaux ! s'égaya François.

- Foutue empreinte ! râla mon patron, qui avait un étrange timbre dans la voix.

Péniblement, je me redressai, et fronçai les sourcils devant ces visages qui me contemplaient comme une bête de foire.

- Hé ! Je vais bien maintenant. Cessez de me regarder comme ça !

Ayant dû prendre conscience de leur attitude bizarre, ils reprirent contenance.

- Angela ? m'étonnai-je, percutant tardivement qu'elle n'aurait pas dû être là.

Elle sourit.

- Je ne pouvais pas rentrer sans savoir si tu allais bien.

- Tu ne vas pas rentrer maintenant ! Reste dormir ici, lui demandai-je en consultant Phoenix du regard.

Celui-ci se leva.

- Très bien. François va vous montrer votre chambre. De toute façon, nous devrons avoir une conversation demain soir, par conséquent, il serait sage que vous ne profitiez pas de la lumière du jour pour rentrer chez vous.

- Ne vous en faites pas. Je vous dois la vie, alors je peux bien attendre ici encore un peu.

Il hocha la tête et fit signe à François de l'emmener.

Lorsqu'ils furent sortis, je voulus me lever et regagner ma chambre pour un repos bien mérité.

Un petit cri de surprise m'échappa quand Phoenix me souleva dans ses bras.

- Qu'est-ce-que... ?

- Chut. Vous êtes encore faible et vous devez dormir. Je vous conduis à votre chambre et je vous interdis de protester. Demain, vous et moi aurons aussi une longue conversation, seul à seule.

Mon cœur battit plus fort pour une raison que la fatigue me dissuada d'aller chercher. Je me blottis contre Phoenix comme il me portait en montant les marches. Il me posa dans la salle de bain et m'ordonna de me détendre sous la douche tandis qu'il s'occupait de préparer mes affaires pour la nuit. Cela me fit un bien fou après les épreuves que j'avais subies, et en sortant de la cabine, j'enfilai le pyjama qu'il avait posé sur le lavabo. De retour dans la chambre, il me souleva de nouveau pour me mettre au lit. Sa prévenance m'aidait à me sentir mieux.

Alors qu'il s'apprêtait à partir, je le retins par le bras et m'agenouillai pour être à sa hauteur.

- Merci de m'avoir sauvé la vie... encore, murmurai-je.

Un peu hésitante, je me redressai vers lui, et l'embrassai sur la joue avant de lui sourire chaleureusement. Ne m'attendant pas à un geste de retour, j'allais me remettre dans mes draps quand sa main attrapa mon bras, et m'encouragea à me redresser de nouveau. Son visage impénétrable ne permettant pas de découvrir ses intentions, je parvins à soutenir son regard perçant. À son tour hésitant, il finit par se pencher, et déposer un doux baiser sur ma joue.

Il me souhaita une bonne nuit, et me laissa seule et déboussolée, la main posée à l'endroit où ses lèvres m'avaient brûlée.

*

- J'ai fait QUOI ?

J'étais horrifiée par le récit d'Angela sur mon comportement de la veille. Celle-ci gloussa, ce qui intensifia mon sentiment de honte.

Nous nous étions retrouvées toutes les deux dans le jardin dans l'après-midi et nous avions décidé de mettre les choses à plat, installées sur une couverture, une carafe de citronnade et des bonbons de Ginger en guise de munitions. Elle était encore sous le choc de ce qu'elle avait vécu cette nuit, mais c'était une femme forte, elle s'en remettrait. Elle comprenait les raisons qui m'avaient poussée à lui cacher l'existence des vampires et s'engageait à en protéger le Secret. Depuis toujours, elle aimait les histoires qu'on racontait sur eux, même si elle n'aurait jamais pensé que c'était la vérité ; par conséquent, elle prenait plutôt bien sa situation. Et elle avait beaucoup parlé avec François.

Quels furent leurs propos ? Elle préféra les garder pour elle... mais à son sourire, je me doutais qu'ils avaient touché son cœur... Elle débordait de joie, et me le montrait à l'instant même en riant de mon expression ahurie.

- Tu n'étais plus toi-même ! François m'a dit que ça devait être à cause de l'empreinte, son sang t'a tourné la tête et tu étais saoule !

J'avais déjà entendu ça... Je m'ébrouai.

- C'est quoi cette histoire avec mes yeux ? C'est pour ça que vous me regardiez comme si j'étais un phénomène de foire ?

Elle cessa de rire.

- Ça, c'était franchement bizarre. Le pire, c'est que Phoenix et François ne s'y attendaient pas du tout et ça leur a fichu les jetons ! C'est pour ça que Phoenix a voulu retirer son poignet... Tu aurais vu sa tête quand tu l'en as empêché avec ta force...

- L'empreinte doit être plus importante que ce qu'on croyait, voulus-je me rassurer.

Mais une petite voix dans ma tête s'acharnait à me chanter que tout ça n'avait rien à voir avec l'empreinte.

- ... Enfin, ce n'était rien par rapport au moment où tu lui as léché le poignet en le regardant comme si tu allais lui arracher ses vêtements... Je ne savais pas que les vampires pouvaient frôler l'apoplexie !

Elle éclata de rire devant ma mine catastrophée. Je me pris la tête entre les mains.

- Bon sang ! Mais qu'est-ce qu'il va penser de moi ?!

- Tu n'étais plus toi-même, Sam. Il le sait bien.

Je me rongeai les ongles ; elle me frotta le dos pour évacuer mon angoisse.

- Mais... sérieusement, Sam. Il y a quelque chose entre vous ?

Comme dans un flash, je le revis se pencher vers moi et sentis ma joue s'enflammer au souvenir du contact de ses lèvres.

- Tu rougis. J'ai mis le doigt sur quelque chose ?

Je lui lançai un regard meurtrier.

- Non mais, François et toi, même combat c'est ça ? Combien de fois il va falloir que je vous le dise ?! Je ne vais quand même pas me balader avec un écriteau avec inscrit en lettres de feu « *Je ne suis pas amoureuse de mon patron aux dents longues* » ! Concentre-toi plutôt sur ton histoire avec ton vampire français et fichez-moi la paix tous les deux !

Je repris mon souffle, regrettant déjà de m'être énervée...

- Si tu réagis comme ça, c'est que je ne me suis pas trompée !

... Et j'avais bien raison.

- Tout est clair pour nous deux. Quand je lui ai parlé des soupçons de François, qui sont les mêmes que les tiens, il a trouvé l'idée complètement absurde, tout comme moi ! Alors vivez dans votre monde onirique si ça vous chante, mais ne nous mêlez pas à tout ça !

Cette discussion avait tourné au vinaigre et je ne voulais plus être désagréable envers mon amie.

- Je suis fatiguée, je vais me reposer.

Je retournai dans ma chambre où je tombai dans un sommeil réparateur à peine la tête posée sur l'oreiller.

*

Je suis dans une cave... dans une cellule avec des barreaux... Je me demande ce qui va m'arriver quand quelqu'un entre : Karl. Il me regarde avec une telle haine que je ne peux m'empêcher de reculer contre le mur en tremblant.

- Cette fois, il ne sera pas là pour te sauver.

Son sourire mauvais se dessine sur son visage, et l'instant d'après, il est sur moi. Malgré mes tentatives pour lui échapper, je ne peux que hurler en sentant ses crocs dans mon cou, et ma vie s'écouler hors de moi...

- Sam ! Réveillez-vous, ce n'est qu'un rêve !

Je venais d'ouvrir les yeux et je me débattais encore quand je pris conscience que j'étais en sécurité dans ma chambre, avec Phoenix qui me tenait les mains. Le cœur menaçant de sortir de ma poitrine à cause de la panique, j'eus quelques difficultés à reprendre mon souffle.

- J'ai cru que... j'ai cru qu'il... me tuait... parvins-je à articuler.

- Tout va bien. Ce n'était qu'un cauchemar, je vous ai entendu crier.

Je m'assis, me frottant les yeux pour enlever les dernières brumes du sommeil.

- Quelle heure est-il ? Et où est Angela ? Je l'ai laissée toute seule.

- Il est vingt-deux heures, François l'a reconduite chez elle. Elle a dit que vous vous étiez un peu disputées, elle se sentait coupable de vous avoir mise mal à l'aise.

Je me raidis. Savait-il pourquoi ?

- Disons que j'étais fatiguée et que je me suis énervée inutilement.

- Peu importe. J'aimerais profiter que nous soyons seuls tous les deux pour avoir cette conversation.

Aussitôt, je stressai... Phoenix me prit de nouveau la main, et je ressentis une curieuse décharge électrique à ce contact. Ça devenait dingue cette histoire d'électricité à son toucher, j'avais un problème ou quoi ?

- Je ne veux plus que vous soyez en première ligne comme la nuit dernière. Jusqu'à ce que cette affaire soit terminée et jusqu'à nouvel ordre, vous resterez ici.

- Quoi ? Vous êtes fou. Je ne veux pas être cloîtrée ici tandis que vous et François prendrez tous les risques ! protestai-je, choquée d'être mise au placard.

- François reste là également.

Je le fixai, bouche bée, qu'avait-il encore dans la tête ? Puis, je compris.

- Karl. Vous avez peur qu'il ne s'en prenne de nouveau à moi.

- Il connaît cet endroit. C'est une certitude, il essaiera de vous tuer en premier... pour me faire souffrir.

Nous nous observâmes l'un l'autre un instant, le temps comme suspendu à nos lèvres.

- Souffririez-vous vraiment ?... Si cela devait arriver ?

Ma voix parvint à mes oreilles comme un murmure. Me regretterait-il si je disparaissais ? Jusqu'à quel point ? Et pourquoi me posais-je cette question ?

Ses yeux devinrent un peu plus brillants et doucement, il se pencha vers moi. Désarçonnée par son attitude, je me raidis et me penchai en arrière pour garder mes distances... Pour autant, cela ne le stoppa pas. Ainsi, je me retrouvais de nouveau couchée, la tête sur mon oreiller, ne sachant plus comment réagir face à ce visage qui s'était arrêté à quelques centimètres au-dessus du mien.

Phoenix me regardait étrangement, ses crocs sortis.

- Samantha Watkins, ex-bibliothécaire au lycée Griffith de Kentwood, si humaine et pourtant tellement extraordinaire...

Il était proche... trop proche. Mon cerveau refusait obstinément de fonctionner et j'étais hypnotisée par son regard.

- Vous êtes différente de toutes les femmes que j'ai rencontrées.

Abandonnant mon self-control, je laissai mon cœur en profiter pour s'éclater et battre comme un forcené. Je dus bien reprendre mon souffle pour rester consciente, ce faisant, j'inhalai son parfum entêtant qui me transportait déjà dans le bien-être de l'oubli.

- Vous avez quelque chose de spécial. Je l'ai tout de suite vu dans cette ruelle, sans savoir ce que c'était. Hier, vos yeux me l'ont confirmé... *Dites-moi votre secret.*

Pssshhhhiiittt.

Ma bulle de bien-être venait de se désagréger en une seconde. J'ouvris les yeux.

- C'est ça le sujet de notre conversation ? Ma crise de somnambulisme érotique ? Vous ne croyez pas que je me sens suffisamment humiliée, il faut que vous en rajoutiez une couche ? sifflai-je, mordante. C'est tout, vous êtes sûr ? Parce que s'il n'y a que ça, je ne vois pas l'intérêt de jouer à ce petit jeu ; cette discussion pouvait se régler en trois secondes ! Je suis tout ce qu'il y a de plus ordinaire, je n'ai aucun secret et votre empreinte commence sérieusement à me taper sur les nerfs ! Par conséquent, si vous pouviez avoir la gentillesse de dégager de là... J'ai faim et j'en ai marre de vous parler !

Abasourdi par mon discours, Phoenix s'exécuta lentement. J'étais complètement hors de moi et mieux valait que je mette de la distance entre nous. Je m'assis, recoiffai mes cheveux en queue de cheval, et sans lui accorder le moindre regard, partis comme une tornade.

Dans la cuisine, j'attrapai quelques paquets de biscuits et une bouteille d'eau. En sortant dans le jardin, je croisai François qui manœuvrait dans l'allée pour se garer. Je ne le regardai même pas.

Je m'installai au bout du jardin, près d'un petit arbuste aux fleurs roses dont j'ignorais le nom mais qui sentait très bon, et commençai à dévorer avec hargne mes biscuits.

Je ne restai pas plus d'une minute tranquille car François me rejoignit, à mon grand désespoir.

- Vous vous êtes encore disputés, constata-t-il.

Malgré mon énervement, j'avais besoin de vider mon sac.

- Je ne le comprends pas. Il dit qu'il veut améliorer son côté relationnel et essaie d'être mon ami, mais à la première difficulté, il se comporte avec moi comme un fichu ange en mission !

- Il t'a interrogée pour hier.

- Tout ce qu'il voulait, ce n'était pas savoir comment j'allais moralement, mais si ce que j'ai fait cette nuit peut lui être utile, dis-je avec amertume.

- Ne sois pas trop sévère avec lui. Il était réellement inquiet pour toi.

- Je sais. Mais pas assez apparemment.

François me dévisagea comme s'il pesait le pour et le contre dans ce qu'il pouvait me dire.

- Depuis que je le connais, c'est la première fois qu'il s'inquiète autant pour une personne. Je sais qu'il est difficile de le comprendre, même moi, j'ai encore du mal, mais je peux t'assurer que tu comptes beaucoup pour lui.

Je repensai à notre discussion dans le bois.

- Je sais. Mais il se comporte de manière si étrange avec moi que je m'y perds.

- Écoute. Il a failli tout faire capoter quand il a vu Huan te violenter dans l'entrepôt en ruines.

Je fixai François, surprise. Il reprit :

- Tu as vu comment il l'a tué... Phoenix ne prend pas plaisir à tuer en général, ce n'est pas son genre. S'il l'a fait, c'est parce que ce type a osé te toucher... Ça l'a rendu fou. Il a fallu que je le retienne de toutes mes forces pour qu'il ne fonce pas sur lui à ce moment-là. Et puis, il a préféré ne pas poursuivre Karl plutôt que te laisser. Avant de te rencontrer, il n'aurait jamais fait un tel choix.

Je n'osais pas prendre la mesure de ses paroles, je changeai de sujet.

- Il ne veut plus que je l'accompagne.

- Ce n'est que temporaire.

- Tu crois qu'il parviendra à le tuer ?

- Karl et lui étaient très proches. Malgré le poids de sa trahison, j'ai peur que ce ne soit pas si simple.

- Je le crois également... Alors je le ferai à sa place, déclarai-je avec force.

- Cela vaudra peut-être mieux, oui...

Après un long silence de réflexions mutuelles, nous rentrâmes au château pour découvrir que Phoenix avait quitté les lieux ; pour nous protéger, et peut-être aussi pour se protéger de nous...

*

Une semaine passa sans que Phoenix ne trouvât la moindre trace de Karl. Il était allé faire son rapport directement auprès de Talanus et Ysis qui furent soulagés de savoir que les trafiquants de sang avaient été massacrés. Pour autant, malgré ce succès, ce ne serait pas suffisant pour les Grands dont la venue était confirmée. Ils ne toléreraient pas que le Secret puisse de nouveau être en danger et de fait, ils considèreraient cette histoire comme close seulement quand ses têtes pensantes seraient traduites devant eux pour être exécutées en guise d'exemple. Ça s'annonçait très mal…

Il nous restait seulement cinq jours devant nous quand Phoenix reçut un coup de téléphone de Kiro. Des bruits couraient comme quoi l'un des entrepôts de la zone industrielle de Kerington recommençait à être le théâtre d'activités louches. Cela aurait pu être un trafic de mafieux humains mais Kiro précisa qu'un gros type chauve et tatoué avait été vu dans les parages. Bingo ! Cela correspondait à la description de Billy l'Assoiffé.

Phoenix enfila son manteau après avoir raccroché, je me postai devant lui.

- Je viens.

Il me contourna et se dirigea vers la porte. Déterminée, je le rattrapai et lui barrai le chemin.

- Emmenez-moi.

Cette fois, il me fixa durement.

- Cette discussion n'a pas lieu d'être.

Il voulut me contourner, mais je le retins par le bras.

- Karl était votre ami ! Laissez-*moi* le tuer.

Phoenix se radoucit quand il comprit que je voulais seulement lui épargner d'avoir à exécuter celui qu'il avait considéré comme un frère pendant près de cinq cents ans. Il retira doucement ma main de son bras et me regarda gentiment.

- Merci. Mais c'est une tâche que je dois accomplir seul.

Vaincue et horriblement inquiète, je le laissai partir en priant pour qu'il revienne sain et sauf et je retournai dans le salon, auprès d'un François qui était aussi morose que moi.

- Désolée que tu sois obligé de jouer les baby-sitters, lui dis-je, sincèrement.

- Mieux vaut ne pas te laisser seule, Karl pourrait revenir se venger.

- Hm. J'avoue que je ne dors pas très bien en ce moment. Et puis, quand je pense à ce qu'il a dit... depuis tout ce temps, il le haïssait... Phoenix ne le montre pas, mais je sais qu'il en souffre beaucoup, et ce, malgré vos histoires sur l'indépendance du cœur.

- Il était mon ami aussi... il m'a berné également.

Son amertume était presque palpable.

- Je suis désolée.

Il m'offrit un sourire contrit et me proposa de changer de sujet.

- Angela m'a dit que son retour s'était bien passé, commençai-je.

- Oui. Personne ne s'est aperçu de sa disparition, sauf Matthew. Elle lui a raconté qu'une vieille tante avait eu besoin d'elle en urgence. Je pense qu'elle a su le convaincre.

- Pauvre Matthew. Nous sommes deux à lui mentir désormais.

- Parfois, il vaut mieux rester dans l'ignorance de la réalité du monde.

- Moi, je ne regrette pas de ne plus être ignorante. Ma vie est peut-être plus dangereuse, mais aussi beaucoup plus intéressante. Et puis, maintenant... j'ai des amis.

François sourit franchement cette fois, et tapota gentiment mon genou avec sa main. Ensuite, nous entamâmes une énième conversation sur nos séries préférées (lors de nos divers échanges, nous nous étions découvert une passion commune pour *Battlestar Galactica*)...

Nous en étions à nous chamailler sur la personnalité de *Hellboy* quand nous entendîmes un bruit provenant de l'entrée. Au même instant, nous cessâmes de parler et tendîmes l'oreille. François se leva, mais je le retins.

- Qu'est-ce que tu fais ? chuchotai-je.

- Reste ici, je vais voir.

N'avait-il jamais vu de films d'horreur ? Quand l'un des personnages allait voir l'origine d'un bruit étrange, il se faisait poignarder, ou couper en morceau, ou dévorer, voire tout en même temps ! Pouah ! Ce n'était pas une bonne idée de se séparer, mais François devait se dire que même le psychopathe de *Massacre à la tronçonneuse* ne pouvait pas grand-chose contre lui, et il sortit de mon champ de vision.

Quelques secondes s'écoulèrent qui me parurent des heures. Je commençais vraiment à avoir peur.

- François ? risquai-je, en me levant du canapé et en fixant la porte de la salle à manger sans oser avancer.

- Désolé, mais François est comme qui dirait... mort ! Pour de bon cette fois-ci !

Comme si on m'avait jetée dans un lac gelé, je ressentis un immense froid quand mon sang se glaça dans mes veines en entendant cette voix honnie depuis l'autre côté de la porte. S'ils avaient pu, mes cheveux se seraient dressés sur ma tête en même temps que tous les poils de mon corps, pour m'avertir que la Mort avait enfin décidé de venir me chercher avec le visage haineux et horriblement satisfait de Karl.

Celui-ci s'avança dans la pièce et me regardait avec un sourire qui en disait long sur ses intentions à mon égard.

- Je sais où tu ranges ton arme. Ne t'avise pas de mettre la main dans ce canapé ou je te l'arrache.

La menace était simple et efficace, son but, très clair. Il venait m'exécuter, et je n'étais pas armée. Tout du moins, je n'avais pas de pistolet. Phoenix m'avait obligée, après notre retour au château, à porter systématiquement deux couteaux en argent dans ma ceinture. Sauf que j'étais toujours aussi nulle pour les lancer ! Pour avoir une chance de m'en sortir, il allait falloir que j'affronte Karl en combat rapproché, et je n'en avais pas du tout envie ! Je ne savais pas quand mon patron reviendrait, je ne pouvais compter que sur moi.

- Finalement tu t'es décidé à venir, lui lançai-je.

- Comme tu le vois. Tu m'as manqué depuis l'autre soir, je dois finir ce que j'ai commencé.

- Dis plutôt que tu as trop peur pour t'attaquer à Phoenix directement !

Son sourire mauvais s'accentua, augmentant ma peur.

- J'ai un compte à régler avec toi d'abord.

- Et tu en as profité pour liquider François !

Il s'avançait toujours, comblant peu à peu la distance qui nous séparait. Si François n'était pas mort, il serait déjà là pour m'aider donc je ne pouvais plus que compter sur moi désormais, comme Karl me le confirma dans ce qui suivit :

- Il était sur mon chemin. Tu es seule maintenant, et tu es à moi. Cette fois, Phoenix ne sera pas là pour te sauver !

Sa promesse, écho de mon cauchemar, fut le déclencheur. Je courus vers le couloir en jetant à la tête de mon agresseur tout ce qui me tombait sous la main. La dernière chose que je parvins à lui envoyer avant qu'il ne me rattrape, fut un vase avec des fleurs que j'avais cueillies la veille. Puis, il me souleva du sol comme on soulève une plume, et me jeta contre le mur d'en face avec une violence inouïe.

Couchée par terre, entourée des morceaux de miroirs que j'avais entraînés dans ma chute, je n'eus pas le temps de réagir qu'il m'attrapa pour me jeter encore contre le mur. Ensuite, il m'empoigna par les cheveux et m'envoya m'écraser sur une console, qui vola également en morceaux.

Je n'arrivais plus à réfléchir tant je souffrais. Ma vision se troubla et j'eus juste le temps de me repérer avant que Karl ne me saute dessus. J'étais juste à côté du bureau de Phoenix.

Quand mon agresseur attrapa de nouveau mon bras, ce ne fut pas pour m'envoyer encore dans les airs, mais pour me dégager des décombres et me traîner au milieu du couloir. Ses yeux brillaient et ses crocs semblaient appeler à s'enfoncer dans ma chair au plus vite. Toutefois, il ne fondit pas sur mon cou. Il fit pire encore.

S'asseyant sur moi, il arracha mon chemisier et se lécha la lèvre avec gourmandise en regardant mon soutien-gorge. Ayant parfaitement saisi ses intentions, je hurlai en me débattant comme une forcenée... ce qui me valut une gifle magistrale qui faillit me faire perdre connaissance. Il réagit en me secouant.

- Holà ! Reste avec moi, Sam ! Je veux que tu sois bien réveillée quand je vais te baiser ! Je veux que tu profites du spectacle et que tu en jouisses comme je vais bientôt jouir de toi !

Encore sonnée par le choc et par sa description crue de ce qu'il allait m'infliger, je le laissai arracher mon soutien-gorge ; cependant, son rire et ses mains sur moi me ramenèrent à la réalité dans toute son horreur. Je voulus me défendre à nouveau et tentais de battre des jambes, en vain. Quand il déchira ma jupe et que sa main remonta le long de ma cuisse, la panique me submergea et je hurlai de désespoir.

Mon poing partit en même temps contre sa tempe, et il recula, sonné. Alors qu'il me dévisageait sans comprendre comment j'avais pu faire preuve d'une telle force, je sus.

L'empreinte agissait de nouveau sur mon organisme et malgré son absence, Phoenix me donnait sa force pour m'encourager à continuer de me battre. De plus, j'avais encore deux atouts dans ma ceinture...

Au moment où Karl revint sur moi, j'attrapai mes couteaux et les lui plantai au premier endroit qui se présenta : ses yeux.

Un flot de sang se déversa sur moi et mon ennemi poussa un atroce hurlement, gage de l'indescriptible souffrance qu'il devait éprouver. Malgré son aveuglement, il essaya de m'attraper.

- Je vais te briser la nuque ! Tu ne sortiras pas d'ici vivante ! éructa-t-il.

Comme je tentais de lui échapper, glissant par terre en raison du liquide visqueux qui maculait le sol, sa phrase résonna à mes oreilles et me guida vers mon salut ; je ne pouvais pas sortir, mais je pouvais me cacher. Karl était juste derrière moi, je l'entendais trébucher, tomber et jurer, mais je fus plus rapide.

Avec l'énergie du désespoir, je courus vers l'étagère sur laquelle était rangé *Candide*, et tirai sur le livre. Je crus que tout était perdu comme mon agresseur arrivait sur le seuil de la pièce alors que la porte de la chambre secrète n'était pas encore refermée. Heureusement, sa cécité l'empêcha de me repérer. Il se retourna dans ma direction et cria :

- JE TE TUERAI !

Phoenix m'avait expliqué que les murs et la porte de sa chambre contenaient du plomb donc en théorie, j'étais protégée de la folie destructrice de son ex-ami vu qu'il ne pouvait me trouver grâce à son ouïe surnaturelle. Je n'avais aucune peine à imaginer le torrent d'imprécations sortir de sa bouche cruelle à cause de sa frustration de ne pas me trouver. J'étais pétrifiée, à moitié nue, et couverte de sang, fixant la porte avec une terreur absolue.

Même après longtemps, très longtemps, je restais dans cette position à attendre la mort.

*

Un bruit me fit sortir de ma torpeur, le mécanisme d'ouverture de la porte s'activait. D'une seconde à l'autre, Karl entrerait et finirait ce qu'il avait commencé... Mon état de choc m'empêchait de bouger. Tout ce dont j'étais capable était de me tenir debout dans ce qui deviendrait mon tombeau.

La porte s'ouvrit totalement, me laissant voir le visage de celui qui se tenait à présent devant moi.

Phoenix.

Comprenant que j'étais sauve, la tension qui m'habitait s'évapora et je tombai à genoux. Mon patron me rattrapa in extremis et me serra contre lui. À peine avais-je enroulé mes bras autour de son corps que je fus prise de violents sanglots incontrôlables et hystériques, résidus du stress, de la peur et de la douleur accumulés pendant ma rencontre avec Karl.

Tout le temps que durèrent mes pleurs, Phoenix me caressa les cheveux et me murmura des paroles apaisantes. J'étais accrochée à lui comme un naufragé à son radeau…

Quand enfin, je me calmai suffisamment pour pouvoir parler, il m'écarta doucement de lui. Son regard devant ma peau nue et mes vêtements déchirés n'exprimait rien, mais je savais à sa mâchoire serrée, qu'il était prêt à exploser. Sans un mot, il enleva sa veste et me la passa autour des épaules pour préserver ma pudeur.

Sentant les larmes remonter à la surface, je lui appris la nouvelle :

- Karl. Il a tué François.

Les yeux de Phoenix étaient bien trop brillants et je n'osais imaginer la rage qui devait bouillonner derrière. Il ferma les boutons de la veste.

- Non. Il est vivant et se remet doucement dans le salon. Karl lui a planté un couteau en argent près du cœur. Au moindre mouvement, cela l'aurait tué. Je lui ai enlevé en arrivant.

- Pourquoi l'a-t-il épargné ? demandai-je, étonnée.

- Il lui a dit de me raconter et me décrire en détails ce qu'il vous ferait subir. Vous ne l'avez pas vu dans le hall, mais François était là. Il a fini par perdre conscience cependant quand… Est-ce qu'il vous a… ?

J'eus quelques difficultés à avaler ma salive au souvenir de ce que j'avais enduré.

- Il a essayé, soufflai-je, en ravalant les sanglots qui menaçaient de nouveau.

Phoenix me serra contre lui.

- Je le tuerai, murmura-t-il.

Le ton qu'il avait employé ne laissait plus de place au doute. Phoenix n'hésiterait pas une seconde à tuer Karl… et moi non plus.

Pour l'heure, je m'abandonnais totalement dans ses bras protecteurs, où je me sentais peu à peu renaître. Je venais de passer très près de la mort et... du viol. Même si le souvenir de mon impuissance et de ses mains sur moi me poursuivrait quelques temps, je m'en remettrais, je le savais... car je lui avais échappé... grâce à lui...

Je levai les yeux vers mon employeur et le regardai avec gratitude.

- Merci.

Encore sous le coup de la colère, il ne percuta le sens de mes paroles que quelques secondes plus tard.

- Je n'étais pas là. Je n'ai pas su vous protéger.

- Si vous ne m'aviez pas révélé votre cachette et si vous ne m'aviez pas marquée de votre empreinte, je ne serai plus là pour en parler.

Silence. Je crus bon de m'expliquer.

- Il s'est passé quelque chose d'étrange, comme l'autre soir. Alors que Karl essayait de... (j'avalai ma salive) était sur moi, je l'ai frappé... Il a senti le choc, c'est ce qui m'a permis de lui crever les yeux avec mes couteaux.

- Vous avez été héroïque alors que je me suis fait avoir comme un bleu, dit Phoenix piteusement.

- C'était un piège, n'est-ce-pas ?

- Oui. Quand je suis arrivé aux entrepôts, j'ai retrouvé la trace de Bill. Il y avait bien des brancards et des caissons réfrigérés, mais aucune victime. J'aurais dû comprendre ! L'Assoiffé m'a attaqué et nous nous sommes battus. Lorsque j'ai enfin eu le dessus, il a ri en me disant qu'il n'était qu'une diversion et qu'une surprise m'attendait chez moi... Je l'ai décapité et j'ai foncé ici. Quand je suis tombé sur François et que j'ai vu tout ce sang et ces débris, j'ai bien cru que j'avais de nouveau un cœur et qu'il venait de nouveau de s'arrêter. François m'a dit ce qui s'était passé pendant que je lui enlevais le couteau et je dois dire que c'est votre corps que je me suis mis à chercher. Je n'avais aucun espoir jusqu'à ce que je voie le désordre dans le bureau. Je ne sais pas ce que j'aurais fait si vous n'aviez pas été derrière cette porte, saine et sauve.

Sur ces derniers mots, sa voix se perdit, accélérant par là mon rythme cardiaque. Il secoua la tête et me sourit :

- Avec qui pourrais-je me disputer sinon ?

Je rigolai, puis me rappelai de quelque chose.

- Peut-être devrions-nous sortir d'ici. François doit s'inquiéter.

Phoenix hocha la tête et me porta dans ses bras pour me conduire au salon. Après quelques pas, il fronça les sourcils en m'observant :

- On dirait que vous n'avez que des blessures superficielles.

Je fis mon auto-évaluation. Mis à part des coupures, des bleus et un état de choc, j'allais bien, ce qui était étonnant au vu des vols planés avec crash que j'avais effectués, et surtout vu la quantité de sang qui avait éclaboussé tous les murs du hall.

- Ça va. Pour cette fois, je pense que de l'antiseptique et quelques bandages feront l'affaire.

Il sourit et reprit le chemin du salon.

Quand nous apparûmes dans l'encadrement de la porte, François, qui était encore allongé sur le canapé, poussa un très audible soupir de soulagement. Aussitôt, il se leva malgré sa faiblesse et ordonna à Phoenix de m'y coucher à sa place. Phoenix s'exécuta et s'assit près de moi.

- Je vais vous chercher quelques vêtements, je reviens.

Reportant mon attention sur mon ami français, je fus stupéfaite du remords qui se lisait sur son visage.

- Ce n'est pas ta faute, François. Il nous a tous piégés.

- Il a failli te tuer à cause de mon incompétence ! Je ne suis qu'un imbécile.

Je ne sus que dire devant son air tourmenté.

- Je suis un imbécile et un faible qui n'a même pas su rester conscient pour l'empêcher de te...

Sa voix se brisa, et sa détresse m'emplit de compassion. Je devais le rassurer. Malgré la douleur, je me levai et lui saisis ses mains, le forçant à me regarder.

- François... Il ne m'a pas violée.

Une lueur d'espoir apparut dans ses yeux.

- Il a essayé... mais l'empreinte de Phoenix m'a sauvée. J'ai trouvé la force de lui échapper.

- Et pour notre sécurité à tous, mieux vaudrait que cette histoire d'empreinte et des effets qu'elle vous occasionne reste entre nous.

Mon patron venait de nous rejoindre et tenait dans ses mains un T-shirt, un short, une bassine d'eau et un kit de secours. À la façon dont il ignorait François, je compris qu'il mettrait du temps à lui pardonner d'avoir failli à sa mission. Je n'avais rien à dire à ce sujet, c'était entre eux que ça devait se régler.

Mes deux amis se retournèrent afin que je puisse changer de vêtements. J'avais mal partout et je fus contente de me rasseoir. Aussitôt fait, Phoenix m'inspecta de la tête aux pieds pour faire l'état des lieux de mes blessures. J'avais une énorme bosse à l'arrière du crâne, ainsi qu'une coupure qui avait laissé une très hideuse croûte de sang séché au-dessus de mon oreille droite. Parler me faisait mal à la mâchoire, et d'innombrables bleus et coupures recouvraient mes bras et mes jambes.

Malgré mes protestations, mon employeur se chargea de me soigner. Il ne s'impatienta jamais, ce, même malgré mes couinements douloureux quand il passait le désinfectant sur mes plaies.

François dut se sentir mal à l'aise et jugea préférable de nous laisser seuls. Mon patron fit comme s'il n'existait pas. Quelques minutes plus tard, j'arrachai de ses mains le coton imbibé qui me torturait en me donnant des décharges électriques à chaque passage.

- Ça suffit, arrêtez, c'est insupportable !

- Après tout ce que vous avez vécu ces derniers temps, je ne pensais pas que vous seriez encore si douillette !

- Humpf ! m'offusquai-je.

- Je vous connaissais plus loquace en matière d'insultes.

- Méfiez-vous que l'inspiration ne me vienne pas tout à coup ! grognai-je tandis qu'il faisait un bandage à ma cuisse gauche.

- Ce serait tout à fait divertissant.

- Ouaille !

J'avais sursauté de douleur quand il avait serré le bandage pour le faire tenir.

- Pour le reste, je pense que ça ira. Ce sont les cicatrices psychologiques qui m'inquiètent.

Je repris mon sérieux et lui dis :

- Je m'en remettrai.

- En vous choisissant, j'avoue que je n'aurais pas imaginé qu'il y ait une telle force en vous. Je suis impressionné.

- J'ai un bon professeur.

Je posai ma main sur la sienne et lui souris.

- Pardonnez à François. Il a fait ce qu'il a pu.

Phoenix s'assombrit, sans pour autant s'énerver.

- Vous ne pouvez pas vous en empêcher…

- Je vous le demande comme une faveur. Nous devons être unis si nous voulons avoir une chance.

- Très bien, puisque vous le souhaitez. Mais ne comptez pas sur moi pour le lui dire.

- Je savais bien que dans le fond, vous aviez un cœur gros comme ça.

Exaspéré, il soupira, leva les yeux au ciel et partit ranger la trousse de secours.

Malheureusement, quelques jours plus tard, je déchantai devant l'inévitable.

Les Grands débarquaient.

Chapitre XII : « Grands » bouleversements

*

Nous étions le quinze juillet. Mon Dieu ! Nous étions *le quinze juillet* !

Le délai accordé par les Grands pour remonter à la tête du trafic de sang était écoulé, et leur venue était programmée au coucher du soleil. C'était une catastrophe !

Leur arrivée signifiait la condamnation des maîtres vampires de la région ainsi que de leur ange, mon meilleur ami et mentor. J'oubliais de préciser que sa fin annoncerait aussi la mienne, pauvre humaine insignifiante gênant la préservation du Grand Secret.

J'étais dans un état de stress frôlant l'hystérie. Depuis la fuite de Karl, nous nous étions de nouveau retrouvés au point mort, à attendre la date fatidique. Loin de paniquer, Phoenix accueillait l'échéance de son exécution avec un calme que je lui enviais. Ayant détecté l'anxiété qui m'habitait et la mauvaise humeur qui allait avec, il décida de me noyer dans des séances d'entraînement interminables et épuisantes.

En aucun cas je ne lui en aurais voulu car j'avais bien compris que son but était de me changer les idées. Il m'avait également interdit de « brasser de l'inutile » en faisant des recherches pendant la journée, et de fait, m'avait ordonné d'aller me détendre avec mes amis.

Tu parles ! J'étais une vraie pile électrique. Matthew semblait complètement perdu face à mon attitude et ne savait plus sur quel pied danser. Il faut dire que j'étais tellement sur les nerfs que la moindre réflexion me faisait sortir de mes gonds. Le pauvre en avait fait les frais en voulant me taquiner sur le fait qu'une infirmière trop stressée ne pouvait pas correctement prendre soin d'un vieillard malade. Il n'avait pas eu l'intention d'être blessant, mais j'avais littéralement explosé de colère car sans le vouloir, il me rappelait que j'étais impuissante à sauver Phoenix. Me défoulant sur lui, je lui passai le savon du siècle en plein restaurant, devant un parterre de clients médusés, et un Danny rendu muet par le choc. Depuis, je ne lui adressais plus la parole.

Angela comprenait bien ce qui se passait et partageait mon angoisse car malgré le fait que Phoenix lui ait dit qu'il ferait tout pour que les Grands ne nous punissent pas non plus, François et moi, elle s'inquiétait.

Mon ami français et elle se voyaient tous les soirs. Après chaque visite, elle ne pouvait réprimer son envie de me faire partager leurs discussions et de me confier à quel point ses sentiments à son égard se renforçaient. J'étais contente pour eux, contrairement à mon patron qui, clairement, ne voyait pas ça d'un très bon œil, mais d'un autre côté, j'avais d'autres préoccupations.

L'empreinte de Phoenix était fortement présente dans mon organisme, nous l'avions compris en reprenant l'entraînement. J'étais plus rapide, plus forte, et mes sens étaient plus aiguisés. Pour autant, ça restait très ponctuel. La première fois, croyant que les effets étaient permanents, mon employeur n'avait pas retenu ses coups. Cela fonctionnait jusqu'à ce que ma force disparaisse soudainement, et que le coup de pied que j'aurais dû éviter ne me fauche et ne m'envoie rouler au sol, les poumons en feu.

Quand il m'avait relevée, j'étais complètement sonnée et incapable de marcher toute seule. Par la suite, ayant compris la leçon, nous avions repris nos séances à un rythme moins vampire, mais toujours inhumain. Cela m'allait bien car je devais absolument évacuer mon stress.

La veille de l'arrivée des Grands, Phoenix ne me fit aucun cadeau. J'étais tellement empêtrée dans l'inquiétude du lendemain que je me prenais coup sur coup.

- Bon sang, Samantha ! Vous n'y êtes pas du tout ! J'aurais pu vous tuer au moins cinquante fois !

Le choc et la perspective du lendemain accaparant trop mon esprit pour me défendre correctement, sa déception fut la goutte d'eau. Je fondis en larmes et confuse, je me détournai.

- Il ne vous arrivera rien, dit-il en arrivant derrière moi et en posant ses mains sur mes épaules.

- Ce n'est pas pour *moi* que je m'inquiète.

Dans le silence qui suivit, on n'entendait que le tic tac de l'horloge qui suivait son rythme. J'inspirai un grand coup, puis me retournai pour affronter son regard.

- N'y a-t-il aucun moyen pour qu'ils vous épargnent ?

- Nos lois sont très strictes mais nécessaires. J'accepte mon sort car je sais que cela poussera nos remplaçants à être plus vigilants et à préserver les vies humaines avec plus d'efficacité.

Je me mordis la lèvre avant de répondre.

- Moi, je ne l'accepte pas. Que ferai-je sans vous ?

Me contemplant avec gravité, il caressa doucement ma joue.

- J'ai confiance en votre force. Vous saurez suivre votre chemin… et François veillera sur vous.

Les larmes coulèrent de nouveau et ne pouvant plus supporter le poids de son regard qui me disait au revoir, je me blottis dans ses bras. Me serrant contre lui, Phoenix dit :

- Votre amitié m'a réconcilié avec mon existence. Je partirai heureux, en sachant que je vous ai connue.

Sa déclaration me brisa le cœur. Quand je le regardai de nouveau, il me souriait tendrement. Comme hors de moi-même, je me vis tressaillir et poser mes mains sur sa poitrine. Comme hors de moi-même, je vis la distance séparant nos deux corps se réduire lentement...

J'étais décoiffée, débraillée et en sueur ; lui était parfait. Il avait enlevé son T-shirt pour être plus à l'aise, et était torse nu. Le contact de sa peau lors de notre étreinte avait encore déclenché une décharge électrique dans tout mon être, à l'intensité un millier de fois supérieure à toutes celles qui l'avaient précédées. Sentir ses muscles rouler sous mes doigts avait amplifié cette électrocution et son odeur me pénétra comme jamais.

Alors que j'étais captive de son regard métallique alors qu'une force invisible et incompréhensible nous poussait l'un vers l'autre, alors que ma raison qui, en général, savait m'inciter à prendre mes distances, pour une fois, se taisait,...

- Que veux-tu François ?

... je mis quelques secondes à comprendre que ces mots que Phoenix avaient prononcés ne m'étaient pas destinés.

Mon patron s'était d'ores et déjà retourné pour voir l'intrus et, le rouge aux joues, je suivis son exemple.

À sa façon de se tenir, François avait essayé de rebrousser chemin avant que Phoenix ne se rende compte de sa présence. Son air penaud était si comique que je ne pus réprimer un rire nerveux.

- Je voulais juste te prévenir que Talanus m'a appelé. Il semble que tu aies oublié de rallumer ton portable... dit-il en me regardant et en fixant ensuite le torse nu de mon employeur.

Probablement averti par l'expression de son ami que je ne pouvais voir, François s'empressa de continuer.

- Bref, ils veulent nous voir... pour demain.

Phoenix hocha la tête avant de se retourner vers moi.

- Reposez-vous. Je vous verrai à mon réveil.

Alors que j'allais lui souhaiter bonne chance, François se racla la gorge. L'air exaspéré, mon employeur se tourna vers lui.

- Désolé... s'excusa François, mais elle vient aussi. Ordre express d'Ysis.

À nos expressions qui surprise, qui soupçonneuse, notre ami français trouva la réaction appropriée... Il haussa les épaules.

*

Notre arrivée dans le domaine de Talanus et Ysis fut bien moins théâtrale que la précédente. En effet, on nous guida vers leurs appartements privés par un chemin détourné à l'abri des regards, surveillé par des vampires armés jusqu'aux dents.

Quand Phoenix poussa la porte menant aux pièces qui leur étaient exclusivement réservées, je m'émerveillais de l'opulence de la décoration. On était loin des tons sobres du château de Scarborough. Là, le rouge et l'or donnaient à l'espace une atmosphère irréelle.

Partout, des étagères étaient remplies de souvenirs... Des souvenirs de *deux mille ans* d'existence !

Happée par cette incroyable vision, je ralentis mon allure pour mieux contempler toutes ces merveilles... et dus reprendre un rythme plus approprié quand François me rentra dedans.

Talanus et Ysis nous accueillirent dans une petite pièce pourvue en canapés et en cigares. Il ne manquait plus que le brandy et on se serait cru perdus dans un salon de première classe du *Titanic*.

Toujours aussi impressionnant, le maître des lieux me donna une irrépressible envie de m'enfuir en courant et en hurlant comme une forcenée. Cachée derrière la haute silhouette de mon patron, je parvins à reprendre le contrôle de mes émotions avant d'apparaître devant leurs yeux. Ysis était vêtue à la grecque et me fixait avec une intensité qui avait de quoi donner des frissons au plus courageux des Navy Seals.

Elle nous fit signe de nous asseoir en face d'eux, et dans la seconde, un vampire apparut avec deux verres de sang et un verre de citronnade qu'il nous servit. Une microseconde plus tard, il avait disparu.

- Nous voilà tous réunis.

La voix grave de Talanus me fit sursauter.

- Phoenix, nous t'avons fait venir ce soir pour faire le point sur notre situation. D'après ce que tu m'as dit, tu n'as pas pu retrouver Karl.

- Je suis allé partout où il aurait été susceptible de se cacher… mais sans succès.

- La question n'est donc plus de savoir si nous pouvons échapper à notre sort, mais quelles dispositions nous allons prendre pour ceux qui resteront.

Un silence suivit, où mes compagnons ne devaient entendre que mon cœur qui s'acharnait à palpiter comme un fou dans ma poitrine, comme il le faisait depuis que nous étions arrivés. Phoenix commença :

- Je souhaite votre appui pour convaincre les Grands de laisser François et mon assistante en paix.

Talanus me fixa sévèrement.

- Pour François, cela ne posera pas de problème. Mais ils risquent d'être plus difficiles en ce qui concerne ton assistante.

- Elle a prouvé sa loyauté.

- Ce…

Ysis interrompit la parole de son amant en posant sa main sur son genou.

- Nous nous y engageons.

Fronçant les sourcils, Talanus continua :

- Les Grands vont nous demander qui serait susceptible de nous succéder. Tu dois déjà le savoir.

- Ichimi et Kaiko, soupira mon employeur.

- Malgré vos divergences d'opinion, tu dois admettre qu'Ichimi est le plus qualifié pour prendre ma place. Il saura retrouver ces trafiquants. J'attends de toi que tu tiennes le même discours aux Grands.

- Même si je n'aime pas Ichimi et Kaiko, ils ont toujours été efficaces dans les missions que vous leur avez confiées. Je dirai donc la vérité.

Satisfait, Talanus se cala dans son siège et passa un bras autour des épaules de sa compagne.

- Eh bien, nous y sommes. Après une existence comme la nôtre, je crois que je peux dire que la Mort ne me fait plus peur. Ce fut un plaisir, Phoenix.

Il leva son verre en direction de ce dernier. Je compris que c'était une grande marque de respect et de reconnaissance lorsque mon patron inclina la tête et répondit :

- Pour moi également.

Cette discussion sur leur mort à venir me donnait la nausée. Comment pouvaient-ils être aussi calmes et résignés ? Je ne pouvais même pas boire ma citronnade. Je jetai un bref coup d'œil à François qui semblait contempler son verre de sang sans vraiment le voir.

- Tes amis te sont d'une rare loyauté.

Quand Ysis parla, tout le monde sursauta, ne sachant pas si la suite de sa conversation aurait un sens ou pas. Phoenix serra les dents avant de lui répondre.

- Il semble que l'un d'eux fasse exception.

Bien sûr, il voulait parler de Karl, dont la trahison était encore cuisante pour nous tous.

- La loyauté… c'est ce qui nous sauvera.

Profitant du fait qu'Ysis avait fermé les yeux après avoir prononcé ces paroles, nous nous regardâmes tous, essayant de savoir si l'un d'entre nous avait saisi le sens de sa phrase. Pour ma part, je me demandais si notre hôtesse n'avait pas fumé autre chose que des cigares avant notre venue.

Tout à coup, elle rouvrit les yeux et me pointa du doigt.

- Toi ! Lève-toi !

Désarçonnée par le ton cinglant de sa voix, je coulai un regard interrogateur vers mon employeur qui me fit signe d'obéir. Lentement, je m'exécutai.

- Approche.

Une fois devant elle, je me balançai d'un pied sur l'autre en raison de l'anxiété qui m'envahissait. Quand elle se pencha pour scruter mes yeux, je ne pus m'empêcher de faire un pas en arrière… et fus ramenée de force par sa main qui m'avait attrapée par le devant de mon chemisier. J'entendis un bruit étrange derrière moi, comme quelqu'un qui se jette dans un siège.

- Reste assis. Elle ne craint rien.

Ah. Phoenix devait s'être levé pour me protéger et avait été remis à sa place par Talanus. En tout cas, j'avais un problème plus urgent que ce qui se passait dans mon dos. Je ne savais pas ce qu'Ysis cherchait dans mes pupilles, mais quoi que ce fût, j'espérais vivement qu'elle le trouverait et me permettrait d'échapper à son insoutenable examen.

- Tu lui appartiens, me dit-elle durement.

Sans crier gare, elle emprisonna ma tête dans l'étau de ses mains et se concentra, malgré mon cri de douleur. Les bruits de lutte qui s'ensuivirent me parvinrent, mais de manière très lointaine car en un instant, la phrase d'Ysis m'avait propulsée dans mes souvenirs. Je me revis avec Phoenix pendant notre échange de sang, puis les images de mon infiltration chez les trafiquants et de ma lutte avec Karl se superposèrent aux premières. Je ressentis de nouveau la douleur de la lame dans mon ventre après m'être interposée entre elle et mon patron, puis, sa disparition tandis que je buvais de nouveau à son poignet. Enfin, comme un flash, mon inconscient se souvint de ce qui s'était passé et se chargea de me rappeler mon incroyable comportement, tant à ce moment-là avec Phoenix, que lors de mon combat avec Karl au château. Et ce fut dans l'étincelle rougeoyante de mon regard troublé par l'empreinte, que la vision s'effaça…

Le retour à la réalité fut brutal et choquant. J'étais tombée à genoux et j'avais du mal à m'orienter.

Quelque chose d'anormal s'était produit : Ysis tentait péniblement de se relever en essayant de retrouver un souffle qu'elle n'avait plus depuis des milliers d'années. Derrière moi, une scène ahurissante avait lieu. François se tenait entre Talanus et Phoenix pour les empêcher de se sauter à la gorge. Quelques minutes auparavant, ils se respectaient et là, ils étaient prêts à se battre.

- Arrêtez ! Vous êtes fous ! m'écriai-je.

On était dans le même camp ! Bon d'accord, Ysis m'avait eue par surprise... mais ce n'était pas une raison pour s'entretuer ! Ou presque...

- La Nuit l'a choisie... (Ysis pointa un doigt vengeur en direction de mon patron, tous crocs sortis) et *toi*, tu l'as marquée !

La colère de notre hôtesse était si grande que les murs qui nous entouraient devaient eux aussi trembler.

Ysis m'attrapa par le cou et me força à me relever, en m'amenant sans ménagement devant Phoenix.

- Comment as-tu osé ?! Tu étais censé la protéger !

Abasourdi par ces accusations, mon employeur ne se laissa pas pour autant démonter.

- C'est ce que j'ai fait, en lui donnant mon sang ! Cela n'a rien d'extraordinaire ! Qui aurait pu prévoir que l'empreinte apparaîtrait ? Je ne suis pas en faute !

Les narines d'Ysis frémirent.

- Ton humaine est spéciale ! Je pensais que tu l'avais compris, mais j'ai sous-estimé ton ignorance ! Tu n'aurais jamais dû lui donner ton sang, maintenant il est impossible de savoir quels effets il aura sur elle !

Comme une furie, elle m'abandonna dans ses bras et se mit à faire le tour de la pièce en marmonnant des paroles incompréhensibles. J'avais mal au cou et j'en avais assez de son manège. Sans que mon patron ne puisse m'en empêcher, je barrai le chemin de cette égyptienne et à sa propre colère, je lui opposai la mienne.

- Maintenant, ça suffit ! Si vous avez une information à me révéler sur ma soi-disant spécificité, crachez le morceau qu'on en finisse avec cette comédie ! Si vous nous aviez clairement expliqué ce qui ne va pas chez moi au lieu de nous embrouiller avec des métaphores de Nuit sans queue ni tête, Phoenix aurait sûrement agi autrement, alors vous vous calmez et vous cherchez un autre bouc-émissaire ! On a suffisamment de problèmes sans en plus rajouter les élucubrations d'une vampire hystérique !

Dans le silence qui s'ensuivit, pendant lequel Phoenix et François levèrent en même temps les yeux au ciel, mon interlocutrice me toisa de toute sa hauteur, les yeux luminescents et les crocs effrayants au possible.

- J'ai tué pour moins que ça, cracha-t-elle.

Je me redressai et la toisai également.

- C'était aussi parce que vos victimes avaient eu le tort de vous dire vos quatre vérités, je suppose ? Phoenix n'y est pour rien, alors fichez-lui la paix ou vous aurez affaire à moi !

J'étais sincère, j'étais prête à me battre s'il le fallait.

Ysis, qui serait sûrement plus coriace que Karl, réagit à l'inverse de ce à quoi je m'attendais.

Elle sourit.

- Peut-être que tout n'est pas perdu, en fin de compte.

En un éclair, elle m'attrapa par les épaules, me retourna et me jeta de nouveau sur mon patron. Me prenant les pieds dans le tapis, je trébuchai mais il me rattrapa in extremis, tout en gardant Ysis et Talanus bien en vue. Ce dernier, toutefois, semblait aussi éberlué que nous, et fixait sa compagne avec une incompréhension totale quand elle reprit la parole en s'adressant à Phoenix.

- Jusqu'à ce que les Grands nous destituent officiellement, je reste ton chef. Par conséquent, je t'ordonne de ne pas la cacher. Il est vital qu'elle reste à Scarborough.

- Pourquoi ?

- Ne me pose pas de question et fais-le ! En échange, je pardonnerai ses paroles irrespectueuses.

J'étais sidérée par cet échange. Ysis me pardonnerait uniquement si je restais au château ? Phoenix avait donc dû s'arranger avec François pour m'emmener dans un endroit sûr et éviter ainsi une rencontre fâcheuse avec les commandants des lois vampiriques. Il ne m'en avait pas parlé car il se doutait que je refuserais, j'en étais persuadée. Dans un sens, cela m'arrangeait, mais dans un autre, je ne comprenais pas en quoi il serait vital que je reste à Scarborough. Elle devait être encore en plein délire... en tout cas, mieux valait que je garde cette opinion pour moi. Talanus intervint :

- Crois-moi. Si tu dois avoir confiance en ses visions juste une fois dans ta vie, c'est le moment.

Visiblement sceptique, Phoenix semblait peser le pour et le contre.

- De toute façon, si les Grands veulent vraiment la retrouver, ils y arriveront, soupira-t-il. C'est d'accord... Mais je veux votre parole que vous ne leur parlerez pas de cette empreinte.

Ysis leva les yeux au ciel.

- Nous ne sommes pas assez fous pour le leur révéler. Ils seraient capables de nous le faire payer. Maintenant, partez.

La discussion était close, on nous ordonnait de vider les lieux. Sans attendre notre reste, nous prîmes le chemin du retour dans un silence de mort.

Je ne m'autorisai à me détendre qu'une fois à bonne distance de Kerington. Pas un mot n'avait été échangé depuis notre départ.

- Est-ce qu'elle disait vrai ? Vous vouliez me faire partir ? risquai-je, connaissant à l'avance la réponse.

- Je ne sais pas s'ils vont envoyer leurs hommes au château, ni ce qu'ils feront en vous trouvant là-bas. Je préférais vous mettre en sécurité.

- Vous l'avez dit vous-même, cette sécurité aurait été illusoire, ils m'auraient retrouvée n'importe où. Je préfère rester au château… c'est chez moi aussi… Vous croyez ce qu'elle raconte sur mon compte ?

- Ysis est étrange, mais aussi très puissante. Je ne sais pas ce qu'elle a dans la tête, cependant, je ne prends pas ses paroles à la légère. Vous n'auriez pas dû l'insulter.

Je vis son regard accusateur dans le rétroviseur intérieur.

- Elle s'est montrée injuste et insultante en premier. L'une des qualités d'un grand chef est la pondération.

- C'est plus que de la pondération chez elle. N'importe quel vampire de son rang vous aurait égorgée pour avoir dit ce que vous avez dit.

- Je pense que ça fait des siècles qu'elle n'a pas été remise à sa place. C'était sûrement maladroit, mais aussi justifié, plaida François.

- Ça ne sert à rien de tergiverser sur le sujet. C'est un miracle qu'elle vous pardonne, et franchement, je n'y comprends rien… pour autant, nous suivrons ses consignes. Demain, vous resterez à Scarborough. Ne sachant pas si je pourrais revenir en personne, François fera le lien entre nous.

- Combien de temps, selon, vous entre l'arrivée des Grands et votre exécution ?

- Deux, voire trois jours. Tout au plus.

Un frisson glacé parcourut ma colonne vertébrale tandis que je prenais connaissance de cette nouvelle et terrible échéance.

*

Nous étions le quinze juillet. Mon Dieu ! Nous étions le quinze juillet !

Le délai accordé par les Grands pour remonter à la tête du trafic de sang était écoulé, et leur venue était programmée au coucher du soleil. C'était une catastrophe !

On s'y remet, finies les digressions sur les jours précédents.

Telles furent mes sombres pensées quand je m'éveillai de mon court et ô combien agité sommeil. Je m'étais tellement tournée dans mon lit que mes draps étaient complètement défaits.

À peine levée, mon niveau de stress était déjà à son maximum. Le soleil était déjà haut dans le ciel et il fallait que je m'occupe l'esprit en attendant le crépuscule. Je m'habillai et descendis dans la cuisine. Je me lançai dans la préparation d'un bœuf bourguignon en grignotant un morceau de pain. Je devais penser à autre chose qu'au procès de Phoenix et ma passion pour la cuisine française m'y aiderait. Entre les carottes, les oignons et les pommes de terre à éplucher ainsi que la viande à détailler avant de la faire cuire, ce n'était pas l'occupation qui allait me manquer. Je ne comptais pas la manger, non, je ne pouvais rien avaler ; c'était simplement une manière de me détendre. D'ailleurs, à peine avais-je mis mon plat à mijoter, que je ressentis le besoin de concocter autre chose.

La chaleur du four et les hautes températures de juillet transformèrent mon espace de travail en une véritable fournaise. Complètement submergée par ma tâche, j'enchaînais une nouvelle recette quand la précédente était terminée, sans jamais laisser aucun temps mort. Cela m'évitait de réfléchir et aussi incroyable que ça paraisse, ça fonctionna, je me détendis.

Quand je levai les yeux vers la porte qui venait de s'ouvrir, j'eus un moment de flottement avant de comprendre ce qui se passait.

Mes deux vampires s'étaient réveillés et voulaient sans doute me dire au revoir avant d'aller au devant de ceux qui tenaient leur destin entre leurs mains. Ils devaient s'attendre à me retrouver le nez plongé dans un livre ou… dans un mouchoir comme la pleurnicharde que j'étais depuis quelques temps.

À leurs têtes, je sus que le tableau que je leur offrais ne correspondait pas du tout à leurs attentes. Je fronçai les sourcils en constatant que Phoenix me dévisageait comme si j'avais complètement perdu la boule. Tout de même ! Il ne fallait pas exagérer, ce n'était qu'un peu de farine et quelques assiettes !

Par acquis de conscience, je me tournai et regardai mon reflet dans la vitre.

- Argh ! m'écriai-je en sursautant.

Il y avait de quoi avoir peur, effectivement ! Mes cheveux, devenus électriques par la vapeur et la chaleur, s'égayaient comme des fous tout autour de mon crâne, un peu comme une auréole ratée. J'avais les joues en feu, je transpirais à grosses gouttes et pour finir, j'étais couverte de tâches et de farine.

La cuisine était dans le même état. Il y avait des casseroles partout, vides et pleines ; des crêpes, gaufres et autres muffins recouvraient la table ; l'évier débordait de vaisselle sale, et tous les feux étaient en action pour cuire des plats en sauce.

François contemplait mon œuvre avec étonnement et admiration, mais Phoenix m'adressa un regard sévère qui me donna envie de m'enfuir.

- Je ne savais pas que les humains pouvaient manger autant ! s'exclama le premier.

Piteuse, je préférai fixer mes chaussures.

- François, peux-tu nous laisser ? Je te rejoindrai après.

La voix grave et dure de Phoenix n'annonçait rien de bon.

- Je t'attends dehors avec la voiture. Sam, je reviens tout à l'heure, quoi qu'il arrive.

Appréciant sa sollicitude, je lui accordai un maigre sourire.

- Merci, François.

Après le départ de celui-ci, Phoenix croisa les bras sur sa poitrine et semblait attendre que je parle en premier. N'y étant pas résolue, j'ouvris le robinet de l'évier et y fis couler du liquide vaisselle. Une fraction de seconde plus tard, l'eau ne coulait plus, et je faisais face à mon patron. Déglutissant avec peine, je lui déclarai :

- Ne comptez pas sur moi pour vous dire au-revoir !

Il attrapa mon menton pour me forcer à le regarder.

- Ne comptez pas sur moi pour partir sans vous avoir dit au-revoir.

Il caressa doucement ma joue, déclenchant chez moi des palpitations cardiaques complètement irrégulières.

- Avant de partir, je voudrais que vous m'aidiez...

- Tout ce que vous voudrez, dis-je sans savoir à quoi m'attendre.

- Pour la première fois en cinq cents ans, j'aimerais me rappeler ce que ça fait d'être humain... Je vous en prie, dites mon prénom... mon vrai prénom.

Surprise, je voulus déterminer ses émotions... mais son regard était insondable. Je me demandais si vraiment le fait d'entendre son prénom lui ferait se remémorer son ancienne existence, mais j'espérais vraiment que ce serait le cas.

- Aydan...

Il sourit avant de poser son front contre le mien.

- Merci, Sam.

Ses lèvres se posèrent en un chaste baiser sur le haut de mon crâne, et à ce contact, je tressaillis. Il s'éloigna rapidement, toutefois, avant de disparaître, il se retourna et m'offrit son sempiternel sourire narquois.

- Au fait, rangez-moi tout ce bazar.

Loin d'être agacée ou amusée, sa réplique, la dernière que nous échangerions avant son exécution, me plongea dans un désespoir qui n'eut pour écho que les murs d'un château de solitude.

*

Ranger les plats dans des boîtes *Tupperware* destinées au congélateur et au restaurant de Danny, faire la vaisselle et nettoyer la cuisine, me prit un bon bout de temps et calma mon anxiété. Cependant, au bout d'un moment, je n'avais plus rien à faire, si ce n'était attendre le retour de François alors je m'installai confortablement dans le salon.

Talanus semblait confiant par rapport à la décision des Grands le concernant. Notre ami français n'avait jamais été missionné officiellement pour notre affaire, il ne donnait qu'un coup de main ; par conséquent, on ne pouvait légalement pas lui reprocher son incompétence. Je ne m'inquiétais pas plus que ça pour lui, mon esprit étant accaparé par Phoenix. D'ailleurs, je commençais sérieusement à me questionner sur la profondeur du désespoir que me causait la future absence de mon pygmalion.

Phoenix avait pris une place exceptionnelle dans ma vie, mais cet attachement ne semblait pas normal. Je n'avais aucun point de comparaison vu que je n'avais jamais vraiment eu d'amis avant. Désormais, j'avais Angela et Matthew et je les adorais. Angela me ressemblait et nous étions devenues comme deux sœurs ; j'appréciais la joie de vivre de Matthew et son entrain communicatif. Mais... malgré mes sentiments très forts pour mes deux amis, ils ne soutenaient pas la comparaison avec mes sentiments pour Phoenix... Pourquoi ?

Mon employeur était devenu mon meilleur ami, certes, mais aussi mon guide. Cela pouvait-il expliquer mon attachement envers lui ? Non, ça venait forcément d'ailleurs.

Brusquement, quelque chose d'enfoui très loin dans mon esprit sembla alors vouloir faire surface, quelque chose qui me donnerait l'explication que j'attendais... J'étais prête à la saisir dans toute sa vérité quand...

... je saisis l'arme cachée dans le canapé en me relevant aussi vite que je pus.

J'avais détecté une présence dans mon dos et le souvenir des récents événements me rappela qu'elle ne pouvait être amicale. Ma première rencontre avec Karl m'avait servi de leçon, j'allais devoir défendre ma vie. J'attendis d'être complètement retournée pour ôter le cran de sûreté de mon pistolet. Mais je ne fus pas assez rapide...

Désarmée, je tentais de frapper la main puissante qui m'avait soulevée par le cou. Ma gorge était prise dans un véritable étau et le manque d'air me faisait suffoquer et voir danser des points lumineux devant mes yeux. Mes jambes se débattaient dans le vide, car j'étais trop loin de mon agresseur pour l'atteindre. J'allais y passer, broyée par cet inconnu au regard d'acier qui me sondait.

- Où est-il ?

Face à l'absence de réponse, il me secoua et resserra encore son emprise.

- Où est mon fils ?

À la lisière de l'évanouissement, le sens de sa question m'apparut pourtant clairement, comme une lumière dans la nuit. Dans peu de temps, j'étoufferais et je devais réunir mes dernières forces pour lui faire lâcher prise.

- F... F... Finn ! parvins-je à souffler dans un incroyable effort, espérant que celui-ci serait suffisant pour que je reste en vie.

En un éclair, je m'écrasai par terre, libérée de la pression de ses doigts. La gorge atrocement douloureuse, je toussai pour respirer normalement à nouveau ; peu à peu, la vue me revint, tout comme l'usage de la parole.

- Vous êtes Finn ? lui demandai-je en me massant le cou et en trouvant le courage de l'observer.

C'était un homme de haute stature, avec de larges épaules et des muscles clairement dessinés. Il dégageait un charisme incroyable qui se mêlait à une aura de sagesse acquise avec le temps. En gros, c'était un résumé de Talanus et Ysis en une seule personne, avec quelque chose en plus qui faisait passer ces derniers pour des amateurs... C'est pour dire ! Je compris que le vampire qui me faisait face était extrêmement vieux. Cependant, comme Phoenix me l'avait décrit, il ne paraissait qu'une petite quarantaine d'années. Il était d'un blond tirant sur le roux, et devait sûrement avoir des origines d'Europe du Nord, peut-être norvégiennes ou suédoises. Ses yeux bleus auraient pu faire penser que mon employeur et lui avaient de réels liens de parenté, si l'on exceptait la manière très « radicale » d'enfanter des vampires. La fossette à la Kirk Douglas de son menton lui donnait un air austère et sévère, sans pour autant le rendre effrayant. Il était impressionnant, au sens le plus noble du mot, et imposait par sa prestance un respect immédiat. J'eus du mal à affronter son regard.

- Qui es-tu et que fais-tu là, humaine ?

Encore sous le choc, je me relevai péniblement et lui montrai du doigt le fauteuil pour bien lui signifier que je ne comptais ni m'enfuir, ni discuter à quatre pattes sur le tapis. Avec une élégance rare, il m'imita et s'assit en face de moi, en prenant bien soin de poser la veste de son costume sur l'accoudoir ; une pratique que Phoenix avait également adoptée.

- Hum… Je m'appelle Samantha Watkins.

Devant le créateur de mon patron, il n'y avait pas d'identité secrète qui tenait.

- Votre fils, Aydan euh… Phoenix m'a engagée comme assistante et je vis ici, avec lui.

Si cela le surprenait, il n'en montra rien. Cet homme était un maître dans l'art de la dissimulation, c'était une évidence.

- Vous êtes sa maîtresse, déclara-t-il en me fixant droit dans les yeux.

Aussitôt, je m'empourprai.

- Quoi ? Non ! Je travaille pour lui… c'est mon ami, bredouillai-je.

- Tiens donc… les gens changent, murmura-t-il plus pour lui-même. Où est-il ?

- Il a été convoqué dans le domaine de Talanus et Ysis. Les Grands vont décider de son sort, mais il est vraisemblable qu'il sera exécuté avec ses supérieurs pour avoir échoué à découvrir la tête pensante du trafic de sang qui s'opérait dans la région.

Finn serra les dents.

- J'étais en Sibérie quand j'ai appris qu'il avait des problèmes. Les communications ne sont pas aisées dans cette partie du monde.

- Je comprends.

Il y eut un silence puis, il me regarda.

- Peu importe le temps que ça prendra, je veux que vous m'expliquiez tout depuis le début, y compris votre intervention et votre rôle dans tout ça. N'omettez aucun détail. Vous m'expliquerez aussi comment vous êtes au courant pour sa véritable identité.

Pendant plusieurs heures, je revins sur les incroyables événements qui avaient ponctué et changé ma vie depuis janvier. Finn insistait sans cesse pour que je sois la plus précise possible, par conséquent, les plus petites anecdotes prenaient des allures de récits épiques. La bouche sèche et pâteuse à force de parler, je n'osais pas aller me chercher à boire, ni à en offrir à mon invité. Je sentis à sa manière de se raidir que le passage avec Karl avait éveillé son intérêt, mais jamais il ne m'interrompit.

Enfin, je finis par lui dévoiler l'étrange prédiction d'Ysis sur la Nuit en omettant volontairement de parler de l'empreinte, sujet bien trop intime et gênant à mon goût.

- Cette Ysis n'est bonne qu'à annoncer du charabia en guise de visions ! Pourtant, bien fou celui qui les ignorerait. Le futur nous dira ce qu'elle a vu pour vous.

Moralité, c'était un sujet sans importance en comparaison avec les motifs de sa venue. J'étais tout à fait d'accord avec lui, on verrait avec le temps.

- Nous avons tout essayé pour retrouver Karl et celui ou ceux qui lui donnent ses ordres, mais nous avons échoué. Même Ichimi Ritsuye et Kaiko Ikeda qui le haïssent, ont tout essayé pour remonter à la tête du trafic. Je ne sais plus quoi faire…

- Je suis surpris par l'attitude de ces deux-là. Honnêtement, ils ont fait des progrès.

- Que voulez-vous dire ?

- J'étais avec les Grands quand Talanus et Ichimi se sont présentés pour devenir chef de secteur dans le Nouveau Monde. Le premier avait fait forte impression, mais le Conseil était prêt à donner le poste à Ichimi. Je les ai convaincus de ne pas le faire car la force de son ambition me mettait mal à l'aise. Seuls les chefs de secteur peuvent aspirer à devenir des Grands un jour, et je ne sais pas pourquoi, imaginer ce samouraï au Conseil me donnait des frissons. Quant à Kaiko, je ne la connais pas vraiment. Ce que j'en sais, ce sont les échos que j'en ai entendus... et ils ne sont pas flatteurs.

- Talanus n'a pas les mêmes craintes que vous et puis, d'après Phoenix, ils se sont réellement impliqués dans ces investigations.

- Je les ai peut-être mal jugés. L'avenir nous le dira.

- L'avenir... c'est bien ce qui m'inquiète pour Phoenix.

- Pourquoi tenez-vous tant à le sauver s'il vous a volé votre vie ?

Sa question fit écho à mes propres réflexions. La révélation que Finn m'avait empêchée d'avoir semblait vouloir se montrer à nouveau. Mais un grondement bestial vint de la salle à manger. Je bondis de mon siège et criai de surprise.

François était debout sur la table, ramassé sur lui-même et prêt à fondre sur la proie que constituait mon interlocuteur. Finn daigna à peine jeter un coup d'œil à l'intrus. Après l'avoir vite jaugé, il haussa les épaules et se cala de nouveau dans son fauteuil, insultant au passage de son mépris le pauvre François qui ne savait plus s'il devait être stupéfait ou enragé.

Afin d'éviter un bain de sang dans le salon, je me levai et avançai vers mon ami mousquetaire.

- Calme-toi, François, Finn ne nous veut pas de mal... enfin je crois. C'est le créateur de Phoenix.

La colère envolée suite à cette information, François le salua très respectueusement et vint vers lui.

- Je n'aurais jamais cru vous rencontrer un jour. Vous êtes une légende parmi les vampires.

Quoi ?! François regardait Finn avec une vénération qui frôlait la comparaison avec les groupies hystériques des boys bands des années 1990. Pour un peu, il lui aurait demandé son autographe ! C'était quoi encore que cette absurdité ?! Phoenix m'avait bien fait comprendre que son maître était puissant, mais en aucun cas il n'avait laissé entendre qu'il était aussi célèbre et adulé que les *Beatles* en Angleterre ! En même temps, vu le personnage, je le voyais mal chanter « *Hey Jude* » devant un parterre de fans en délire.

Sa déclaration suivante me fit redescendre immédiatement sur terre.

- Les Grands ont tranché.

Je connaissais la réponse mais je sentis comme un énorme rocher tomber dans mon estomac.

- La date de l'exécution est fixée au 17, à minuit.

Soit dans même pas deux nuits complètes ! Heureusement que j'étais assise car mes jambes auraient refusé de me porter en entendant cette information.

- Tu es toute verte, Samantha.

- Je crois que j'ai besoin d'air, soufflai-je.

J'avais surtout besoin d'être seule.

Respectant mon vœu, Finn et François me laissèrent aller dehors.

Je m'assis sur le perron et entrepris un exercice de respiration pour chasser les sanglots qui menaçaient de sortir. Il était excessivement tard, ou excessivement tôt selon où l'on se positionnait, je pouvais voir au loin les premières lueurs de l'aube. Les deux vampires qui m'attendaient dans le salon ne tarderaient pas à se mettre à l'abri du soleil, et il allait bien falloir que je propose une chambre à Finn.

De retour dans le salon, je trouvai François très agité. Je regardai le « père » de Phoenix avec sévérité.

- Qu'est-ce que vous lui avez fait ?

Avec un calme olympien, il me répondit quelque chose qui me fit choir sur les fesses, tant c'était inattendu :

- Je ne lui ai rien *fait*, à part lui annoncer que j'étais en mesure de retrouver Karl.

*

- On y va ! s'écria mon ami mousquetaire.

Je fus distraite par l'héroïsme mêlé d'imprudence de mon camarade.

- Aller où ? Le soleil pointe déjà à l'horizon ! Tu seras grillé avant d'avoir pu faire quinze kilomètres !

Dépité, François accepta ma logique. Il n'y avait rien à faire dans l'immédiat.

- Finalement, je ne trouve pas si bête de la part de Phoenix de vous avoir embauchée, dit Finn.

Son insulte sonnait plutôt comme un compliment, mais ça ne faisait pas vraiment plaisir. Tous les vampires au courant de notre partenariat devaient croire que j'étais une humaine abrutie, au service d'un patron devenu cinglé par la surcharge de travail. Même s'ils changeaient d'avis après m'avoir rencontrée, ça n'empêchait que ce n'était pas agréable.

- Trop aimable ! Expliquez-nous plutôt comment vous allez vous y prendre pour retrouver Karl.

- Les plus vieux vampires qui possèdent déjà un pouvoir en reçoivent un deuxième après un certain temps d'existence. Le mien est de pouvoir retrouver tout membre de mon espèce, peu importe où il se trouve. Cela intéressait beaucoup les Grands à une époque, mais je n'avais aucune envie de m'associer à eux. Par conséquent, ne connaissant pas d'autre vampire avec ma capacité, j'ai pu me faire discret.

François et moi avions la même expression sur le visage : ahurie, et la bouche grande ouverte. Ce Finn était un don du Ciel !

Tout à coup, les propos d'Ysis me revinrent en mémoire.

- Ysis ! Elle savait que vous débarqueriez ! C'est pour ça qu'elle nous a interdit de quitter le château ! Elle savait que vous seriez la clef qui nous conduirait à Karl et à leur salut !

Je n'en revenais pas ! Alors cette Égyptienne n'était pas une folle échappée d'un asile de l'Antiquité ! Elle avait vraiment des dons de voyance, et elle s'en était servie pour nous aider à les sauver. *C'est la loyauté qui nous sauvera tous.* Si nous étions partis en dépit de ses recommandations...

- Finn, dites-moi si je peux faire quelque chose pendant votre sommeil.

- Préparez pour nous deux des pistolets, des couteaux et des chaînes en argent... bref, tout ce qu'il nous faut emporter pour capturer ce traître... et aménagez le sous-sol de sorte que quand nous le ramènerons, il ne puisse pas s'échapper.

Je hochai la tête, le cœur gonflé d'un espoir que je pensais ne plus jamais éprouver. Notant mentalement les objets qu'il me faudrait préparer, je laissai Finn et François s'entendre sur leurs rôles dans cette mission. Quand tout fut organisé, Finn reprit la parole.

- Il va me falloir du temps pour me concentrer et le repérer. Je m'y mettrai dès le coucher du soleil. En attendant, il faut nous reposer.

- Suivez-moi, dis-je.

Je lui fis signe, le précédai dans le hall après que François se soit éclipsé dans son propre abri et le conduisis jusqu'au bureau. Devant la bibliothèque, je tirai sur le volume de *Candide* et lui montrai la chambre.

- Je pense que Phoenix aurait aimé que vous vous y installiez. D'après ce qu'il m'a dit, le lien qui vous unit est très fort. Alors je crois que c'est la meilleure chose à faire.

Après avoir jeté un coup d'œil dans la pièce et feuilleté l'exemplaire du *Seigneur des Anneaux* qui trônait encore sur la table de nuit à la même page que ma première visite, Finn me salua avec respect.

- Je suis heureux que ma progéniture se soit trouvé une amie telle que vous. Gardez espoir, nous nous verrons demain.

Et il actionna le mécanisme de fermeture.

Le trajet vers ma chambre se fit dans la brume de l'épuisement et à mon grand soulagement, celui-ci l'emporta sur l'angoisse ; pour la première fois depuis longtemps, je dormis d'un sommeil de plomb.

Le lendemain, je me mis au travail dès mon réveil. J'étais descendue à la cave et j'avais rempli deux sacs d'armes nécessaires pour capturer un vampire aussi puissant et retors que Karl, sans toutefois le tuer. Quand je fus certaine de ne rien avoir oublié, je m'attelai à la préparation d'une pièce capable d' « accueillir » convenablement notre invité.

J'étais tout bonnement en train d'installer une salle de torture.

Oh ! Cela ne me plaisait pas du tout malgré ce que Karl avait tenté de me faire… mais on n'avait pas le choix. Karl était le seul à connaître les têtes pensantes du trafic de sang, et ironiquement, le seul à pouvoir sauver Phoenix. Ainsi, malgré le dégoût que m'inspirait l'idée de ce qui se passerait dans cette pièce, avec les crochets et les couteaux en argent que je disposais sur une petite table, ma conscience se taisait.

Finn et François apparurent dans le salon, et purent constater que leurs sacs étaient prêts. Il ne restait plus qu'à localiser notre homme… Ne sachant pas comment fonctionnait le don du créateur de mon patron, j'avais pris une carte de la région au cas où. Peut-être lui suffirait-il de fermer les yeux pour qu'il puisse pointer du doigt le lieu précis de sa cachette.

- Tout est prêt. Y a-t-il quelque chose à faire pour vous permettre d'exercer votre don ?

- Faites silence jusqu'à ce que je vous dise le contraire, dit-il en s'allongeant sur le canapé comme s'il allait faire la sieste.

Mouais… J'aurais cru que ce serait plus impressionnant, un peu comme les sœurs Halliwell dans *Charmed* ; et puis sa façon de me dire de me taire avait été un tantinet agaçante… Assise dans l'un des fauteuils, je croisai les bras en attendant que Finn ait son illumination, ou son premier ronflement…

À vrai dire, j'avais encore du mal à croire en cette chance qui nous souriait. C'était un vrai miracle que ce vampire si puissant ait débarqué juste au moment où l'on avait le plus besoin de lui, avec le don qu'il nous manquait pour sauver Phoenix. D'ailleurs, ces histoires de dons me dérangeaient quelque peu...

En effet, même si la position officielle était clairement de se tenir à l'abri de la curiosité humaine, il y avait de quoi avoir peur que tous ces super-vampires n'aient un jour l'envie de faire leur coming-out et de faire de nous leurs esclaves. Qui aurait pu les en empêcher ? Pour le moment, la question ne se posait pas, mais un jour peut-être... J'espérais que je ne serais plus là pour le voir.

Finn semblait vouloir faire cavalier seul afin de ne pas être instrumentalisé par les Grands pour son don. Malgré tout, au bout d'une heure, je me demandais s'il ne nous avait pas tout bonnement menés en bateau. Je n'en pouvais plus d'attendre qu'il se décide à ouvrir les yeux ! En plus, qu'est-ce qui garantissait que Karl serait encore là où Finn l'avait vu quand il débarquerait avec François dans sa cachette ? Tss.

À quoi pensait Phoenix dans sa cellule ? Le connaissant, il ne devait pas appréhender sa fin, mais je m'inquiétais sans cesse pour lui alors j'aurais souhaité savoir ce qu'il faisait. J'aurais aimé partager sa tranquillité d'esprit, mais j'étais trop humaine, et, comme il me l'avait dit, trop émotive. Il est vrai que question émotions depuis notre rencontre, j'avais eu mon compte de peur, de douleur, ou de désespoir. Mais l'amitié et la sensation de faire enfin quelque chose de ma vie l'emportaient largement sur le reste. L'amitié...

Depuis l'autre jour, je ressentais de l'amertume envers mon lien amical avec mon patron. Étrange... Est-ce que cela avait un rapport avec cette révélation qui se refusait obstinément à moi alors que je la savais si proche ?

- Je sais où il est. C'est une villa à Drake Hill. Partons.

L'intervention de Finn m'avait sortie de mes réflexions. Il avait brusquement ouvert les yeux et s'était levé en même temps.

François n'émit aucun commentaire et bondit sur ses pieds, prêt à passer à l'action.

- Vous êtes sûr qu'il sera là ? demandai-je en les suivant au garage.

Depuis tout ce temps Karl avait été proche de nous sans même que Kiro, pourtant bien informé, n'ait soupçonné quoi que ce soit. Pour une fois, il avait su se faire discret.

- Je n'utilise jamais ce don, pourtant si je sais une chose, c'est qu'il est infaillible.

François s'installa sur le siège conducteur et tous deux partirent en trombe chercher notre dernière chance de sauver Talanus, Ysis et Phoenix.

*

Mes compagnons étaient partis à Drake Hill vers vingt-deux heures ; en comptant la difficulté éventuelle que poserait la capture de Karl, ils ne devraient pas rentrer avant une heure du matin. Ensuite, je devrais les aider à descendre notre otage à la cave, où l'attendaient les pires supplices.

Je n'étais vraiment, vraiment pas à l'aise avec tout ça. En cherchant dans les armes de mon patron, j'étais tombée sur tout un tas de jouets destinés uniquement à faire parler les vampires récalcitrants. En les disposant près de la table où Karl serait harnaché avec des chaînes en argent, les seules capables d'immobiliser un vampire, je ne pouvais m'empêcher de ressentir un profond dégoût pour ce qui se passerait dans cette pièce. En aucun cas, je ne souhaitais être présente.

Oui, je voulais la mort de Karl Sarlsberg, oui je la désirais réellement... mais je n'étais pas cruelle au point de souhaiter le voir souffrir comme j'étais sûre qu'il souffrirait. En fait, j'espérais qu'il craque et qu'il nous révèle l'identité de ses supérieurs au plus vite afin de lui éviter la torture, même si une petite voix dans ma tête me chuchotait que ce n'était pas son genre.

Tout le temps que dura l'attente du retour de Finn et François, je ruminais de sombres pensées et priais pour qu'un jour, on nous pardonne pour l'acte horrible que nous étions sur le point de commettre. Enfin,…

Je guettais dehors l'arrivée de mes amis et mon cœur rata un battement quand la porte de l'entrée s'ouvrit à toute volée et que trois personnes entrèrent en se battant comme des gladiateurs survitaminés. J'étais stupéfiée par la force de Karl, qui résistait étonnamment au deux autres vampires.

Tout à coup, Karl écrasa son poing sur le visage de François qui s'envola et atterrit près de moi. Il n'eut pas le loisir de s'échapper car Finn avait sorti un pistolet, et en un éclair, lui tira deux balles dans chaque cuisse. Karl s'effondra par terre, l'argent ayant rendu ses jambes inutilisables.

Retrouvant mes esprits en voyant mes compagnons porter leur fardeau en direction du sous-sol, je les précédai pour leur ouvrir la porte. Bien sûr, le trajet se fit sous les insultes les plus abominables qui soient…

Karl fut attaché de sorte qu'il ne puisse plus remuer le petit doigt, et malgré sa colère, l'effroi dans ses yeux était évident quand il vit les instruments qui trônaient près de lui.

- Vous pouvez me torturer, je ne vous dirai jamais rien ! hurla-t-il.

Finn s'approcha de lui et se pencha en avant en souriant, comme un père bienveillant souhaiterait bonne nuit à son petit garçon.

- Je suis très heureux de te revoir, mon cher fils. As-tu oublié tes cinquante ans avec moi ? Il semble que oui, car sinon, tu n'aurais jamais osé prétendre que tu résisteras au traitement que je te réserve. Rappelle-toi comme je suis efficace dans ce domaine… lui susurra-t-il.

La terreur de notre otage ne pouvait qu'attester les dires de son bourreau et me rendit plus nauséeuse à la perspective de ce qui allait suivre... Finn n'avait pas voulu que je m'en aille et m'avait ordonné de l'assister avec François. J'avais protesté, mais le regard qu'il m'avait lancé me dissuada de continuer. Mon ami mousquetaire, lui, ne semblait pas gêné le moins du monde et ce fut à ce moment là que sa nature vampirique m'apparut enfin.

Depuis notre rencontre, je l'avais trouvé beaucoup plus humain que tous ses congénères. Il aimait discuter avec moi et s'intéressait à beaucoup de choses. Enfin, son amour grandissant pour Angela et notre amitié m'avaient presque fait oublier qui il était réellement... Mais face à sa main si sûre quand il tendait les instruments à Finn et devant son impassibilité face aux hurlements de notre ennemi, son ancien ami, dont le sang nous éclaboussait autant que les murs !... je dus me rendre à l'évidence. Il n'avait rien d'humain... Et moi, je n'avais pas ma place dans cet enfer avec eux.

J'eus juste le temps de courir vers un seau qui traînait là avant de vomir, incapable de tenir devant l'affreux spectacle qui se jouait sous mes yeux.

- Je ne resterai pas une minute de plus dans cette pièce ! Dussiez-vous pour ça m'étrangler, je ne veux pas voir ça ! criai-je à Finn.

Il me regardait d'un air exaspéré, oubliant visiblement que les humains avaient encore une conscience, eux !

Une fois arrivée en haut et la porte de la cave refermée, j'inspirai une grande goulée d'air, comme pour laver mes poumons des vapeurs de souffrance absolue qui s'échappaient de Karl en même temps que ses cris d'agonie. Des cris qui me parvenaient encore malgré la distance...

La nausée me reprenant, je courus aux toilettes pour me purger une nouvelle fois de ce cauchemar. En relevant la tête de la cuvette, je vis des traces rouges dessus ; j'étais tellement recouverte de sang des pieds à la tête, que j'avais laissé mes empreintes sur la lunette.

Je me déshabillai avec frénésie, pressée de me débarrasser de mes vêtements souillés et d'aller prendre une douche. Je me fichais comme d'une guigne que l'un des deux vampires remonte et me découvre à moitié nue ; je mis toutes mes affaires dans un sac en plastique et les jetai à la poubelle, avant de foncer à l'étage pour me laver.

Je dus rester au moins une heure dans la salle de bain, sanglotant et tremblant sous l'eau chaude. J'espérais que mes larmes emporteraient à jamais le souvenir de ces ignobles images de torture. Je pris une éponge et me frottai si fort pour enlever les traces de sang que ma peau devint rouge et douloureuse. Il me fallut un temps fou pour décider de sortir de la salle de bain mais j'y parvins. Non désireuse de retourner au rez-de-chaussée où l'écho des hurlements de Karl continuerait à assaillir mes oreilles, je restais dans ma chambre, sur le divan, attendant qu'on me donne des nouvelles.

J'attendis longtemps... très longtemps...

En fait, je m'étais endormie quand François arriva. Il me réveilla doucement, ce qui ne m'empêcha pas de sursauter, et j'appréciai de voir qu'il avait eu la décence de se changer pour venir me parler. Il avait l'air épuisé.

- Je suis venu te donner des nouvelles avant d'aller me reposer, dit-il en se laissant choir à côté de moi.

- Est-ce qu'il a parlé ?

- Non, et c'est bien ce qui nous inquiète. Personne n'avait jamais résisté à Finn lors d'une séance de torture.

- Qu'est-ce que ça veut dire ?

- Finn pense qu'il n'y a qu'une explication. Il protège son géniteur.

- Je croyais que son créateur l'avait abandonné ! Ou alors il s'agit de ce père adoptif qui a pris Karl en charge après qu'il ait rompu avec Finn. Mais il me semblait qu'il était mort.

- Ça ne peut pas être son père adoptif. Le lien ne peut pas être aussi fort dans ce cas-là. La seule solution, c'est qu'il ait renoué avec son créateur ou sa créatrice.

- C'est complètement dingue ! Je croyais que le lien d'obéissance devait disparaître au bout de cent ans en raison des risques de rébellion de la progéniture.

- Pas forcément. Si le créateur ne fait pas la démarche de libérer son élève, celui-ci peut lui rester lié pour un temps infini. La limite des cent ans a été adoptée pour éviter d'instaurer une relation de maître-esclave entre les deux, ou encore pour éviter des jalousies en cas de plusieurs progénitures.

- Donc, la personne que nous recherchons est son géniteur, celui qui l'a transformé en vampire…

- Et il sera extrêmement difficile de lui soutirer son identité avant l'exécution de Phoenix si son maître lui a ordonné de ne jamais parler, même sous la pire des tortures.

- C'est atroce, murmurai-je, presque compatissante pour celui qui subissait en bas les pires tourments, à l'indifférence de celui qui n'avait jamais eu l'intention de se comporter comme un père respectable pour une progéniture non désirée…

Nous restâmes silencieux quelques instants, unis dans l'horreur de cette situation et le désespoir que quoi que nous fassions, l'exécution de Phoenix serait inévitable.

- Quelle heure est-il ? demandai-je.

- Il fait déjà jour.

- Ah ?

- Nous avons fermé tous les volets par sécurité et nous allons poursuivre les festivités à tour de rôle. Je continuerai à torturer l'homme que je tenais pour mon ami depuis plus de trois cents ans pendant que Finn se reposera.

Je posai ma main sur son genou pour lui montrer mon soutien, lui arrachant un maigre sourire.

- Je ne crois pas que ce sera suffisant pour le sauver. Tout ce que nous y gagnerons, c'est un statut de boucher !

Au moins, je savais que même si François torturait Karl, supportant les éclaboussures de son sang sur les murs, il n'en était pas moins dégoûté. Ça rassurait.

Or, je ne supportais plus de rester cloîtrée au château en attendant que le supplicié d'en-dessous daigne enfin révéler la vérité. Je pris ma décision.

- Je vais aller fouiller dans cette villa.

- Quoi ?

- Vous connaissant, vous avez été suffisamment efficaces en allant le chercher pour que la police et le voisinage ne viennent pas fourrer leur nez là-bas. J'y vais. De jour, je ne cours aucun risque, et je trouverai peut-être quelque chose qui nous aidera à remonter vers son créateur. Je ne peux pas rester ici les bras croisés. Je demanderai à Angela de m'aider.

François réfléchit quelques secondes à ma proposition avant de hocher la tête.

- Tu as raison, il faut mettre toutes les chances de notre côté. Surtout que nous n'en avons pas beaucoup.

Il partit se reposer. Je téléphonai à Angela et lui expliquai en gros la situation ; elle était prête à m'aider. Ne me restait plus qu'à me préparer pour ma mission...

Nous arrivâmes à Drake Hill vers midi, munies du jeu de clés de la villa que François avaient eu l'intelligence de prendre au cas où. Angela avait remarqué ma nervosité et ma pâleur, mais elle ne trouva le courage de me questionner qu'une fois devant le portail.

- Il s'est passé quelque chose d'horrible, non ?

Déglutissant avec peine, je fus néanmoins soulagée de pouvoir me confier à une amie humaine, capable de comprendre ce que je ressentais.

- Tu n'as pas idée, dis-je en sortant de la voiture.

J'eus quelques difficultés à trouver la bonne clef mais je réussis à faire fonctionner le mécanisme d'ouverture et à nous faire entrer sans attirer l'attention. En remontant l'allée, je compris qu'Angela ne s'attendait plus à ce que je reprenne la parole.

- Désolée... ce que j'ai vu...

- Tu n'es pas obligée de m'en parler tu sais.

- Non, tu es la seule à pouvoir me comprendre. Tous ces vampires ont des cœurs de pierre et peuvent supporter l'insupportable ! Mais moi, j'ai des limites. Je hais Karl mais j'éprouve presque de la pitié pour lui, sachant ce qu'il est en train de subir. Et je me dégoûte d'y participer indirectement.

- Je comprends, mais ne te sens pas coupable. D'après ce que j'ai compris, ce sont des choses qui sont propres au monde des vampires, ça a existé avant toi, et cela existera après toi. Tu ne peux rien y faire ; Karl a choisi ce qui lui arrive, et toi, tu as choisi de sauver ceux qui depuis des décennies, préservent des vies humaines dans cette région. Je suis fière de toi.

Sa déclaration me laissa sans voix, et je fus balayée par une vague de soulagement. J'avais eu raison de me confier à elle... je la pris dans mes bras et la serrai très fort.

- Tu m'étouffes ! s'exclama-t-elle en riant et en me rendant mon étreinte.

- Heureusement que tu es là. Un peu d'œstrogène dans mon monde de testostérone vampirique me fait le plus grand bien !

Nous rîmes ensemble avant de rentrer dans le vif du sujet...

Cette villa n'était pas très grande mais la décoration épurée lui donnait une impression d'espace et de zenitude très reposante. Une grande statue de Bouddha souriait à tous ceux qui y entraient et il y avait un grand escalier menant à l'unique étage de la demeure.

- Que cherchons-nous ? me demanda Angela.

- Cette maison ne devait sûrement pas appartenir à Karl. Fouille l'étage, je me charge du rez-de-chaussée ; cherche tout ce qui peut avoir un rapport avec les propriétaires, nous devons trouver leur identité. J'appelle Kiro, il pourra peut-être nous aider.

- Ça marche.

Nous nous séparâmes pendant un temps qui me parut très court. Après avoir renoncé à parler à Kiro dont le satané appareil auditif avait encore fait des siennes dans le téléphone, j'avais fouillé dans tous les coins et recoins à la recherche d'un indice, en vain. Quand Angela me rejoignit dans le bureau, devenu un véritable capharnaüm, il était déjà dix-huit heures. Mon amie avait perdu tout sex-appeal ; elle avait les yeux rougis, le teint pâle, ses cheveux blonds d'habitude si soigneusement brossés et lumineux s'étaient emmêlés comme une crinière de lion et elle était pleine de poussière.

- Qu'est-ce qui t'est arrivé ? demandai-je étonnée.

- Il y avait une trappe dans la chambre, menant au grenier. Je l'ai fouillé de fond en comble et tant pis pour mes allergies ! Aaaahh… aaatcha ! Tout ça pour ça !

Elle se moucha bruyamment et s'assit à côté de moi.

- Tu as trouvé quelque chose ?

- Non, ce bureau est rempli de papiers mais il n'y a aucun nom sur les en-têtes ! C'est dingue ! répondis-je frustrée.

- Est-ce qu'il y a encore des pièces à fouiller ?

- J'ai ratissé tout le rez-de-chaussée et le sous-sol. Sans résultat. (Je me pris la tête entre les mains) Il ne nous reste que très peu de temps ! Il faut qu'on y arrive !

Tic tac, tic tac, l'horloge continuait son cliquetis insupportable pour me rappeler comme la fin de Phoenix était proche. Angela posa sa main sur mon épaule.

- On a dû mal s'y prendre. On va recommencer et tu verras que cette fois on va trouver une piste.

Pendant deux heures, nous reprîmes nos recherches en retournant le moindre centimètre carré qui aurait pu échapper à notre attention. Je commençais sérieusement à désespérer. Je voulus passer mes mains dans mon cou pour me masser un peu la nuque et dans la manœuvre, ma boucle d'oreille tomba par terre et roula entre le bureau et le mur. Déjà de mauvaise humeur, cela n'arrangea rien, et je poussai le meuble sans ménagement pour récupérer mon bien. Ce fut dans ce petit espace que la chance me sourit enfin.

En effet, une feuille s'était perdue dans l'interstice et avait dû être oubliée là par ses propriétaires. Je l'attrapai vivement, le cœur gonflé d'un soudain espoir.

- Angela, j'ai trouvé quelque chose.

Celle-ci s'approcha de moi et on s'assit toutes les deux à même le sol pour lire ce qui semblait être un courrier officiel. Le nom du destinataire n'était pas mentionné, mais en haut, était inscrit celui de l'émetteur.

- George Stanson, lus-je. C'est une copie d'un acte notarié concernant le nouveau quartier résidentiel qui se construit à la périphérie de la ville.

- Son adresse est située dans le quartier des affaires à Kerington.

Je sortis mon téléphone portable.

- Qu'est-ce que tu fais ?

- Je fais bon usage de mon smartphone.

J'écrivis le nom que nous avions trouvé et laissai la magie *Google* opérer.

- C'est un avocat spécialisé dans la gestion des patrimoines. Ses clients n'ont pas l'air d'être les premiers venus – ce sont des hommes d'affaires ou des célébrités - ils passent par lui pour sa discrétion. Nous devons aller à Kerington et l'interroger.

- Vu l'heure qu'il est, il doit être rentré chez lui.

- Pas nécessairement, ces types-là sont à la disposition de leurs clients. S'ils décident de venir le voir en pleine nuit, il doit être en mesure de les accueillir.

Après avoir pianoté le numéro du bureau de George Stanson, je tombai sur sa secrétaire.

- Bureau de Mr Stanson, Stella, à votre service.

- Je suis l'assistante de Peter Livingstone et je dois absolument voir votre patron dans l'heure qui vient.

- Je suis désolée, mais Mr Stanson est débordé, il faut prendre un rendez-vous.

Je m'attendais à cette réaction, mais j'avais plusieurs tours dans mon sac.

- Très bien, je pense que Mr Stanson sera ravi d'apprendre que grâce à votre zèle et à votre efficacité, vous l'avez privé de la clientèle d'un homme d'affaires pesant un demi-milliard de dollars. Je vais téléphoner de suite à un autre spécialiste du patrimoine ; je doute que celui-là ne fasse l'erreur de me refuser un entretien. Bonne soirée.

Je jouais mon va-tout, mais les mensonges les plus gros étaient parfois les plus efficaces.

- Euh, attendez ! (La voix de la réceptionniste avait perdu son ton arrogant et paraissait beaucoup plus tendue qu'auparavant) Je vous demande un instant.

Elle reprit la communication moins d'une minute après.

- Les bureaux seront fermés dans une heure, mais nous préviendrons le gardien. Mr Stanson vous attend Mademoiselle, euh…

- Jones, Samantha Jones. C'est d'accord, je serai là dans une heure avec ma secrétaire.

Sans attendre, je lui raccrochai au nez. Je regardai ma montre puis Angela.

- On y va.

Et sans un mot, nous fonçâmes vers la voiture, vers Kerington, et vers George Stanson.

*

Ses bureaux étaient situés dans le quartier des affaires, au centre de la ville. L'immeuble se trouvait dans la quatrième avenue, la plus chère de Kerington et la plus prisée. Avoir pignon sur rue là-bas, c'était la réussite assurée.

Malgré ma conduite dangereuse et largement au-dessus des limites de vitesse autorisées, nous n'arrivâmes que vers vingt-et-une heures trente. J'avais demandé à Angela, qui avait profité du trajet pour remettre de l'ordre dans son apparence après son passage dans le grenier de Drake Hill, d'appeler François pour le prévenir de ne pas s'inquiéter, mais manque de chance pour elle, Finn décrocha. Je ne pouvais pas entendre ce qu'il lui disait mais à voir l'expression de mon amie se décomposer, ce ne devait pas être très sympathique. Indignée, je tendis la main.

- Passe-moi le téléphone.

Elle s'exécuta avec un soulagement non dissimulé.

- Finn, c'est Samantha. Je... Non, nous ne sommes pas imprudentes... Non, je n'oublie pas Phoenix, pourquoi croyez-vous que... ? OH LA FERME !

Créateur ou pas, ça ne se faisait pas de couper la parole de manière aussi impolie, il fallait bien que je m'exprime ! En tout cas, il ne dit plus rien après que je lui aie crié dessus.

- Restez près de votre téléphone et essayez de cuisiner Karl sur ce George Stanson, peut-être qu'il sait quelque chose. Dans tous les cas, on ne nous laissera jamais entrer chez Talanus et Ysis, alors autant qu'on continue les recherches jusqu'au bout, dis-je.

Il me raccrocha au nez. En même temps, je n'avais reçu ni imprécations ni insultes, donc je pouvais en conclure que j'avais carte blanche.

- Tu es prête ? demandai-je une dernière fois à mon amie en sortant du parking.

- Je suis la secrétaire de l'assistante de Mr Livingstone, multimillionnaire et pressé de remettre son patrimoine entre les mains d'un gourou de la finance comme Mr Stanson.

- Parfait. Ah, pour information, je porte un pistolet et quelques couteaux, n'aie pas peur si tu me vois les sortir. Si ce type en sait plus qu'il n'y paraît, je n'hésiterai pas à lui faire la peur de sa vie.

- Ne t'inquiète pas pour moi, si besoin est, je suis prête à lui flanquer une bonne raclée pour le faire parler... Je déteste les avocats !

L'ascenseur nous emmena au trente-cinquième étage, après que le gardien ait vérifié mon identité. Très intelligemment, je l'avais dissuadé d'aller demander la carte d'Angela, on ne pouvait pas se permettre de lui donner son vrai nom. Juste avant que les portes ne s'ouvrent, nous expirâmes toutes les deux en même temps, pour nous donner courage. George Stanson nous attendait.

À peine avais-je posé mes yeux sur lui, que j'éprouvais à son encontre une aversion immédiate et tenace. Sa petite taille et son embonpoint lui auraient donné un air sympathique sans son sourire mielleux.

- Mademoiselle Jones, je suis heureux de faire la connaissance de l'assistante d'un homme aussi important et si... discret. J'avoue que je n'ai jamais entendu parler de lui.

Je le toisais avec un dédain qui m'étonna moi-même.

- Peut-être que vous n'avez pas les bonnes relations ! Dans tous les cas, mon patron n'est pas homme à tenir conférence sur la place publique et il emploie un certain nombre de personnes justement pour que ses affaires et ses intérêts demeurent discrets.

Le message était on ne peut plus clair : cesse de poser des questions idiotes où on t'envoie nos tueurs à gage ! Bon, peut-être pas *si* clair que ça mais à voir la tête de Stanson, il avait compris qu'il s'était fait remettre à sa place.

- Hum... Suivez-moi dans mon bureau, nous serons plus à l'aise pour discuter.

Il ouvrit la porte et nous invita à nous asseoir. Bien évidemment, son regard suivit le gracieux mouvement de balancier des hanches d'Angela, et lorsqu'il releva les yeux et qu'il s'aperçut que je l'avais pris la main ou plutôt les yeux dans le sac, il rougit.

Volontairement, je maintins le silence entre nous, et braquai un œil ultra sévère sur notre interlocuteur, qui se dandinait sur sa chaise, mal à l'aise. Ma stratégie fonctionnait, il nous prenait visiblement au sérieux. Je devais découvrir l'identité du propriétaire de la villa car mon instinct me hurlait que c'était lui que nous cherchions depuis le début. Mon plan n'était rien d'autre que de l'esbroufe ; je devais lui faire suffisamment peur pour qu'il parle, sans aller jusqu'à le blesser... je n'étais pas un monstre.

- Je n'ai que très peu de temps alors j'irai droit au but. Mr Livingstone est un homme important dont le capital s'élève à près d'un demi-milliard de dollars et il souhaite injecter une partie de ses fonds dans le secteur immobilier. Il est évident que la discrétion est de mise, nous ne souhaitons pas attirer l'attention.

- Seriez-vous en train de me proposer de blanchir votre argent ? s'offusqua Stanson.

Je lui souris, en haussant les épaules.

- Allons. Si je suis ici, c'est que je me suis renseignée sur vous, alors ne prenez pas cet air offensé.

Il me regarda, méfiant. Il devait se demander si je ne portais pas un mouchard de la police.

- Bon. On ne va pas y passer la nuit, je ne suis pas de la brigade criminelle si c'est ce que vous croyez.

Il parut rasséréné par ma déclaration et se cala dans son fauteuil, prêt à faire des affaires.

- Dites-moi où vous voulez investir et dans quel type de bâtiment et je verrai ce que je peux faire pour vous.

- Mr Livingstone aime beaucoup Drake Hill et son quartier huppé. Est-ce qu'il y a des propriétés susceptibles de nous intéresser ?

Le tressaillement qui secoua Stanson à l'évocation de Drake Hill ne m'échappa pas, mais je devais être sûre qu'il savait vraiment quelque chose avant de me dévoiler.

- Hum… Bien sûr, tout un quartier résidentiel est en train de se construire et la ville compte mettre en vente de nouveaux terrains d'ici deux mois. C'est l'endroit idéal pour investir.

- Qu'en pensent les clients que vous avez déjà dirigés là-bas ?

- Pourquoi voulez-vous le savoir ?

Son ton se fit plus inquiet, je devais aller plus loin.

- Il est normal que je veuille savoir si vos clients sont satisfaits de vos services

- Vous avez déjà fait une enquête sur moi alors cette question est superflue, dit-il en s'essuyant son front avec son mouchoir.

- Ne vous mettez pas dans des états pareils, voyons ! Vous pourriez travailler pour des vampires que ça me serait égal !

Cette fois, son air effaré le trahit. En une seconde, je sortis mon pistolet de mon sac et Angela alla se positionner devant la porte de la pièce pour lui barrer toute possibilité de sortie. Sans se laisser démonter, Stanson bondit sur son bureau et voulut profiter de son élan pour écarter mon amie de son passage. Il n'avait pas prévu le fait que j'avais été bien entraînée ; il s'écroula quand il reçut une manchette sur la nuque.

Angela me regarda avec un mélange de protestation et de bouleversement.

- Tu l'as tué !

Je soupirai.

- Mais non, dans deux minutes, il va se réveiller avec un sévère mal de tête. Je m'occupe de lui, toi, fouille ses tiroirs et vois si tu trouves une référence à la villa de Drake Hill.

Elle s'exécuta dans la seconde, ce qui me permit de reporter mon attention sur notre avocat véreux. À dire vrai, j'étais impressionnée par le bond qu'il avait fait malgré sa corpulence. Il devait vraiment avoir une trouille d'enfer pour s'être fait pousser des ailes en voulant s'enfuir en dépit de l'arme braquée sur lui.

Je réussis à le rasseoir dans son fauteuil et me positionnai face à lui, avec mes couteaux. Comme prévu, il se réveilla juste après. En constatant que la femme qu'il prenait pour une secrétaire était en train de vider ses tiroirs et que l'autre était en train de jouer avec des couteaux en argent sous son nez, il trembla de peur, son visage blanc comme un linge.

- Qu... qui êtes-vous ? Vous êtes des vampires ?

- Alors comme ça, vous êtes au courant de leur existence... Ce qui veut dire qu'en échange de votre vie, vous avez rendu quelques services à l'un d'entre eux, dis-je en me rapprochant de lui tout en lui montrant l'éclat de ma lame.

- Vous... vous êtes humaines ? Qu'est-ce que vous me voulez ?

- Je veux savoir pour quel vampire vous travaillez et à quoi il ou elle ressemble. Si je n'obtiens pas les informations que je veux, je me satisferai de vous saigner comme le porc que vous êtes ! feulai-je, imitant à la perfection la voix menaçante et enrobée de velours de mon patron.

Je ne me doutais pas que la peau humaine pouvait blanchir autant : Stanson devint si pâle qu'on aurait cru un cadavre.

- Vous ne trouverez rien ici. Si je vous dis quoi que ce soit, on me tuera de toute manière !

Je lui offris alors le sourire le plus cruel qui soit ; cette fois, j'avais pris exemple sur Karl.

- Là n'est pas la question. Tout dépend de la manière dont on vous tuera. Les vampires ne sont pas les seuls à connaître des techniques de mort lente très *raffinées* vous savez, lui susurrai-je en lui faisant signe de suivre des yeux la trajectoire de mon couteau.

Il sursauta d'horreur en voyant ma main mimer le découpage en règle de son anatomie masculine située en-dessous de la ceinture.

- Il est temps de choisir, George, surtout que si vous nous aidez, nous liquiderons votre patron et serons disposées à vous laisser la vie sauve.

Il me fixait, cherchant une brèche dans mon regard lui indiquant que je bluffais. Heureusement pour moi, il n'en trouva pas.

- Alors, George ? La liberté ou la mort lente et douloureuse ?

Avec Angela, qui m'avait rejointe, nous retînmes notre souffle le temps qu'il se décide…

Quand enfin il craqua et nous révéla l'identité du vampire qui le tenait en otage, ainsi que l'ampleur de ses investissements dans la région et au-delà, et qu'il nous mena dans un deuxième coffre-fort très bien caché dans lequel les preuves de ses accusations s'entassaient, je dus me pincer pour rester collée à mon personnage. Le tourbillon d'émotions qui m'avait prise menaçait de me faire perdre le contrôle de moi-même.

Je ne sais comment, je tins mon rôle jusqu'au bout, en n'oubliant pas au passage de menacer George Stanson des pires sévices si jamais il osait parler à qui que ce soit de notre entrevue et de l'existence des vampires. Je dus être extrêmement convaincante, car, le pauvre en mouilla son pantalon.

Une fois sorties de l'immeuble, et après nous être assurées qu'il n'y avait pas de curieux autour de nous, nous fonçâmes à la voiture, comme si le diable en personne nous poursuivait. Après avoir démarré en trombe, Angela me composa le numéro de téléphone et me tendit l'appareil. Finn était au bout du fil, et j'entendais en bruit de fond les hurlements de Karl, qui n'avait eu aucun répit entre hier et aujourd'hui.

- Arrêtez tout. Volez à toute vitesse et retrouvez-moi devant chez Talanus et Ysis. François peut prendre la voiture ; assurez-vous qu'il emmène Karl, et dites-lui de mettre pied au plancher ! Je sais qui est derrière tout ça !

Là encore, Finn me raccrocha au nez. Pour autant, je n'en étais pas fâchée, bien au contraire. Il y avait une heure et demie de route entre Scarborough et Kerington, et il était près de vingt-trois heures. Dans une heure, Phoenix serait, par ordre hiérarchique croissant, le premier à mourir... et j'espérais que son créateur volant arriverait cette fois à temps pour empêcher ça !

Chapitre XIII : Révélations

*

J'avais tellement appuyé sur l'accélérateur pour me rendre jusqu'à la demeure de Talanus et Ysis que j'avais du mal à croire qu'aucun policier n'ait tenté de m'arrêter.

J'allai me garer à un pâté de maisons du domaine de nos maîtres vampires et coupai le moteur.

- Angela, je vais sortir et guetter l'arrivée de Finn. Il n'y a que lui qui pourra me faire entrer. Quant à toi, je veux que tu rentres à Scarborough.

- Quoi ?! s'écria-t-elle, outrée. Je reste avec toi, que tu le veuilles, ou non !

Je secouai la tête et lui attrapai les épaules.

- Écoute-moi ! Finn ne pourra pas nous faire entrer toutes les deux ! En plus, moi, ils me connaissent. N'oublie pas que les Grands ont pour mission de faire taire tous ceux qui risquent d'éventer le Secret de leur existence, par conséquent je n'ai aucune garantie en ce qui te concerne ! François serait inconsolable s'il t'arrivait malheur !

La logique implacable de mes paroles fit son chemin dans l'esprit de mon amie, mais elle ne s'avouait pas vaincue.

- Je ne veux pas t'abandonner !

- Ce n'est pas le cas ! Et je n'ai pas fait tout ça pour mourir maintenant ! Crois-moi, je m'en sortirai.

- J'ai l'impression de te laisser aller te jeter dans la gueule du loup toute seule !

- La seule façon pour toi de m'aider, c'est de partir te mettre à l'abri. Si je m'inquiète pour toi, je risque de tout faire capoter.

Angela, heureusement, avait bien compris que je ne la considérais pas comme un boulet, mais que je voulais protéger sa vie ainsi que sa liberté. Elle soupira.

- Très bien. Mais je ne fermerai pas l'œil tant que tu ne m'auras pas appelée. Et si je n'ai pas de nouvelles de toi d'ici le lever du soleil, je te promets que je reviens ici avec la police et qu'on leur plantera à tous un pieu dans le cœur pendant leur sommeil !

- Je te dis à tout à l'heure alors, lançai-je en sortant de la voiture, sans vraiment croire que je la reverrais.

J'avais suivi son départ avant de traverser le pâté de maisons pour me rapprocher de la villa. J'avais trouvé un buisson juste en face, à l'abri des regards des gardes vampires qui semblaient avoir été doublés pour l'occasion. Vu que nous étions dans un quartier résidentiel avec des centaines de cœurs battants, je n'eus pas peur que les miens me trahissent. M'efforçant de me calmer, je m'assis derrière le buisson et patientais en observant le ciel, la lune et les étoiles, dans l'attente la plus affreuse de toute ma vie.

*

Je ne lisais jamais les horoscopes des journaux, et je n'avais que faire des marées puisque je n'habitais pas près de la mer. Du coup, je m'étonnais de constater que c'était la pleine lune. Ça faisait un peu cliché d'ailleurs ; comme par hasard, les Grands avaient choisi cette nuit spécifique et réputée surnaturelle pour l'exécution. S'ils croyaient en un pouvoir lunaire quelconque, ils feraient mieux d'épargner Ysis, qui séjournait là-bas en esprit la plupart du temps !

J'étais méchante, là. Je devais reconnaître que si elle n'avait pas anticipé l'arrivée de Finn, nous ne serions pas là à tenter de leur sauver la vie à tous les trois. Je ne savais pas ce que nous aurions fait... Boire une coupe de champagne ou de sang pour leur rendre un dernier hommage aurait été un peu malvenu. Et puis... Qu'est-ce que j'aurais fait après, si on m'avait permis de reprendre ma vie ?

En fait, je n'y avais pas vraiment réfléchi. Resterais-je à Scarborough en prétendant toujours jouer les infirmières pour un pseudo grand-père ayant déjà quitté ce monde ? Ou recommencerais-je à zéro dans une nouvelle ville ? La deuxième solution me répugnait, et quant à la première... J'avais réussi à avoir des racines à Scarborough et je m'y sentais bien. Mais tout ça n'avait aucun sens sans celui qui m'y avait amenée quelques six mois auparavant. Dire que ça me paraissait si loin ! Dire qu'au début, je détestais Phoenix alors que maintenant je...

Je repris mes esprits quand une silhouette sombre émergea de derrière les nuages, baignée de cette clarté lunaire si fantomatique. Je regardai ma montre. Horreur ! Il était minuit moins cinq !

Sans perdre de temps, je courus vers la haute grille en fer forgée qui séparait le domaine de la rue et sans me soucier des vampires qui avaient braqué leurs mitraillettes vers moi, hurlai en direction du ciel.

- FINN !

La silhouette piqua alors vers le sol, et plus vite qu'un faucon, fonça vers les gardes qui n'avaient pas remarqué sa présence. Profitant de l'effet de surprise et de son incroyable force, Finn se débarrassa en un tour de main des vingt vampires qui voulaient l'empêcher d'entrer. J'étais sidérée. Même Phoenix, qui était pourtant extrêmement puissant, n'avait pas pu venir à bout de six de ses congénères, et son maître avait littéralement écrasé toute la garde de Talanus et Ysis !

Celui-ci se tourna ensuite vers moi et s'avança vers la grille. Ses yeux étaient luminescents et ses crocs si longs et si aiguisés me donnèrent la chair de poule. En un seul coup de pied, le portail s'effondra comme un fétu de paille, manquant m'aplatir au passage. Finn m'attrapa et me souleva dans ses bras, avant de filer en rase-motte à toute vitesse vers la porte d'entrée de la villa.

Cette porte, bien fermée, m'apparut comme un obstacle que mon porteur ne prendrait pas le temps d'ouvrir correctement, et je craignis de servir moi aussi de bélier pour la forcer. En une fraction de seconde, nous avions parcouru la distance entre la rue et cette porte en bois qui se fracassa en mille morceaux lorsque nous la percutâmes de plein fouet.

Quand nous nous relevâmes, le sol était jonché de débris et de vampires assommés, venus à l'origine assister au spectacle de la mort de leur ange et de leurs chefs de secteur. Ceux qui avaient été suffisamment loin pour être épargnés par la violence du choc nous contemplèrent, stupéfiés, avant de reconnaître l'homme qui m'accompagnait. Tous prirent la même expression : une admiration béate et sans limites.

Loin de se régaler de cette attention, Finn m'attrapa de nouveau et me serra contre lui. J'avais juste eu le temps de vérifier que j'avais toujours mon sac en bandoulière dans lequel j'avais rangé mes armes et toutes les preuves de Stanson, avant qu'il ne s'élève à seulement quelques centimètres du sol, observant la distance qui nous séparait de la grande salle où la hache en argent du bourreau ferait son office dans quelques secondes.

Quand j'étais venue la première fois, le trajet m'avait paru très long car tous ces vampires qui me fixaient me mettaient mal à l'aise et je préférais regarder le dos de mon employeur. En l'observant cette fois-ci, je constatais que je ne m'étais pas trompée ; le couloir était très grand, pas très large, mais surtout noir de monde. Comment allions-nous passer ?

- Qu'est-ce qu'on fait ?

Finn explosa la mâchoire d'un garde qui arrivait de derrière et que je n'avais pas vu.

- On fonce ! Je m'occupe des Grands et vous, du bourreau ! Accrochez-vous !

Gloups !

Si Finn était entré dans l'histoire de son espèce comme l'un de ses héros, ce ne fut sûrement pas de la manière qui suivit. Pour se frayer un chemin dans la foule, il n'y avait pas trente-six solutions, il fallait foncer dans le tas.

Voir tous ces hommes et ces femmes d'ordinaire si puissants et effrayants s'envoler dans les airs comme de vieux sacs poubelle, avec des expressions effarées ou de pure incompréhension, aurait pu être drôle dans d'autres circonstances. Mais là, c'était carrément n'importe quoi ! En plus, même si Finn avait placé ses bras sur moi de sorte d'amortir les chocs, je les sentais très bien, et c'était une vraie torture !

Enfin, mon porteur me déposa sans ménagement et écarta de son passage les gardes qui nous barraient le chemin. Ceux-là avaient l'air plus méchant et plus dangereux que ceux de dehors ; à tous les coups, ils étaient au service des Grands.

- Allez-y ! me cria-t-il en me montrant le petit trou entre les assaillants, qui me permettrait de passer.

Ni une, ni deux, je me jetai à plat ventre vers ce petit espace, profitant des cris et de la confusion ambiante pour m'y faufiler. Rampant toujours, je vis avec horreur l'un des Grands faire signe au bourreau de relever la hache pour reprendre le geste qu'il avait interrompu à notre arrivée, soit la décapitation de mon patron, dont l'attention était tournée vers son créateur, un sourire affectueux sur ses lèvres, et un au-revoir dans le regard. Il avait la tête sur une sorte de socle doré et les mains liées dans le dos par une chaîne en argent ; il attendait sa mort en paix.

Empêtrée dans les jambes des derniers spectateurs trop interloqués pour réagir, j'eus du mal à combler les derniers centimètres qui me séparaient du premier rang. Désespérée, je finis par mordre de toutes mes forces la cheville d'un gros vampire qui se réjouissait du spectacle, une coupe de sang à la main. Même s'il n'éprouva aucune douleur, la surprise lui fit lâcher son verre qui tomba par terre en m'éclaboussant.

- Hé !

Ne voulant sûrement pas tacher son beau costume, il se poussa enfin et me laissa le champ libre pour me redresser, sortir mon arme, et sentir mon sang refluer de mon visage à la vue de la hache, qui, comme dans un mauvais ralenti, s'abaissait inexorablement vers la nuque de mon employeur.

- NOOOOOOON ! hurlai-je en visant.

À peine le coup de feu avait retenti que je vis l'arme tomber des mains du bourreau à un cheveu de sa cible originelle, laquelle me fixait avec stupéfaction. Je n'attendis pas la réaction des gens autour de moi, encore moins celle des Grands, et fonçai vers cet assassin officiel qui se baissait déjà pour ramasser la hache plantée dans le parquet afin de finir son boulot. Phoenix n'avait pas bougé.

J'avais mis toute la puissance qui me restait dans cette collision volontaire, et propulsée par la fureur, je plantai mon premier couteau en argent dans le ventre du bourreau. Mon élan et sa faiblesse soudaine nous firent basculer tous deux à terre, aux pieds d'un homme paraissant la soixantaine, qui devait en réalité avoir quelques deux mille ans de plus, l'un des Grands ! N'ayant pas le temps de réfléchir, je parvins à reculer, à me placer à la gauche de mon patron qui s'était relevé, et braquer mon arme sur l'assemblée, prête à tirer sur quiconque oserait nous approcher. Au même instant, je fus rejointe par Finn qui s'était débarrassé de tous ses assaillants et qui alla se placer à la droite de Phoenix avant de lui arracher ses chaînes d'une seule main.

Un silence de mort était tombé sur la villa. Tout allait se jouer, maintenant.

*

Face aux vampires les plus puissants et les plus respectés au monde, je n'en menais vraiment pas large, mais je tenais mon pistolet avec la plus grande fermeté quand Finn s'avança devant nous, en me faisant signe de le baisser. Non désireuse de provoquer davantage toute l'assistance qui semblait prête à nous sauter dessus, je m'exécutai.

À notre droite, je pus voir Talanus et Ysis, enchaînés et encadrés par deux des gardes du corps des Grands, ainsi que Kaiko et Ichimi, qui avaient déjà remplacé les premiers dans leurs fonctions et qui les encadraient d'un soutien consolateur. Là encore, le regard meurtrier de cette furie japonaise me fit frémir.

- Nous ne sommes pas venus ici pour vous combattre, mes *frères*.

Finn avait appuyé sur la fin de sa phrase, tout en levant les mains en signe de paix. L'homme aux cheveux blancs devant lequel je m'étais étalée lamentablement, s'avança et lui fit face.

- Tu dis que tu n'es pas là pour combattre, mais tu crées le chaos dans l'espoir de sauver ta progéniture ! Or, Phoenix a été jugé et condamné par notre tribunal, tribunal dont tu as refusé de faire partie, je te rappelle. Tu as beau être le plus vieux vampire sur terre, tu n'en restes pas moins inféodé à nos lois !

Alors là ! Si je m'attendais ! C'était pour ça que tout le monde se prosternait à ses pieds et le vénérait comme un quasi dieu ! S'il n'était pas le premier, au moins était-il le plus vieux parmi les vampires ! Ça expliquait son incroyable présence et son regard sans âge. Choquée de ne pas avoir été mise au courant, je lançai un regard noir à Phoenix, qui haussa simplement les épaules.

- Je connais nos lois ! J'ai d'ailleurs aidé à les rédiger si tu te souviens, Egire.

- Et tu les bafoues à l'instant même en débarquant ici avec une humaine et en t'attaquant à ta propre espèce ! tonna le fameux Egire.

Quel drôle de prénom !

Les autres Grands approuvèrent du chef. Tous devaient avoir plus de mille ans... Ils étaient dix... ces hommes et cette femme (!) dirigeaient le monde des vampires d'une main de fer et étaient considérés comme les protecteurs de leur espèce. Aucun ne se ressemblait physiquement et pourtant, ils avaient en commun une aura d'incroyable puissance. Je n'osais imaginer quels pouvoirs secrets ils détenaient, ni comment ils s'en servaient pour arriver à leurs fins. Mieux valait être de leur côté, c'était certain. Je stoppai mon observation du cercle des sages qui me faisait face quand je vis que j'avais attiré l'attention de l'unique femme de la bande. D'ailleurs, ce n'était pas le bon mot pour la désigner tant il aurait été facile de la prendre pour une adolescente de dix-sept ans. Les cheveux d'un roux flamboyant, son visage juvénile lui aurait donné l'air innocent sans l'éclat de dureté de ses magnifiques yeux verts, conséquence d'une très longue vie marquée par les épreuves, et les leçons qu'on peut en tirer. Sa curiosité à mon égard me fit faire aussitôt marche arrière et reporter mon attention sur celui qui, par esprit d'indépendance, avait refusé de présider ce G. 10 vampirique si fermé.

Finn toisa ses « cadets ».

- Si je suis là, c'est pour vous empêcher de commettre une erreur en exécutant les mauvais coupables !

Des murmures d'indignation et d'admiration se firent entendre, créant ainsi un brouhaha désagréable.

- SILENCE ! s'époumona un autre Grand, la cinquantaine grisonnante et bedonnante avec une voix impitoyable qui démentait la bonhomie de son physique.

Plus personne n'osa émettre le moindre son, ce qui permit à Finn de reprendre la parole en faisant quelque chose qui ne me plut pas du tout : en me pointant du doigt.

- Avec l'assistante que s'est choisie ma progéniture, nous avons continué à chercher les commanditaires de ce trafic de sang, et nous avons pu mettre la main sur leur lieutenant !

Nouveaux murmures, mais cette fois des éclats de voix se firent entendre également. On aurait dit qu'il y avait une bagarre derrière nous.

- Laissez-moi passer, espèce de crétins congénitaux !

En me retournant, je ne sus ce qui devait me surprendre le plus : voir débarquer François, traînant un Karl sanguinolent et incapable du moindre mouvement sous trois couches de chaînes en argent, ou son insulte si choquante pour quelqu'un d'aussi policé. En tout cas, il tombait à pic ! On aurait même pu croire que son arrivée était téléphonée tant elle était bien tombée ! Les gardes s'écartèrent pour que notre ami puisse déposer son fardeau aux pieds des Grands qui se demandaient ce qui se passait encore.

- Qui est-ce ? interrogea Egire.

Finn désigna du doigt ce corps meurtri et ramassé sur lui-même.

- Mon fils adoptif, Karl Sarlsberg. Disons qu'il a préféré suivre un autre enseignement plutôt que le mien et le voilà devant vous parce que cet imbécile a fait les mauvais choix. Bref, c'est un crétin, certes, mais un crétin diablement résistant ! Il n'a pas dit un mot sur celui qu'il protégeait. Je crois qu'il a retrouvé son créateur et que celui-ci lui a ordonné de se taire, même sous la torture. Karl a toujours été une tête de mule, mais c'est un adversaire redoutable. Par conséquent, entre son caractère impossible et l'hypothèse selon laquelle il ne s'est pas émancipé, il parvient à garder son identité secrète.

Egire contempla la loque sanglante couchée par terre, puis reporta son attention sur Finn.

- Je connais tes techniques et même parmi nous, personne ne t'arrive à la cheville quand il s'agit d'arracher des informations à l'un des nôtres. Si tu as échoué, je ne vois pas comment nous réussirions à lui tirer les vers du nez. Nous sommes dans une impasse.

Adoptant la posture d'un conquérant prêt à la victoire, notre allié bomba de nouveau le torse et encore une fois, me désigna du doigt. Quel malpoli !

- Cette humaine est la clef. Laissez-lui la parole, vous verrez qu'elle a des choses importantes à dire.

Quoi ? Ah ça non ! Je n'avais aucune envie de me pavaner devant un parterre de vampires prêts au massacre ! Il n'avait qu'à leur expliquer !

Ho, ho… C'était vrai, quand je l'avais prévenu, il avait raccroché le téléphone sans attendre de connaître les noms des commanditaires du trafic. Gloups ! Je ne pouvais pas y échapper.

Évitant de croiser le regard de Phoenix, ce qui m'aurait quelque peu déconcentrée, je m'avançai à côté de son créateur et me forçai à fixer Egire, le chef des vampires les plus puissants au monde, lesquels se rallieraient à son avis si je n'arrivais pas à le convaincre de ma théorie.

- Aujourd'hui, pendant que Finn et François essayaient à leur façon de soutirer des informations à Karl, je suis retournée dans la villa où ils l'avaient capturé. J'avais comme l'intuition que c'était par là qu'il fallait chercher et je ne m'étais pas trompée. En fouillant la maison de fond en comble, je suis tombée sur une lettre qui m'a permis de remonter à la source de ce trafic.

Volontairement, j'avais omis de mentionner la participation d'Angela à cette petite escapade vu que je lui avais promis de la tenir à l'écart de tout ça.

Je repris mon récit, après avoir attendu que les clameurs de surprise de l'assistance s'estompent enfin.

- La vérité m'a stupéfiée, mais en y réfléchissant, c'était logique. Je ne vous poserai qu'une question. Qui avait le plus à gagner à faire tomber deux des plus efficaces et plus puissants chefs de secteur de votre espèce ?

Un silence de mort pesait sur la pièce. Comme personne ne semblait décidé à répondre, je poursuivis :

- Ceux qui auraient dû obtenir leur poste, mais dont l'influence de Finn les en a écartés : Ichimi Ritsuye et Kaiko Ikeda.

Aussitôt, des hurlements de rage, de surprise, d'indignation et d'incrédulité remplirent mes oreilles. La grande salle si silencieuse une seconde auparavant, devint un véritable chaos où les partisans des uns et des autres semblaient sur le point de s'égorger, tandis que le reste des participants à cette réunion, soit hurlait à la mascarade, soit contemplait la scène avec une totale incompréhension dans le regard.

Je vis les gardes des Grands empêcher les accusés de me fondre dessus pour me tuer, et Phoenix se placer près de moi pour me protéger. Les spectateurs étaient en ébullition. Talanus regardait Ichimi comme s'il ne l'avait jamais vu et Ysis me regardait, moi, avec un sourire de satisfaction non dissimulé sur les lèvres. Je crois que ce fut ce sourire qui m'encouragea à continuer.

- Vous vous rendez compte que vos accusations sont extrêmement graves et qu'elles doivent être prouvées ! m'avertit Egire.

Un rugissement terrible retentit à ma droite :

- Nous connaissons Talanus et Ysis depuis le Moyen-âge alors que tes ancêtres étaient encore à pousser leur charrue en couinant comme des porcs ! Personne ne leur est plus loyal que nous ! hurla Ichimi, qui avait perdu tout self-control et me fixait avec une lueur meurtrière encore plus effrayante que sa folle furieuse de femme.

Trois des gardes avaient carrément dû s'asseoir sur elle pour l'empêcher de me sauter dessus et tentaient de la bâillonner, horrifiés par les insanités qui sortaient en torrent furieux de sa bouche cruelle.

- Ichimi, pour l'instant, nous n'avons rien entendu qui t'incrimine, mais continues à te comporter ainsi et tu alimenteras d'autant plus les soupçons. Quant à toi, Kaiko, tu ferais mieux de te tenir tranquille, sinon je me chargerai personnellement de t'arracher la langue et les crocs pour ne plus t'entendre ! dit Egire.

Devant l'efficacité de ses menaces, il me regarda à nouveau.

- Nous vous écoutons, Mademoiselle.

J'étais envahie par la colère et la volonté de rendre justice contre ce traître assassin.

- Si vous êtes aussi loyaux que vous le dites, comment expliquez-vous que l'homme que j'ai vu de mes propres yeux organiser l'assassinat méthodique et industriel de dizaines de personnes se soit, comme par hasard, caché dans une villa qui vous appartient ?

- Mensonges ! s'écria Ichimi.

Heureusement pour moi, j'avais conservé dans mon sac en bandoulière tous les papiers que j'avais pu prendre chez Stanson. Je les brandis devant moi, et les agitai dans tous les sens, presque sous le nez d'Egire qui en recula, alors que, folle de fureur d'être traitée de menteuse, je criai :

- J'ai ici tout un tas de documents qui le prouvent ! Vous êtes passé par un avocat véreux pour blanchir l'argent que vous gagniez grâce au trafic de sang en investissant dans l'immobilier, et ce de manière très discrète. J'ai rencontré cet homme et il vous a décrit si précisément qu'il est impossible de faire erreur. Il vous reconnaîtra, vous et votre compagne !

Je m'adressai ensuite aux Grands.

- Si vous les confrontez, vous saurez que je dis la vérité. Ces documents sont accablants ! Leurs investissements vont bien au-delà du quartier de luxe de Drake Hill et surtout du comté de Kerington ! Ils ont lentement tissé leur toile pour qu'une fois la colossale fortune de Talanus et Ysis à leur disposition, ils deviennent les vampires les plus puissants du pays ! Tout ça en profitant du fait que leur meilleur ami leur fasse tellement confiance qu'il les a désignés pour être leur successeur !

Me tournant à nouveau vers Ichimi, je repris mon réquisitoire.

- C'est Karl qui m'a permis de comprendre. Il a dit que son maître et lui attendaient avec impatience l'arrivée des Grands pour voir Phoenix, Talanus et Ysis tomber.

En même temps que je prononçais ces paroles, une idée me vint. C'était de la pure spéculation, mais après tout, j'étais lancée et je devais à tout prix le pousser à l'erreur pour qu'il avoue son crime, comme Karl l'avait fait.

- Le trafic de sang n'était qu'un prétexte ! Tout ce que vous vouliez, c'était leur poste car vous savez très bien que pour devenir un Grand, il faut avoir exercé des fonctions dirigeantes. Et quoi de mieux que d'être à la tête de leur territoire, qui d'après ce que j'ai entendu dire, est le plus puissant de ce pays, accessoirement le pays le plus puissant au monde ! Vous avez créé Karl Sarlsberg, et vous lui avez ordonné de se rapprocher de Phoenix pour savoir où nous en étions dans notre enquête et continuer à creuser le fossé qui le ferait tomber, lui et ses chefs ! Mais c'est terminé ! Votre volonté de régner sur le monde prend fin maintenant car vous savez parfaitement que je dis la vérité !

Tout à coup, dans le silence incroyable qui succéda à ma tirade, un hurlement étouffé suivi de plusieurs autres se fit entendre. Avant que quiconque n'ait pu la retenir, Kaiko fit voler les gardes qui l'encadraient dans les airs et hurla :

- NOTRE RÊVE RÉDUIT À NÉANT ! SALE HUMAINE, MEURS !

Lorsqu'elle s'apprêta à courir vers nous, Phoenix voulut me protéger et m'écarter de lui pour régler ça lui-même, mais le voile rouge réapparaissant subitement devant mes yeux, la colère me submergea. En un éclair et au même moment, je poussai Phoenix de toutes mes forces et sortis le couteau qui me restait. Pris au dépourvu par la force de mon geste, mon employeur s'en retrouva déséquilibré tandis que je me préparais…

Cueillie en plein vol et en plein cœur par la lame que je venais de lancer, Kaiko fit une grimace complètement grotesque en constatant la gravité de sa blessure. Elle me regarda, interloquée, et prononça des paroles que je n'oublierai jamais, avant de s'effondrer et de rendre l'âme une dernière fois.

- Par une humaine…

J'avais tué mon premier vampire.

*

Alors que le corps de sa compagne se décomposait en poussière devant nous, Ichimi perdit enfin le contrôle de ses émotions et se révéla au grand jour. Véritable incarnation de la cruauté et de la violence, il se tourna vers Talanus et cracha en sa direction. Les gardes qui le maintenaient avaient de réelles difficultés à accomplir leur tâche ; ceux qui avaient été blessés par Kaiko et qui reprenaient leurs esprits, vinrent en renfort.

Tout en se débattant, il fixait son chef de secteur de son regard assassin.

- Tu n'es pas digne de l'honneur qui t'a été fait. C'est moi qui aurais dû être à ta place ! Tu as eu ce poste parce que tu es plus vieux et que cette garce d'Ysis possède le don de voyance ! Tu savais que je désirais plus que tout avoir ma place parmi les Grands un jour et ça ne t'a pas empêché de te pavaner devant moi avec toute cette arrogance et cette vanité qui te caractérisent ! J'ai réussi à le supporter jusqu'à ce que je découvre qu'en fait, c'était Finn qui avait usé de son influence pour que ce soit toi que les Grands désignent.

Il cracha sur Talanus avant de se tourner vers Finn dans une attitude de rage absolue. À ce moment-là, on aurait pu se demander s'il avait un jour appris les valeurs du Bushido et le code de conduite des vrais samouraïs. En tout cas, pour l'heure, ils étaient très loin.

Finn ne montra aucune émotion quand il lui répondit :

- Je connaissais tes ambitions et ta soif de pouvoir. Le cercle des Grands agit pour le bien de son espèce, pas pour assouvir une gloire personnelle. Contrairement à toi, Talanus était digne de devenir un jour l'un de ses membres.

Happé par la violence de cette frustration accumulée pendant des siècles, la véritable folie d'Ichimi éclata.

- Tu n'es qu'un misérable, Finn ! Tu veux passer pour le plus sage de tous, mais tu as toujours agi dans ton propre intérêt, déplaçant tes pions au gré de tes envies. N'espère pas me faire croire le contraire, si tu as refusé d'être un Grand, c'est parce que tu ne veux suivre que tes propres règles et tes propres ambitions ! Ce qui t'anime vraiment, c'est le désir de régner sur le monde ! Tu ne peux me reprocher d'avoir voulu faire comme toi !

Toute la salle était attentive aux révélations de ce criminel qui ne semblait éprouver aucun remords, perdu dans la folie dans laquelle il avait complètement basculé.

- J'ai juré de tout faire pour vous détruire et j'ai attendu patiemment mon heure, utilisant ma progéniture pour mener à bien mon plan tout en surveillant l'avancée des recherches de ton ange. Mais je n'avais pas prévu que cette humaine fourre autant son nez dans nos affaires malgré nos tentatives pour l'éliminer.

Dans le silence de mort qui suivit, Egire s'avança au milieu de tous et se prépara à annoncer sa sentence, après s'être tourné vers ses compagnons dont le hochement de tête approbateur répondait à sa question muette.

- Vous tous ici, êtes témoins des aveux délivrés par Ichimi Ritsuye quant à son implication à la tête du trafic de sang qui a bien failli révéler notre existence au monde des humains. Quant à ses accusations à l'encontre de notre aîné, Finn Jorgensen, dont la loyauté envers nos lois n'est plus à prouver, ce ne sont que les élucubrations d'un homme dont la profondeur de la folie n'a d'égale que la soif de pouvoir qui l'a animé depuis tant de siècles. Par conséquent, nous, Grands, de par notre autorité à rendre justice et en appliquer les sentences, déclarons que seuls les vrais coupables dans cette affaire seront châtiés à la mesure de la gravité des faits qui leur sont reprochés. Nous abandonnons les charges qui pèsent contre Talanus, Ysis et leur ange, entendu que l'affaire en cours a été résolue sans que leur fonction ni leurs compétences ne puissent être remises en question. Ichimi Ritsuye et Karl Sarlsberg, vous serez détenus et interrogés par nos soins avant votre exécution par décapitation. Je déclare donc la fin de ce procès.

Un tonnerre d'applaudissements accueillit ce verdict, et même les sceptiques se joignirent à la liesse générale et au soulagement qu'offrait la clôture de cette sombre histoire, au bout de laquelle la communauté vampirique était sauve, mais où, au final, de nombreux humains innocents avaient perdu la vie. Justice devait être rendue et les criminels allaient payer le prix fort...

Le cauchemar de ces derniers mois d'enquête et d'angoisse était enfin terminé. Un énorme poids s'envola tout à coup de mes épaules et je fus tentée de m'asseoir par terre pour me remettre de cette nuit mouvementée. J'avais joué les procureurs d'opérette et ma stratégie de déstabilisation des prévenus avait marché au-delà de mes espérances. Kaiko était morte de ma main, Ichimi allait passer un très mauvais quart d'heure avant d'être jugé et exécuté par le tribunal des Grands en même temps que Karl.

Talanus, Ysis et Phoenix étaient non seulement saufs, mais aussi rétablis dans leurs fonctions respectives, entendus que piégés comme ils l'avaient été, on ne pouvait pas les qualifier d'incompétents, mais d'avoir fait preuve d'une amitié naïve envers des gens qui ne le méritaient pas. Bref, ils étaient sauvés et c'était tout ce qui comptait.

Il ne restait qu'un petit problème à régler...

*

Egire avait ordonné qu'on emmène Karl et Ichimi dans un cachot en attendant que la salle de torture soit prête à l'emploi. La nuit n'était pas finie, il avait encore le temps de leur faire regretter d'être nés. Toutefois, je doutais que dans l'état où il était, l'ancien meilleur ami de Phoenix soit capable d'articuler le moindre son. Mais bon… j'avais d'autres soucis en tête.

Tous les Grands avaient formé un cercle et se consultaient pour trancher sur la deuxième décision cruciale de la soirée : ma survie.

Mon patron s'était approché de moi, et ne perdait pas une miette du spectacle, bien qu'il ne puisse entendre les paroles échangées à un niveau sonore inhumainement bas. Phoenix flanquait donc ma droite tandis que François était sur ma gauche, me soutenant tous deux de leur présence apaisante.

Bien trop humaine et trop émotive néanmoins, ce ne fut bientôt plus suffisant pour que j'arrête de trembler de tous mes membres et je dus saisir leurs mains et les serrer très fort pour me rassurer quelque peu. Ils me rendirent gentiment la pareille en veillant à ne pas me briser les os, ce qui m'émut grandement. La larme à l'œil, et malgré les oreilles indiscrètes autour de nous, je dis :

- Je n'ai jamais été aussi heureuse que depuis que je vous ai rencontrés. Si ça tourne mal, n'ayez aucun regret, car moi, je n'en ai aucun. Je vous aime tous les deux.

Je n'entendis pas la réponse de François ni ne sentis la pression de la poigne de Phoenix se raffermir sur ma main, car l'un des Grands se tourna dans notre direction… La femme-enfant m'observait.

N'ayant plus rien à perdre, je soutins son regard scrutateur avant qu'elle ne se détourne pour murmurer quelque chose à l'oreille d'Egire. Quand le cercle des Grands se dispersa et que ses membres quittèrent la salle, ce dernier s'avança vers nous avec toute la majesté que lui conférait son âge et son rang. Finn, entre temps, avait complété notre groupe et attendait son « cadet » avec une impatience à peine voilée.

- Le tribunal des Grands a pris sa décision vous concernant, déclara Egire.

Entre cette phrase et la suivante, je crus que mon cœur s'était arrêté de battre.

- En arrivant ici sans y être invitée, vous vous êtes attaquée à plusieurs membres de notre espèce, et tué l'un d'entre eux, dit-il glacial.

Bon sang ! J'allais mourir ! Moi qui voulais rester courageuse, je sentis le sol se dérober sous mes pieds. Heureusement, mes deux acolytes me retinrent juste à temps et m'aidèrent à me relever et à rester digne devant mon destin funeste. Secouant la tête pour reprendre mes esprits, j'affrontai de nouveau le regard sans âge d'Egire et je constatai qu'il me détaillait avec une curiosité non déguisée. Ni une, ni deux, mes joues s'enflammèrent.

- Ça alors ! Je n'ai jamais vu d'humain rougir aussi vite ! Vous devez avoir une circulation sanguine d'une exceptionnelle fluidité, s'extasia-t-il en oubliant que mon flux sanguin ne serait plus extraordinaire du tout s'il m'assassinait.

- Egire ! Tu ne peux donc jamais t'empêcher de tourner autour du pot ?! Je vois Talanus et Ysis qui nous attendent. Peut-être que tu pourrais abréger qu'on puisse tous aller se détendre devant un bon verre ! râla Finn.

Hum… Sa désinvolture vis-à-vis de mon exécution prochaine me fit de la peine. Il s'en fichait comme d'une guigne. Sympa…

- Oh, certes… Où en étais-je ? Ah oui ! En y réfléchissant, vos actes n'ont été guidés que par votre loyauté envers Phoenix, celui-là même qui vous a imposé cette existence servile. En agissant de la sorte, vous avez contribué à rétablir l'équilibre qui préserve notre Secret et notre monde d'une guerre entre nos deux peuples. Plutôt qu'un avertissement ou qu'une sanction, nous vous adressons tous nos remerciements. Vous êtes libre, conclut-il en me souriant chaleureusement.

Passé le choc de cette déclaration, la joie d'être en vie et libre me submergea et je ne pus m'empêcher de pleurer dans les bras de François tandis qu'il me serrait très fort contre lui en riant. Puis, il me chuchota à l'oreille qu'il devait rejoindre Talanus et Ysis et m'abandonna rapidement, comme l'avaient fait Phoenix et Finn. Les vampires discutaient entre eux. Mouais…

- Sympa… murmurai-je.

- On ne fait pas attendre un chef de secteur, encore moins quand il s'agit de Talanus.

Egire était resté près de moi et c'était ce qui expliquait pourquoi tous les vampires curieux qui s'étaient agglutinés autour de nous en me fixant comme un os à ronger ne m'avaient pas encore mis le grappin dessus pour tout connaître de l'histoire.

- C'est la première fois que je vois une humaine faire preuve d'un tel courage. Vous n'avez pas hésité à affronter une centaine de mes congénères pour rétablir la vérité. Je dois dire que je suis impressionné.

Face à mon silence modeste, il enchaîna.

- Vous pourriez nous être utile, vous savez. Les autres Grands seraient tout à fait d'accord pour intégrer à leur service des gens aussi dévoués et compétents que vous. Votre humanité apporterait un regard neuf à notre Œuvre et nous permettrait d'envisager nos actions sous tous les angles possibles.

J'eus la présence d'esprit de refermer rapidement la bouche pour ne pas passer pour une demeurée, mais sa proposition avait de quoi surprendre n'importe qui !

Discrètement, je lorgnai du côté de mon employeur, et constatai que celui-ci me fixait intensément ; il avait tout entendu.

- Je suis flattée par votre offre, mais je dois la décliner. Phoenix serait perdu sans moi, dis-je en souriant autant pour mon interlocuteur que pour le principal intéressé.

Malgré tout, après ce que j'avais subi, je me devais d'être entièrement honnête.

- Il y a autre chose. Je sais que vous protégez votre espèce et j'admire votre détermination à faire respecter le Grand Changement. Mais je crois que j'aurais du mal à être efficace dans le poste que vous me proposez, en sachant que nombre d'humains n'ont pas la chance de vivre où il est appliqué. Au moins, ici, avec Phoenix, j'ai l'impression de ne pas seulement servir les vampires, mais de contribuer aussi à préserver des vies.

Egire me dévisagea un instant, comme pour me jauger ; il ne devait pas s'attendre à ce que je sois aussi directe avec lui.

- Je comprends. Vous êtes une femme courageuse... Vous feriez un très bon vampire.

Et sur ces derniers mots, il me gratifia d'un hochement de tête léger mais fort respectueux qui réactiva les commentaires des curieux qui nous observaient, avant de me laisser seule face à des vautours pires que des paparazzis.

Quand Egire s'éloigna, un tourbillon de visages m'enveloppa. Tous voulaient avoir des détails sur l'affaire et sur mon rôle dans tout ça, cependant, leurs questions étaient incompréhensibles car toutes posées en même temps. Perdue face à cette soudaine marée vampirique, je ne savais pas comment réagir et je commençais à désespérer, quand Phoenix se fraya brutalement un passage jusqu'à moi et m'attrapa par le bras pour m'éloigner de mes fans en délire.

Dans une attitude protectrice et menaçante dissuadant quiconque de poursuivre l'interrogatoire, il m'emmena devant Talanus et Ysis et les salua respectueusement.

- Si vous n'avez plus besoin de nous ici cette nuit, nous partons avec Finn et François.

Le général romain semblait encore sous le choc de la trahison de son ami le plus proche et ce fut sa compagne qui nous répondit.

- Reposez-vous, vous l'avez bien mérité.

Ysis s'avança vers moi et me prit les mains.

- Votre loyauté et votre courage durant toutes ces épreuves ont été admirables et c'est pour cela que nous vous devons tous la vie, Samantha Jones. Pour un vampire, c'est extrêmement important et nous ne l'oublierons pas. Partez tranquille, la Nuit vous protège.

Comme dans un rêve, elle entraîna Talanus à sa suite et disparut de mon champ de vision. Finn bailla ostensiblement.

- Bon, je ne sais pas pour vous, mais moi, j'ai envie de partir d'ici et de me détendre avec un bon verre de sang et un canapé moelleux. On y va ?

Loin de nous l'idée de nous éterniser davantage, nous partîmes tous les quatre, sans nous préoccuper de ceux qui nous suivaient en nous posant des questions toutes plus idiotes les unes que les autres. Phoenix n'avait jamais lâché mon bras.

Arrivés au niveau de la voiture, François nous demanda un instant pour mettre une couverture sur les sièges arrière, quelque peu salis par le sang de Karl. N'en ayant cure, Finn s'installa sur le siège passager à l'avant. Il était temps pour moi d'affronter le regard de mon patron.

Lui offrant un sourire gêné, je ne savais pas par où commencer.

- Je…

Mais il m'interrompit en posant son index sur mes lèvres.

- Pas maintenant, dit-il simplement.

Aussitôt, il m'attira à lui en me caressant les cheveux. Ce simple geste me permit de me détendre complètement et je fermai les yeux, m'abandonnant entre ses bras protecteurs.

- Merci, Sam. Vous avez raison… je serais perdu sans vous.

Me blottissant davantage contre lui, je murmurai :

- Je ne pouvais pas rester sans rien faire. Moi aussi, j'aurais été perdue sans vous.

Profitant de cet instant intime, je me sentis beaucoup plus légère, et confiante dans ce nouvel avenir qui se profilait.

- Quand vous serez décidés à monter dans cette affreuse Camaro, on pourra peut-être espérer rentrer un jour ! s'exclama Finn, qui avait ouvert sa portière et soufflait, l'air exaspéré.

Une fois confortablement installée dans la voiture et Kerington loin derrière nous, la fatigue me pesa tout à coup ; mes paupières ne voulaient plus rester ouvertes. J'avais beau lutter contre le sommeil, celui-ci semblait vouloir à tout prix m'emporter et je sombrais petit à petit. Dans le brouillard qui m'enveloppait, je sentis que Phoenix m'attirait à lui de sorte que je puisse m'allonger, la tête sur ses genoux. Et ce fut dans la caresse de ses doigts qui s'activaient lentement dans ma chevelure, que je m'endormis, libérée de mon angoisse et de toute pensée parasite pour la première fois depuis des jours.

*

Après notre retour à la maison, je dois dire que mes journées s'écoulaient à un rythme beaucoup plus paisible. Je n'étais plus stressée, j'étais même heureuse de reprendre ma vie nocturne si particulière avec mon patron. Finn ayant considéré qu'il avait accompli son devoir de « père » en volant au secours de Phoenix, était reparti en direction de l'Amazonie, terre hostile pour un vampire, mais qui représentait pour lui un défi à explorer. Son départ m'émut car aussi étrange que cela puisse paraître, je lui vouais moi aussi une grande admiration ; pas pour ses pouvoirs, mais pour le souci qu'il s'était fait pour Phoenix. Son attitude pendant son court séjour à Scarborough avait été celle d'un père… bourru, mais un père quand même et je ne pouvais m'empêcher de sourire devant l'affection qui se lisait sur le visage de mon employeur en présence de son créateur. Dire que cela avait si mal commencé entre eux !

François avait pensé à appeler et rassurer Angela car trop épuisée pour me rendre compte de quoi que ce soit, je n'avais émergé de mon sommeil que très tard dans l'après-midi du lendemain. Alors que j'ouvrais les yeux, je remerciai le ciel d'avoir de si bons amis, quand je me découvris confortablement installée dans mon lit moelleux, un petit mot posé sur ma table de nuit me disant de ne pas m'inquiéter à propos d'Angela. En attendant le coucher du soleil, j'appelai mon amie à la librairie et nous restâmes deux bonnes heures à parler de nos aventures de la veille, en ayant du mal à croire que tout cela s'était si bien terminé. François devait d'ailleurs la rejoindre le soir même et de son aveu, l'attente la tuait. Je n'avais pas osé lui demander où ils en étaient tous les deux.

Leur histoire n'en étant qu'au début, je doutais que l'aspect sexuel de leur relation n'ait encore été abordé.

De toute façon, je n'étais pas la plus réticente, loin de là. Phoenix ne comprenait pas ce qui arrivait à François et plusieurs fois, je l'avais temporisé quand il commençait à lui faire la morale. Cependant, mon ami français en eut vite assez et se rebiffa :

- Ça te va bien de me dire ça quand toi-même tu es trop aveugle pour comprendre ce qui t'arrive !

Cet éclat avait failli tourner au vinaigre quand il sortit les crocs et adopta une posture d'attaque face à un François prêt à en découdre. J'avais eu plus que mon compte de bagarres entre vampires, et cette fois-ci, je quittai la pièce en passant devant eux comme une furie.

- Oh j'en ai ma claque de toujours être la bonne poire qui arrondit les angles ! Si vous voulez vous étriper, allez-y ! Et bon débarras !

J'étais partie prendre le frais à Scarborough, dégustant avec Matthew et Angela une pizza chez Danny ; il était heureux de nous voir réconciliés.

En effet, deux jours après notre retour au château sains et saufs, j'étais allée voir Matthew pour m'excuser de l'attitude exécrable que j'avais eue à son encontre. Je m'étais déchargée sur lui de toute l'angoisse et de la frustration que j'avais accumulées depuis des jours devant l'état de santé plus que précaire de mon grand-père adoré (du moins c'est ce que je lui avais raconté) et j'aurais compris s'il m'en voulait encore. Heureusement, ce n'était pas le cas, merci Angela et son soutien, et nous nous étions retrouvés aussi proches qu'avant.

En tout cas, quand j'étais revenue à la maison après ma soirée pizza, il n'y avait aucune trace de lutte et chacun semblait bouder dans son coin. Mon discours avait dû faire son effet puisque depuis lors, Phoenix ne fit plus jamais la morale à François sur sa liaison avec une humaine, et celui-ci se garda de tout commentaire à notre encontre. Comme quoi, même les vampires pouvaient se conduire comme des enfants.

En ce qui concernait Ichimi et Karl, nous apprîmes trois jours après notre retour, soit juste avant le départ de Finn, qu'ils avaient tout avoué. Les Grands avaient forcé Ichimi à libérer Karl de son engagement et celui-ci, ne supportant plus la torture, avait raconté tout ce qu'il savait.

A priori, j'avais mis dans le mille avec mes accusations. Ichimi avait sauvé la vie de Talanus et s'était vraiment pris d'amitié pour ce général romain qui lui ressemblait, mais ce lien qui les unissait n'était rien comparé à la soif de pouvoir qui brûlait en lui depuis toujours, laquelle était ravivée par sa compagne qui le poussait toujours plus loin dans cette voie. Il avait fini par avouer que la raison pour laquelle Kaiko haïssait autant mon patron était simplement qu'il était la progéniture de Finn, le vampire qui avait assassiné son maître. Ne pouvant le tuer puisque personne ne savait jamais où le trouver, elle avait reporté sa colère sur Phoenix. Cette colère n'avait cessé de grandir et elle n'eut plus de limites quand il avait été nommé à la fonction d'ange par ceux-là mêmes qui leur avaient pris sous le nez le poste dont ils rêvaient. Ils avaient donc recruté des hommes de main dans une Chine non encore soumise aux règles du Grand Changement et véritable El Dorado pour les vampires comme Heath et Huan qui aimaient se vautrer dans le luxe et le sang frais, en leur promettant une grosse part du butin que leur apporterait un trafic de sang d'une telle envergure : les ramifications s'étendaient jusqu'en Afrique du Sud, et tous les intermédiaires impliqués avaient du souci à se faire parce qu'ils seraient impitoyablement pourchassés.

Le rôle de Karl dans l'histoire n'avait été que celui d'un pion dont au final, personne ne se souciait. Il avait effectivement été engendré en Europe par Ichimi, venu y faire des affaires, mais d'après ce dernier, c'était accidentel, et ne sachant pas qu'il avait un fils, il était retourné au Japon. Ses amis avaient ensuite été nommés au Nouveau Monde à sa place, l'amenant lentement vers une folie destructrice. Quand, par un malheureux hasard, Karl les avait retrouvés, lui et Kaiko, ce trio uni dans la même blessure d'amour propre s'était entraîné mutuellement dans la rancœur contre le monde entier et surtout contre Talanus, Ysis, et Phoenix.

Ses obligations le retenant dans son pays, Ichimi avait renvoyé Karl pour les surveiller après avoir parfait son entraînement dans l'art du mensonge et de la maîtrise de soi. Celui-ci n'avait pas été suffisant pour éradiquer l'arrogance et la vanité qui caractérisaient ce fils retrouvé ; dévoré par le ressentiment, il s'était trahi, lui, tout autant que ses chefs. Moralité, la haine n'engendre que le malheur, et ces trois-là n'avaient pas su la dépasser... Je compris alors que je n'étais pas comme eux, et que, même si je n'éprouvais aucune compassion pour leur sort, je n'étais plus en colère.

Justice était faite, il était temps pour moi de découvrir enfin le côté calme de mon travail...

*

Les semaines et les mois passèrent. La plupart des contacts de Phoenix m'avaient acceptée et ne passaient plus que par moi pour prendre des rendez-vous ou pour lui demander des renseignements. Mon patron avait enfin cette tranquillité dont il rêvait : accomplir ses missions quitte à mettre sa vie en danger, sans s'embêter avec une paperasse qui l'horripilait. De mon côté, je n'avais pas à me plaindre non plus. La plupart de ses missions étaient de « simples » transactions financières ou immobilières qui ne requéraient pas l'usage des armes ni de corps à corps sanglant. J'étais simplement munie de mon bloc-notes et de mon smartphone et ça m'allait parfaitement.

À côté de ça, Phoenix continuait à m'entraîner et je continuais à progresser dans la maîtrise de toutes les techniques de combat qu'il connaissait. Enfin je parvenais à me débrouiller avec une épée !

Nous avions enfin pu trouver le temps pour que je tienne mes engagements à son égard et je lui donnais des cours d'informatique. Au début, c'était un élève indiscipliné et impatient qui, devant la première difficulté, aurait été capable de pulvériser son ordinateur. Je dus user de toute mon influence pour qu'il épargne cet outil et apprenne à l'apprivoiser. Au final, il s'en sortait plutôt pas mal et je me rengorgeais d'être un professeur aussi doué. Mieux valait que je me complimente toute seule car si j'avais dû attendre ses remerciements, cinq cents ans n'auraient pas suffi ! C'était vrai qu'il pouvait se montrer particulièrement agaçant !

Nous avions repris nos séances *Stargate Sg-1* et Phoenix n'arrêtait pas de tout commenter, ce qui me rendait folle au point qu'une fois, exaspérée, je lui avais écrasé un coussin sur la tête en le menaçant de le bâillonner et de le ligoter avec une chaîne en argent. Je n'avais pas prévu qu'il attraperait un deuxième coussin pour me rendre la pareille.

Quand François rentra de son rendez-vous avec Angela et qu'il entendit cris et bruits de meubles renversés dans le salon, il apparut sur le seuil, prêt à l'attaque. Nous n'avions même pas vu qu'il nous fixait, hébété, trop occupés à nous courir après en essayant de nous assommer l'un l'autre avec nos coussins et en rigolant comme deux enfants. Phoenix fut le premier à se rendre compte de la présence de notre ami français et stoppa si vite que je n'eus pas le temps de l'éviter. Imaginez foncer dans un mur de briques en pleine course !

Devant notre air, qui gêné pour lui, qui étourdie par le choc pour moi, François se contenta d'esquisser un petit sourire narquois avant de disparaître de notre champ de vision. Echevelés et chiffonnés, nous riions toujours quand nous reprîmes le visionnage de notre série préférée. J'étais vraiment heureuse et tout allait donc très bien.

Décembre s'achevait alors que nous n'avions pas vu le temps filer ; Scarborough s'apprêtait à fêter Noël comme des millions de citoyens dans le monde.

J'aimais beaucoup cette période de l'année où les gens oubliaient un peu leur égoïsme. Et puis j'étais une professionnelle de la décoration.

Phoenix n'avait pas fêté Noël depuis son arrivée dans le monde des vampires et je trouvais cela bien dommage car c'était un moment de partage et d'amour entre famille et amis. Mon patron faisant partie de mes amis, il était hors de question pour moi de le laisser en-dehors de cet événement. Aidée de François, j'avais décoré toute la salle dans l'esprit de Noël, profitant d'une courte absence de mon employeur chez Talanus et Ysis pour tout préparer, y compris le repas. Avec mon nouveau salaire, j'avais pu dévaliser les magasins et laisser libre cours à ma fantaisie. Le résultat était que de nombreuses décorations rouges et vertes ornaient la pièce et un sapin brillait de mille feux. La dinde cuisait doucement dans le four et l'odeur nous mettait l'eau à la bouche. Eh oui, vampire compris. François mettait la touche finale sur la table quand Phoenix rentra au château et qu'il se figea sur le seuil de la pièce, stupéfait.

Un instant, j'eus peur qu'il réagisse mal. En effet, la dernière fois qu'il avait fêté Noël, sa sœur Keira était encore en vie... Je retins mon souffle... et expirai de soulagement quand un sourire se dessina sur son visage. Mieux que cela, cette gaieté soudaine le transfigurait et lui donnait un air apaisé et innocent qui me bouleversa.

Émue, je m'avançai vers lui et lui pris la main en désignant notre travail.

- Joyeux Noël, Phoenix.

Profitant de son mutisme, je me mis sur la pointe des pieds pour lui donner un baiser sur la joue.

- Ah, non, pas comme ça ! Il faut suivre la tradition jusqu'au bout. Levez la tête tous les deux, intervint notre mousquetaire.

Nous nous exécutâmes et vîmes une boule de gui accrochée juste au-dessus de nos têtes. L'implication de la déclaration de François me frappant de plein fouet, mon cœur sauta dans ma poitrine et je me demandais même s'il n'avait pas failli tout simplement en sortir. Pétrifiée, je risquai tout de même un regard en direction de mon patron.

Le menton toujours levé vers la boule de gui, je n'avais aucune idée de ce qu'il pensait. Enfin, lentement, il baissa la tête, et planta ses yeux dans les miens. Je crus voir un éclat bleuté traverser ses iris, mais ce fut tellement rapide que je me demandais si je n'avais pas rêvé. Gênée par cette proximité et cette situation née d'une tradition grotesque inventée par des gens en manque de câlins, je voulus m'écarter.

Il mit ses mains dans mon dos et me retint contre lui. Dans la lumière tamisée qu'offraient le feu de la cheminée et les guirlandes lumineuses du sapin, tout le corps de Phoenix baignait dans une aura irréelle. Son costume l'enveloppait d'une élégance qui l'habitait déjà au naturel, son odeur suave et crépusculaire m'enveloppait d'une chaleur sensuelle tandis que son visage, si parfait malgré les quelques mèches rebelles qui lui tombaient dessus, se penchait doucement vers le mien.

Ô temps ! suspends ton vol, et vous heures propices ! Suspendez votre cours... Je n'étais pas sur un lac comme la compagne d'Alphonse de Lamartine dans son poème, mais je crus que ce vœu s'était réalisé. Je me demandais si ce qui allait suivre était une bonne idée.

- Joyeux Noël, Samantha.

Son murmure fut comme une caresse.

Or, rien n'était comparable à la sensation de ses lèvres sur les miennes. Le corps d'un vampire est froid puisqu'il se relève d'entre les morts, cependant, chaque fois que j'avais touché la peau de Phoenix, je n'avais ressenti que la douceur de la soie. Je ne m'étais jamais demandée si ses lèvres avaient ce même pouvoir, mais force m'était de constater qu'elles surpassaient de loin en toucher le peu que j'avais connu auparavant. C'était comme un avant-goût du paradis.

Perdue et prête à tomber dans un gouffre de béatitude absolue, je flottais littéralement hors de la réalité et du cours du temps. Tout mon être n'était plus qu'un brasier incandescent et incontrôlable, soumis au bon vouloir de celui dont les lèvres posées sur les miennes en un premier vrai, et pur baiser, me brûlaient de leur magnifique volupté. Je ne sentais plus mon corps, mes yeux clos me gardaient dans une obscurité bienfaitrice et tout ce qui m'empêchait de croire que tout ceci n'était qu'un rêve, c'était la sensation infinie de son corps et de sa bouche avec lesquels je ne faisais plus qu'un. Puis...

Boum. Cet instant magique me fut arraché en même temps que ses lèvres, tandis qu'il se redressait en m'écartant légèrement. Mon retour au présent fut si brutal que j'eus du mal à me réorienter et comprendre ce qui m'était arrivé.

Troublée, choquée non moins par ce baiser que par la réaction qu'il avait déclenché en moi, je fus tentée de prendre la fuite et de disparaître. Toutefois, je ne voulus pas gâcher la joie qui se lisait encore sur le visage de mon employeur qui m'avait déjà oubliée et qui regardait avec nostalgie le sapin que François et moi avions décoré.

François me fixait avec une expression d'excuse dans les yeux. Je compris que mon trouble ne lui avait pas échappé et qu'il regrettait de m'avoir mise dans cette situation. N'en pouvant plus, je bredouillai lamentablement que je devais surveiller la dinde.

Dans la cuisine, j'essayai de me calmer et de reprendre mes esprits, mais j'avoue que j'eus du mal à remettre de l'ordre dans mes idées. François nous avait tendu un piège pour vérifier quels sentiments nous animaient vraiment. Phoenix avait passé l'épreuve haut la main, mais moi, j'avais complètement perdu pied. Qu'est-ce qui s'était passé ?

- SAM ?

Phoenix m'avait hélée depuis le salon. Je regardai l'heure sur le four et compris qu'il devait se demander ce que je faisais.

Pff ! Je ne pourrais donc jamais faire le point tranquillement ?

Adoptant un visage de fête, je revins en poussant une desserte roulante sur laquelle étaient posés la dinde et son accompagnement : pommes de terre, légumes et sang frais. Bien sûr, le sang n'était pas pour moi. Heureusement, cette soirée se déroula dans la bonne humeur avec les récits d'anecdotes drôles et originales partagées par mes amis dans leur longue vie. Cela me permit de ranger dans un coin de mon esprit le baiser et mon trouble comme l'aurait fait *Scarlett O'Hara*... c'est-à-dire, pour y repenser le lendemain. Enfin, c'était ce que j'aurais voulu.

*

Prise dans le tourbillon des invitations de mes amis de Scarborough la journée (Ginger y compris, vu que mon intervention maladroite envers elle lui avait permis de crever l'abcès avec sa fille et de les réconcilier) ainsi que par la masse incroyable de travail que Talanus et Ysis nous donnaient pour la nuit, j'avais presque complètement oublié cette histoire de baiser... et ça m'arrangeait.

Nous arrivâmes au réveillon du jour de l'an en suivant ce qui était devenu notre routine. Phoenix m'avait ordonné de me détendre pendant cette soirée et de profiter de mes amis pendant qu'il était attendu pour affaires à Pembroke.

- Allez-vous rentrer tard ? demandai-je.

- Je ne pense pas avant deux ou trois heures du matin, pourquoi ?

- Je vous attendrai.

Quand il leva les sourcils avec un air interrogateur, je souris, gênée.

- Je voudrais vous souhaiter la bonne année. Après tout, ça fera bientôt un an que nous nous connaissons, ce n'est pas rien.

Mon patron me rendit mon sourire.

- Alors je ne traînerai pas.

Et il partit.

Je ne concevais pas de passer cette soirée du nouvel an avec quelqu'un d'autre que Phoenix et j'avais décliné les invitations de Matthew, Angela et François. Pour tuer le temps, je regardais la télévision tout en me gavant de pop-corn, passant des documentaires aux films voire même au quotidien de la famille Kardashian; je n'étais pas très regardante sur la qualité des programmes tant l'attente me tuait.

Soudain, j'entendis la sonnerie du téléphone portable de mon employeur et me redressai. Le son provenait de la table de la salle à manger, où j'avais laissé mon propre appareil à côté du sien. En allant voir de plus près, je me rendis compte que Phoenix avait dû se tromper et prendre le mauvais téléphone. Sachant à quel point son outil de communication était vital pour lui, je ne pouvais décemment pas attendre son retour, et décidai de le rejoindre.

La procédure ne me prit pas trop de temps dans le sens où j'avais équipé notre ordinateur d'un logiciel de géolocalisation par satellite connecté à nos portables, nous permettant de connaître nos positions. Phoenix se trouvait bien à Pembroke, et je devais me dépêcher pour ne pas le rater. Ayant mémorisé le plan d'accès, je filai vers ma destination, dans l'espoir d'arriver à temps pour lui redonner son bien.

J'arrivai devant le 59 de la 8e avenue, c'était un hôtel de luxe. Je me dirigeai vers la réception en me demandant quel genre d'affaire retenait Phoenix dans un tel endroit.

- Bonsoir, Madame, que puis-je faire pour vous ? me demanda courtoisement l'hôtesse.

- Bonsoir, Mr Livingstone est-il bien descendu chez vous ? Je suis son assistante et il a oublié son téléphone.

- Oh, oui. Mr Livingstone est l'un de nos meilleurs clients, il vient régulièrement ici pour affaires. Vous voulez que je l'appelle pour le prévenir de votre arrivée ?

- Non, c'est aimable à vous mais il sait que je dois venir. Par contre, si vous pouviez me donner son numéro de chambre…

- C'est la 517, vous prenez l'ascenseur jusqu'au cinquième étage et c'est sur votre gauche.

- Merci, bonne soirée.

J'avais eu de la chance d'être entrée si facilement, la concierge ne s'était guère montrée suspicieuse à mon égard. Dans tous les cas, j'espérais que Phoenix ne m'en voudrait pas d'interrompre son rendez-vous, d'autant que c'était pour lui rendre service. Pas vraiment inquiète, je sifflotais en suivant la petite musique de l'ascenseur qui m'emmenait à destination (le dentiste de Scarborough aurait dû choisir la même chanson pour sa salle d'attente… tout le monde déplorait son goût pour le heavy metal ! Pas sûr que ça aide à se détendre quand on s'apprête à vous charcuter les gencives).

Finalement, une petite sonnerie m'indiqua que j'étais arrivée au cinquième. Suivant les indications de l'hôtesse d'accueil, je me repérai facilement et atteignis mon but.

Inspirant un grand coup, je frappai d'une main à la porte de la chambre que j'avais enfin trouvée, tenant le fameux téléphone dans l'autre main. J'entendis des bruits étouffés provenant de l'autre côté. Craignant pour la sécurité de mon employeur, je n'attendis pas, actionnai la poignée restée ouverte et entrai…

- Phoe…

La deuxième syllabe de son prénom se perdit dans le murmure que devint ma voix face à la scène que j'avais sous les yeux. Je m'arrêtai net dans mon élan, abasourdie et profondément choquée par ce que je voyais.

L'homme que j'étais venu aider et que je croyais aux prises avec quelque vampire réticent à traiter avec lui, se tenait devant moi, complètement nu. Mon regard était horriblement braqué sur la partie de son corps que je n'avais encore jamais vue. Je lâchai le téléphone qui s'écrasa par terre en s'émiettant. Quelqu'un se tenait derrière lui...

Une jeune femme magnifique, avec des cheveux bruns comme moi, mais avec un visage parfait et des jambes de rêve, poussait des cris révoltés et essayait de se cacher derrière la haute stature de mon employeur (elle ne portait qu'un string en dentelle). Ce dernier n'avait pas prononcé un seul mot, son regard métallique me transperça. En réalisant ce que j'avais interrompu, quelque chose se passa en moi.

Dans un premier temps, je sentis mes joues s'enflammer et je reculai en bafouillant des excuses tout en pointant du doigt les débris du téléphone. Évitant les yeux de Phoenix, j'essayais de m'expliquer comme je battais en retraite, mais seules des syllabes sans queue ni tête arrivaient à sortir de ma bouche. Quand enfin je sentis le bois de la porte de cette maudite chambre, je me retournai vivement, sortis, et la refermai violemment derrière moi.

Je me sentais mal et j'étais essoufflée comme si j'avais couru un marathon, de fait, je dus m'adosser au mur et fermer les yeux pour retrouver une respiration normale. Une fois mes poumons réoxygénés, je commençai à marcher en direction de l'ascenseur pour mettre le plus de distance possible entre ce nid d'amour et moi.

À cette pensée, je compris qu'autre chose n'allait pas. Le choc que j'avais éprouvé avait comme anesthésié cette réaction quand j'étais arrivée dans la chambre, mais là, je la ressentais beaucoup plus nettement... C'était comme si on m'avait enfoncé une lame chauffée à blanc en plein cœur et qu'on s'acharnait à appuyer dessus pour en intensifier les effets. Jamais auparavant je n'avais ressenti une telle douleur, même pas lorsque les vampires m'avaient blessée.

Pour autant, je n'eus pas l'occasion de m'interroger davantage car mon patron venait de me rejoindre à une vitesse surhumaine, heureusement après avoir pris le temps d'enfiler un peignoir. L'effet de ce vêtement était comique, mais la situation... non.

- Sam, dit-il en me barrant le passage.

Trop gênée pour l'affronter, je le contournai.

Il me retint par le bras.

- Sam, je dois vous expliquer.

La lame sembla s'enfoncer un peu plus en moi et la douleur devint tellement intense que je me penchai soudainement en me tenant la poitrine et en laissant échapper un petit cri. Phoenix se précipita pour me soutenir, mais je le repoussai fermement. Comme si la chaleur du poignard alimentait ma colère, je me redressai et foudroyai mon employeur du regard. L'effet dut être convaincant car il recula.

Ma voix ressembla à un feulement menaçant.

- Il n'y a rien à expliquer. Quelle idiote ! Je croyais vraiment que vous étiez retenu pour affaires et que vous vouliez que je profite de ma soirée. Quand j'ai vu que nous avions échangé nos portables, je n'ai pas hésité une seconde et j'ai tout fait pour vous retrouver. (Je ris, d'un rire grinçant et désagréable) Qu'importe un téléphone quand on peut se divertir en plaisante compagnie ! En fait, je comprends maintenant que vous aviez d'autres besoins, et surtout pas besoin de moi.

La douleur devint insupportable, au point que je sentis des larmes se presser vers mes yeux ; il était hors de question que je pleure devant Phoenix, alors je me détournai.

- Sam. Je suis désolé.

Sans le regarder, je lui répondis :

- Et moi je suis désolée de voir qu'encore une fois, vous n'avez pas eu suffisamment confiance en moi pour me dire la vérité. Je vous verrai demain. Profitez bien de votre rendez-vous d'*affaires*.

Sur ces derniers mots plein d'amertume, j'appuyai sur le bouton d'appel de l'ascenseur. Par chance, les portes s'ouvrirent aussitôt et je partis.

*

J'avais réussi à sortir de Pembroke en me concentrant sur le code de la route. Mais, une fois la tranquillité de l'autoroute atteinte, ce cauchemar se fit un plaisir de tourner en boucle dans mon esprit. Ce fut à ce moment que l'explosion eut lieu.

N'y tenant plus, j'éclatai en sanglots. Je ne pouvais plus m'arrêter de pleurer, comme s'il était vital que la souffrance s'évacue à flots sur mes joues trempées. Il devenait de plus en plus difficile pour moi de bien voir la route à travers mes larmes et je remerciais le ciel d'être toute seule sur la voie à cette heure-ci.

Dire que des tas de gens en ce moment même fêtaient le nouvel an. Han ! Évidemment, l'horloge de ma Buick indiquait qu'il était minuit. Bonne année ! Ça pour sûr, je m'en rappellerais de celle-là ! Quand je pensais que j'avais refusé les invitations de Matthew, Angela, et François ! Tout ça pour quoi ? Fêter ce moment spécial avec mon patron qui préférait finalement se lover dans les bras d'une brune incendiaire en string !

À ce souvenir, j'éclatai de nouveau en sanglots, maudissant cette soirée, Phoenix, la brune, et la terre entière. Et surtout, je me maudissais d'être aussi naïve. Comment avais-je pu croire qu'il avait laissé ses désirs sexuels de côté depuis que l'on se connaissait, sous prétexte que je ne l'avais jamais vu avec aucune femme ? En fait, il les assouvissait sans me le dire... Vu ma réaction, c'était compréhensible...

D'ailleurs pourquoi est-ce que je réagissais ainsi ? Après tout, Phoenix ne m'appartenait pas et il avait le droit de fréquenter qui il voulait ! Alors pourquoi ressentais-je une telle haine envers cette femme ? Haine. Ce n'était pas ça... Ce feu qui me brûlait... on aurait dit... de la jalousie ?

M'essuyant furieusement le visage, j'essayais de comprendre ce tourbillon d'émotions qui m'enveloppait et doucement, cet étrange sentiment d'une révélation à venir s'insinua en moi.

Phoenix... tout revenait à lui. Il était au centre de tout, au centre de ma vie. Mon quotidien si vide et sans aucun intérêt il y a un an, avait changé du tout au tout et je ne m'étais jamais sentie aussi bien et appréciée que depuis qu'il y était entré. Il m'avait révélée à moi-même, il était mon ancre, mon guide... mais... ce n'était pas tout.

Les dernières digues de mon inconscient se rompirent en même temps, et je dus en un éclair assimiler le flot de sentiments, mes vrais sentiments, comme ils déferlaient en moi en un tsunami dévastateur. Des images se succédèrent devant mes yeux, occultant tout le reste.

Je commençai par revoir ma rencontre avec Phoenix et je me rappelai la peur que j'avais éprouvée. Puis, je nous revis au fur et à mesure que nous apprenions à nous connaître et que j'apprenais à l'apprécier. À ceci succédèrent des moments plus intimes : la danse dans la boîte de nuit, l'échange de sang, l'adieu dans la cuisine... Je repensai à ce moment dans la forêt où il avait fini par avouer que j'étais importante pour lui et surtout... à ce baiser qui recommençait à me hanter.

Ce baiser... il m'avait complètement bouleversée de par sa spontanéité et sa perfection. Je ne m'étais jamais sentie aussi bien que lors de ce court instant pendant lequel j'avais eu l'impression de m'envoler au paradis. Je n'avais jamais été embrassée...

Enfin techniquement, si, par cette ordure de Huan, mais ce n'était pas vraiment ce à quoi je m'attendais. Je ne savais pas vraiment à quoi m'attendre d'ailleurs, pourtant, l'idée que je me faisais de mon premier baiser, c'était un moment simple de tendresse partagée, en aucun cas, je n'avais été préparée à être transportée de la sorte.

Cela ne pouvait dire qu'une chose... une chose qui depuis le premier instant, la première seconde où j'avais posé mon regard sur Phoenix, avait été là, en moi, et que j'avais mal interprétée... une chose qui avait grandi avec le temps, au point de s'emparer de tout mon être, et que, naïve, j'avais pris pour de l'amitié...

Lorsque la révélation éclata enfin devant mes yeux et que je compris ses implications, mon cœur meurtri tressauta dans ma poitrine et crispée à mon volant, je m'écriai :

- Oh mon Dieu !

Une seconde plus tard, mon cri suivant n'avait plus rien à voir avec la découverte de mes véritables sentiments.

- OH MON DIEU !

Lancée à toute allure et perdue dans mes pensées, je ne vis qu'au dernier moment la biche qui s'était arrêtée sur la route et me regardait foncer sur elle... Mes réflexes se réveillèrent juste à temps, mais parfois, dans l'urgence, nos réactions ne sont pas toujours les bonnes. Là, je virai brusquement vers la droite pour éviter l'animal, et fonçai droit vers la glissière de sécurité...

Comment je fis pour la passer ? Aucune idée. Peut-être avait-elle cédé sous la violence du choc ou avec la vitesse, j'étais passée par-dessus. Toujours est-il qu'ayant perdu tout contrôle de ma Buick qui rebondissait sur creux et bosses de terre, je restai pétrifiée et impuissante quand la végétation s'écarta et que je vis, dans la lumière agitée des phares, cet arbre gigantesque que j'allais bientôt percuter...

Je n'eus même pas le temps de fermer les yeux, la Mort avait fini par me rattraper...

FIN DU TOME 1

Prochainement

SAMANTHA WATKINS OU LES CHRONIQUES D'UN QUOTIDIEN EXTRAORDINAIRE

Tome 2 : ORIGINES

Extrait

Quand je m'étais réveillée, il était aux alentours de midi. Pendant que je subissais toute une batterie d'examens, Angela et Matthew avaient appelé Danny pour lui annoncer la nouvelle. Celui-ci ne manquerait pas d'en informer tout Scarborough, à commencer par Ginger qui le harcelait dès qu'elle le voyait pour connaître l'évolution de mon état de santé.

Mes amis avaient ensuite passé tout l'après-midi à mes côtés, même si j'étais incapable de prononcer le moindre mot. Ils m'apprirent donc que j'étais restée quatre jours dans un profond coma et qu'ils désespéraient de me voir refaire surface un jour. L'accident avait été plus que violent...

À l'aurore, un automobiliste avait vu les dégâts à la glissière de sécurité et s'était arrêté pour aller voir de plus près. Il avait suivi la piste faite par ma Buick avant de nous retrouver, elle fracassée contre ce tronc gigantesque, et moi, fracassée aussi, mais encore vivante et inconsciente, à quelques mètres de là. Je n'étais pas passée loin de la mort à dire vrai car dans l'ambulance, mon cœur s'était arrêté deux fois. J'avais une jambe et de nombreuses côtes cassées, et des hématomes un peu partout. Il s'en était vraiment fallu de peu... mais j'avais tenu bon. J'étais toujours de ce monde.

De fait, j'étais une énigme autant pour les pompiers qui ne comprenaient pas comment j'avais fait pour ne pas finir écrasée et broyée contre cet arbre, que pour les membres du corps médical qui avaient été plutôt pessimistes quant à ma survie. Bien sûr, ils ne pouvaient pas savoir que l'empreinte de Phoenix dans mon organisme avait des effets étranges et ponctuels, dont notamment celui de me rendre plus résistante. Pourtant, je me souvenais parfaitement de cette sensation de flottement dans un autre monde, et de cette voix qui disait que mon heure n'était pas encore arrivée... Était-ce vraiment un rêve ? Mieux valait que j'évite d'y penser.

J'étais là, c'était l'essentiel ! Les pompiers avaient fouillé dans mon sac et essayé d'appeler sur le portable de Phoenix dont ils avaient trouvé le numéro. Malheureusement, le téléphone de Peter Stratford/Livingstone avait fini en miettes sur le sol d'une chambre d'hôtel et ne fonctionnait plus. Mais ça non plus, ils ne pouvaient pas le savoir. Du coup, ils s'étaient rabattus sur une photo d'Angela et moi. Comme j'avais mis son nom au dos, ils avaient réussi à la prévenir.

La suite, elle me la confia en profitant que Matthew se soit absenté pour aller aux toilettes. Elle me raconta qu'elle avait rongé son frein jusqu'au coucher du soleil puis avait appelé François. Mon patron et lui étaient sur le départ pour aller à ma recherche quand elle les mit au courant. Phoenix l'entendait parfaitement, bien qu'il ne tenait pas le combiné, et François indiqua à mon amie qui n'avait pas encore terminé sa phrase, qu'il était déjà parti comme une fusée vers l'hôpital par la voie des airs. Il avait ajouté qu'il serait préférable que Matthew et mon employeur ne se retrouvent pas dans la même pièce afin d'éviter des questions inutiles, et depuis lors, Angela s'était toujours arrangée pour que leurs visites ne débordent pas sur les leurs. Le fait que Phoenix puisse seulement venir me voir la nuit facilitait les choses.

- Il ne t'a pas quittée un seul instant... sauf pour se protéger du soleil, me confia-t-elle, tous sourires, ignorant que cette information me faisait plus de mal que de bien.

Il devait simplement se sentir coupable...

Nous n'allâmes pas plus loin sur ce terrain car Matthew revint des toilettes. Même si je ne parvenais pas à parler, mes amis restèrent à mes côtés encore plusieurs heures, m'empêchant d'angoisser sur la confrontation qui ne tarderait plus à se réaliser. Le soleil se couchait déjà...

Angela fit bien quelques tentatives pour que Matthew l'accompagne vers la sortie, mais il s'attardait, gardant ma main serrée dans la sienne. Je dois dire que son réconfort me faisait chaud au cœur et qu'il aurait été malpoli de la lui retirer. Toutefois, je n'avais pas prévu que mon patron nous trouve ainsi.

Lorsque je levai les yeux vers l'encadrement de la porte et que mon attention jusque-là accaparée par les blagues de Matthew identifia sans peine la personne qui s'y tenait, mon cœur dérailla complètement et ses battements désordonnés déclenchèrent toutes les alarmes des monitorings. Je dus blêmir de peur d'affronter le regard de Phoenix et rougir de honte de déclencher tout ce tintamarre ; en fait, je devais avoir l'air ridicule.

Un silence de plomb était tombé dans la chambre quand les alarmes se turent et que les médecins partirent après avoir vérifié que je n'avais pas fait une crise cardiaque. Personne n'osait parler car Matthew fixait cet inconnu d'un air suspicieux en ne se rendant pas compte que ce dernier fixait sa main qui serrait la mienne, avec une lueur meurtrière dans son regard bleu.

- Qui êtes-vous ? demanda sèchement mon chevalier servant, prenant mon visiteur pour un rival potentiel.

François jugea bon d'éviter un massacre et répondit pour Phoenix :

- C'est Aydan. C'est moi qui l'ai appelé.

L'année dernière, François et Karl s'étaient fait passer pour mes cousins lors d'une sortie cinéma et cette ordure de germain (doublé d'un assassin) avait voulu me mettre dans l'embarras en faisant croire à Matthew que j'étais amoureuse d'un certain Phoenix. Pour rattraper le coup, j'avais menti en disant que son vrai prénom était Aydan et que notre fraîche séparation m'avait traumatisée. Matthew ne devait pas s'attendre à se retrouver en face de mon « ex » et haussa les sourcils, semblant jauger son « adversaire » pour comprendre ce que j'avais bien pu lui trouver. Puis :

- Vous ne devriez pas être là, dit-il avec hargne. Vous ne faites plus partie de sa vie !

Cette fois, François ne réussit pas à devancer mon employeur.

- Qui êtes-vous pour juger qui doit être à son chevet et qui ne le doit pas ? Vous n'êtes personne, alors du balai !

Son ton glacial et méprisant me fit craindre le pire, surtout quand Matthew se leva d'un bond pour lui faire face. Oubliant toute prudence, je me redressai vivement pour l'attraper par le bras et l'empêcher de faire un pas de plus vers Phoenix, et ce faisant, mon corps meurtri se rappela à mon bon souvenir en m'arrachant un hurlement de douleur, et en m'obligeant à me recoucher violemment.

Aussitôt, des infirmières en colère débarquèrent en menaçant de virer tout le monde si mes visiteurs ne me ménageaient pas davantage. Angela profita de ce signal pour faire preuve de fermeté et menacer Matthew de partir sans lui vu que c'était elle qui les avait emmenés. Il rendit les armes. Néanmoins, au lieu de me faire un signe de main comme mon amie, il se pencha vers moi et me donna un doux et long baiser sur le front. Il me sourit, se dirigea vers la sortie et je ne sais pas ce qu'il fit à Phoenix en partant, mais François attrapa son bras pour le dissuader d'aller l'étriper. Je me demandais vraiment quelle mouche le piquait et je sentais la colère monter en moi. Il préférait s'occuper de son orgueil plutôt que de s'informer sur mon état de santé ! Non mais, quel toupet !

Toutefois, l'irritation fut vite balayée par l'éclat bleuté de ses yeux lorsqu'ils se posèrent à nouveau sur moi. Je ne savais plus comment réagir.

- Je vous laisse. Si vous avez besoin de moi, je ne serai pas loin, dit François en quittant la chambre à son tour et en fermant la porte.

Nous étions seuls tous les deux et je ne pouvais pas me cacher. Qu'allait-il me dire ?

- Vous devez me haïr.

Je haussai les sourcils, tandis qu'il me fixait en attendant mon verdict. Que pouvais-je lui répondre ? *Je ne pourrai jamais vous haïr car mon cœur, mon esprit, tout mon être est imprégné de vous et... et je t'aime... je t'aime plus que tout au monde ?* Non. Pour notre bien à tous les deux, je devais, je le savais, museler mes sentiments, même si cela représentait une torture au quotidien parce qu'il était inenvisageable pour moi de le quitter. Phoenix ne m'aimerait jamais et je ne voulais pas le mettre mal à l'aise avec ça, par conséquent je devais me taire.

Désespérée, je baissai le regard afin de gagner du temps, mais ma détermination fut mise à mal lorsque mon employeur vint s'asseoir sur le lit, se pencha vers moi et dégagea une mèche qui me retombait devant le visage. Vaincue, je le laissai faire quand il attrapa mon menton pour m'obliger à lui faire face.

- Sam, je…

Il ne finit pas sa phrase. À la place, il prit ma main dans la sienne et la caressa avant de la porter à sa bouche. Je retins mon souffle pour ne pas perdre tout contrôle lorsqu'il l'embrassa doucement et à ce contact, je fus traversée par une puissante décharge électrique, conséquence habituelle de tous nos rapprochements. Il me fallut tout mon self-control pour ne pas me jeter dans ses bras, au mépris de la douleur que je ressentirais. Ma lutte intérieure était si intense que je ne pus empêcher mes larmes de couler sur mes joues, ni Phoenix de les voir. Je crus y entrevoir une lueur de chagrin, mais tenter de déceler ses émotions était toujours mission impossible.

- Je ne fais que vous blesser… Je suis indigne de votre amitié.

Effectivement, le souvenir de la chambre d'hôtel de Pembroke était encore cuisant et douloureux. Même si je savais que mon patron ne m'aimait pas, donc qu'il ne m'appartenait pas, je ne pouvais m'empêcher de ressentir une intense jalousie envers la jeune femme qu'il s'était apprêté à enlacer dans sa parfaite nudité, ainsi que de la colère contre celui qui avait choisi de me mentir plutôt que m'avouer que je n'étais pas suffisamment à son goût pour satisfaire ses appétits charnels. D'ailleurs, penser à ce type de lien avec Phoenix me fit tout à coup monter le rouge aux joues. S'il en était allé autrement entre nous, aurais-je sauté le pas avec lui ? Un vampire ? Savoir que c'était possible et l'expérimenter étaient deux choses différentes ! Cependant, je prenais désormais toute la mesure de mes sentiments pour lui et la réponse à cette question était limpide. À cette idée, je sentis le feu s'emparer carrément de mes joues et s'étendre à tout mon visage ; de honte, et aussi pour masquer mon trouble, je l'enfouis dans mes mains.

- Je n'aurais pas dû venir, je vais vous laisser vous reposer…

Cette déclaration, venant de sa voix de velours à l'accent blessé qui s'éloignait déjà vers la sortie, m'horrifia tellement que je voulus lui crier de ne pas m'abandonner. Mais aucun son ne parvenait à franchir le seuil de mes lèvres, et Phoenix passa la porte sans voir que de mon lit, je tentais en vain de le retenir près de moi.

Soudain, une force venue des tréfonds de mon être me submergea, et me permit de sortir de mon impuissance. Comme une furie, j'arrachai les électrodes de ma poitrine, et retirai ma perfusion. Je n'avais que quelques instants avant que les médecins n'accourent pour voir si je n'étais pas morte, alors je bondis de mon lit aussi loin que je pus.

La douleur dans ma poitrine me cueillit au vol et me foudroya, bientôt renforcée par celle de ma jambe plâtrée qui n'avait pas apprécié la chute. Ma vision se troubla, mais une force m'animait et me poussait à continuer. Au prix d'un effort surhumain, je parvins à me relever et ouvrir la porte en ignorant les regards interloqués des infirmières qui se figèrent à ma vue. Paniquée par l'absence de mon employeur dans mon champ de vision, il ne me restait plus qu'une solution.

- PHOENIX !!!! vociférai-je, accrochée au chambranle de la porte pour ne pas tomber.

J'avais eu tellement peur qu'il ne m'entende pas que j'avais réuni toute la puissance qui me restait dans ce cri désespéré ; le résultat fut un hurlement suraigu qui pétrifia toutes les personnes sur place. Je commençais à vaciller en regardant follement dans toutes les directions, lorsque soudain, il m'apparut, après avoir failli arracher au passage les portes des escaliers. Je n'attendis pas que le public de ce spectacle ubuesque reprenne ses esprits et oubliant mes blessures, je m'élançai tant bien que mal vers celui qui courait déjà pour venir à ma rencontre...

Une aide-soignante poussa un petit cri lorsque mes jambes me trahirent et se dérobèrent sous moi, mais Phoenix m'avait empêchée de m'écraser par terre en me rattrapant dans ses bras puissants. Le soulagement ainsi qu'un flot d'autres sentiments m'envahirent tandis qu'il m'emportait vers ma chambre. Ce fut seulement avec beaucoup de patience et de paroles réconfortantes de la part de Phoenix que je fus capable de lâcher sa chemise à laquelle je m'agrippais, afin de permettre aux médecins de m'ausculter.

Découvrez la suite dans
<u>*Samantha Watkins ou Les chroniques d'un quotidien*</u>
<u>*extraordinaire,*</u>
Tome 2 : Origines, d'Aurélie Venem

Remerciements

Aux amis cobayes qui ont cru dans le potentiel de Samantha.
À Rachel Berthelot pour la création de la couverture.

Table des matières

ISBN : 978-2-9543721-0-5
Imprimé par Amazon Createspace
Dépôt légal : novembre 2012

www.ingramcontent.com/pod-product-compliance
Lightning Source LLC
Chambersburg PA
CBHW051432260626
47162CB00001B/54